BASTEI
LÜBBE
TASCHENBUCH

Über die Autorin:

Roberta Gregorio ist durch und durch ein Kind des Südens. Bayern, wo sie ihre Kindheit und Schulzeit verbracht hat, und Kampanien, wo sie jetzt mit Mann und zwei Söhnen lebt, haben auf ihren Charakter abgefärbt. Sie liebt das Dolce far niente, mischt diese Einstellung aber oft mit deutscher Gewissenhaftigkeit. Ein Kontrast, der sich auch in ihrer Schreibe zeigt.

Heute träumt sie von einem eigenen kleinen Hotel, in dem sie am liebsten nur Buchschaffende aus aller Welt beherbergen würde.

ROBERTA GREGORIO

Zwei Kugeln Glück mit Sahne

Roman

BASTEI LÜBBE
TASCHENBUCH

BASTEI LÜBBE TASCHENBUCH
Band 17546

MIX
Papier aus verantwortungsvollen Quellen
FSC® C083411

Dieser Titel ist auch als E-Book erschienen

Originalausgabe

Lektorat: Bettina Steinhage
Umschlaggestaltung: Manuela Städele-Monverde
Unter Verwendung von Motiven von © Okapia/imageBROKER/Olaf Krüger
Satz: Greiner & Reichel, Köln
Gesetzt aus der Bembo
Druck und Verarbeitung: CPI books GmbH, Leck – Germany
ISBN 978-3-404-17546-8

5 4 3 2 1

Sie finden uns im Internet unter www.luebbe.de
Bitte beachten Sie auch: www.lesejury.de

Gusto Fior di latte

In Italien stellt dieses Eis das A und O der Eismacherkunst dar, die Grundlage aller anderen Sorten. *Fior di latte* heißt: das Beste aus der Milch, aber auch die Blüte der Milch. Der Eismacher muss der Basis also die schwere, wuchtige Note nehmen und eine Leichtigkeit in die Geschmacksrichtung zaubern, die Gaumen und Zunge kurz zweifeln lässt, ob tatsächlich Milch verarbeitet wurde. Der Zweifel darf aber nur ein paar Augenblicke andauern. Dann muss sich das altbekannte Gefühl des Wiedererkennens einstellen. So und nur so darf *Fior di latte* schmecken.

Kapitel 1

Aurora berührte Giuliettas kalte Brust flüchtig. Etwas peinlich war ihr das, obwohl Giulietta nur eine Statue und diese Geste inzwischen eine Tradition war, die Aurora vor jeder Abreise einhielt. Sie bildete sich ein, dass das Glück brachte und sie auf der langen Fahrt beschützte. Wie immer erschien ihr diese Berührung trotzdem einen Tick zu intim. Was natürlich völliger Unsinn war. Der hübsche Innenhof mit dem Balkon, von dem behauptet wurde, er sei Schauplatz der wichtigsten Romeo-und-Julia-Szenen gewesen, war wie üblich gut besucht. Und alle Besucher machten Halt an der lieblichen Bronzestatue, um sich ihre Dosis Glück zu holen. Giulietta ließ sich vom Antatschen nicht aus der Ruhe bringen, erkannte Aurora. Obwohl die Statue besonders im Brustbereich vom vielen Anfassen regelrecht erstrahlte, so abgenutzt war das Material, lächelte die holde Julia ihr zurückhaltendes Lächeln über die Jahrzehnte weiter. Das Lächeln schien eine ganze Welt aus ungeteilten, kleinen Geheimnissen zu verbergen und gleichzeitig auf die Touristen abzufärben. Die Stimmung im Innenhof war gelassen, fast ein bisschen feierlich. Viele waren wohl auch gekommen, um gemeinsam ihre Liebe zu zelebrieren. Die Geschichte von Romeo und Julia war für alle der Inbegriff von Romantik. Das wusste jedes Kind.

Aurora fragte sich, ob all die Menschen, die um sie herumstanden, Fotos schossen oder sich einfach unterhielten, tatsächlich verliebt waren und auch den richtigen Partner an der Seite hatten. Beinahe war sie versucht, der Frau auf die Schulter zu tippen, die jetzt auf Giuliettas Statue zutrat, um herauszufinden, ob diese jemanden hatte, der sie wirklich, wirklich liebte. Dann aber sah Aurora, wie ein Mann – bestimmt deren Partner – ihr half, auf den Sockel der Statue zu steigen. Und es lag so viel Intimes, Vertrautes in dieser Geste, dass jede Frage überflüssig gewesen wäre. Sie erkannte einmal mehr, dass die Liebe sich nicht unbedingt mit Paukenschlag und Trompetenhall manifestierte. Liebe war auch mal leise. Und zart. Und feinfühlig. Oft war sie vorsichtig und schüchtern. Diese Art von Liebe bevorzugte Aurora. Unwillkürlich wanderten ihre Gedanken zu ihren Eltern, die die glücklichste Ehe geführt hatten, die sie jemals miterleben durfte. Ja. Ihre Eltern, die waren richtig glücklich gewesen. So glücklich, dass alle die beiden darum beneidet hatten. Und Aurora konnte gar nicht leugnen, dass auch sie stets darauf hingearbeitet hatte, so eine Art von Ehe zu führen. Gelungen war ihr das nicht. Aber Aufgeben war keine Option. Das hatte sie schon sehr früh im Leben gelernt. Mit Feigheit kam man eben nicht weit.

Und trotzdem stellte sich Aurora eher feige in die Ecke, um sich das heitere Treiben, das sich rund um die Erinnerungen an eine spektakuläre Liebesgeschichte bewegte, weiter zu beobachten. Ohne es bewusst zu steuern, mischten sich Bilder aus ihrer Vergangenheit mit in das Geschehen. Sie erinnerte sich daran, mit welch Lebensmut sie vor gut 15 Jahren in diese wundervolle Stadt gezogen war, und bedauerte es plötzlich sehr, die Sorglosigkeit von damals komplett verloren zu haben. Die erste Zeit in Verona, gemeinsam mit ihrem frisch angetrauten Ehemann Matteo, war nämlich bombastisch gewesen. Sie hatte weder ihren Heimatort Maratea noch ihre Familie auch nur eine Sekunde vermisst. Sie hatte gar nicht die Gelegenheit dazu gehabt. Matteo hatte ihr Leben ausgefüllt, wie noch niemand es geschafft hatte. Aber die Zeiten hatten sich geändert …

Instinktiv blickte sie auf ihre Armbanduhr. Sie musste gehen, erkannte sie mit Bedauern. Schließlich hatte sie noch einen wichtigen Termin gleich um die Ecke. Wehmütig verabschiedete sie sich von Giulietta und wünschte sich dabei, das Lächeln der Statue einpacken und mitnehmen zu können, um es bei Bedarf selbst zu verwenden. Matteo würde ein solches Lächeln sicherlich lieben.

»*Buongiorno, signora!*«, hieß ein penibel elegant bekleideter Angestellter sie willkommen. Er war unverschämt jung. Was ihm an Lebensjahren fehlte, machte er aber mit einem souveränen, ja fast anmaßend sicheren Auftreten mehr als wett. Er führte Aurora in sein winziges Büro, wartete höflich ab, bis sie sich setzte, und ging erst dann um seinen einfachen Schreibtisch herum.

»*Cioccolatino?*« Er reichte ihr eine Kristallschale, die mit feinsten Schokobonbons gefüllt war.

Sie nahm dankend an, schälte die Schokolade aus der kupferfarbenen Verpackung und schob sie in den Mund. Was sie beinahe augenblicklich bereute. Aurora merkte erst durch die Süßigkeit, wie trocken ihr Mund war, und kämpfte nicht wenig, um damit fertigzuwerden. Dabei entstanden sogar peinliche Sauggeräusche, und sie schämte sich in Grund und Boden.

Der Angestellte wartete höflich ab. Gab ihr Zeit. Vermutlich nicht nur, um die Schokolade zu schlucken. Aurora war sich sicher, dass der junge Kerl ihr die wachsende Nervosität sehr wohl ansah. Sie wünschte plötzlich, sie müsste sich nicht mit ihm unterhalten. Zumindest nicht über ihre finanzielle Lage.

»Sie haben mich um ein Treffen gebeten?«, setzte der Mann aber gleich darauf an.

Blöde Frage, fand Aurora. Natürlich hatte sie das. Andernfalls säße sie ja nicht hier. »Ja. Das habe ich. Und ich danke Ihnen, dass Sie so kurzfristig Zeit für mich gefunden haben.«

Er machte eine schwer zu definierende Bewegung mit den Armen, die ihr irgendwie gönnerhaft erschien. Aber sie sah darüber hinweg. Was blieb ihr auch anderes übrig?

»Wie Sie sich sicherlich vorstellen können, geht es um die Schulden meines Mannes«, fuhr sie fort und rief sich dabei in Erinnerung, dass sie sich immerhin in einer Bank befand. Der Angestellte war daran gewöhnt, sich mit Schulden auseinanderzusetzen. Sicherlich mehr, als sie es war.

Er gab etwas in seinen PC ein, blickte auf den Bildschirm.

»Wie ich sehe, wurde das Darlehen vor fast genau einem Jahr beantragt und von uns bewilligt …«

Das entsprach der Wahrheit. Leider.

»Ich sehe aber auch, dass die letzten … fünf Raten nicht zurückgezahlt wurden«, stellte der Mann fest.

Auch das entsprach der Wahrheit. Leider, leider, leider.

Sie war sich aber ziemlich sicher, dass der Angestellte das längst wusste. Irgendjemand musste ja die Mahnungen schicken.

»Darüber bin ich natürlich informiert.«

Er nickte nur. Faltete seine Hände in einer abwartenden Geste und lehnte sich zurück.

Sie wollte ihm jetzt gar nicht erzählen, wie es überhaupt so weit gekommen war. Dieses Geständnis gehörte sicherlich nicht in dieses Büro. Sie wollte nur von ihm wissen, wie sie das Problem lösen konnte. Möglichst schmerzlos. Das sagte sie ihm auch.

»Nun, ich wünschte, ich hätte einen alternativen Ausweg für Sie. Das tue ich wirklich. Aber leider gibt es den nicht. Ich muss im Namen unserer Bank darauf bestehen, dass die Fristen jetzt eingehalten und das geliehene Geld nun wie vereinbart zurückgezahlt wird. Nur sehr ungern würden wir uns mit diesem Problem an unsere Anwälte wenden. Das wäre für alle Beteiligten mehr als unschön.«

Sie nickte. Wusste es sogar zu schätzen, dass die Bank bisher keine weiteren Schritte eingeleitet hatte und nur immerzu Mahnungen schickte. Aber selbst die reichten schon aus, um ihr Magenschmerzen zu bereiten.

Der Angestellte hielt ihr mit einem bedauernden Lächeln erneut die Schale mit der Schokolade hin. Sie erkannte jetzt endlich etwas Aufrichtiges in seinem Blick und, wenn irgendwie möglich, fühlte sich durch seine Anteilnahme sogar noch niedergeschlagener. Seufzend griff sie in die Kristallschüssel und nahm eine Handvoll Schokobonbons heraus, die sie in ihre Tasche steckte.

»Geben Sie mir bitte ein bis zwei Wochen Zeit. Ich werde das regeln«, sagte sie und hoffte dabei, nicht nur ihn mit ihrer vagen Behauptung zu überzeugen.

Er trommelte mit den Fingern auf die Holzplatte seines Schreibtischs. Eine ganze Weile lang. Dann richtete er den Blick endlich wieder auf sie. »Zwei Wochen. Keinen Tag länger.«

Sie nickte ergeben. Gleichzeitig wurde ihr schlecht. Gern – so gern – hätte sie die Übelkeit auf die Schokolade geschoben. Doch wusste sie ganz genau, dass es nicht daran lag. Die Verantwortung schlug ihr auf den Magen. Und mehr noch die folgenschwere Entscheidung, die sie würde treffen müssen.

Sehr viel später erreichte Aurora mit Einkaufstüten beladen ihre Wohnung. Sie hatte nach dem Termin noch kleine Geschenke für ihre Familie in Maratea eingekauft. Sie schloss auf und betrat den Eingangsbereich. Ohne es bewusst zu steuern, horchte sie in die Wohnung hinein und erkannte dabei, dass sie nicht allein war. Sie streifte die Schuhe von den Füßen, brachte die Tüten in ihr Schlafzimmer. Stieg dabei über den Koffer, der noch nicht ganz zu ihrer Zufriedenheit gepackt war. Das würde sie später noch erledigen, überlegte sie, und schlüpfte aus Rock und Top, um sich bequemere Haushaltskleidung anzuziehen. Sie wollte kochen. Mehr oder weniger nur für Matteo. Sie selbst hatte in letzter Zeit kaum Hunger. Entschlossen begab sie sich in die Küche.

Aurora war keine besonders begeisterte Köchin. *Spaghetti Carbonara* bekam sie aber ganz gut hin. Sie nahm an, dass zwangsläufig jede Ehefrau das Lieblingsgericht des eigenen Mannes zuzubereiten erlernte. Gute Zutaten waren natürlich besonders wichtig, die Schweinebacke holte sie immer beim besten Metzger im ganzen Wohnviertel. Sie deckte den Tisch, entkorkte den Wein, warf die Spaghetti ins kochende Wasser.

Alles gut, sagte sie sich.

Dennoch wurde sie zunehmend nervös. Um sich zu beruhigen, drehte sie das Radio auf und sang bei einem Lied mit, das ihr besonders gut gefiel.

Schließlich fischte sie eine Nudel aus dem blubbernden Wasser und biss ein Stück ab. *Al dente*, wie ihr Mann es mochte. Flink goss sie die Spaghetti ab, vermengte sie mit den anderen Zutaten und gab sie in die Schüssel aus dem Festtagsgeschirr. Wie ein kostbares Gut trug sie das Gericht hinüber zum Essbereich.

»Matteo, kommst du?«, rief sie, stellte die Spaghetti auf den Tisch und zündete die Kerze an.

Ihr Mann erschien aus dem Arbeitszimmer, blieb irritiert am Esstisch stehen und blickte sie kurz an. Gedankenverloren. Ein bisschen abweisend sogar.

»Ich muss nochmal weg«, sagte er und hielt demonstrativ den Arm hoch, um auf seine Uhr zu sehen.

»Aber … ich habe doch gekocht.«

»Du, ich esse dann später. Kein Problem.«

»Ich wollte … du weißt doch, dass ich morgen wegfahre, Matteo.«

Daraufhin sagte er gar nichts. Aber sein Blick sprach Bände. Sein Blick warf ihr ein deutliches »Ja und?!« entgegen, das heftig schmerzte. Aber er nahm die Einladung unerwartet an. Setzte sich. Wäre er noch ein Teenie gewesen, hätte er sicherlich gemurrt. Er war aber inzwischen über vierzig. Die Zeit hatte ihn zwar verändert, sein dichtes, schwarzes Haar hatte an vielen Stellen eine graue Färbung angenommen. Trotzdem war er noch immer äußerst gutaussehend. Sie hätte sein gutes Aussehen aber ohne mit der Wimper zu zucken gegen seinen einstigen Glanz ausgetauscht. Seine Lebensfreude. Seinen Enthusiasmus. Seine Liebe.

Sein Feuer war jedoch erloschen.

Er war nicht mehr der, den sie geheiratet hatte.

Sie konnte mehr fühlen als hören, wie er mit Not ein Seufzen unterdrückte. Sie ignorierte das. Sie ignorierte auch, dass er es nicht schaffte, sie anzusehen. Stattdessen lud sie ihm eine Portion *Carbonara* auf den Teller.

»Ich war heute nochmal auf der Bank ...«, erwähnte sie wie beiläufig.

Matteo versteifte sich augenblicklich. Hielt sogar in der Bewegung inne. Die mit Nudeln beladene Gabel schwebte irgendwo in der Luft, auf halber Strecke zwischen Teller und Mund. Er fragte aber nicht danach, was sie dort getan hatte. Den Teufel würde er tun. Das wusste sie natürlich. Wäre es ihm möglich, er würde für immer den Kopf in den Sand stecken, um sich nicht mit seinen Problemen auseinanderzusetzen. Wobei es eigentlich nicht stimmte, von Problemen zu sprechen. Matteo hatte nur ein Problem. Und das war sein Umgang mit Geld.

»Ist dir bewusst, wie hoch unsere Schulden inzwischen sind?« Diese Frage musste sie ihm stellen. Er musste einfach begreifen, was er mit seinem tänzelnden, träumerischen Lebensstil angerichtet hatte.

Natürlich zuckte er mit den Schultern.

Sie nannte ihm die Summe. Die beachtliche Summe. Die sechsstellige Summe. Er schien vor ihren Augen zusammenzuschrumpfen.

Bleib hart, sagte sie sich.

Aber die Stimmung war endgültig gekippt.

Er stand genervt auf. So plötzlich, dass der Stuhl scheppernd umfiel. Fast angeekelt warf er seine Gabel auf den Tisch. »War ja klar, dass du wieder mit dem Scheiß anfängst ...«

»Matteo, dieser Scheiß – wie du es nennst – ist wichtig. Diesen Scheiß müssen wir aus dem Weg räumen. Ist dir das klar?«

»Ist dir klar, dass du unsere Ehe mit diesem Scheiß kaputt gemacht hast?! Dauernd willst du reden und analysieren.« *Sie* hatte also ihre Ehe kaputt gemacht ... So und nicht anders sah er das. Und er hatte recht, es brachte rein gar nichts, schon wieder diskutieren zu wollen. Er begriff es einfach nicht. Sie sah auf, ihm direkt in die Augen.

Wütend fuhr er fort: »Ich habe dir doch gesagt, dass ich das regeln werde. Ich habe die Schnauze so voll von dir und deinem anklagenden Gesicht, das glaubst du gar nicht. Es ist vorbei, Aurora, ein für alle Mal.«

»Wie meinst du das, vorbei?« So hatte sie sich das nicht vorgestellt. Wut, Ärger, das ja, aber nicht diese Reaktion.

»Du weißt genau, was ich meine. Hör zu, Aurora, ich gehe jetzt besser. Gute Reise. Man sieht sich.« Und dann ging er tatsächlich.

Seine Gleichgültigkeit, seine Gemeinheit … die ertrug sie nicht. Die raubte ihr die Kraft. Denn seine Gleichgültigkeit erinnerte sie daran, die Dinge beim Namen zu nennen: Matteo wollte sie nicht mehr. Ihre Ehe hing sozusagen an einem seidenen Faden. Das war Fakt. Während Matteo aber dauernd am Faden zerrte, damit er endlich riss, versuchte sie mit allen Mitteln, aus dem Faden wieder ein Seil zu machen.

Es war kompliziert. Wie immer, wenn es um Gefühle ging, überlegte sie und beobachtete die Spaghetti dabei, wie sie sich in einen einzigen, zähen Klumpen verwandelten. So ein zäher Klumpen steckte auch in ihrer Brust. Aber sie weinte nicht. Weinen war ihr zu endgültig.

Sie hörte, wie Matteo im Flur nach seinen Schuhen suchte, und entschloss sich spontan, zu ihm zu gehen. Vielleicht um ihn aufzuhalten. Oder ihm seine absurde Idee, sich scheiden zu lassen, endgültig auszureden. So genau wusste sie das selbst nicht.

Matteo zog aber die Tür hinter sich zu, bevor sie ihn erreichte.

Er war gegangen. Nach einem fahrigen Nicken mit dem Kopf. Das war seine Art gewesen, sich bei ihr zu verabschieden. Aurora war in den letzten Jahren und Monaten eine Meisterin darin geworden, seine Gesten, seine Launen, seine Bewegungen – manchmal sogar sein Atmen – zu interpretieren. Er teilte sich ihr ja nicht mehr mit.

Nun gut. Seine Worte eben, die waren schon mitteilsam gewesen. Und eindeutig. Oder?

Sie schüttelte den Kopf. Als könnte sie damit all ihren Unmut loswerden. Natürlich gelang es ihr nicht. Also schlug sie ein paarmal fest gegen die Tür, an der sie noch immer stand. Sie merkte aber, dass das höllisch wehtat, und beschloss, ihre Hand für Wichtigeres aufzubewahren. Sie hielt inne, bis das prickelnde Stechen aufhörte und sie ihren Arm müde fallen ließ. Dann lehnte sie sich mit der Stirn gegen das kühle Holzimitat.

»Ich kann nicht mehr«, rief sie laut und stellte sich dabei vor, wie ihre Stimme ihm hinterhereilte, um ihn mal richtig durchzuschütteln. Aber ihr wurde gleichzeitig bewusst, wie lächerlich pathetisch diese Szene war, und stieß sich endlich von der Tür weg. Lächerlich wollte sie nicht sein und niemals werden. Das hatte sie sich versprochen. Und sie hielt ihre Versprechen. Ganz im Gegensatz zu Matteo. Wenn sie es sich recht überlegte, dann hatte Matteo sogar so ziemlich jedes Versprechen gebrochen, das er ihr jemals gegeben hatte.

Sie seufzte tief, fuhr sich durchs Haar und blickte erst dann in den Spiegel, der im Flur gleich am Eingang stand. Wie so oft streckte sie ihrem Spiegelbild die Zunge heraus. Zurzeit konnte sie sich selbst nicht besonders leiden. Nein. Das stimmte so nicht. Sie konnte sich schon seit einer ganzen Weile nicht leiden. Der endlose Kampf um ihre Ehe hatte sie verändert. Und zum ersten Mal regte sich eine Stimme in ihr, die leise anfragte, ob es das überhaupt wert war.

Mit einem Schulterzucken ließ sie ihr Spiegelbild allein und ging zurück in den Essbereich, wo sie sich Rotwein ins Glas füllte. Sie setzte sich, trank einen großen Schluck und lehnte sich zurück. Aus ihrer Position konnte sie gut durchs weit geöffnete Fenster blicken. Der Mond war atemberaubend schön. Sie trank das Glas leer und vermisste plötzlich die Sterne. Sehnsüchtig.

Die Sterne zeigten sich hier in Verona nie in ihrer vollen Pracht. Trotzdem versprühte der Himmel etwas unvergleichlich Sommerliches.

Aurora mochte den Sommer. Und sie mochte auch Verona. Sie hatte das Glück, gleich an der Brücke *Ponte di Castelvecchio* zu wohnen. Oder eher das Glück, an so einem schönen Ort eine bezahlbare Wohnung gefunden zu haben. Bezahlbar musste in ihrem Leben immer alles sein. Matteos Schulden waren auch ihr Problem. Oder eher einzig und allein *ihr* Problem.

Die nächtliche Beleuchtung der antiken Brücke gaukelte ihr kurz vor – wenigstens für einen Moment –, die Sterne ersetzen zu können. Jedes einzelne Licht spiegelte sich im schwarzen Fluss. Das Wasser floss aber trotzdem unbeirrt weiter und folgte seiner vorbestimmten Richtung.

Das Herz wurde ihr schwer. So, so schwer.

Bis zum letzten Moment hatte sie gehofft, ihren Plan nicht umsetzen zu müssen. Dass Matteo ihr einmal zur Seite stehen, einmal erwachsen sein könnte, sie gemeinsam eine Lösung finden würden. Doch diese Hoffnung hatte sich nun endgültig zerschlagen. Erwachsen war er nämlich nie gewesen. Das wusste sie jetzt. Es war eher sein Leuchten gewesen, das ihn zu einem unwiderstehlichen Mann gemacht hatte. Seine Begeisterungsfähigkeit und sein Charisma. Früher hatte er alle Blicke auf sich gezogen wie ein Magnet – egal wo. Und sie hatte sich gesonnt in diesem unvergleichlichen Schein. Heute war davon nichts mehr übrig. Sie seufzte wieder.

Ihr Plan hatte sehr viel mit Maratea, ihrem Heimatort, mehr aber noch mit der *Casa del Gelato*, der Eisdiele ihrer Familie zu tun. Ihr Plan war ganz rational betrachtet der einzig logische Ausweg aus ihrer Situation. Das bedeutete aber nicht, dass diese Gewissheit es minder schmerzvoll machte.

Gusto Limone

Es gibt Zitronen, und es gibt *die* Zitronen der Amalfiküste. Letztere wachsen in spektakulärer Lage, werden von morgens bis abends von funkelnden Sonnenstrahlen gestreichelt, haben das Meer in greifbarer Nähe, gedeihen auf fruchtbarem Boden und werden mit hingebungsvoller Aufopferung von menschlicher Hand so lange liebkost, bis die duftende Blüte sich in ein kleines Wunder der Natur verwandelt.

Genau aus diesem Grund ist Zitroneneis, wenn man die richtige Frucht verwendet – Saft und Schale –, gleichzeitig erfrischend und süß, warm und satt, aromatisch und bodenständig. Kontrastreich, aber anpassungsfähig. Prickelnd *und* beruhigend. Eine Geschmacksrichtung, die im Sommer wie im Winter passt.

Kapitel 2

Arturo öffnete das Fenster. Er hatte sich das so angewöhnt, immer ordentlich zu lüften. Egal, ob im Sommer oder im Winter. Bei Regen oder Sonnenschein. Nach dem Aufstehen war das immer das Erste, was er machte. Dass das Schlafzimmerfenster dabei jedes Mal empört ächzte, fiel ihm ebenso zuverlässig auf. Wahrscheinlich gehörte es ersetzt. Wie so vieles im Haus. Besonders schlimm stand es um die Küchenfliesen mit den aufgemalten Sonnenblumen. Warum auch immer, hatten sie angefangen, nacheinander kaputt zu gehen. Dabei benutzte er die Küche so gut wie nie. Die hübschen Majoliken wiesen trotzdem fast allesamt feine Risse auf, die natürlich dafür sorgten, dass sie etwas weniger schön aussahen. Aber, wie um alles in der Welt sollte er das übers Herz bringen, sie auszutauschen? Die Küche, ja, das ganze Haus war exakt so erhalten, wie seine Eltern es ihm überlassen hatten. Und daran etwas zu ändern … nein, das brachte er nicht übers Herz.

Plötzlich musste er an Olivia denken. Auch ohne in den Spiegel zu sehen, wusste er, dass sein Gesicht sich dabei erhellte. Oder vielleicht war es auch nur ein Eindruck. Ein schöner Eindruck, der ihm sehr viel mehr gab als eine Gewissheit. Sie schimpfte ja oft mit ihm und bezeichnete ihn als alt, stur und sentimental. So gesagt, klang das nicht gerade nach einer schmeichelhaften Beschreibung. Aber – und das konnte er zweifelsfrei jedem versichern – aus Olivias Mund war das sehr nahe an einem Kompliment dran. Außerdem hatte sie in allen Punkten recht. Er blickte kurz auf seine Armbanduhr und fand, dass er sich schon zum Aufbruch bereit machen konnte. Gut, Olivia hatte zwar ausdrücklich darum gebeten – na ja, sie hatte es ihm eher befohlen –, heute keinen Besuch von ihm zu erhalten, aber das ignorierte er einfach. Nicht etwa, weil er sie nicht respektierte. Es verhielt sich eher anders herum. Da er sie respektierte, sah er über ihre ruppige Art hinweg. Oder vielleicht tat er das weniger aus Respekt, sondern aus Liebe.

Wie dem auch sei. Besonders am heutigen Tag empfand er es als seine Pflicht, zu ihr zu gehen, um sie auf seine Art zu beruhigen. Dass sie nervös war, das wusste er. Nervös, aufgeregt, hibbelig. Ein bisschen wie ein Kind an Heiligabend. Olivia erwartete nämlich ihre Nichte Aurora. Irgendwann abends, das hatte Aurora extra betont, würde sie eintreffen. Dass Olivia trotzdem schon in aller Früh damit anfangen würde, ihr Willkommensritual bis ins kleinste Detail vorzubereiten, stand außer Frage. So war sie nun mal. Wenn es ihr half, die aufreibenden Momente bis zum lang ersehnten Wiedersehen zu überbrücken, dann ließ er ihr die Freude einfach und versuchte nur, sie am Durchdrehen zu hindern.

Auch er freute sich auf Aurora. Ihre Besuche waren rar geworden. Und er … nun, er wurde halt tatsächlich sentimental. Olivias Nichte, die war schon etwas ganz Besonderes, wenn er auch glaubte, dass sie alles daransetzte, es nicht zu sein. Wie jemand, der sich vor der ganzen Welt versteckt, vielleicht am meisten aber vor sich selbst.

Arturo kleidete sich mit größter Sorgfalt an – man nannte ihn im Ort nicht umsonst augenzwinkernd Rodolfo Valentino – und begutachtete das Resultat im alten Spiegel, der ihm dumpf entgegenblickte. Er musste dabei die Augen zusammenkneifen, weil sein Spiegelbild nur schemenhaft zu erkennen war im glanzlosen Glas. Tja, auch so ein Teil, das wohl ersetzt werden musste, überlegte er halb amüsiert, halb erschlagen von dieser Gewissheit. An diesem Morgen jedenfalls erkannte er genug. Arturo wusste, dass er noch immer gut aussah. Er hatte auch vielen, vielen Frauen den Kopf verdreht. Nicht nur Touristinnen. Sein Herz aber, das hatte immer nur einer gehört. Immer ihr. Immer der einzigen, wunderbaren Olivia. Beim zärtlichen Gedanken an seine geliebte Olivia musste er tief seufzen. Aber das dauerte nur einen Augenblick. Er kämmte sich das Haar routiniert zurück und setzte seinen Sommerhut auf. Beinahe hätte er sein klassisches Aftershave vergessen. Er tröpfelte etwas davon in seine Hände, verrieb die duftende Flüssigkeit und klopfte sie sich dann auf die Wangen, als wäre er der erfahrenste aller Barbiere. Ein Ritual, das er nicht missen mochte. Er fand, dass gut riechen ebenso wichtig war wie gute Manieren haben. Ein letzter Blick in den Spiegel. Jetzt war er bereit. Bereit für seine Olivia.

Gutgelaunt verließ er das Haus und begab sich aus der engen Gasse auf die einzige Hauptstraße vom antiken Ortskern von Maratea. Es war ein geradezu wundervoller Tag, Stimmen waren aus jedem Winkel zu hören. Sie klangen nach Sommer, Sonne und Sorglosigkeit. Touristen waren um diese Uhrzeit noch keine da. Für die war es zu früh. Aber die Einwohner, die waren schon dabei, den Tag zu planen, erinnerten mit ihrer Geschäftigkeit an aufgebrachte Ameisen. Auf dem kurzen Weg zur *pasticceria* hatte Arturo seinen Hut bestimmt zehnmal gehoben, um irgendwen zu grüßen. Er war bekannt wie ein bunter Hund. Keine große Kunst in so einem kleinen Städtchen. Aber er war nicht nur bekannt, sondern auch äußerst beliebt. Das lag daran, dass er fast 40 Jahre lang auf der Post gearbeitet hatte. Damals, als das Postamt sich noch im antiken Ortskern befunden hatte. Er war sehr lange leitender und einziger Angestellter gewesen. Als er als junger Kerl angefangen hatte, wurde noch alles mit der Hand ausgefüllt. Was bedeutete, dass *er* die meiste Zeit des Tages damit verbracht hatte, für die Bevölkerung von Maratea Formulare auszufüllen, da der Analphabetismus unter der ganz alten Generation eher zur Norm als zur Ausnahme gehörte. Er hatte es gerne getan. Und das wussten alle, weshalb sie ihn auch so sehr schätzten – Junge wie Alte. Respekt hielt in so kleinen Orten wie Maratea gerne mal ein paar Generationen lang, wusste er. Dafür sorgten die traditionsbewussten Großeltern.

Die Arbeit vermisste er trotzdem kein bisschen. Obwohl er natürlich brav die Umstellung auf die digitalisierte Arbeitsweise gemeistert hatte, war ihm das mit den Jahren doch zu anstrengend geworden, dauernd Schulungen mitzumachen. Wohin sollte das führen, wenn man statt in die Gesichter der Menschen dauernd auf einen Bildschirm glotzen musste? Nein, nein. Das war nichts mehr für ihn. Sollten sich die jungen Leute damit herumschlagen.

Arturo betrat die *pasticceria* und konzentrierte sich wieder auf das Hier und Jetzt. Die Konditorei befand sich in einer sehr engen Gasse, die aber direkt zur Piazza führte. Er hatte immer den Eindruck, eine Höhle zu betreten, wenn er den Laden aufsuchte. Das hing wahrscheinlich damit zusammen, dass das antike Mauerwerk meterdick war, überlegte er. Viel hatte auch gar nicht darin Platz. Eine hübsche Glasvitrine und eine Theke, wo traditionelles Gebäck liebevoll in akkuraten Reihen angeordnet war. Mehr nicht. Bei Andrang konnte es schnell etwas eng werden.

Alles egal.

Der so typische und gleichzeitig schwer zu beschreibende Duft nach feinstem, süßem Gebäck machte das mehr als wett. Ein wahrer Genuss für die Sinne!

»*Buongiorno*!«, grüßte er und hob den Hut.

»*Buongiorno*. Na, Arturo, *come stai*?«, erkundigte sich der Konditor freundlich.

»Ach, ich kann nicht klagen. Was macht dein *papà*?«

»Das, was er immer macht: backen!« Der Mann lachte. »Er lässt einfach niemanden an den Ofen.«

»Recht so. Er ist ja auch der Beste!«, bemerkte er, dachte dabei aber amüsiert, dass er nicht als Einziger stur war. Das musste wohl etwas mit dem Alter zu tun haben.

»Das ist er, *veramente*!« Sein Gegenüber nickte heftig. »Was darf es denn sein, Arturo? *Bocconotti*?«

Sehnsüchtig blickte er auf die Törtchen und glaubte fast, den Geschmack der Kirschfüllung auf der Zunge zu spüren. Arturo schluckte und dachte dabei an seinen Bauchansatz, der allmählich an Umfang zunahm. »Nein, *grazie*. Heute nicht. Ich möchte etwas Mandelgebäck für Olivia.« Sie liebte die süßen Plätzchen, die es in den verschiedensten Geschmacksrichtungen und Farben gab.

»Zitrone, Pistazie und Rose?«

»Ganz genau!«

Mit einer Papiertüte voller duftendem Gebäck verließ Arturo die *pasticceria* und hielt sofort inne. Er meinte, Olivias Stimme zu hören, die in der Nähe wohnte. Arturo spitzte die Ohren. Und musste sich gleich darauf ein Grinsen verkneifen. Ja. Das war definitiv Olivia. Keine andere konnte so fluchen wie sie.

*

»Verflucht!« Aurora trat scharf auf die Bremse. Sie musste besser aufpassen, wenn sie Maratea tatsächlich erreichen und stattdessen nicht im Krankenhaus landen wollte. Inzwischen war sie vollkommen erschöpft. Und das, obwohl sie, wie immer, auf halber Strecke zwischenübernachtet hatte – immerhin durchquerte sie fast den gesamten Stiefel auf ihrer Fahrt von Verona nach Maratea. Meistens empfand sie die vielen Kilometer als genau richtig, um sich auf den Süden mit seinem ganz anderen Rhythmus einzustimmen. Nicht so dieses Mal. Diese Reise war anders. Das spürte sie bis in die Zehenspitzen.

Richtig geschlafen hatte sie in ihrem anonymen Hotelzimmerbett keine Sekunde. Oder zumindest fühlte es sich so an. Der Streit mit Matteo steckte ihr in den Knochen. Sie fragte sich immer noch, wie ernst seine Worte diesmal gemeint waren. Er war jedenfalls gar nicht mehr heimgekommen, bevor sie losgefahren war. Und nun wurde die Last der Schwebe, in der sich ihre Ehe befand, mit jedem Kilometer, den sie zurücklegte, schwerer und schwerer.

Mittlerweile war sie ganz froh, dass Matteo die Sache mit dem Kinderkriegen dauernd aufgeschoben hatte. Wäre es nach ihr gegangen, hätten sie gleich Nachwuchs bekommen können. Sie hatte sich mit ihren 24 Jahren nicht zu jung dazu gefühlt. Ihr Mann hatte das ganz anders gesehen. Also hatte sie ihren Babywunsch auf Eis gelegt – was sie inzwischen als sehr vernünftig empfand. Kinder hatten ein Recht darauf, in einem harmonischen Zuhause aufzuwachsen. So wie sie es gehabt hatte. Andererseits musste sie sich fragen, ob die Verantwortung für ein Kind Matteo nicht auch gezwungen hätte, erwachsen zu werden. Aurora konnte das nicht wissen. Das Gefühl aber sagte ihr, dass wahrscheinlich auch ein Kind Matteo nicht hätte ändern können. Er war dazu viel zu sehr in sich selbst verliebt. Und in seine Ideen. In seine verdammten Ideen, die sich allzu oft in *bombensichere* Geschäftsideen verwandelt hatten. Ideen, die sie in den Ruin getrieben hatten. Und es hatte so viele Anzeichen gegeben, die sie viel, viel ernster hätte nehmen sollen. Wie damals, als sie ihre Wohnung hatten verkaufen müssen, weil Matteo sich eingebildet hatte, Teppichhändler werden zu können. Eine weitere Idee, die ordentlich in die Hose gegangen war.

Warum hatte sie das alles nur zugelassen? Aus Liebe?

Fragen. So viele Fragen …

Auf groteske Weise ähnelte dieses Frage-Antwort-Spiel in ihrem Kopf der Straße, die sie gerade entlangfuhr. Endlose Kurvenserien. Und immer dann, wenn sie davon überzeugt war, dass sie eine gerade Strecke erreicht hatte, kamen nochmal kilometerlang Kurven.

Ermüdend.

Aber jetzt war sie so nahe am Ziel. Das letzte Stück würde sie auch noch hinter sich bringen. Kurzerhand drehte sie ihr Radio lauter, raffte den Rücken und bediente sich an ihrer Kräftereserve. Ein Radiosprecher las gerade die Wünsche seiner Zuhörer für den Sommer vor, und Aurora ertappte sich dabei, interessiert zu folgen. Es waren natürlich vorhersehbare Wünsche dabei, wie etwa jeden Tag 30 Grad zu haben oder endlich einen Platz am Lieblingsstrand zu ergattern. Aber, und das ließ sie aufhorchen,

Eis spielte im Sommer offenbar eine größere Rolle als von ihr angenommen, denn mehr als einmal war es Protagonist eines Wunsches. Man wollte sich einfach nur eisschleckend den Sonnenuntergang ansehen. Oder granitaschlürfend auf dem Balkon sitzen. Oder, und das fand sie besonders nett, endlich eine neue Eissorte ausprobieren. Eis wurde demnach nicht nur mit der heißen Jahreszeit, sondern auch mit der damit verbundenen positiven Einstellung assoziiert. Eis stand für Genuss, Lebensfreude, Neuaufbruch. Ein interessanter Gedanke, fand sie.

Interessant war auch die Umgebung. Sie kannte die Ortschaften, die sie durchfuhr, zwar fast auswendig, dennoch faszinierten sie sie immer wieder aufs Neue. Denn die Vegetation, die Gerüche, die waren so facettenreich, dass man sich nie daran sattsehen und -riechen konnte. Sie wusste auch, wann sie den Kopf nur kurz heben brauchte, um einen Blick auf die große Christusstatue zu erhaschen, die Maratea berühmt gemacht hatte. Sie schien Aurora willkommen zu heißen, in ihrer weißen Pracht. Ja, in ihrem Herzen regte sich so etwas wie Vorfreude. Aber es war eine fast resignierte Vorfreude. Was sie sehr bedauerte. Denn daran würde sich nie wieder etwas ändern, fürchtete sie. War das nicht eine bedauerliche Schande?

Wenn es sich verhindern ließ, vermied sie es am liebsten ganz, nach Hause zu fahren. Ihre Besuche hatte sie auf einmal jährlich heruntergeschraubt. Aber das war auch keine Lösung. Und nun war sie ja schließlich da, musste sich allen stellen. Mit dem Gewicht ihrer Ehe im Nacken und der Gewissheit, dass sie zudem eine folgenschwere Entscheidung getroffen hatte, die ihre gesamte *famiglia* betraf.

»*Meraviglioso*! Wunderbar!«, sagte sie tonlos und lenkte ihren roten Fiat weiter hinauf. Immer weiter hinauf. Bis sie letztendlich Maratea erreichte, das pittoresk, still und auch ein bisschen erhaben über der Küste thronte. Egal wie oft sich ihr dieser Anblick in Zukunft noch bieten würde, sie war sich ziemlich sicher, dass er stets einen Hauch Stolz in ihr hervorrufen würde.

Marateas Schönheit war zeitlos, erkannte sie in diesem Moment. Diese Tatsache wirkte so beruhigend auf sie wie eine feste Begrüßungsumarmung.

Sie parkte am Ortseingang. Maratea war im Sommer mehr oder weniger eine einzige Fußgängerzone. Aurora war kurz so erleichtert, endlich angekommen zu sein, dass sie Arme und Stirn auf das Lenkrad legte und erst einmal durchatmete. Dieser Moment der totalen Entspannung dauerte aber nur einen Augenblick. Dann wurde auch schon die Fahrertür aufgerissen. Die Kraft, erschrocken hochzufahren, fehlte ihr. Außerdem war eh klar, wer sich diese Freiheit genommen hatte …

»Aurora! Endlich, endlich, endlich!«, schrie ihr jemand praktisch ins Ohr.

»*Zia* Olivia …«, grüßte Aurora schwach zurück, während sie versuchte einzuschätzen, ob ihr Trommelfell sich von selbst erholen würde.

»Liebste Olivia, nun lass sie doch erst einmal aussteigen«, mischte sich eine weitere Stimme ein, die definitiv zu Arturo gehörte.

Und das tat Aurora dann auch. Ächzend und mit knackenden Knochen zwar, aber immerhin ohne fremde Hilfe. Wenn sie nur annähernd so erschlagen aussah, wie sie sich fühlte, dann musste sie wohl mit einer Tüte über dem Kopf nach Hause laufen, damit niemand sie erkannte.

»Es ist so schön, dich wieder hier zu haben, Kind!«, rief ihre Tante unbeirrt und umarmte sie fest.

Das war gut. So vertraut. Sie atmete den typischen Geruch nach zartem Blumenparfum und Sommer ein, den *zia* Olivia verströmte. Wie Zuhause und Liebe, so duftete ihre Tante.

»Ich bin auch froh, hier zu sein, *zia*!«, schickte sie sich an zu sagen. Und es stimmte – wenn sie den ganzen Rest mal außen vor ließ.

»Ach, Kind, du siehst so erschöpft aus!« Olivia hielt sie zwar noch immer an beiden Händen, ging aber jetzt ein bisschen auf Distanz, damit sie sie besser ansehen konnte. Sie hob beide Arme von Aurora hoch und legte den Kopf schief, prüfte ihr Aussehen fast ein bisschen streng und war offenbar nicht zufrieden mit dem, was sie sah. Konnte sie ja gar nicht sein, wenn Aurora sich doch fühlte wie durchgekaut und ausgespuckt. »Sehr, sehr erschöpft«, wiederholte die Tante ihre Bemerkung kopfschüttelnd.

»Dafür siehst du so wunderschön aus wie immer!«, fand Aurora und beäugte ihre Tante noch genauer. Nicht nur für ihr Alter war sie sehr attraktiv. Ihr Haar trug sie stets perfekt schokoladenbraun gefärbt zum strengen Bob geschnitten – genau wie Aurora. Und ihr obligatorisches Leinenoutfit, das aus weiten Hosen und luftigen Blusen bestand, stand ihr ausgesprochen gut.

»Pffft!«, rief sie aus und rollte mit den Augen. »So ein Unsinn!«

Als ihre Tante kurz von ihr abließ, grüßte Aurora Arturo herzlich. »Sie kann noch immer kein Kompliment annehmen, wie ich sehe«, neckte sie ihn augenzwinkernd.

»Wenn man an seinem Leben hängt, sollte man das besser unterlassen, ja«, antwortete er lachend.

»Hat sie dich heute sehr gestresst?«, wollte sie weiter wissen.

»Nicht mehr als sonst …«

»Das heißt, sie war komplett am Durchdrehen, hm?«

»Nun. Wir hatten einen winzigen Moment, genauer gesagt, als ihr *sugo* anbrannte, bei dem ich kurz um ihr leibliches Wohl gefürchtet habe. Das muss ich ganz ehrlich zugeben.«

»Hat sie wieder geflucht, dass es ganz Maratea mitbekommen hat?«

»Weite Teile des Ortes, ja.«

»Und wie lange steht ihr schon hier am Parkplatz?«

»Das willst du nicht wirklich wissen …«

»Oh Gott. Schon wieder Stunden?«

»Nur ein paar …«

»Ihr zwei, ich kann euch hören!«, mischte sich ihre Tante wieder ein. »Wirst du wohl das Gepäck endlich aus dem Auto holen, Arturo? Siehst du nicht, wie müde das Kind ist?«

Das Kind … *das* war sie schon lange nicht mehr. Bei ihrer Tante fühlte sie sich trotzdem ein bisschen so. Sie ließ ihr ja gar keine andere Chance.

Natürlich tat Arturo geschäftig wie ihm befohlen. Und wie eine kleine zusammengewürfelte *famiglia* schritten sie gemeinsam den gepflasterten Weg vom Auto zur Piazza entlang. Der Trolley ratterte und holperte hinter Arturo her. Die Reisetasche hingegen hatte sich *zia* Olivia über die Schulter gehängt. Aurora selbst durfte nur ihre Handtasche tragen. Irgendwie war das gar nicht so übel, so empfangen zu werden. Sie fragte sich kurz, was für ein Bild sie von außen betrachtet abgeben mochten. Vater, Mutter, Tochter? *Zia* Olivia sah sie ja ähnlich genug. Wie auch immer. Aurora hoffte einfach nur, dass man sie nicht für eine Touristin hielt. Das würde ihr Einheimischen-Stolz nicht ertragen.

Sie erreichten die Piazza zügig. Ihr Zuhause! Und auf verwirrende Weise doch wieder nicht. Sie wohnten gleich am Marktplatz. Direkt über der *Casa del Gelato* – also der Eisdiele ihrer Familie –, die am frühen Abend sehr gut besucht war, wie sie ohne Erstaunen erkannte. Dennoch trat ein Mann hinter der Theke hervor und rannte ihr entgegen. So eilig, dass die Kunden, die in der Schlange standen, ihm neugierig hinterherblickten und sich vielleicht fragten, welches Eis ihn so sehr auf Trab gebracht haben mochte.

»Aurora!«, rief er und streckte die Arme nach ihr aus.

»*Papà* …« Etwas gerührt wartete sie ab, bis er sie erreicht hatte und sie liebevoll umarmte. Lange, ganz lange. Innig. Dann schob er sie gerade so weit von sich, dass sie sich ins Gesicht blicken konnten. Er verliert sich mal wieder in meinen Augen, überlegte sie, während sie in seine schaute. Sie bemerkte aber auch, dass er um Jahre gealtert zu sein schien. Seine Glatze erlaubte nur noch einem winzigen Haarkranz fortzubestehen. Und sein lustiger Schnurbart war komplett ergraut. Das heitere Funkeln in seinen Augen hatte aber nichts von seiner Wirkung verloren. Aurora fragte sich, was er wohl anders herum in ihrem Gesicht las. Wen er sah. Ob es ihm wohl genauso ging wie ihr, wenn sie in den Spiegel blickte? Aurora war das Abbild ihrer Mutter, besonders ihre Augen waren identisch. *Mamma*!, schrie ihre innere Stimme geradezu schmerzvoll sehnsüchtig bei dem Gedanken an Perla. Und Aurora konnte es auch gar nicht steuern, dass ihre Augen die Eisdiele nach ihr absuchten. Die Leere und ihre Abwesenheit waren wie ein wiederholter, nie enden wollender Schlag in die Magengrube.

»Wie war die Fahrt, Auri?«, wollte Gino, ihr Vater, jetzt von ihr wissen. Sie hatte dabei den Eindruck, dass er nur das Erstbeste gesagt hatte, was ihm gerade eingefallen war. Um sie auf andere Gedanken zu bringen.

»Ach. Eigentlich ganz gut, *papà*. Ermüdend halt. Aber danke.«

»Und wie geht es Matteo?«

»Gut«, antwortete sie ganz automatisch. »Alles bestens«, setzte sie nach und klang dabei sogar überzeugend. Aber es tat ihr im Herzen weh, dass es eben *nicht* so war, wie sie behauptete. Daher gab sie vor, das bunte Treiben in der Eisdiele zu beobachten. Sie bemerkte eine junge Frau, die zwischen den Tischen herumwirbelte und überraschenderweise an eine Fee erinnerte, die sich anschickte, Wünsche zu erfüllen. »Wer ist das?«, erkundigte sie sich.

Ihr Vater drehte sich um. »Ach das, ja, das ist Cristina.«

Eigentlich ein ganz simpler Satz, fand Aurora. Was sie aber so sehr an dieser kurzen Antwort wunderte, war Ginos Tonfall. Denn der drückte nämlich so etwas wie Zuneigung und gleichzeitig Bewunderung aus. Ein bisschen machte sie das eifersüchtig, aus welchem Grund auch immer.

»Gino, vielleicht mag Aurora sich erst einmal frisch machen …«, gab jetzt *zia* Olivia zu bedenken, die mit Arturo die ganze Zeit über in respektvoller Stille dabeigestanden hatte.

»Oh. Ja. Natürlich. Geht ihr schon einmal nach oben. Ich komme gleich nach«, sagte Gino, hatte aber offensichtlich Schwierigkeiten, Auroras Hand loszulassen. Er hielt sie fest. Ein paar liebevolle Momente lang. Dann drehte er sich um und ging wieder auf die Theke zu, in der sich das beste Eis überhaupt befand. Sie beobachtete noch kurz, wie ihr Vater fast gänzlich mit der *gelateria* verschmolz. Sie gehörten zusammen, das war offensichtlich. Es war, als machte ihn das gewohnte Umfeld erst zu einem kompletten Menschen. Ja, er verwandelte sich geradezu, wenn er mit Waffeln und *gelati* hantierte. Und wenn es auch auf beinah magische Art schön war, diese Verwandlung mit anzusehen, so machte sie ihr auf der anderen Seite auch das Herz schwer.

»Komm nach oben, Aurora«, befahl Olivia – für ihre Verhältnisse recht liebevoll – und zog sie sanft in Richtung Hauseingang. Im Stockwerk über der Eisdiele befanden sich zwei geräumige Wohnungen, Tür an Tür. In einer davon wohnte Olivia, in der anderen Gino. Eine strenge Trennung zwischen den beiden Haushalten gab es aber nicht. Aurora war in beiden daheim. Und gleichzeitig in keinem davon, erkannte sie schweren Herzens.

»Ich muss kurz aufs Klo«, sagte sie und verschwand im Bad, bevor sie die gewohnten, aber gleichzeitig immer wieder neuen Eindrücke übermannten. Sie wusch sich das Gesicht, vermied es jedoch, sich im Spiegel zu betrachten, aus Angst, vor ihrem eigenen Gesichtsausdruck zu erschrecken. Dann setzte sie sich auf den Wannenrand, sammelte sich ein bisschen und wusch sich noch einmal das Gesicht. Das konnte sie aber noch so lange waschen, dieses eigenartige Gefühl, nicht richtig angekommen zu sein, ließ sich nicht wegwischen.

Gusto Cioccolato 

Diese Eissorte verdient Respekt. Jeglicher Innovation zum Trotz ist und bleibt Schokolade unangefochten die beliebteste Geschmacksrichtung. Und das wohlgemerkt in jeder Altersgruppe. Gebt einem Kind Schokoladeneis, und es wird strahlen. Gebt der Mutter des Kindes Schokoladeneis, und sie wird ebenso strahlen. Weil keine andere Eissorte ein vergleichbar starkes Glücksgefühl weckt. Das liegt am Kakao … und an der Idee, mit der man Schokolade verbindet. *Felicità* zum Schlecken! Dicke, kühle, süße Masse, die für Freude und Zufriedenheit sorgt.

Ein Wunder eigentlich.

Das alles muss der Eismacher beachten. Das alles muss der Eismacher respektieren. Eine große Verantwortung, nicht wahr? Aber es hat ja auch niemand behauptet, dass Eismachen einfach ist.

Kapitel 3

Maratea, 1950

»Ach, Mist!«, schimpfte Elvira mit vollem Mund und schluckte erst dann. Was machte sie nur falsch? Sie kam nicht drauf. Je mehr sie grübelte, desto ratloser wurde sie. Das war nicht ihre Schuld. Eher so eine Blockade ihrer Kreativität, erkannte sie. Oder ein Überschuss an Perfektionismus. Sie tippte nervös mit den Fingern auf die Arbeitsfläche. Aber das Geräusch, das dabei entstand, machte sie nur noch nervöser. Also hörte sie damit auf und versuchte, ihre Gedanken zu ordnen.

Nun, zumindest Fior di latte beherrschte sie inzwischen perfekt, konnte sie von sich behaupten. Aber, oh, wie lange hatte auch das gedauert! Ein ganzes Leben, hatte sie manchmal das Gefühl. Die Waffeln waren mittlerweile ebenfalls ein Gedicht. Croccanti – knusprig. Wie sie eben sein mussten. Crocc, crocc. Bei jedem Bissen. Und sie weichten auch nicht durch. Die ersten paar Male hatte sie sich bei der Herstellung ordentlich die Finger am Waffeleisen verbrannt. Sie hatte es sich vom alten Bernardo anfertigen lassen, der teils Schmied, teils Elektriker war. Wobei er weder den einen noch den anderen Beruf in Vollendung beherrschte. Aber das Waffeleisen war gut. Es war jedenfalls nicht Bernardos Schuld, dass sie es am Anfang zu lange ins Feuer gehalten hatte. Und verbrannte Finger waren ganz wunderbare Lehrer, hatte sie herausgefunden. Denn allzu oft hatte sie den gleichen Fehler natürlich nicht begangen.

Cioccolato jedoch bekam sie einfach nicht hin. Dabei hatte sie extra teure Schokolade bei Giuditta im Laden bestellt und über eine Woche darauf gewartet. Weil sie vermutete, dass es daran lag. An der falschen Schokolade. An zu großen oder zu kleinen Schokostücken. An dem Gleichgewicht zwischen Schokolade und Milch. Aber nichts davon traf zu. Es lag an irgendeinem verborgenen, schwer zu fassenden Grund.

»Also, ich finde, es schmeckt«, wagte ihre Mutter einzuwenden. Sie war ihr Versuchskaninchen und nahm noch einen Löffel vom weichen, samtig-dicken Eis. Ihre Mutter leckte den Löffel ab, bis er wieder glänzte, und hatte dabei etwas von einem kleinen Mädchen.

»Davvero? *Ehrlich?« Elvira war einfach nicht überzeugt. Sie seufzte, hätte ihrer Mutter liebend gerne geglaubt. Aber die mochte einfach alles, hatte einen ganz anspruchslosen Geschmack. Hauptsache süß, war ihre Devise. Aber Elvira wusste, dass irgendetwas fehlte. Sie kam jedoch nicht darauf, was es war. Und das nervte sie. Außerdem nervte es sie, dass sie schon wieder mit ihrem Mann Franco gestritten hatte. Aber das war noch einmal ein ganz anderes Thema.*

»No, no, no! *Sieh zu, dass du diesen Schatten sofort wieder von deinem Gesicht verjagst«, tadelte ihre Mutter sie und hob sogar den Zeigefinger. Es war schier unmöglich, dieser Frau etwas zu verheimlichen. Schon gar nicht konnte Elvira ihr weismachen, dass ihr die ständigen Streitereien mit Franco nicht nahegingen. Dass sie stritten, bekam ihre Mutter natürlich mit. Das war auch gar nicht zu verbergen. Elvira hielt daher inne, lehnte sich an ihren kleinen Kühlschrank und trocknete sich die Hände gedankenverloren am Küchentuch ab. Es stammte aus ihrer Mitgift. Wie fast alles, was sie im Haushalt benutzte. Ihre Eltern hatten sich nicht geizig gezeigt und ihr so viel mitgegeben, dass es wahrscheinlich für drei Ehen gereicht hätte. Drei Ehen! Pah! Die, die sie hatte, reichte ihr vollkommen.*

»Tue ich das Richtige, mamma?«, *wollte sie nach einigen Augenbli cken des Schweigens wissen.*

»Komm her, bambina mia!«

Etwas widerwillig ging Elvira auf ihre Mutter zu, die am Küchentisch saß, nahm die Hand, die sie ihr entgegenstreckte, und setzte sich. Strich dann erst einmal ihren Rock glatt, der es gar nicht nötig hatte, weil der Unterrock mit dem üppigen Tüll den Stoff ohnehin so hielt, dass er kaum Falten werfen konnte. Sie schob sich eine widerspenstige Strähne hinter das Ohr. Und war sich gar nicht sicher, ob sie wirklich eine Antwort auf ihre Frage wollte.

»Sieh dich an, Elvira! Du hast das Talent, mit ein paar Zutaten

wundervolles Eis herzustellen – ohne Hilfsmittel, einfach so, in deiner Küche. Von wem du das hast, weiß ich wirklich nicht. Und wie du das machst, weiß ich erst recht nicht. Das ist ein Geschenk, Elvira. Und du wirst dieses Talent verdammt noch mal nutzen. Lass dir von niemandem etwas anderes einreden, bambina mia! *Von niemandem!«*

»Noch nicht einmal von meinem eigenen Mann?«

»Na, vom dem erst recht nicht! Dazu habe ich dich nicht erzogen. Kuschen sollen andere Frauen. Du nicht!«

»Es nagt aber an mir, mamma! *Wieso ist er so sehr dagegen, wenn ich die* gelateria *endlich eröffne? Immerhin haben wir doch jetzt alles. Die Räume, die Einrichtung. Alles. Wieso macht er es mir so schwer?«*

Ihre Mutter beugte sich etwas vor, sah ihr dabei in die Augen. Elvira erkannte ihre eigenen Züge in denen ihrer Mutter. Sie konnte nicht anders, als sich zu fragen, wann ihre Haut anfangen würde, die ersten Fältchen aufzuweisen. »Ich werde dir jetzt ein Geheimnis verraten: Männer merken das, wenn wir etwas mehr lieben als sie«, sagte sie ganz nüchtern. »Er wird es schon lernen, mit deiner großen Leidenschaft umzugehen. Und du, bambina mia, *wirst deine Träume verwirklichen. Maratea wird dein Eis lieben! Du wirst sehen. Du wirst Geschichte machen, Elvira!«*

»Ach, mamma, *das ist Unsinn. Geschichte … hier in Maratea? Ich werde höchstens am Wochenende ein paar Großeltern mit ihren Enkeln beglücken – nichts Großartiges also. Aber das reicht mir schon. Ich will nur* gelati *machen.«*

»Denke groß, Elvira, sei nicht so bescheiden. Versuche das Unmögliche zu erreichen!«, sagte ihre Mutter, erhob sich dabei umständlich. »Wenn das jemand schafft, dann du!«

Lange dachte Elvira noch über die Worte ihrer Mutter nach. Es machte sie ein bisschen stolz, dass sie ihr so sehr vertraute. Zuspruch war wichtig. Zumal man sie im kleinen Maratea wegen ihrer Idee, eine Eisdiele zu eröffnen, ja eher belächelte. Die Leute kannten das ja auch gar nicht. Die kannten nur Bars, die sich strikt an Kaffee und Grappa hielten. Diese Leute waren ihr offen gestanden fast egal. Aber Franco …

nun … den hätte sie schon gerne auf ihrer Seite gehabt. Er war ja schließlich auch ein bisschen mit daran schuld, dass sie ihre Leidenschaft für das Eis überhaupt erst entdeckt hatte. Auf ihrer Hochzeitsreise – drei hektische Tage in Rom – hatte er vor einer sehr schicken gelateria *gehalten, sie verschmitzt angelächelt und zum Eisessen eingeladen. Sie hatte sich augenblicklich verliebt. Oh. Und wie! Die vielen, bunten Eissorten hatten es ihr sofort angetan. Sie hatte die Magie, die vom Eis ausging, um die vielen wartenden Kunden zu erreichen und ihnen ein Lächeln auf die Lippen zu zaubern, förmlich mit Händen berühren können.*

»Ich will Eis machen, Franco«, hatte sie ihrem Mann später im Hotelzimmer im Anflug einer unerwarteten Zuneigung anvertraut. Sie hatten sowieso lange überlegt, wie sie den Ladenraum an der Piazza von Maratea am besten nutzen konnten, der Elviras Eltern gehörte. Diese Idee war ihr wie die ideale Lösung erschienen. Aber schon in Rom hatte Franco sich ganz entschieden dagegen ausgesprochen.

»Wovon sprichst du eigentlich? Eis? In Maratea? Vergiss das bitte schnell wieder, ja?«

Und sie hatte es tatsächlich versucht. Ihre Enttäuschung über seine Reaktion herunterzuschlucken. Und diese vibrierende Begeisterung, die sie gepackt hatte und bis in die Eingeweide infiziert hatte, zu ignorieren. Gelungen war es ihr aber nicht. Ganz im Gegenteil.

Elvira seufzte, zwang sich dazu, sich wieder auf ihr Cioccolato *zu konzentrieren. Und plötzlich fiel ihr ein, was dem Eis fehlte: Johannisbrotkernmehl!*

Maratea in der Gegenwart

Nando prüfte, ob seine grüne Schürze Spritzer abbekommen hatte, nahm sie ab, hängte sie an den kleinen Haken, den er an der Innenseite der Tür zum Labor eigens angebracht hatte. Behutsam strich er über das goldene *Casa del Gelato*-Logo und rieb sich dann die Hände. Er dehnte ein bisschen seine Halsmuskeln und machte ein paar Entspannungsübungen, indem er den Kopf langsam kreisen ließ. Die Halswirbel knackten dabei leise. Verspannt war er. Aber das störte ihn nicht. Zufrieden blickte er auf das Resultat seiner Mühe. Heute hatte er fünf Behälter mit leckerem Schokoladeneis gefüllt und dabei – darauf bestand sein Arbeitgeber Gino – wie immer das Rezept einer gewissen Elvira befolgt. Soviel er wusste, hatte diese Elvira die *gelateria* in den 50er Jahren gegründet. Er selbst arbeitete seit mehr als einem halben Jahr hier und hatte kein Problem damit, sich an deren Vorgehensweise zu halten, fand es auch interessant, Johannisbrotkernmehl zu verwenden. Wenn er ehrlich war, dann musste er zugeben, dass die paar Gramm von diesem besonderen Mehl das *Cioccolato* der *Casa del Gelato* erst zu etwas ganz Besonderem machten. Besonderes Eis eben für eine besondere Eisdiele, dachte er. Schön, dass er daran teilhatte, sie mit in die Zukunft zu führen. Eine große Verantwortung! Sie wog aber kein bisschen, sondern beflügelte ihn viel mehr.

Lautes Klopfen holte ihn wieder zurück auf den Boden der Tatsachen. »Nando?«

Er öffnete die Tür, blickte in das Gesicht seiner Schwester Cristina, ließ sie herein. »Wieso klopfst du?«

»Um deine schöpferische Phase nicht zu stören.« Sie sprach diesen Satz aus wie eine Frage. »Ich habe mal irgendwo gelesen, dass man Eismacher niemals bei der Eisherstellung stören soll. Sonst wird das Eis zu flüssig oder so«, fuhr sie unbeirrt fort.

»Aha. Und wo bitte schön hast du diese Erkenntnis her? Aus deinen idiotischen Frauenzeitschriften mal wieder?« Seine Schwester hatte da dieses Hobby, tonnenweise Zeitschriften nach Weisheiten zu durchforsten. Seiner Meinung nach alles Humbug.

Sie rollte nur mit den Augen. »Bist du so weit?«, wollte sie von ihm wissen, ohne weiter auf seine Fragen einzugehen.

»Ja. Ich bin fertig«, erwiderte er, ließ den Blick aber noch einmal über die blankgeputzten Arbeitsflächen wandern. Er mochte es ordentlich.

»Dann lass uns gehen.«

Er wusste, dass auch ihre Schicht im Service beendet war, obwohl die *gelateria* noch lange nicht schloss. Also folgte er ihr in den wohlverdienten Feierabend.

Als sie außer Hörweite waren und gemeinsam den Weg von der Piazza in Richtung Parkplatz gingen, begannen sie sich etwas unbefangener zu unterhalten. Sie mussten dabei Touristen ausweichen, die sie augenzwinkernd in drei Kategorien gepackt hatten:

a) die Umherirrenden, also diejenigen, die kein Ziel hatten, aber trotzdem nichts verpassen wollten;
b) die Zielstrebigen, also diejenigen, die sich bereits zuhause alles herausgesucht hatten und bis ins Detail wussten, wohin sie wollten und was sie dort tun mussten;
c) die Entspannten, also diejenigen, denen alles egal war und die schlenderten, sich erfreuten, aber nicht auf Teufel komm raus alles erleben mussten, was auf dem Programm stand.

Da er eindeutig in die Gruppe C passte, seine Schwester hingegen der absolute B-Typ war, hatten sie es stets vermieden, gemeinsam zu verreisen – mal abgesehen von den wenigen Familienurlauben ihrer Kindheit.

»Und? Ist sie da?« Nando bemühte sich nicht, die Frage konkreter zu formulieren, nickte dabei Enza aus dem Souvenirladen zu, die ihm lächelnd zuwinkte. Er wusste, dass Cristina trotzdem verstand. Das war so ein Ding zwischen Geschwistern, vermutete er, dass man nicht immer alles erklären musste, sondern auch mit wenigen Worten denselben Zweck erfüllte.

»Ja. Sie ist am späten Nachmittag eingetroffen.«

»Wie ist sie so?« Er wusste gerade nicht, was ihn mehr nervte: sein entschiedenes Interesse oder die Tatsache, dass er seiner Schwester jedes Wort aus der Nase ziehen musste.

»Ganz nett, scheint mir …«

»*Mamma mia*, Cri, geht das auch etwas genauer?«

»Ja, was soll ich denn da sagen? Ich habe sie vielleicht drei Minuten lang gesehen, während sie Gino begrüßt hat. Dann ist sie auch schon mit ihrer Tante und Arturo nach oben in die Wohnung.«

»Mehr nicht?«

»Mehr nicht.«

»Wurde sie dir nicht vorgestellt?« Er versuchte zu analysieren, was genau das bedeuten mochte. War sie sich zu fein, um den einfachen Angestellten die Hand zu reichen? Hoffentlich nicht. So Damen, die sich für etwas Besseres hielten, konnte er rein gar nicht ausstehen.

»Nein.«

»Wieso nicht?«

»Woher soll ich denn das wissen?«

Cristina war so abrupt stehen geblieben, dass er ein paar Schritte zurückgehen musste.

»Tut mir leid«, betonte er gleich. Es war nicht fair, seine Schwester dermaßen auszuquetschen. Seine unerklärliche Nervosität musste er anders abreagieren.

»Schon gut«, lenkte Cristina ein. »Ihre unerwartete Anreise macht uns alle neugierig. Da geht es nicht nur dir so.«

Er nickte nur. Wollte auch gar nicht weiter darüber sprechen. Er hatte das Gefühl, dass Aurora gekommen war, um über die Zukunft der *Casa del Gelato* zu entscheiden. Sein Arbeitgeber Gino war zwar kein Mann der vielen Worte, aber er hatte mehr als einmal verlauten lassen, dass die *gelateria* Aurora gehörte und er sich nicht ewig um alles kümmern konnte. Nando fand, sie verdiente diese Macht gar nicht. Was konnte diese Frau schon über den Betrieb wissen? Über die täglichen Freuden. Über die routinierten, doch nie gedankenlosen Handgriffe. Über das Arbeitsklima allgemein. Sie lebte ja ganz woanders.

»Oh, Mann! Ich sehe sie ja geradezu umherschwirren, deine düsteren Gedanken«, sprach seine Schwester wieder. »Bleib ganz lässig, okay? Lass uns einfach nur nett zu ihr sein. Bestimmt will sie hier nur ihren Urlaub verbringen. *Va bene*?«

»Es bleibt uns ja nichts anderes übrig.«

»Sie ist bestimmt ein total netter Mensch …«

Obwohl Nando sich Sorgen um seinen liebgewonnenen Arbeitsplatz machte, weil Aurora sich unter Garantie in das Geschehen einmischen würde, musste er bei Cristinas Worten lächeln. So war sie, seine Schwester. Sie sah das Glas stets halbvoll. Und wenn er ehrlich war, dann liebte er gerade diese positive, immer freundliche Art ganz besonders an ihr. Manchmal wünschte er, sich eine Portion davon abschneiden zu können. Aber nur manchmal, genauso wichtig fand er nämlich meist seine gesunde Skepsis.

»Ja. Vielleicht ist sie das tatsächlich«, erwiderte er und hoffte sehr, dass sie beide recht behalten würden.

»Fährst du mich noch heim?«, wechselte Cristina das Thema und hielt neben seinem Auto.

»Klar. Oder willst du die zehn Kilometer lieber laufen?«

Im Schein der Straßenlaterne sah er, wie sie die Augen in gespielter Verzweiflung nach oben richtete. »Das war auch eher eine rhetorische Frage, *stupido*!«

»Steig schon ein, du Nervensäge!«

Als sie beide sich angeschnallt hatten, lenkte er seinen schwarzen Alfa aus der Parklücke. Während eine schier endlose Karawane aus dicht an dicht fahrenden Touristenautos sich den Hügel hinaufschlängelte, kehrten sie der sommerlichen Movida den Rücken zu, denn sie wohnten in zwei ruhigeren Ortsteilen. Bestimmt waren die Besucher auf dem Weg zum Gipfel, auf dem die Christusstatue stand. Nachts hatte man von dort aus eine spektakuläre Aussicht, wenn die Lichter der Ortschaften, die sich harmonisch ins Bild fügten, beinahe den Sternen die Show stahlen. Tagsüber war die Aussicht nicht minder berauschend: Meer, Meer, Meer in all seinen Schattierungen, das auf schroffe, wild-schöne Küstenabschnitte traf.

Nando drehte das Autoradio lauter, weil er das Gefühl hatte, dass ihm gerade nur Musik fehlte, um diesen kurzen Augenblick der trägen Schwerelosigkeit perfekt zu machen. Laue Nachtluft trat sachte durch die heruntergefahrenen Fenster herein. Sie wirkte beruhigend auf ihn, machte seinen Kopf frei und brachte einen ganzen Schwall Duftnoten mit sich, die er instinktiv einzuordnen versuchte. Wie konnte diese Aurora einer solchen Herrlichkeit nur freiwillig fernbleiben, fragte er sich ganz unvermittelt, schämte sich aber gleich darauf ein wenig, weil er fand, dass dieser Gedanke gerade kein bisschen zu diesem unbekümmerten Moment passte. Er sah zu Cristina rüber, wie jemand, der fürchtete, bei Verbotenem ertappt worden zu sein. Sie war aber offensichtlich eingenickt. Ihr Kopf bewegte sich bei jeder Kurve unkontrolliert hin und her. Sofort schaltete er einen Gang runter und fuhr deutlich langsamer.

Cristina war jünger als er, und er konnte seinen Beschützerinstinkt ihr gegenüber nicht ausschalten. Sie wohnte – wie das süditalienische Protokoll verlangte – als Unverheiratete noch bei ihren Eltern in Acquafredda, auch wenn sie in festen Händen war. Er selbst wohnte schon lange in einer kleinen Wohnung in Fiumicello. Das gehörte noch immer zu Maratea, lag aber direkt am Meer. Und er mochte es, das Meer. Die letzten Jahre hatte er im Sommer in Hotels herumgejobbt. Es hatte immer gereicht, um gut über die Runden zu kommen. Dann aber hatte er einen reichen Norditaliener kennengelernt, der seinen Urlaub in Maratea verbrachte. »Mit Eis kannst du richtig Geld machen«, hatte dieser zu ihm gesagt. Und irgendwie hatte dieser Satz sein ganzes Leben verändert. Denn gleich darauf hatte Nando sich zu einem Eismacher-Kurs angemeldet und dabei nicht nur entdeckt, dass er sich sehr geschickt anstellte, sondern auch angefangen, diese unglaubliche Leidenschaft zu spüren, die ihn bei der Eisherstellung jedes Mal packte. Reich war er bisher zwar noch nicht geworden, aber er fühlte sich trotzdem geradezu beschenkt.

Tja, und der Rest war Geschichte. Glückliche Umstände hatten ihn auf Umwegen zur *Casa del Gelato* geführt, wo er von Gino mit offenen Armen empfangen worden war.

Ja. Der gute Gino. Beim Gedanken an seinen Arbeitgeber spürte er einen Anflug von so ehrlicher Zuneigung, dass er unwillkürlich lächeln musste. Es war aber auch unmöglich, diesen Mann nicht zu mögen. Gino hatte ein riesengroßes Herz, obwohl er ein eher stiller Typ war. Und nicht selten hatte Nando ihn dabei beobachtet, wie er die Kinder von Maratea – leider gar nicht mehr viele – alle in seine *gelateria* rief und eine Runde Eis ausgab. Gino kannte sie nicht alle beim Namen, aber, bei Gott, er merkte sich genau, welche Lieblingseissorte jedes Kind hatte. »Du, *Fragola-Lampone*, komm mal her! *Vieni a prendere il gelato* – komm, hol dir ein Eis!«, hieß es dann.

Die *Casa del Gelato* ohne Gino? Nein, das konnte, das *wollte* sich Nando gar nicht vorstellen. Die Eisdiele war ein bisschen Nandos Zuhause geworden. Und Gino ein Teil seiner Familie. Schon wieder ärgerte er sich, dass diese Aurora die Macht besaß, dieses so gut funktionierende Gleichgewicht zu stören. Wie bitte sollte er das anstellen, sie nicht als einen Eindringling zu betrachten?

Zu einer eindeutigen Antwort kam er nicht, denn er war bei seinem Elternhaus angekommen. Wie auf Kommando öffnete Cristina die Augen.

»Ich bin eingeschlafen, oder?«, fragte sie unnötigerweise und gähnte ausgiebig, wobei sie sich streckte, dass die Knochen knackten. »Weißt du, kurze Nickerchen sind so gesund wie drei Bananen.«

»Drei gleich?« Er versuchte sie ja ernst zu nehmen. Wirklich. Aber, drei … Bananen!?

»Ist dir wieder zu abgehoben, oder?«

»Ich fürchte, ja. Vielleicht bekommst du aber für dein Schnarchen noch eine vierte Banane gutgeschrieben«, neckte er sie.

»Ich schnarche nicht.«

»Doch. Wie eine Kettensäge hat sich das angehört.«

Ohne ein weiteres Wort, aber laut und abwertend schnalzend, stieg seine Schwester aus, schlug die Autotür zu, kam dann aber wieder zurück. Sie lehnte sich durch das offene Beifahrerfenster hinein.

»Grüble nicht die ganze Nacht durch, okay? Wird schon alles werden.«

Er nickte, zwinkerte ihr zu und fuhr weiter nach Hause. Trotzdem wusste er bereits, dass er genau das tun würde: die ganze Nacht grübeln.

Gusto Pistacchio

Eis muss süß sein. Daran besteht überhaupt kein Zweifel. Wenn die Note der Geschmacksrichtung aber so delikat wie bei der Pistazie ist, dann muss man die Süße so balancieren, dass sie die Steinfrucht gekonnt in Szene setzt und nicht übertrumpft. Ein bisschen so wie beim Musizieren. Je lieblicher die Stimme, desto zarter die musikalische Untermalung. Bei Eis ist das kein bisschen anders.

Kapitel 4

Es war spät. Eigentlich viel zu spät. Das Essen, auf das *zia* Olivia bestanden hatte, wollte kein Ende nehmen. Dabei hätte es Aurora auch vollkommen gereicht, einfach so zusammenzusitzen, um satt zu werden. Denn sie hatte Hunger nach … Familie.

Aurora und Gino. Olivia und Arturo. Denn obwohl Letzterer es nie offiziell geworden war, betrachtete sie ihn als Familienmitglied.

Zusammen, wie auf einem wunderschönen, wenn auch ungewöhnlichen Familienbild; die Art von Gemälde, das man sich an die Wand hängen würde, überlegte Aurora, um es sich wieder und wieder anzusehen, in der Hoffnung, die Personen darauf kennenzulernen und sich ihr Leben und ihre Geschichte vorzustellen. Aber *zia* Olivia hatte nicht mit sich reden lassen. Natürlich nicht. Olivia hatte einfach die Angewohnheit, sie zu bevormunden, zu bemuttern und zu verwöhnen. Und nicht nur sie. Eigentlich bemutterte Olivia alle. Auch Arturo. Meistens. Nun, jedenfalls war es sinnlos, ihre Tante darauf hinzuweisen, dass sie kein Kind mehr war. Schon lange nicht mehr. Deshalb legte sie ihr richtiges Alter ab, wie einen unpassenden Mantel, sobald sie Maratea erreichte. Hier war und würde sie wohl auf ewig die kleine Aurora sein.

»Entweder du bist unter die Vegetarier gegangen, oder es hat dir nicht geschmeckt«, schlussfolgerte Olivia trocken, mit Blick auf ihren nur halb geleerten Teller. Es war ja nicht so, als hätte sie davor nicht brav ihre Vorspeise und ihre Pasta gegessen. Nur jetzt das Fleisch. Das ging einfach nicht mehr. Aus Erfahrung wusste Aurora, dass ihre Tante – ganz egal, welche Antwort sie jetzt geben würde – sich keinen Millimeter von ihrer eben geäußerten Überzeugung wegbewegen würde. Aurora wählte also, statt einer direkten Antwort, die nur zu Diskussionen führen würde, einen Ablenkungsversuch und fand, dass Arturo als Opfer perfekt passte.

»Ich habe übrigens wieder eine Menge Briefmarken dabei, Arturo«, wendete sie sich an ihn. Er sammelte tatsächlich Briefmarken – was bedeutete, dass er als ehemaliger Postangestellter im Besitz einiger wirklich sagenhafter Stücke war, so erzählte er immerzu. Trotzdem freute er sich jedes Mal, wenn sie ihm welche mitbrachte, die bestimmt weniger wertvoll waren. Es war ja kaum zu glauben, an wie viele Postkarten aus aller Welt sie kam. Ehemalige Hotelgäste schrieben unter anderem aus abstrakt klingenden Ortschaften wie Abashiri und Cervantes, beides winzige Städte, die sie erst einmal hatte googeln müssen. Aurora glaubte, dass sie das bloß taten, um ihr zu beweisen, wie reizend auch ihre Städte waren.

Aber Verona hatte einfach einen ganz besonderen Charme, der, wie sie inzwischen wusste, bis ins weiteste Ausland reichte. Für die Veronesen stand ja fest, dass es einzig und allein an ihrer *Giulietta* lag. Das hatte sie schon so oft sagen gehört. Romeo sei nur einer von Julias Fans, behaupteten sie gern. Und wahrscheinlich hatten sie sogar recht. Aber die meisten Touristen kamen doch deswegen, weil sie glaubten, dass Verona noch sehr viel mehr zu bieten hatte. Und das erzählten sie ihr auch stets ausführlich und farbenfroh, wenn sie nach langen Ausflügen, gesättigt von wundervollen Eindrücken, wieder ins Hotel zurückkehrten, in dem Aurora seit knapp zehn Jahren arbeitete. Und in dem Aurora ebenso lange Briefmarken für den guten Arturo sammelte.

»Ich danke dir sehr, Aurora. Meine Sammlung könnte mal wieder ein paar neue Stücke gebrauchen«, freute sich Arturo auch erwartungsgemäß. »Was hast du denn Besonderes dabei?«

»Oh. Da fragst du mich gerade zu viel. Wenn mich nicht alles täuscht, habe ich etwas Japanisches mit einer Flagge und Blüten im Angebot …« Besser man blieb bei Arturo im vagen Bereich, wenn es um die Beschreibung einer Briefmarke ging. Er konnte einen im Nullkommanichts darauf festnageln.

»Mit hellgrünem Hintergrund?«

»*Dio mio*, Arturo, wirst du sie wohl mit diesem Unfug in Ruhe lassen!«, mischte sich *zia* Olivia auf gewohnt ruppige Art ein. Aurora merkte aber sehr wohl, dass die Augen ihrer Tante vor zärtlicher Liebe zu ihm warm leuchteten. Warum diese zwei Menschen, die sich so offensichtlich liebten, es nie geschafft hatten zu heiraten, konnte Aurora sich einfach nicht erklären.

Die Ehe war für die Frauen der *Casa del Gelato* nämlich die wichtigste Bindung überhaupt. Sie hatten alle sehr jung geheiratet, angefangen bei der Mutter ihrer *nonna* Elvira. Eben alle, außer Olivia. Dass die Ehe kein Garant fürs Glücklichsein war, das hatte Aurora nie jemand gesagt. Und deshalb hatte sie stets ihr Bestes getan, um es mit Matteo gut zu haben. So wie ihre Eltern und Großeltern es ihr vorgelebt hatten.

Aurora hörte ein tiefes Seufzen und merkte überrascht, dass es sich um ihr eigenes handelte.

»Du brauchst ein Eis«, stellte ihr *papà* Gino fest und erhob sich bereits. »Komme gleich wieder.«

Dagegen konnte sie nichts einwenden. Denn ihr Vater hatte absolut recht.

Als Gino wenig später mit einem Eisbecher aus rotem Glas kam und sich wieder neben sie setzte, bevor er das Tablett vor ihr abstellte, merkte Aurora sofort, dass ihrem Vater ein Fehler unterlaufen war.

»Ist das meins?«, fragte sie deshalb, weil es schier unmöglich war, dass Gino ihr eine andere Eissorte als Pistazie gebracht hatte. Das war ein ungeschriebenes Gesetz. Aurora fing immer mit dem Pistazieneis aus der *Casa del Gelato* an. Erst danach fühlte sie sich überhaupt in der Lage, über andere Eissorten auch nur nachzudenken. *Basta*. Sie liebte es. Und wartete bereits seit fast einem Jahr auf ihr Pistazieneis.

»Ich weiß, was du jetzt denkst. Probiere es einfach, ja? Tu es für mich.«

»Ach, sei mir nicht böse, *papà*, aber …«

»Weiße Traube mit Safran?«, wollte *zia* Olivia plötzlich wissen und reckte dabei den Hals, um einen Blick auf das Eis zu erhaschen. Sie klang dabei wie eine schnurrende Katze. »Wenn du es nicht magst, nehme ich es«, setzte ihre Tante noch einen drauf. Und machte Aurora damit doch ein bisschen neugierig. Ein kleines bisschen.

»Bist du auf einmal experimentierfreudig geworden, *papà*? Ich meine, *Uva Bianca allo Zafferano*?!« Das interessierte Aurora jetzt doch. Ihr Vater mischte nicht gerne. Gar nicht gerne. Und schon gar nicht mit so geschmacksintensiven Zutaten wie Safran. Aurora wusste, dass dieses Gewürz, ganz im Gegensatz zu seinem lieblich-süßen Duft, herb, ja fast scharf schmeckte. Wie ließ sich denn das mit Trauben vereinbaren?

Gino lachte. Und schüttelte amüsiert den Kopf. »Nein. Nicht ich. Dieses Experiment haben wir Nando zu verdanken.«

»Wer ist Nando?« Der Name sagte ihr schon etwas … Sie erinnerte sich zumindest vage, ihn schon einmal gehört zu haben.

»Na, unser Eismacher. Das habe ich dir doch schon oft erzählt …«, tadelte ihr Vater sie warm.

»Stimmt«, gab sie zu und war sich plötzlich dessen bewusst, dass sie meist ganz automatisch weghörte, wenn Gino sie telefonisch über Neuigkeiten aus der *Casa del Gelato* informierte. Warum nur? »Und dieser Nando mischt Safran ins Eis? Warum tut er so etwas?« Sie hatte witzig klingen wollen. Aber ihre Fragen klangen eher verzweifelt. Denn sie konnte einfach nicht verstehen, warum man das Risiko einer so gewagten Mischung auf sich nahm. Sie konzentrierte sich wieder auf die Kugel Eis, die allmählich begann zu schmelzen. Je länger sie auf die süße Masse schaute, desto intensiver spürte sie die Vorfreude ihrer Papillen. Es lag ein bisschen am Duft, ein bisschen am verlockenden Anblick. Wenn sie ehrlich war, dann musste sie sich eingestehen, dass ihr Kampf schon lange verloren war.

»Er mischt, weil er es kann«, war Ginos schlichte Antwort. Aurora entging das amüsierte Funkeln in seinen Augen nicht.

»Das wollen wir erst mal sehen!« Ja. Das musste dieser Nando ihr schon beweisen. Deshalb hob sie endlich den Löffel und ließ ihn in den Becher, in die kalte Delikatesse sinken.

Nun … die Konsistenz schien schon einmal perfekt. Cremig. Aber nicht so dick wie bei Milcheis. Sie roch direkt dran. Gut. Keine künstlichen Aromen. Nur frische Zutaten konnten diesen ehrlichen Duft verströmen. Der Safran aber … der machte ihr Sorgen. Einfach zu dominant, fürchtete sie.

Als sie den Löffel voll Eis endlich in den Mund steckte, wurde ihr bewusst, dass alle den Atem anhielten. Ein bisschen ärgerte sie das. Es war doch nur Eis! Dann aber … ja, dann musste sie sich eingestehen, dass diese Beschreibung in diesem Fall nicht passte. Das, was sie im Mund hatte, war nicht einfach nur Eis.

Sie schluckte.

»Und?«, fragten die Anwesenden wie aus einem Munde.

Und … ja … was sollte sie darauf nur antworten?

Sie versuchte noch immer, die kleine Geschmacksexplosion, die sie gerade erlebt hatte, zu verarbeiten. Himmel, dieses Eis war perfekt. Perfekt! Es fehlte an nichts. Die Zutaten waren fein – geradezu hingebungsvoll – aufeinander abgestimmt. Die fruchtig-süße Traubennote dominierte im ersten Moment und ließ Gaumen und Zunge begeistert Halleluja singen. Das aber auch nur, bis die leichte Schärfe des Safrans allmählich durchsickerte und dadurch die Traube erst wirkungsvoll ins richtige Licht setzte. Wie ein Paukenschlag, der den Eintritt des Künstlers ankündigt. Das Aufeinandertreffen dieser zwei so gegensätzlichen Zutaten bewirkte, dass sie die Augen schließen musste, um alle Sinneseindrücke, die von diesem perfekten Moment abgelenkt hätten, auszublenden.

Puh.

Das war Eis!

Die *Casa del Gelato* war tatsächlich etwas Besonderes, stellte Aurora für sich fest. Anderswo schmeckte es nicht annähernd so perfekt wie hier. Das war eine Tatsache. Und Matteo, der sie dauernd tadelte, weil sie in Sachen Eis sehr, sehr kritisch war, hatte vollkommen recht, wurde ihr mit einem Mal klar. Sie war anspruchsvoll, wenn es um Eis ging. Vielleicht sogar zu anspruchsvoll. Oder eben verwöhnt. Tja, was sollte sie machen? Sie kannte die Perfektion. Wieso sich also mit mittelmäßigem Eis zufrieden geben? Und davon war die Welt voll. Eisdielen wuchsen wie Pilze aus jedem Loch. Ganze Innenstädte hatte man damit gefüllt. Nur die Qualität war dabei auf der Strecke geblieben.

Als Aurora die Augen wieder aufmachte und um sich blickte, wurde ihr bewusst, dass Gino, Olivia und Arturo auf eine Antwort von ihr warteten. Obwohl sie sich ziemlich sicher war, dass ihr Gesicht bereits ihre Meinung über das Eis widerspiegelte, setzte sie doch an, ihre Familie darüber zu informieren. Sie suchte in ihrem Kopf nach einem passenden Satz. Es schmeckt himmlisch!, Ich bin begeistert!, Dieser Nando ist ein Gott! … all diese Antworten kamen ihr in den Sinn.

»Ich glaube, ich muss die *Casa del Gelato* verkaufen!«, war aber dann das, was sie sagte.

Was?

Hatte sie das eben tatsächlich von sich gegeben?

Dieser Satz war ihr einfach so … ja, entschlüpft. Sie hatte das nicht sagen wollen. Zumindest nicht bewusst. Und jetzt blickte sie ihren Worten hinterher, wie eine Mutter, die peinlich berührt mit dem Chaos konfrontiert wird, das ihr eigenes Kind hinterlassen hat.

Gino, Olivia und Arturo schwiegen. Versteinert. Vielleicht sogar resigniert. Aber nicht betreten. Sie vermittelten noch am ehesten den Eindruck, keine Argumente zu haben. Sich schon vor der Schlacht geschlagen zu geben.

»Es tut mir leid …«, schickte Aurora sich an zu sagen. Ein bisschen panisch vielleicht. Sie hatte sich unzählige Male vorgestellt, auf welche Weise sie ihre *famiglia* mit diesem Fakt konfrontieren würde. Einfach so mit der Tür ins Haus fallen war dabei aber keine Option gewesen. Sie musste ihnen doch erklären, warum sie diese schwierige Entscheidung getroffen hatte. Sie musste sie informieren. Über Matteos Schulden. Über die Tatsache, dass ihr kein anderer Ausweg blieb. Sie musste … ach, sie musste die letzte Minute einfach ungeschehen machen. Also holte sie wieder tief Luft, um ihnen all diese Dinge verständlich zu machen.

Weit kam sie aber nicht, denn Gino hob abwehrend die Hand.

»Das muss es nicht, Auri.«

Und diese Worte machten alles noch schlimmer. Denn sie gaben ihr zu verstehen, dass er irgendwie mit dieser Entscheidung gerechnet hatte. Dabei hatte sie sich so bemüht, all ihre Probleme von ihrer Familie fernzuhalten.

Es war ihr nicht gelungen.

Das wusste sie jetzt.

Sie hatte so mit sich gehadert. Bei jedem Telefonat mit ihrem *papà*. Mehr als einmal war sie versucht gewesen, ihm zu gestehen, wie heikel ihre finanzielle Lage wirklich war. Gar nicht mal, um ihn zu involvieren. Viel mehr, um sich die Last vom Herzen zu heben. Wenn auch nur für einen kurzen Augenblick.

»Du weißt, die *Casa del Gelato* gehört dir, Auri. Du musst dich nicht rechtfertigen«, betonte ihr Vater. »Ich bin allmählich sowieso zu alt zum Eismachen …«

Aurora überrollte eine Welle der Hilflosigkeit. Sie fühlte sich nicht imstande, auch nur ein Wort zu sagen. Es war, als hätte ihre laut ausgesprochene Absicht alle Ufer gesprengt. Ihre Verzweiflung floss nur so in alle Richtungen, und sie konnte gar nicht schnell genug reagieren, um ihre Gefühle zusammenzuhalten.

Erleichtert stellte Aurora fest, dass Olivia sich räusperte. Ein Zeichen dafür, dass ihre Tante das Wort ergreifen wollte. Wie gut das war! Alles war gut, wenn damit nur dieser schwere Moment leichter zu ertragen werden würde.

»Ich begleite Arturo kurz zur Tür«, informierte sie sie. Arturo sprang auch sofort auf, drückte sanft Auroras Hand. »Ja. Es ist unheimlich spät geworden«, behauptete er und ging mit großer Würde zur Tür, dicht gefolgt von Olivia.

Aurora tat es noch immer leid, wenn Olivia ihn aus Familienangelegenheiten ausschloss. Wann würde ihre Tante lernen, ihn endlich als ihren Mann anzusehen? So richtig? Fragen über Fragen. Und plötzlich wurde Aurora beinahe von bleierner Müdigkeit erdrückt. Es war aber eine Art Müdigkeit, die sich sicher nicht mit einer Mütze voll Schlaf auslöschen ließ, fürchtete sie.

Sie seufzte schon wieder und blickte in ihren Eisbecher. Die Kugel war komplett zerschmolzen. Schade drum, fand sie. Wirklich, wirklich schade. Gerne hätte sie mit dem Eis Platz getauscht. Lieber gemanscht und zerschmolzen als sich jetzt dem ernsten Gespräch stellen, das sicherlich folgen würde.

Zia Olivia kam zurück. »Sollen wir uns raus setzen?«, fragte sie.

Manche Dinge änderten sich eben nie. Ernste Gespräche fanden bei ihnen stets abends auf Olivias Balkon statt.

Aurora liebte den kleinen Balkon, der über der Terrasse der *Casa del Gelato* hing. Das Stimmengewirr der anwesenden Gäste. Die duftenden, fast wuchernden Balkonpflanzen ihrer Tante, die sie mit selbstgemischtem Kraftwasser goss. Weiß der Geier, was sie da alles hineinschüttete. Wenn sie an ihre eigenen, verkümmerten Zimmerpflanzen dachte, die niemals länger als ein paar Monate überlebten, wurde ihr einmal mehr bewusst, dass es verdammt lang her war, seitdem sie etwas zum Blühen gebracht hatte. Also nicht nur im wörtlichen, sondern auch im übertragenen Sinn. Dieser Gedanke stimmte sie auch jetzt noch traurig. Als Kind hatte sie alle möglichen, manchmal auch verrückten Sachen gemacht. Ein Instrument gespielt. Sich wilde Tanzchoreographien ausgedacht. Schauderhafte Bilder gemalt. Gedichte geschrieben, die mindestens so schauderhaft waren wie die

Bilder. Ihrer Katze Kunststücke beigebracht. Oder stundenlang geübt, mit den Ohren zu wackeln. Meist nur aus Spaß, manchmal aber auch, um in irgendetwas richtig gut zu sein. Besser als alle anderen.

Damals hatte das geklappt. Und in der ersten Zeit mit Matteo auch.

Aber jetzt?

Müde zog sie sich den alten Rattanstuhl zurecht, der mithilfe eines neuen Sitzkissens wohl gerade seine zweite Jugend erlebte. Sie beobachtete Olivia und Gino dabei, wie sie es ihr nachtaten.

Eine Weile lang wanderten ihre Blicke ruhig hin und her. Vielleicht hätte Aurora es vorgezogen, wütend angeschrien oder mit Fragen gelöchert zu werden. Darauf hätte sie reagieren können. Was sie aber wirklich außer Gefecht setzte, war diese Ergebenheit.

»Also, schieß los. Was passiert denn wirklich?«, war das Erste, was *zia* Olivia sagte. Sie klang nicht böse, nicht überrascht. Interessiert vielleicht.

»Du behältst einfach zu viel für dich!«, beklagte sich ihr *papà*.

Aurora hob die Augenbrauen. Das sagte gerade er … Aber natürlich hatte er recht. Sie musste sich öffnen. Das war sie ihnen schuldig. Wenn es auch bedeutete, dass sie ihrer *famiglia* eine Wahrheit offenbaren musste, vor der sie am liebsten weit, weit davongelaufen wäre. Wenn nur irgendwie die Möglichkeit dazu bestünde.

»Wisst ihr noch, als wir vor Jahren unsere Wohnung verkauft haben und ich behauptet habe, dass sie uns einfach nicht mehr gefallen hat?«, eröffnete sie das Gespräch mit einer Frage. Sie hielt kurz inne. Dann aber antwortete sie selbst auf ihre Frage. »Das war gelogen.«

Olivia und Gino sahen sie an. Ganz still. Forschend. Aber irgendwie auch mit einer Gewissheit in den Augen, die sie etwas aus dem Gleichgewicht brachte.

»Das wissen wir doch schon längst, Kind!«, betonte ihre Tante augenrollend. Gino fuhr sich über den Schnurbart.

Die Frage, woher sie das wussten, erübrigte sich irgendwie. Das war nicht wichtig, das war nebensächlich. Deshalb nickte sie nur. Sie saß vor zwei aufmerksamen, intelligenten Menschen, die sie sehr liebten. Es war dumm von ihr gewesen, sich ihnen nicht anzuvertrauen. Und die Tatsache, dass sie sich bisher nicht eingemischt hatten, zeugte ihrer Meinung nach von einer beachtenswerten Sensibilität.

»Wir haben Schulden«, fuhr sie daher mit einer Offenheit fort, die sie bisher vermieden hatte. Aber jetzt war es auch schon egal. Verbergen konnte und wollte sie nichts mehr. »Große Schulden. Wie ihr wisst, lief es mit Matteos Teppichimport miserabel. Auch seine Idee der Kunstgalerie zuvor und ganz am Anfang die Sache mit den Teigwaren aus der Basilikata … na ja … die haben alle nicht funktioniert. Und sie haben alle ein riesiges Loch in unsere Finanzen gerissen. Mein Gehalt allein reicht schon lange nicht mehr, all die Kosten zu decken. Aber ich will mich gar nicht herausreden. Ich trage auch viel Schuld. Ich hätte schon eher eingreifen müssen. Nur … ach, Matteo kann so überzeugend sein. Und … er ist mein Mann, versteht ihr?«

Ihre Tante und ihr Vater nickten einfach.

»Ich möchte euch auch gar nicht verschweigen, dass unsere Ehe sehr unter der schwierigen Situation leidet. Und ich habe lange darüber nachgedacht, wie ich uns aus dieser ausweglosen Situation herausbringen könnte. Das Resultat meiner Überlegungen ist es, durch den Verkauf der *gelateria* unsere Schulden zu tilgen und nochmal neu anzufangen, versteht ihr?«

Aurora zwang sich dazu, eine gewisse Distanz zu ihren Worten zu wahren. So als würden sie gar nicht von ihr stammen. Sie brauchte diese verschobene Sichtweise, um sich nicht im Strudel ihrer eigenen Aussagen zu verirren.

»Ist gut, Auri. Wirklich!«, ermutigte sie Gino, der ihr leicht über das Knie fuhr.

»Dürfen wir dich trotzdem um etwas bitten?«, war nun wieder Olivia dran.

»Natürlich!« Auroras Stimme klang überzeugt, das hörte sie selbst. Dennoch war sie irritiert. Ja. Das war sie wirklich. Diese ergebene Passivität … die hatte sie nicht erwartet. Vielleicht auch gar nicht gewollt.

»Würdest du wohl ein paar Tage aktiv mit in der *Casa del Gelato* arbeiten?«, wollte Olivia sehr ernst wissen.

»Du solltest schon kennen, was du verkaufen wirst, Auri.«

»Ja. Schließlich musst du auch den Wert der *gelateria* einschätzen können«, ergänzte ihre Tante und ließ die seltsame Bitte damit sehr logisch klingen.

Den Einwand, dass sie doch einfach zum Steuerberater gehen konnte, um sich die Papiere zeigen zu lassen, behielt Aurora für sich.

»Ich glaube nicht, dass das viel bringen wird …«, versuchte sie zu bedenken zu geben.

»Bitte!«, sagten aber beide nachdrücklich.

»Na gut. In Ordnung«, informierte sie ihre Tante und ihren Vater. Aber das war es nicht. Ganz und gar nicht.

Die *gelateria* verkaufen, das war schlimm. Das tat weh. Das grenzte sogar ein bisschen an Verrat. Ihre eigene Courage machte ihr ehrlich gesagt gerade höllisch Angst. Das musste sie alles erst einmal verarbeiten. Ihre in Aufruhr geratenen Gefühle deuten. Und verstehen, was ein paar Tage in der *gelateria* für sie bedeuteten.

Sie stand auf, entschuldigte sich, zog sich zurück. Sie fand, dass im Moment alles gesagt worden war, und verspürte den Wunsch, allein über das nachzudenken, was sie ins Rollen gebracht hatte.

Auf ihrem Zimmer warf sie sich gleich aufs Bett, schnappte sich spontan ihr Handy, um die vertraute Nummer ihres Mannes zu wählen. Sie hatte noch nicht einmal Bescheid gegeben, dass sie da war.

Sie ließ es lange läuten. So lange, bis der Anrufbeantworter ansprang. Und sie hasste es, auf den Anrufbeantworter zu sprechen. Deshalb legte sie kurzerhand auf.

Spontan tippte sie eine Nachricht ein.

Es wird alles gut werden, schrieb sie ihrem Mann. Die Frage war nur, wen sie damit überzeugen wollte.

*

Olivia und Gino saßen noch lange weiter auf dem Balkon. Fast die ganze Nacht durch. Wie sie es oft getan hatten in den vergangenen Jahrzehnten. Gino war für Olivia wie ein Bruder. Auf sehr natürliche Weise hatte er den Platz ihrer verstorbenen Schwester Perla eingenommen. Er war ihre Familie. Und anders herum war sie seine. Ohne große Anstrengung hatten sie ein gesundes Gleichgewicht gefunden, stets gemeinsam darum bemüht, die *Casa del Gelato* im Sinne der Familie weiterzuführen. Zwar hatte ihre Mutter Elvira die Eisdiele gegründet, aber sie war auf ebenso natürliche Weise zu Ginos Eigentum geworden.

»Bist du traurig?«, fragte sie ihn.

»Ach. Ich meine … nicht wirklich. Schließlich haben wir ja alle Möglichkeiten in Erwägung gezogen und mit dieser Wahrscheinlichkeit gerechnet.«

Sie wussten schon sehr lange, wie es um Aurora, ihre finanzielle Lage und ihre Ehe stand. Aufgrund ihrer häufigen Telefonate hatten sie sich viel zusammengereimt. Man musste kein Genie sein, um zu ahnen, was wiederholte geschäftliche Pleiten aus finanzieller Sicht bedeuteten. Und die Tatsache, dass Aurora so selten und dann immer allein in Maratea erschien, sagte ihrer Meinung nach alles über ihre Bindung zu Matteo aus.

»Mit unserer ruhigen Reaktion haben wir sie jedenfalls ganz schön verwirrt, hast du das gemerkt?«

Er nickte. »Gut, dass wir uns abgesprochen hatten.«

»Auf jeden Fall. Ein aufgebrachter Protest hätte nichts gebracht.«

»Der Meinung bin ich auch. Jetzt können wir nur hoffen, dass sie noch merkt, was sie an der *gelateria* hat. Es wäre zu schön, wenn sie es sich noch anders überlegen würde. Die Schulden lassen sich bestimmt auch anders tilgen. Mit unserer Hilfe.«

»Die *gelateria* ist ihre Zukunft. Sie weiß es nur noch nicht«, stellte Olivia einmal mehr fest. Davon war sie felsenfest überzeugt. Schon immer.

»Hm. Ich wünschte bloß, ich hätte deine Zuversicht …«, überlegte Gino.

»Die solltest du auch haben.«

»Na ja. Großes Interesse an der *gelateria* hat sie bisher nicht gerade gezeigt.«

Olivia sah ihrem Schwager dabei zu, wie er am Grappa-Glas nippte. Der gehörte mit zur Tradition.

»Sie hat es drauf, Gino, glaub mir. Hast du sie gesehen, wie beeindruckt sie von Nandos Eis war?«

Ginos Gesicht erhellte sich sofort. »Das stimmt allerdings. Es hat ihr geschmeckt. Sie hat es genossen. Und sie hat erkannt, dass es perfekt ist.«

Olivia dachte lange nach, trank selbst vom starken Grappa, der ihre Sinne wider Erwarten allmählich schärfer machte.

»Weißt du … manchmal denke ich, dass ein Mann an ihrer Seite, der ihre Liebe zum Eis versteht, einiges einfacher machen würde.«

»Matteo hat keine Ahnung von Eis.«

»Matteo hat von gar nichts Ahnung.«

Sie lachten. Es klang aber nicht heiter.

Eigentlich mochten sie Matteo ja. Ihrer Meinung nach hatte er aber nicht den richtigen Charakter. Weder für Aurora noch für das Leben an sich.

»Was, wenn sie sich in Nando verlieben würde?«, warf sie einfach so dahin. Sie wusste schon seit ihrer ersten Begegnung, dass Nando etwas ganz Besonderes war. So besonders wie ihre Nichte.

Ginos Kopf fuhr herum. »In Nando?«

»Ja … Er ist ein wundervoller junger Mann, der mit beiden Beinen im Leben steht. Ich glaube, er könnte Aurora guttun.«

»Das schon. Aber Aurora zur Einsicht bringen, dass ihre Ehe vorbei ist, würde an ein Wunder grenzen.«

»Wunder passieren manchmal. Vor allem, wenn man ein bisschen nachhilft.«

Dazu schwieg Gino sehr lange.

»Ja. Es bräuchte tatsächlich ein Wunder, um die *Casa del Gelato* zu retten …«, war sein letzter Kommentar, bevor er sich erhob und auch zu Bett ging.

Olivia sah ihm hinterher. Die Zeit war auch an ihm nicht spurlos vorbeigegangen, wurde ihr plötzlich bewusst. So alt wie gerade in diesem Moment hatte er aber noch nie ausgesehen. Und das brach ihr das Herz.

Gusto Stracciatella 

Bei dieser Eissorte ist allein das Gleichgewicht ausschlaggebend. Gibt man zu viele Schokostücke hinzu, wird die blumig-satte Note der Milch bedeckt. Sind sie hingegen zu klein, schluckt man sie, ohne sich daran zu erfreuen.

Den Kontrast muss man spüren, sich aber niemals daran stören.

Kapitel 5

Der nächste Tag begann für Aurora mit einem sanften, allmählichen Erwachen, das nichts mit ihrem hektischen Aus-dem-Bett-hüpfen in Verona gemein hatte. Durch das offene Fenster drangen plätschernde Gespräche an ihr Ohr. Ihr Zimmer lag zwar nicht direkt über der Terrasse der *gelateria*, aber die Stimmen der Touristen schafften ihren Weg trotzdem bis zu ihr. Sie glaubte, die für ihre Augen skurril gekleideten Engländer, Holländer und Amerikaner fast zu sehen, wie sie entspannt vor ihren Eiskaffees saßen und sich über die vielen wundervollen Dinge unterhielten, die sie in und um Maratea bereits gesehen hatten oder noch sehen wollten. Der Gedanke, dass die *Casa del Gelato* auch zu diesen wunderbaren Dingen gehörte, stimmte sie kurz unglaublich glücklich. Und dann gleich wieder nicht.

Was Aurora etwas wunderte, waren nicht die Stimmen – daran war sie gewöhnt. Vielmehr war sie erstaunt darüber, dass sie so gut geschlafen hatte. Ihr Leben stand zurzeit Kopf. Matteo. Der Verkauf der *Casa del Gelato*. Das alles beschäftigte sie pausenlos. Dennoch hatte sie sich nur hinlegen müssen, um sofort in einen erholsamen Schlaf zu gleiten. Schade, dass ihre Gedanken jetzt schon wieder anfingen, sie zu plagen. Sie konnte gar nicht anders, als an Matteo zu denken. Ein widersprüchliches Gefühl überkam sie sofort. Warum hatte er sich nur in einen so verantwortungslosen Menschen verwandelt?

Leises Klopfen lenkte sie von dieser Frage ab.

»*Sì*?«, rief sie.

»*Buongiorno*!«, grüßte Olivia voller beneidenswerter Energie und trat bereits ein. Sie kam mit einem Tablett und einem Tässchen *caffè*, der seinen Duft sofort verlockend im Zimmer verströmte. Aurora atmete tief ein und stellte dabei einmal mehr fest, dass das Gefühl von Zuhause für sie viel mit Düften zu tun hatte.

»Ich habe hoffnungslos verschlafen, oder?«, fragte sie ihre Tante und merkte dabei, dass ihre Stimme viel belegter klang, als ihre Sinne sich anfühlten.

»Du hast doch Urlaub. Da darf man länger schlafen«, sagte Olivia amüsiert und setzte sich auf die Bettkante, reichte ihr dabei gleichzeitig den Kaffee.

»Stimmt. Aber ich möchte mich auch an das Abkommen halten, das ich mit euch getroffen habe. Wenn ich auch nicht richtig weiß, wie ich in der *gelateria* hilfreich sein könnte.«

»Weißt du, ich glaube, dass es genau anders herum sein wird: Die *gelateria* wird dir helfen.«

Das klang in Auroras Ohren ein wenig kryptisch. Aber sie ließ den Satz auf sich wirken. Irgendwie.

»Was ist eigentlich los mit dir und Matteo?«, wechselte Olivia ganz entschieden das Thema.

»Tja. Nicht mehr viel, um ehrlich zu sein. Er würde sich am liebsten trennen.« Es tat gut, die Dinge beim Namen zu nennen, wenn sie auch gleichzeitig dadurch viel realer und konkreter wurden, als ihr lieb war.

Ihre Tante sah sie direkt und offen an, signalisierte so, dass sie sie weder verurteilte noch über sie urteilte. »Und du nicht?«

»Was? Natürlich nicht! Weißt du, ich denke mir die ganze Zeit, dass ich *mamma* wahnsinnig enttäuschen würde, wenn ich nicht um meine Ehe kämpfen würde. Ihr war ihre Ehe so wichtig. Mir scheint, als habe sie jeden Tag nur darauf hingearbeitet, *papà* glücklich zu wissen.«

Olivia schaute abwesend an die Wand. Vielleicht sogar kurz irritiert. Oder erleichtert? Der seltsame Ausdruck auf dem Gesicht ihrer Tante verschwand aber so schnell wieder, dass Aurora annahm, ihn sich nur eingebildet zu haben.

»Warum hast du Arturo eigentlich nie geheiratet?«, fragte sie, weil sie spürte, dass Olivia gerade so offen war, dass sie ihr eine ehrliche Antwort geben würde. Zwar war das kein richtiges Tabuthema. Dennoch hatte Aurora sich bisher noch nie getraut, sie so direkt darauf anzusprechen. Vielleicht half ihr die Antwort auf diese Frage ja, sich selbst besser zu verstehen. Sie beobachtete Olivia genau. Ihr Gesichtsausdruck war gelassen. Sie lächelte sogar. Wie immer leuchteten ihre Augen warm, wenn es um Arturo ging. So viel Liebe war zu sehen. In ihrem Gesicht. In ihrer gesamten Körperhaltung. Aurora stellte das leergetrunkene Tässchen wieder auf das Tablett, dass ihre Tante noch immer fest in den Händen hielt, und genoss den Geschmack, den das Getränk in ihrem Mund hinterlassen hatte.

»Ich wollte nie heiraten«, gab Olivia zu, sah sie dabei aber nicht an. Ihr Blick war in die Ferne gerichtet. Verloren in ihrer Vergangenheit, überlegte Aurora. »Das lag aber nicht an Arturo. Oder an meinen Gefühlen zu ihm.«

»Sondern?«

»Kann ich auch nicht so genau sagen. Aber in meinem Versuch der Selbstanalyse, bin ich immer wieder an *nonna* Elvira und *nonno* Franco hängengeblieben. Sie waren nicht sehr glücklich miteinander. Ich kann nur vermuten, dass das irgendwie auf mich abgefärbt hat. So eine Beziehung wollte ich einfach nicht. Die Ehe kann auch zum Gefängnis werden, weißt du?«

Aurora schluckte.

Das Wort Gefängnis traf sie mitten ins Herz.

Matteo sagte das oft.

Gefängnis.

Sie zwang sich, an ihre Großeltern zu denken. Berufsbedingt hatte ihre Mutter Perla sie sehr oft bei ihren Großeltern abgegeben. Sie hatten sich auch liebevoll um sie gekümmert. Wenn sie aber heute, als Erwachsene, an die Stimmung dachte, die bei Elvira und Franco zuhause geherrscht hatte, dann musste sie ihrer Tante schon recht geben. Sehr freundlich waren die beiden wirklich nicht miteinander umgegangen. Wie seltsam, dass ihr das jetzt erst richtig klar wurde.

»*Mamma* hat das wohl nicht so erlebt wie du«, überlegte sie laut.

Olivia sah kurz so aus, als wollte sie etwas dazu sagen. Sie erinnerte dabei an eine dunkle Wolke, von der man jeden Moment Regen erwartete. Es kamen aber keine Worte. Und die Stille hörte sich nicht gut an.

»Hat Arturo dich denn nie bedrängt?«, wechselte Aurora also das Thema, um ihre Tante abzulenken.

»Nie!«, kam es wie aus der Pistole geschossen. »Ich glaube, wir sind auch deshalb noch so glücklich zusammen. Ihm hat meine Liebe immer gereicht. Wir sind beide keine Menschen, die geregelte Umstände brauchen.«

»Arturo ist ein Traummann!«

»Ja. Das ist er!« Mit einer entschlossenen Bewegung richtete sich Olivia auf. Das Gespräch war für sie offensichtlich beendet.

»Danke, *zia*!«

»Nichts zu danken.« Olivia ging auf die Tür zu, drehte sich aber noch einmal um. »Und viel Spaß heute. Die *Casa del Gelato* wartet auf dich!«

Ja. Das stimmte. Und ehrlich gesagt fürchtete sie sich ein bisschen davor.

Aber es stand außer Frage, dass sie sich dieser Angst stellen würde. Denn wenn sie etwas von ihrer Mutter geerbt hatte, dann war es die Gabe, über den eigenen Schatten springen zu können.

Aurora blickte auf ihren Koffer, entschloss sich aber dazu, erst einmal im Schrank zu suchen, in dem sie immer Anziehsachen aufbewahrte, die sie in Verona nicht brauchte. Shorts und ein luftiges T-Shirt würden es wohl tun. Sie passten noch immer wie angegossen. Zum Glück bereitete ihr zumindest ihre Figur keine Probleme. Sie wurde immer als etwas zu dünn bezeichnet. Eine weitere Eigenschaft, die sie Perla zu verdanken hatte, dachte sie. Und Perla hatte auch die Schürze gehört, die sie sich umband. Ach *mamma*!, hallte es dumpf in ihr. Einen kurzen Augenblick lang spielte Aurora mit dem Gedanken, sich im Kleiderschrank zu verschanzen. Vielleicht fand sie darin ja eine eisfreie Zone, zu der auch ihre Probleme keinen Zugang hatten, hoffte sie ganz kurz. Aber auch nur so lange, bis ihr erwachsenes Ich sich meldete und ihr zu verstehen gab, dass es sie ziemlich kindisch fand.

Sie raffte also die Schultern, denn es war höchste Zeit, sich der *Casa del Gelato* zu stellen. Infantile Vorstellungen musste sie auf einen anderen Moment verschieben. Und überhaupt! Es war doch nun wirklich kein so großes Ding, mal einen Tag in der *gelateria* zu verbringen!

Der Schritt aus ihrem Zimmer fühlte sich dennoch ein bisschen so an wie der erste Schritt in ein neues Leben.

⋆

Nando hatte keine festen Arbeitszeiten. Wichtig war seinem Arbeitgeber Gino nur, dass immer frisches Eis in der Eisdiele vorrätig war und die Bestellungen aus Restaurants, Bars und Supermärkten gedeckt waren. Schon lange war das Eis der *Casa del Gelato* nicht nur für die *gelateria* bestimmt. Ein ordentliches Netzwerk aus Abnehmern aus der Gastronomie und Geschäften mit Verkauf an Dritte war nach und nach entstanden. Wie Nando es anstellte, diese große Nachfrage zu decken, blieb ihm überlassen. Und so kam er meistens morgens kurz vorbei, um nachzusehen, wie es mit dem Eisbestand und den eingegangenen Bestellungen aussah. Je nachdem, wie viel zu produzieren war, teilte er sich dann die Arbeit ein. Im Sommer kam er oft kaum nach, und das lag nicht nur an den Bestellungen von auswärts. Besonders die großen Eisbehälter aus Edelstahl, die direkt in die Glasvitrine eingesetzt werden konnten, leerten sich rasant schnell. Immerhin fasste jeder Behälter fünf Liter Eis. Irgendwann hatte er begonnen, eine genaue Statistik anzulegen. Und noch immer schrieb er jeden Morgen bei seinem Kontrollgang mit, schon deswegen, weil das seine Arbeit viel effizienter machte. So wusste er schnell, welche Geschmacksrichtungen gut ankamen, welche weniger. Und welche eventuell gar nicht mehr nachproduziert werden sollten, um Novitäten Platz zu machen. Gino ließ ihm da freie Hand. Zuerst hatte sein Arbeitgeber ja eher skeptisch seine neuen Kreationen beäugt, die er nach und nach eingeführt hatte. Da gerade diese sich aber – natürlich nach den Klassikern, wie zum Beispiel *Cioccolato*, *Fior di Latte* und *Limone* – besonders gut verkauften, hatte Gino einsehen müssen, dass man auch bei so einem traditionsreichen Metier nicht an Innovation vorbeikam.

Etwas genervt sah sich Nando das Chaos in der langen Vitrine an, bei der er seinen Kontrollgang stets begann. Das hatten seine Kollegen aus dem Eisverkauf so an sich: Sobald ihre Schicht beendet war, ließen sie alles stehen und liegen und gingen einfach. Sie respektierten das Eis nicht. Das war nicht gut. Und sah noch weniger gut aus. Eisbehälter mit winzigen Resten lagen noch in der Vitrine und das, obwohl bereits reger Betrieb herrschte. Es konnte doch wohl nicht so schwierig sein, sich den Nachschub aus dem Lager zu holen, oder? Er sah sich kurz nach dem Personal um. Morgens waren nur zwei Eisverkäufer am Werk, und die sahen schon reichlich gestresst aus.

Obwohl es nicht seine Aufgabe war, bückte er sich kurzerhand tief in die Vitrine, um die fast leeren Behälter herauszunehmen.

»*Buongiorno*«, vernahm er eine zaghafte Stimme, die den Gruß fast wie eine Frage erscheinen ließ. So tief in der Vitrine, wie er war, wusste er kurz nicht, aus welcher Richtung der Gruß gekommen war. Als er merkte, dass jemand hinter ihm stand, zuckte er dummerweise zusammen und schlug sich den Hinterkopf an der scharfen Schiene an, die die Verschlussscheiben hielt. Unwillig richtete er sich auf, rieb sich die schmerzende Stelle und versuchte das Bild, das sich ihm bot, einzuordnen. Eine Frau blickte ihn fast entschuldigend und gleichzeitig verirrt und verwirrt an. Sie war … schön. Ein anderes Wort fiel ihm nicht ein. Klein war sie. Und ein bisschen erinnerte ihre Haut an Porzellan. Sie hatte eine auffällige Schürze um, auf der in großen, verblichenen Buchstaben *Eis heilt alle Wunden* stand.

Erst als sie leicht errötete und fast entschuldigend so etwas wie »Ein altes Familienerbstück« murmelte, während sie auf die Schürze zeigte, wurde ihm klar, dass er viel zu direkt draufgestarrt hatte.

Aurora, schoss es ihm durch den Kopf. Das muss Aurora sein. Intuitiv erkannte er sie dank ihrer Ähnlichkeit mit Olivia, obwohl er sie sich ganz anders vorgestellt hatte. Größer, gefährlicher, härter. Ein Monster, stellte er für sich fest. Die Frau, die noch immer abwartend vor ihm stand, hatte nichts mit seiner Vorstellung gemein.

»Sie müssen Ginos Tochter Aurora sein!«, stellte er dann auch laut ausgesprochen fest und reichte ihr zum Gruß die Hand. Sie nickte ihm freundlich und aufgeschlossen zu.

»Ja. Die bin ich wohl. Und Sie sind?«

»Ich bin Nando …«

»Oh. Der Eismacher?«

»Kann man so sagen, ja«, antwortete er und fühlte sich ein bisschen geehrt. Offenbar hatte man schon über ihn gesprochen. Hoffentlich nur Gutes.

»Mein Gott, Sie sind ein Genie! Gestern hat mich mein Vater mit *Uva Bianca allo Zafferano* überrascht, obwohl ich ja eher der *Pistacchio*-Typ bin. Ich muss sagen, das war ein … ja … Erlebnis der ganz besonderen Art.«

»Es hat Ihnen geschmeckt?« Nando dachte an die endlosen Gespräche mit Gino, die es gebraucht hatte, um seine Einwilligung zu bekommen. Sein Arbeitgeber war kein bisschen experimentierfreudig. Letztendlich hatte der Erfolg der besonderen Geschmacksrichtungen Nando aber Recht gegeben. Und es schmeichelte ihm, dass Gino seiner Tochter an ihrem ersten Abend zu Hause ausgerechnet diese Sorte serviert hatte. Und dass besagte Tochter gerade bei so einem heiklen Thema offenbar schon von Anfang an und ohne große Überredungskünste auf seiner Seite stand, ließ ihn lächeln.

»Ich war richtig sprachlos vor Begeisterung. Und ich bin sehr gespannt auf Ihre anderen Kreationen.«

»Na, es wird sich wohl einrichten lassen, dass Sie die auch probieren …«

»Ganz bestimmt. Ich werde auf jeden Fall die nächsten Tage hier rumstehen. Und dabei nicht wissen, wohin mit meinen Händen.«

»Sie arbeiten bei uns mit?«

»Ich werde es zumindest versuchen, ja.«

»Das ist … gut.« Ihm fiel nichts Besseres ein. Sein Kopf war erschreckend leer. Er wurde sogar kurz verlegen, obwohl das sonst nicht seine Art war. Ihr ging es wohl ähnlich, denn sie räusperte sich.

»Ich konnte nicht anders, als Sie vorhin auf Ihrem Kontrollgang zu beobachten. Darf ich fragen, was Sie so fleißig mitgeschrieben haben?«

»Oh. Das.« Er hob wie zum Beweis seinen Zettel hoch. »Ach, ich notiere mit, wie gut sich die verschiedenen Eissorten verkaufen. Statistik.« Wie er so mit dem Papier rumwedelte, kam er sich irgendwie blöd vor. Was sonst eigentlich auch nicht seine Art war. Aurora hatte, obwohl sie gar nichts tat, eine einschüchternde Wirkung auf ihn, wie er feststellte, und holte seine am besten versteckten Seiten hervor. Nicht gut. Gerade ihr gegenüber wollte er souverän, erfahren und ein bisschen abgebrüht wirken. Wie halt sonst immer.

»Lustig. Das hat meine Mutter auch so gemacht. Und mein Vater hat das belächelt«, erzählte sie mit einem Hauch von Nostalgie.

»Das kann ich mir gut vorstellen. Zuerst hat er meine Angewohnheit auch belächelt. Aber inzwischen habe ich ihn wohl überzeugt. Und offen gestanden ist es wirklich unausweichlich, darüber Buch zu führen, welche Sorten am besten gehen.«

»Wie meinen Sie das?«

»Na ja … bei so vielen Kunden muss ich natürlich den Überblick behalten.«

»Ach so. Sie meinen die Restaurants, die wir beliefern? Verkaufen die denn auch so viel?«

Hm. Nando fragte sich allmählich, ob Aurora überhaupt eine Ahnung hatte, wie viele Restaurants es inzwischen waren. »Also, da es sich um sechs Restaurants handelt, bin ich eigentlich immer bei der Nachproduktion. Dann kommen noch die Supermärkte dazu. Und die Cafés und Konditoreien. Die wollen ja auch ständig Nachschub. Obwohl es sich bei denen um Eistorten handelt, um die sich primär Gino kümmert, muss ich doch die Basis, also das Eis, dazu herstellen. Ich denke, das werde ich nicht mehr lang allein schaffen.«

Er hatte sie wirklich überrascht. Das merkte er an ihren aufgerissenen Augen. Er wusste nicht, ob das jetzt gut oder schlecht war.

»Da bist du ja, Auri!« Gino trat wie bestellt zu ihnen, unterbrach auf diese Weise ihre Unterhaltung und umarmte sie. »Ihr habt euch schon miteinander bekanntgemacht?«

»Das haben wir«, fühlte Nando sich verpflichtet zu sagen. Dabei fing er ihren Blick auf. Er konnte ihn nicht richtig deuten. Was er aber mit Sicherheit sagen konnte, war, dass er nicht wollte, dass dieses Treffen ein Ende hatte. Aurora machte ihn neugierig. Er wollte sie verstehen, um einschätzen zu können, was sie mit der *Casa del Gelato* vorhatte. Und er wollte ihr noch immer seine souveräne, erfahrene und abgebrühte Seite zeigen. Die irgendwo gerade ziemlich gut versteckt war.

»Würde es dir etwas ausmachen, meine Tochter ein bisschen mit der Umgebung vertraut zu machen?«

»Nein. Natürlich nicht!«, antwortete er daher auch sofort. Obwohl er es schon seltsam fand, dass *er* sie in ihrer eigenen Eisdiele herumführen sollte.

»Gut, dann kümmere ich mich inzwischen um die Kaffeemaschine, die mal wieder spinnt«, informierte Gino sie, zeigte dabei auf das alte Gerät und war auch schon weg.

»Schon gut. Machen Sie ruhig mit Ihrer Arbeit weiter«, sagte Aurora, als ihr Vater sie nicht mehr hören konnte, und rollte dabei mit den Augen. »Aus unerklärlichen Gründen ist meine Familie der Meinung, dass ich noch ein Kind bin und mich nicht selbstständig umsehen und vorstellen kann.«

»Das haben Eltern so an sich. Muss Ihnen also gar nicht peinlich sein. Kommen Sie, ich stelle Sie den anderen vor.«

»Können wir das lassen? Ich meine, dieses Siezen? Es stimmt zwar, dass ich kein Kind mehr bin, aber *so* alt, dass man mich nicht duzen darf, bin ich auch wieder nicht.«

Erst jetzt, wo sie es selbst angesprochen hatte, stellte er sich konkret die Frage nach ihrem Alter. Es war schwer einzuschätzen. Vermutlich war sie älter als er. Nur sah man es ihr nicht an. Kein bisschen. Was vielleicht an ihrer zierlichen Statur lag. Oder daran, wie sie sich gab. Sie hatte etwas Mädchenhaftes an sich. Er sah kein Makeup an ihr. Und auch nur sehr einfachen Schmuck. Ohrstecker. Daumenring. Und fertig. Wie alt sie war, konnte er nicht beantworten. Ob sie ihm gefiel, dagegen schon. Das deutliche Ja überraschte ihn am meisten.

»Duzen ist vollkommen in Ordnung. Das tun wir hier sowieso alle. Vielleicht kennst du ja noch jemanden vom letzten Jahr.«

»Gut möglich«, behauptete sie vage und folgte ihm.

Dann tat er das, worum er gebeten worden war: Er machte sie mit ihrer Umgebung vertraut. Stellte sie den zwei Eisverkäufern vor, die erst eingestellt worden waren, die sie also nicht kennen konnte. Er zeigte ihr die neuen Sitzbänke, die neuen Eisbecher, die neue Tischdekoration. Nur die Neuigkeiten. Den Rest kannte sie ja vermutlich in- und auswendig. Als er ihr alles gezeigt hatte, von dem er glaubte, es könnte für sie interessant sein, war sein Dienst eigentlich getan. Trotzdem zögerte er.

»Das Labor kennst du ja, oder?«

»Oh ja. Sehr gut sogar. Ich habe praktisch meine Kindheit darin verbracht.«

Sie sagte das und strich dabei mit der Hand ihre Schürze glatt. Und er fragte sich kurz, wer von ihnen beiden wohl unter dem Strich mehr Zeit im Labor verbracht hatte. Er hielt sich ja nun auch nicht gerade selten darin auf. Aber konnte er mit Aurora mithalten? Eine Parallele, die ihm Aurora etwas vertrauter erscheinen ließ. Gleichzeitig aber auch irgendwie nicht. Denn er war nicht Teil der Vergangenheit der *Casa del Gelato*. Und er musste sich eingestehen, dass er sie um ihre Vergangenheit beneidete. Denn das, was sie sicherlich als Kind alles aufgesogen hatte, konnte er nur erahnen und würde es auch sicherlich nie aufholen.

»Na, dann brauche ich es dir ja nicht mehr zu zeigen«, schlussfolgerte er und überlegte bereits, wie er sich von ihr verabschieden sollte. Recht viel länger konnte er sich nicht mit ihr befassen, ohne dass es auffällig wirkte.

»Eigentlich würde ich schon gerne kurz reinsehen«, sagte sie überraschenderweise.

»Klar. In Ordnung.« Er ließ ihr den Vortritt und sah ihr dabei zu, wie sie an der mit bunten Eissorten gefüllten Vitrine vorbeiging, durch den Flur den hinteren Bereich aufsuchte, zu dem Gäste keinen Zutritt hatten, und zielsicher an der Tür zum Labor hielt.

»Es ist offen«, informierte er sie.

Verwundert hob sie den Kopf. »Meine Mutter hat immer … na ja, ist ja auch egal«, stammelte sie und drückte ehrfurchtsvoll die Klinke herunter. Nando hörte, wie sie tief Luft holte und erst dann den Raum betrat. Der Moment war sehr intim. Zumal nichts weiter zu hören war, außer ihrem Atem. Der Eindruck verflog aber schnell wieder. Er folgte ihr. Und beobachtete sie dabei, wie sie sich vorsichtig umsah, die Gegenstände beinahe zärtlich berührte. Ihre Bewegungen ließen ihn kurz vergessen, wo er sich befand. Er wurde Zeuge einer instinktiven Symbiose, die unbeschreiblich schön anzusehen war. Wie der Tanz einer Ballerina zu einer Musik, die nur sie hören konnte.

»Ich war schon so lange nicht mehr in diesem Raum. Er ist fast unverändert«, hörte er sie sagen. Ihm war bewusst, dass sie eher zu sich selbst als zu ihm sprach, was seinen Eindruck von eben nur bestätigte. »Wusstest du eigentlich, dass die *gelateria* ursprünglich nur aus einem kleinen Raum bestand? Ein paar Quadratmeter vorne rechts, wo jetzt die Garderobe steht.«

»Nein. Das wusste ich nicht. Ich muss gestehen, dass ich mich nicht wirklich mit der Entstehung befasst habe. Ich hatte immer den Eindruck, dass Gino nicht gerne über die Vergangenheit spricht.«

»Ach weißt du, vermutlich ist für ihn die Vergangenheit so greifbar, dass er gar nicht darüber zu sprechen braucht, um sie ständig vor Augen zu haben.« Sie winkte ab, schüttelte leicht den Kopf. »Danke jedenfalls fürs Zeigen, Nando. Ich lasse dich jetzt arbeiten und werde sehen, ob ich mich draußen irgendwie nützlich machen kann. Man sieht sich. Irgendwann. Die Tage. *Arrivederci.*« Sie stürzte fast fluchtartig aus dem Labor und hinterließ dabei eine seltsame Leere, die durch ihr zartes Parfum, das noch in der Luft lag, unterstrichen wurde.

Er lehnte sich gegen den Arbeitstisch. Fragte sich, ob er etwas Falsches gesagt oder getan hatte, fand aber selbst, dass er nicht aufdringlich oder unfreundlich gewesen war. Er schloss die Augen. Konnte ihr Gesicht aber noch vor sich sehen. Ihre feinen Züge. Die ausdrucksvollen Augen, die sich ein bisschen unter ihrem Pony versteckten. Und er merkte überrascht, dass dieses Gesicht ihn nicht so leicht loslassen würde.

Er schüttelte diese Gewissheit ab. Dachte wieder an seinen Arbeitsplatz. Wenn er die *Casa del Gelato* tatsächlich richtig kennen wollte, dann musste er sich auch mit deren Entstehungsgeschichte befassen, erkannte er plötzlich. Er warf einen Blick auf seine Armbanduhr. Nun, der Vormittag war dahin. Jetzt brauchte er die Eismaschinen gar nicht mehr anzuwerfen.

Das würde er am frühen Nachmittag nachholen. Wenn er sich aber beeilte, dann konnte er vielleicht kurz zu Olivia nach oben. Denn je mehr ihm bewusst wurde, dass Gino nicht gerne über die Vergangenheit sprach, umso klarer war ihm, dass Olivia hingegen nur darauf wartete.

Gusto Nocciola

Eine stille Eissorte. Von Aufdringlichkeit nicht die Spur. Und doch gehört sie mit zu den beliebtesten aller Zeiten. Das Geheimnis des Erfolgs liegt in der Qualität der Haselnuss. Alles basiert einzig und allein darauf. Nur eine qualitativ hochwertige Steinfrucht kann die notwendige Cremigkeit tragen. Und tragen. Und tragen. Wie in einem harmonischen, runden, nie enden wollenden Tanz der Sinne.

Kapitel 6

Maratea, 1961

»Sind das hier tragende Wände?«, wollte Elvira vom alten Romano wissen und zeigte dabei auf die improvisierten, selbstgemalten Pläne. Er war ein erfahrener Bauarbeiter, wenn auch kein Ingenieur. Trotzdem war sie sich sicher, dass ihr geplanter Umbau – na ja, noch war der Umbau eher ein Wunsch als ein Plan – bei ihm in guten Händen war und zumindest lange, lange in die Zukunft reichen würde. Was Romano baute, ging nicht kaputt.

Abgesehen davon konnte sie sich einen Ingenieur nicht leisten. Es gab auch überhaupt keinen in Maratea. Und einen aus Potenza beauftragen? Nein. Das ging wirklich nicht. Manchmal hasste sie es, wie beschränkt ihre Möglichkeiten waren. Denn die gelateria *brachte gerade so viel ein, dass sie einigermaßen über die Runden kam. Dennoch sah sie es, das gesamte Potenzial. So real, dass sie es beinahe berühren konnte.*

Oft hielt sie ihre uneingeschränkte Vorstellungskraft ja eher für einen Fluch als für einen Segen. All ihre Freundinnen aus der Schulzeit führten inzwischen anscheinend ein zufriedenes und erfülltes Ehefrauendasein und würden nicht im Traum daran denken, etwas an ihrem Status oder ihrer Lebensweise zu ändern. Sie hielten sie für verrückt. Und offen gestanden hielt Elvira sich selbst dafür. Aber waren nicht alle kreativen Menschen ein bisschen irre?

Romano kratzte sich am Kopf. »Ob die Wände tragend sind, wissen wir erst, wenn wir es ausprobiert haben«, meinte er.

Na, das war ja nicht unbedingt beruhigend. Aber ihre Sorgen durfte sie sich nicht anmerken lassen. Vor allem nicht vor ihren Mädchen Olivia und Perla, die mit am Tisch saßen und interessiert, aber ganz offensichtlich überfordert auf den rudimentären Plan schauten. Gerade für sie musste Elvira sich stark und unerschrocken zeigen. Denn sie wollte, dass aus ihren Töchtern starke und unerschrockene Frauen werden würden. Oder zumindest Frauen, die sich nicht aufhalten lassen würden von den Herausforderungen des Lebens.

»Dann bleibt uns wohl nichts anderes übrig, als uns voranzutasten«, sagte sie deshalb und hielt sich an ihrem eigenen Mut fest.

»An mir soll es nicht liegen …«, erwiderte er.

Elvira nickte. »Gut. Dann gib mir etwas Zeit. Ich melde mich, sobald ich ein paar Details geklärt habe.«

Das war eine Lüge. Sie musste mehr als ein paar Details klären. Aber das brauchte Romano nicht zu wissen. Deshalb verabschiedete sie ihn flink und blieb mit ihren Fragen und Sorgen zurück.

Wo sollte sie nur das Geld auftreiben? Und wie zum Teufel sollte sie das schonend ihrem Mann beibringen? Er wurde einfach nicht warm mit ihrer gelateria. *Was ihr ganz ehrlich das Herz brach. Aber sie hatte gelernt, mit diesem großen Bedauern zu leben. Es blieb ihr auch gar nichts anderes übrig. Sie wählte einfach nur das kleinere Übel. Denn nichts konnte mit der Freude konkurrieren, die ihr die* gelateria *trotzdem jeden Tag bescherte.*

Nur Freude allein reichte eben nicht. Sie musste auch dringend mehr Geld damit verdienen. Dennoch. Ihre Casa del Gelato *hatte jetzt die Chance, groß und unvergesslich zu werden. Die Gerüchte um Rivettis Pläne, die in Maratea seit Wochen kursierten, gaben ihr den Mut, noch mehr zu wagen. Bei all den Opfern, die sie bis zu diesem Punkt gebracht hatte, war sie es sich schuldig. Und ihren Mädchen sowieso. Liebevoll blickte sie auf Olivia und Perla, die – wie meistens – angeregt diskutierten. Rein äußerlich glichen sich ihre Töchter sehr. Nur waren sie charakterlich von Grund auf verschieden. Olivia war die Vorlautere der beiden. Ganz klar. Manchmal hatte sie eine so direkte Art an sich, die sogar Elvira vor Erstaunen die Augen weit aufreißen ließ. Sie war sich sicher, dass ihr jüngeres Kind im Leben keine Schwierigkeiten haben würde, ihre Ideen umzusetzen. Perla war da ganz anders. Verträumt war sie. Zart. Nur auf den zweiten Blick offenbarte das Kind, wie viel Stärke ihre besonnene Art verbarg. Eine geborene Anführerin, wenn sie denn diese Rolle zu akzeptieren lernte. Perla war die, die es im Leben vermutlich schwerer haben würde. Aber andererseits war sie auch die Kreativere von beiden. Und ohne Kreativität – das wusste Elvira aus Erfahrung – war das Leben kaum lebenswert.*

Wenn sich ihre Töchter zusammentun würden – dessen war sie sich sicher – würden sie imstande sein, Großes zu erreichen, denn sie ergänzten sich auf ideale Art und Weise. Elvira tat ihr Bestes, um kein Konkurrenzdenken aufkommen zu lassen. Aber letztendlich würde das Schicksal seinen Lauf nehmen, erkannte sie.

»Habt ihr Lust auf einen kleinen Waffelwettbewerb?« Seit sie gemerkt hatte, dass ihre Töchter am ehesten Begeisterung für die gelateria *aufbrachten, wenn sie sie aktiv am Geschehen teilhaben ließ, verwandelte sie die Waffel- und Eisproduktion in kindgerechte Spiele. Es war für sie von enormer Wichtigkeit, dass Olivia und Perla alle Vorgehensweisen kannten. Schließlich rackerte sie sich ab, damit ihre Töchter es als erwachsene Frauen einmal leichter haben würden.*

Der begeisterte Zuspruch ihrer Mädchen gab Elvira die Zuversicht, dass sie zumindest mit ihnen alles richtig machte. Und das war sowieso das Wichtigste.

»Dann wollen wir mal die Zutaten aus dem Kühlschrank holen!«, forderte sie sie auf und sah amüsiert dabei zu, wie ihre süßen Mädchen sich anschickten, alles, was es zur Waffelproduktion brauchte, auf den Tisch zu stellen.

Ja. Mit Olivia und Perla machte sie wirklich alles richtig.

Maratea in der Gegenwart

Olivia öffnete die Tür und blickte überrascht auf Nando. Ihr Blick blieb einen Augenblick lang auf seinem ernsten Gesicht haften, das ihr inzwischen vertraut war. Genau dieser Gesichtsausdruck bewirkte, dass man ihn für älter hielt, wusste sie. Sie war dabei gewesen, bei seinem Einstellungsgespräch. Für sie war es Begeisterung auf den ersten Blick gewesen. Sie hätte ihn nach den ersten fünf Sätzen bereits eingestellt. Wie immer hatte Gino hingegen als Enthusiasmus-Bremse fungiert und um ein paar Tage Bedenkzeit gebeten. Dass Gino sich letztendlich für Nando entschieden hatte, sprach für den jungen Eismacher. Denn, das wusste Olivia nur zu gut, ihr Schwager ließ nur Personen an seine Eismaschinen, die sein vollstes Vertrauen hatten. Und zu Recht. Eismachen, das war nicht jedermanns Sache. Doch auch Gino hatte einsehen müssen, dass Hilfe im Labor unumgänglich geworden war.

»Darf ich kurz stören?«, fragte er höflich. Respektvoll rührte er sich nicht von der Stelle.

»Du störst kein bisschen. Wir waren sowieso nur damit beschäftigt, die Zeit totzuschlagen«, antwortete sie und hielt die Tür weiter auf. Arturo saß im Wohnzimmer, und sie war sich kurz unsicher, wohin sie Nando nun bitten sollte. Spontan führte sie auch Nando ins Wohnzimmer. Irgendwann sollte sie es vermutlich lernen, Arturo nicht immer auszuschließen. Sie war sich ja ziemlich sicher, dass er ganz genau wusste, warum sie das tat. Um ihn zu schützen und zu beschützen. Um ihn fernzuhalten von ihrem alltäglichen Trott. Sie wollte nur, dass sie in seinen Augen immer eine Besonderheit blieb. Aber das war wohl nicht die richtige Methode, erkannte sie plötzlich.

Die zwei Männer grüßten sich, wobei ihr Arturo natürlich aufstand und dem Jüngeren die Hand reichte. Ein Gentleman, wurde ihr einmal mehr bewusst. Sie spürte auch, wie ihr *gentiluomo* ihr einen kurzen, fragenden Blick zuwarf. Soll ich gehen?, sagte dieser Blick. Bleib!, vermittelte sie ihm mit einem kurzen Augenwink. Also setzte er sich wieder. Er wäre aber auch kommentarlos gegangen, wie sie wusste.

»*Caffè*?«, erkundigte sie sich bei ihrem Besuch.

»Gerne«, erwiderte Nando.

»Setz dich inzwischen ruhig. Arturo wird dir solange Gesellschaft leisten.« Ein kleines bisschen nervös ging sie in ihre Küche. Die gewohnten Handgriffe beruhigten sie aber geschwind wieder. Trotzdem konnte sie nicht anders, als sich zu fragen, was dieser Besuch zu bedeuten hatte. Nando war kein Mann, der eben mal einen Höflichkeitsbesuch abstattete. Wenn er gekommen war, dann aus triftigem Grund, vermutete sie. Sie hatte das unangenehme Gefühl, dass ihr die *Casa del Gelato* allmählich aus der Hand glitt. Denn sicherlich hatte Nandos Besuch etwas damit zu tun.

Sie hielt sich ja schon lange offiziell aus dem täglichen Betrieb der *gelateria* heraus. Diesen Entschluss hatte sie, gar nicht mal schweren Herzens, vor einigen Jahren getroffen, als ihr bewusst wurde, dass sie das nicht mehr tun *musste*. Sie hatte wahrlich genug für die *Casa del Gelato* getan. Herz, Leib und Seele hatte sie in das Lebenswerk ihrer Mutter gesteckt, sodass es fast unbemerkt zu ihrem eigenen Lebenswerk geworden war, vor allem nach Perlas Tod. Und sie hatte es verdammt noch mal gerne getan. Aber wer konnte schon sagen, wie lange sie noch zu leben hatte? Fest stand jedenfalls für sie, dass sie diese Zeit mit anderen kleinen Dingen füllen wollte, die nicht zwingend etwas mit Eis zu tun haben mussten. Gino hielt sie ja trotzdem stets auf dem Laufenden, und sie sah aus ihrer Wohnung ohnehin alles, was da unten in der *Casa del Gelato* vor sich ging. Ein Abschied ohne Trennungsstrich.

Als sie mit einem Tablett und zwei Kaffeetässchen wieder ihr Wohnzimmer betrat, das sie klassisch, aber hell gehalten hatte, waren die beiden Männer in ein Gespräch vertieft, in dem es um Tourismus ging. Arturo wollte wohl wissen, ob die Hotels in Fiumicello auch dieses Jahr ausgebucht waren. Olivia bewunderte einmal mehr seine Gabe, sich problemlos unterhalten zu können. Mit Kindern, Professoren oder Fischern gleichermaßen. Arturo verstand es, jeden Gesprächspartner so zu behandeln, dass er sich wichtig vorkam. Außerdem hatte er unzählige Argumente, die er so aus dem Repertoire herauspickte, dass sein Gegenüber genau über das Thema sprechen durfte, das ihm am meisten lag. Ob er wusste, wie sehr sie ihn dafür schätzte?, überlegte sie.

»Wir sollten mal wieder ans Meer«, sagte Arturo dann direkt zu ihr. Seine schönen Augen musterten sie ganz unverhohlen. Auch das machte er oft und gerne: sie immer wieder einzubeziehen. Als bestünde sein Universum einzig und allein aus ihr. Olivia konnte nicht leugnen, dass er ihr damit unheimlich schmeichelte. Wenn sie es könnte, sie würde jeder Frau auf der Welt einen Mann wünschen, der es ebenso tat. Denn es gab nicht viel auf der Welt, das sich schöner anfühlte.

Ja, ans Meer, wiederholte sie stumm seine Aufforderung. So nah und doch so fern. Es lag in fast greifbarer Nähe, und doch waren Jahre vergangen, seit dem letzten Mal, an dem sie einen Zeh ins kühle Nass gehalten hatte. Warum nur?

»Vielleicht eher im September«, schlug Nando vor. »Da ist es deutlich weniger überlaufen.«

Ein bisschen tat Nando ihr leid. Er bemühte sich wirklich sehr, entspannt auszusehen. Die meisten Leute hätte er damit wohl auch überzeugt. In Olivias Augen sah er hingegen eher so aus, als säße er auf glühenden Kohlen. Dafür mochte sie ihn gleich noch mehr.

Sie setzte sich und sah den Männern dabei zu, wie sie ihren Kaffee tranken. Arturo würde sie heute keinen mehr geben. Er trank deutlich zu viel davon. Und er war in so einem Alter … da achtete man besser ein wenig auf die Gesundheit.

Olivia hörte, wie Nando sich räusperte, und war inzwischen mehr als gespannt zu hören, was ihm auf dem Herzen lag.

»Ich habe vorhin deine Nichte getroffen«, ergriff er auch endlich das Wort. Neugierig horchte sie auf. »Wir haben uns etwas unterhalten.«

»Ja. Sie wird ein paar Tage versuchen, in der *gelateria* auszuhelfen«, erwiderte sie ganz unverfänglich.

»Richtig. Das hat sie mir gesagt.«

Olivia wartete ab. Sie hatte nicht den blassesten Schimmer, in welche Richtung dieses Gespräch gehen würde.

»Und sie hat mir auch ein bisschen die Augen geöffnet.«

»Ach, tatsächlich?« Das war ja interessant!

»Durch sie wurde mir erst richtig bewusst, dass die *Casa del Gelato* eine glorreiche und interessante Vergangenheit hat. Und da dachte ich, dass du mir vielleicht vom großen Umbau erzählen könntest. Gino will ich damit nicht belästigen ...«, gab er fast entschuldigend hinzu.

»Oh. Ach so.« Mit allem hatte sie gerechnet, aber nicht mit dieser ungewöhnlichen Bitte. Was genau hatte Aurora zu ihm gesagt, um in ihm dieses Interesse zu wecken, fragte sie sich stumm.

»Wann wird das wohl gewesen sein, Arturo?«, fragte sie ihn, da er sich Jahreszahlen viel besser merken konnte als sie.

»Anfang der 60er Jahre.«

»Richtig. 1963 wurde der Bau der Christusstatue ja begonnen. Du hast recht. Es muss wohl 1961 gewesen sein.«

»Wieso gerade 1961?«, hakte Nando gleich nach. Er lehnte sich dabei interessiert nach vorne.

»Weißt du, da muss ich wohl ein bisschen weiter ausholen. Zu der Zeit hat Rivetti, der ja die Statue hat erbauen lassen, begonnen, dieses Vorhaben zu planen. Und zwar mit einer offiziellen Anfrage, die er direkt an die Gemeinde gerichtet hat. Auf dem Monte San Biagio stand zu der Zeit noch ein hässliches Gedenkkreuz. Das wollte Rivetti da weghaben. Ein Visionär war das. Er hat das gesehen, was unsere Vorstellung sich erst mühsam erarbeiten musste. Und so war auch meine Mutter. Sie war sofort dafür und wusste, dass eine derartige Statue, in dieser privilegierten Position, für einen regen Touristenandrang sorgen würde. Man sieht sie ja von überall. Vom Cilento aus. Von Kalabrien aus. Vom Meer aus.«

»Und deshalb hat sie ihren Laden vergrößert. Bereits zwei Jahre vor dem tatsächlichen Bau der Statue«, schlussfolgerte Nando ganz richtig.

»Ja. So war sie, meine Mutter. Sie hat Rivetti vertraut, obwohl er ganz Maratea gegen sich hatte. Sie wollte gewappnet sein für die vielen Touristen, die sie dann mit Eis beglücken könnte.«

»Das war mutig.«

»Nein. Das war ganz schön dumm.«

»Im Nachhinein wohl eher nicht«, gab Arturo zu bedenken.

»Natürlich nicht. Aber wir haben das damals so erlebt. Ihr könnt euch nicht vorstellen, wie sie kämpfen musste. Wie eine Löwin. Nein, wie zwei.«

»Stand ihr denn niemand zur Seite?«, fragte Nando neugierig nach.

Olivia sah ihn kurz sehr intensiv an. Seine Sensibilität erreichte sie mit voller Wucht. Noch kein Mitarbeiter der *gelateria* hatte sie jemals zu diesen Themen befragt. Es schien den meisten egal zu sein, wie viel Schweiß und Tränen in der Eisdiele steckten. Für sie alle war es nur ein Arbeitsplatz. Was war für Nando anders? Und wie war es Aurora gelungen, dieses tiefe Interesse in ihm zu wecken? Als sie merkte, dass er bereits zu lange auf eine Antwort wartete, sprach sie weiter. »Zur Seite … Nun, meine Schwester und ich, wir haben alles getan, um ihren Traum, aus der *Casa del Gelato* die beste Eisdiele der Basilikata zu machen, so weit wie möglich zu verwirklichen. Auch meine Großmutter hat ihr geholfen, wo es ging.«

»Aber …«

»Na ja. Sagen wir es mal so: Den größten Gegner hatte meine Mutter im Haus.«

»Wie meinst du das?«

»Ich meine, dass mein Vater eher gestorben wäre, als meine Mutter in irgendeiner Weise zu unterstützen.«

Olivia sah, wie sehr Nando diese Aussage traf. Er wollte es nicht zeigen, aus Respekt ihr gegenüber, erkannte sie fast ein bisschen gerührt. Was für ein guter Junge, stellte sie erneut fest. Sehr spontan und vielleicht sogar etwas unüberlegt beschloss sie, ihn einzuweihen. »Schade, dass die Familientradition nach so langen Jahren nun doch zum Ende kommt. Aurora möchte die *Casa del Gelato* verkaufen.«

»Was?« Sein erschrockenes Gesicht sprach Bände. Er war richtig zusammengezuckt.

Sie spürte auch wieder Arturos Blick. Natürlich verstand er nicht, warum sie das jetzt ausplauderte. Doch er war respektvoll genug, sie nicht zu unterbrechen. Ja, sie pokerte hoch und riskierte sehr viel dabei. Aber das Risiko lag ihr in den Genen.

»Sie hat es uns gestern mitgeteilt. Wir haben sie gebeten, sich vor einem definitiven Entschluss wenigstens ein paar Tage, eine Woche, den Betrieb in der *gelateria* vor Ort anzusehen. Wir hoffen einfach, dass ihr der Kontakt zum Eis hilft, sich die Sache noch einmal zu überlegen.«

»Was, wenn nicht?«

»Dann müssen wir ihre Entscheidung akzeptieren.«

»Das darf nicht passieren«, stellte Nando jetzt leidenschaftlich fest. Seine Augen wurden dabei noch dunkler, wie Olivia feststellte. »Egal welcher Käufer übernehmen würde, die *Casa del Gelato* wäre nicht mehr dieselbe. Ihre Identität würde dabei verloren gehen.«

»So ist es.«

»Was können wir tun?«

Sie hatte gehofft, ihn diese Frage stellen zu hören.

»Sie muss sich verlieben.« Als sie seinen überraschten Gesichtsausdruck sah, fügte sie schnell hinzu: »Sie muss sich neu verlieben. In das Eis, in die *gelateria.* Ja, vielleicht sogar in Maratea.«

★

Arturo erlebte gerade eine Überraschung nach der anderen. Zuerst, und das freute ihn natürlich ganz besonders, hatte Olivia ihn nicht weggeschickt wie sonst, wenn Besuch kam oder sie irgendwelche Unterredungen hatte. Er hatte diese Eigenart von ihr zwar immer akzeptiert, aber für vollkommen überflüssig gehalten. Über kurz oder lang erzählte sie ihm doch sowieso immer alles. Vielleicht hatte sie das Gefühl, eigenständiger zu sein, wenn er nicht dabei war. Na, wenn sie das so handhaben wollte, dann sollte ihm das recht sein.

Aber jetzt, bei diesem Gespräch mit Nando, wollte sie ihn dabeihaben. Und wenn er ehrlich war, dann drehte sich vor lauter Glück ohnehin schon alles in seinem Kopf. Dazu kam aber noch die Tatsache, dass seine Olivia Dinge ausplauderte, die sehr privat waren – was sonst überhaupt nicht ihre Art war. Er wunderte sich einfach, war sich aber sicher, dass Olivia ihre Gründe hatte.

Als Nando sich verabschiedete, begleitete sie ihn zur Tür. Er blieb im Wohnzimmer zurück und wartete gespannt, ob sie noch etwas zu diesem Gespräch sagen wollte. Da sie sich aber nur schweigend neben ihn setzte, sagte auch er nichts. Er berührte sanft ihre Hand. Und sie verharrten eine ganze Weile so. Still aber vereint.

Doch dann erhob sich Olivia, nur um sich auf seinen Schoß zu setzen.

»Halte mich fest«, bat sie ihn leise.

Er tat es. Er umarmte sie fest, legte ihren Kopf auf seine Brust. Küsste sie aufs Haupt. Fühlte sich dabei verliebt, wichtig und vielleicht sogar ein bisschen erhaben.

»Arturo?«

»Ja«, flüsterte er ihr ins Ohr.

»Lass uns Eis essen gehen!«

»Was hast du gesagt?« Er glaubte, sich verhört zu haben.

»Du hast mich schon verstanden.«

»Eis essen … Klingt gut!«

»Ja, nicht?«

»Willst du Aurora hinterherspionieren?«

Sie machte ein ganz unschuldiges Gesicht, mit dem sie aussah wie das junge Ding, in das er sich vor vielen Jahren hoffnungslos verliebt hatte. Plötzlich wurde sie aber ganz ernst. »Ich kann nicht zulassen, dass diese Eisdiele verkauft wird, Arturo.« In ihrer Stimme klang ein herzerweichendes Flehen mit. All ihre unter Verschluss gehaltene Schwäche. Die ganze Vergangenheit und vielleicht sogar Teile der Zukunft. Das alles war deutlich zu hören gewesen.

»Ich weiß, meine geliebte Olivia, ich weiß. Aber glaubst du wirklich, dass Aurora die geeignete Person ist, um euren Familienbetrieb in die Zukunft zu tragen? Ein Verkauf würde doch nicht das Ende der Welt bedeuten. Ihr habt wahrlich genug in diesen Betrieb gesteckt. Und Aurora könnte sich von den Schulden ihres Mannes befreien.« Er war immer ehrlich zu seiner Olivia. Das war er ihr einfach schuldig. Und wenn er Aurora sogar nur ein bisschen verstand, dann musste er das Olivia sagen.

Er sah, wie sie fast erstarrte. Wie jemand, der eine plötzliche Eingebung gehabt hatte.

»Ich kann es sehen, Arturo. Glaub mir, sie hat es. Sie hat das Zeug, die *Casa del Gelato* wieder so richtig aufblühen zu lassen. Aurora und die *gelateria* gehören zusammen«, sagte sie und erschien dabei etwas zerstreut. Fast so, als habe sie gar nicht gehört, was er eben gesagt hatte.

»Und was ist mit den Schulden?«

»Aber Arturo!«, tadelte sie ihn. »Das Problem geht doch viel tiefer, verstehst du das nicht? Aurora ist nicht glücklich.«

Er nickte. Ließ sich ihre Worte durch den Kopf gehen.

»Perlas Tod … der hat sie viel schwerer getroffen, als wir uns überhaupt vorstellen können. Dieser Schmerz, dieser Verlust, der hat sie derartig beeinflusst, dass sie sich gar nicht zu der Frau entwickeln konnte, die sie hätte werden sollen. Verstehst du? Deshalb denke ich, dass sie zwingend Frieden schließen muss mit ihrer Vergangenheit. Sie muss sich davon freimachen. Von diesem Ballast, den sie mit sich schleppt. Und das kann sie mithilfe der *gelateria*.«

»Du denkst also, das Eiscafé könnte sie glücklich machen …« Er war noch immer nicht ganz überzeugt.

»Das und natürlich der richtige Mann an ihrer Seite.«

»Matteo ist es nicht?«

Sie schüttelte vehement den Kopf. »Er ist viel zu sehr mit sich selbst beschäftigt. Das war er schon immer. Aber jetzt hat ihn auch noch die Enttäuschung über seine Misserfolge verändert und ihn zu einem tristen, leeren Mann gemacht. Das ist nicht das, was sie braucht.«

»Sondern?«

»Na, Nando, du Dummerchen!«

Nando? Er dachte an den jungen Mann, den er sehr mochte. Den eigentlich alle mochten. Arturo fragte sich, ob er Aurora überhaupt anziehend fand. Ob er in ihr auch nur einen Bruchteil der Herrlichkeit sah, die er jeden Tag in seiner Olivia erkannte. Eine klare Antwort auf diese Fragen fand er nicht. Wie sollte er auch? Nur die Zeit würde zeigen, ob Olivias Idee sich mit der Realität deckte. Seine Angebetete war sehr praktisch veranlagt. Aber ihr Herz schlug gleichzeitig immer für die Liebe. Immer. Und das machte sie in seinen Augen so anziehend.

»Das ergibt schon irgendwie Sinn, was du da sagst«, fasste er zusammen. »Ich will nur nicht, dass du dich in einer Idee verrennst und am Ende enttäuscht bist, wenn es nicht klappt. Bitte sei auch darauf gefasst, dass ihr die *Casa del Gelato* für immer verlieren könntet …«

Er nahm sachte ihre Hand, küsste ihren Daumen.

»Dazu wird es nicht kommen.«

Sie war so überzeugt. Und so überzeugend. Er hob einfach nur die Schultern. Es würde sich schon zeigen, welchen Weg Aurora zu beschreiten gedachte.

»So, und jetzt wollen wir sehen, wie sie sich im Eisgeschäft anstellt«, sagte sie und erhob sich. Und er folgte seiner besseren Hälfte nur zu gerne denn, wenn man es genau betrachtete, dann war er mit Olivia tatsächlich noch nie so richtig beim Eis essen gewesen.

Sie hatten eine ganze Menge verpasst, erkannte er fast ein bisschen überrascht. Dennoch waren sie ihm nicht wichtig, all die verpassten Dinge. Sie konnten nicht mit dem konkurrieren, was sie hatten, was sie fühlten. Dieser Gedanke, diese Erkenntnis beflügelte ihn.

»Olivia?«

»Ja?«

»Was ist eigentlich dein Lieblingseis?« Unglaublich, aber über dieses Detail hatten sie sich noch nie unterhalten. Was seltsam war, da Olivias Tagesablauf noch immer sehr viel mit Eis zu tun hatte.

»Diese Frage kann ich dir ebenso wenig beantworten wie eine Mutter, von der man wissen will, welches ihrer Kinder sie am meisten liebt.«

Er nickte bedächtig. Wie klug, geradezu weise sie doch war!

»Quatsch. Das war nur Spaß. *Crema*. Aber wehe dir, wenn du das weitersagst!«, fügte sie rasch hinzu. Als wäre es ein Staatsgeheimnis.

Arturo musste grinsen.

So war sie, seine Olivia! Keine Frau auf der ganzen Welt konnte ihr das Wasser reichen.

Gusto Crema

Pst! Zeit für kleine Eismacher-Geheimnisse:

Crema besteht aus ganz wenigen Zutaten. Eier, Zucker, Milch, Schlagsahne und ... Vanille? Nein! Die gehört in *gusto Vaniglia*. Und doch fehlt noch eine Zutat.

Na?

Also gut. Das Geheimnis sei ein für alle Mal gelüftet:

Miele. So einfach. Honig.

Jetzt ergibt alles einen Sinn, nicht wahr?

Kapitel 7

Crocc. Das Geräusch stimmte. So mussten Waffeln sich anhören, wenn sie auseinanderbrachen, stellte Aurora fest. Was nicht stimmte, war der Moment, verdammt noch mal! Sie blickte von der gefühlt zwanzigsten zerbrochenen Waffel in ihrer Hand zum Gast, der sie aufmunternd anlächelte und noch immer auf sein Eis wartete. Kurzerhand entsorgte sie die Eistüte und schämte sich in Grund und Boden. Es gefiel ihr nicht, wenn sie versagte. Vor allem in Dingen, die sie eigentlich beherrschen müsste. Aurora erwartete sehr viel von sich selbst. Das war schon immer so und lag wahrscheinlich in ihren Genen. Und von einer Waffel würde sie sich doch wohl nicht unterkriegen lassen?! Denn auch wenn man eine gehörige Portion Feingefühl brauchte, um Eis zu portionieren, so war es ganz bestimmt kein Ding der Unmöglichkeit.

In der *Casa del Gelato* wurden keine Eisportionierer verwendet, die die Kugel mittels eines Mechanismus aus dem runden Kopfteil hoben. In ihrer *gelateria* schaufelte man das Eis in die Waffeln. Das konnte sehr elegant aussehen, wenn man es richtig anstellte. Bei ihr aber wollte sich das Eis nicht von der Schaufel lösen. Es war wie verhext.

»Keine Sorge. Der erste Arbeitstag ist immer schlimm«, versuchte der nette Kunde sie aufzumuntern.

»Es tut mir wirklich leid«, schickte sie sich an zu sagen und hasste es gleichzeitig, wie schuldbewusst ihre Stimme dabei klang. Sie griff bereits nach der nächsten Waffel und schmierte dem Mann eine ordentliche Menge Meloneneis drauf. Sie konnte ihm ja kaum widersprechen und mitteilen, dass sie es eigentlich können *müsste,* weil sie praktisch in dieser Eisdiele geboren worden war. Diese Niederlage musste sie erstmal selbst verarbeiten.

Zufrieden war sie mit dem Resultat ihrer Mühe am Ende nicht. Ihre Eistüten sahen schrecklich aus, wenn sie ehrlich war. Aber es schien den Leuten nichts auszumachen. Das Eis verbreitete seine Magie von ganz alleine. Und Aurora sah ein, dass es sicher nicht ihr Verdienst war, wenn die Kunden die *gelateria* mit einem Lächeln auf dem Gesicht verließen. Nur wenn sie richtig lachten, war es wahrscheinlich sogar ihretwegen, weil sie sich so dämlich anstellte und es verdiente, ausgelacht zu werden.

Ganz anders verhielt es sich mit dem Wirbelwind Cristina. Sie arbeitete im Service und war äußerst geschickt, trug mehrere mit Eisbechern beladene Tabletts sicher und souverän von der Theke zu den Tischen, die jetzt gut besucht waren. Soweit Aurora das beurteilen konnte, lächelte sie tatsächlich dabei. Und, was am wichtigsten war, Cristina wirkte in jeder Sekunde freundlich, zuvorkommend und nicht die Spur genervt – sogar dann nicht, wenn die Kunden sie hin und her schickten, weil sie diese oder jene Bestellung hinzufügten. Alle mochten sie. Das sah man auf den ersten Blick. Aurora selbst ertappte sich dabei, die hübsche junge Frau zu bewundern. Alles an ihr. Besonders ihren langen, dunklen Pferdeschwanz, der bei jedem Schritt lustig um sich schlug. Bewundernswert, schoss es ihr durch den Kopf. Dieser Gedanke überraschte sie ein wenig, denn sie bewunderte nicht viele Menschen.

Geistesabwesend grüßte sie den nächsten Gast.

»*Prego!*«, forderte sie den Kunden – hoffentlich mit ähnlichem Enthusiasmus wie Cristina – auf, ihr die gewünschte Eissorte zu nennen. Sie versuchte sich auch an einem Lächeln. Fand das viel zu glatt, viel zu oberflächlich, als würde sie einen schwierigen Gast im Hotel begrüßen. Also ließ sie es bleiben und pustete sich den Pony aus der Stirn. Diese Tatsache, dass sie sich wie eine untalentierte Anfängerin verhielt, setzte ihr mehr und mehr zu.

»Hm. Was würden Sie mir denn empfehlen?«, erkundigte sich der Mann mittleren Alters. Sein Blick wanderte über die gesamte Auslage. Er hatte einen leicht verlorenen Ausdruck auf dem Gesicht. Aurora verstand ihn. Man konnte sich auch vom Angebot ihrer Eissorten erschlagen fühlen.

»Wie wäre es mit *Barolocon Pera*?« Das war wieder so eine neue Eissorte von Nando. Sie hatte sie noch nicht probiert. Aber sie musste nicht nachdenken, um zu wissen, dass sie seinem Können blind vertraute.

»Sie meinen, wie der Wein? Mit Birne?«, fragte der Mann mit leichtem Erstaunen in der Stimme.

»Genau. Dieser Rotwein passt zur Birne wie *sugo* zu Spaghetti!«, behauptete sie einfach und verwendete dabei einen Vergleich, den auch ihre Mutter hätte aussprechen können. Das war so eine Eigenart von Perla gewesen, die sie äußert sympathisch erscheinen ließ.

Der Mann lächelte, nickte dann. »Dann sehr gerne.«

»Im Becher?«, versuchte sie ihn zu locken.

»Waffel, bitte!«

Innerlich stöhnte sie auf. »Gerne.« Souverän, zumindest versuchte sie es, griff sie nach einer weiteren Waffel, hob mit ihrer verhassten Schaufel etwas *Barolo con Pera* aus dem Behälter und … *crocc* … wieder eine zerbrochene Waffel. Sie fluchte innerlich heftig. Lud alle Heiligen, die sie auch nur annähernd kannte, dazu ein.

»Aurora«, hörte sie jemanden in diesem heiklen Moment rufen und blickte überrascht auf, während sie versuchte, das Waffel-Massaker in ihren Händen zusammenzuhalten.

»Oh. *Zia* Olivia! Arturo«, grüßte sie verwundert und wiederholte nebenbei den ganzen Waffel-Barolo-Prozess. Endlich erfolgreich.

»Wieso verwendest du denn die extra weichen Waffeln?«, erkundigte sich ihre Tante, als sie den Kunden verabschiedet hatte. »Die nehmen wir nur für Kleinkinder. Oder für alte Leute, die keine Zähne mehr haben.«

Extra weiche … was?! Sie wiederholte stumm die Auflistung

der Heiligen – dieses Mal von hinten nach vorne. Sie murmelte irgendeine Antwort, legte dabei die Eisschaufel weg, aus Angst, sonst damit irgendetwas kurz und klein zu schlagen, und konzentrierte sich ganz auf ihre Tante und deren Freund.

Arturo hob den Hut zum Gruß und zwinkerte ihr zu. Sie hatte das Gefühl, dass er dabei ermutigend hatte wirken wollen. War sie so ein hoffnungsloser Fall? Sah man ihr so deutlich an, dass sie nichts aber auch gar nichts vom Talent ihrer Mutter oder ihres Vaters geerbt hatte, der gar nicht weit weg von ihr stand und so gezielt und präzise Eis in Eisbecher schaufelte, dass es eine Freude war, ihm dabei zuzusehen? Ach, *mamma*!, rief ihr Herz nicht zum ersten Mal an diesem Tag. Sie musste schlucken, um das Lächeln hinzubekommen, das ihre Tante sicherlich erwartete.

»Was führt euch denn hierher?«, wechselte sie ganz entschieden das Thema.

»Wir wollen Eis essen!«, sagte Olivia mit geradezu feierlichem Nachdruck. Fast so als hätte sie ihr gerade offenbart, in einem Luxus-Restaurant das teuerste Menü bestellen zu wollen.

»Ja? Schön! Bediene dich!«, erwiderte sie schulterzuckend und ging einen Schritt zurück. Ihre Tante ging in der *gelateria* ein und aus, wie ihr beliebte. Aurora wusste, wie souverän und gekonnt, ja, elegant auch Olivia Eisbecher herstellte.

»Nein!«

Irritiert blickte Aurora wieder auf, wobei sie auch bemerkte, dass der Eisverkäufer, der neben ihr arbeitete, allmählich in Schwierigkeiten kam. Er schaffte es kaum, die Menschen, die in einer immer länger werdenden Schlange standen, alleine zu bedienen.

»Ähm … nein?«, vergewisserte sie sich.

»Wir hätten gerne, dass du uns etwas zusammenstellst. Irgendetwas«, informierte sie *zia* Olivia.

Aurora sah nun direkt Arturo an, der die Augenbrauen unschuldig hochzog. Ihr war die ganze Sache allmählich mehr als suspekt. Schließlich wusste sie, wie hinterlistig ihre Tante sein konnte.

»Wieso ich?«

»Wieso nicht?«, konterte Olivia.

Sie holte tief Luft. Keine Ahnung, was ihre Tante damit bezwecken wollte, aber Diskutieren war ohnehin zwecklos. Sicherlich war das ein Test oder so. Irgendein komischer Olivia-Test. »Na schön. Setzt ihr euch raus?«

»Ja!« Sehr zufrieden sah ihre Tante aus, während sie ihren Arturo entschlossen mit sich zog und sich dann draußen umsah, um einen freien Tisch zu ergattern.

»Ich muss einen kurzen Moment etwas erledigen«, informierte sie den Eisverkäufer, der ihr zulächelte.

»Geht klar. Es kommt sowieso gleich Verstärkung«, erwiderte er tapfer und versank auch schon wieder in Eis – zumindest wirkte es auf sie so. Es war tatsächlich sehr viel los. Trotzdem hatte alles seine Ordnung. Jeder wusste ganz klar, was sein Aufgabenbereich war, und hielt sich auch streng daran. Der Bereich der Eistheke, der dem Ein- und Ausgang am nächsten war, war für den Verkauf zum Mitnehmen bestimmt. Im anderen Bereich, der sich weiter im Inneren der Eisdiele befand, wurden die Eisbecher gemacht. Und Gino war, wie sie wusste, der absolute König der Eisbecher. Er schuftete hart. Und das war nicht richtig. Schließlich hatte er das sein Leben lang gemacht. Er hatte schon recht damit gehabt, sie stets miteinbeziehen zu wollen. Sie war nun einmal einzige Erbin dieser Eisdiele. Ihr Entschluss, die *gelateria* zu verkaufen, würde demnach auch Gino deutlich entlasten.

Ja. So war es. Nicht wahr?

Andere Eisliebhaber würden sich um die *Casa del Gelato* kümmern. Und sie würden es gut machen. Geeignete Käufer würden sich schon finden lassen. Ganz sicher! Der Versuch, sich selbst davon zu überzeugen, machte sie irgendwie traurig. Sie sah an sich herab, auf ihre alte Schürze, die ihre *mamma* so gerne getragen hatte.

Ach, verdammt! Sie brauchte kurz einen Moment für sich, ging daher in Richtung Labor, öffnete, wobei sie es noch immer als falsch empfand, dass diese Tür, die ihre Mutter Perla immer abgeschlossen gehalten hatte, es nun nicht mehr war, und trat ein.

Im ersten Moment hatte sie den Eindruck, dass die Welt kurz aufgehört hatte, sich zu drehen. Alles stand still. Nur nicht ihr Atem, nur nicht ihre Gedanken, nur nicht die Motoren der Kühlräume, die weiterhin summten und brummten und sie zurücktransportierten in eine Zeit, die so weit weg zu liegen schien, dass man sie kaum noch als Erinnerung bezeichnen konnte.

»Siehst du, Aurora, hier in diese Maschine müssen wir die Milch und die Sahne schütten«, glaubte sie die Stimme ihrer Mutter zu hören, die so wunderschön war, dass es ihr die Tränen in die Augen trieb.

»Und dann Zucker?«, so oder ähnlich hätte ihre Frage dazu sicherlich gelautet. Als kleines Mädchen konnte sie vom Eis und allem Drum und Dran einfach nicht genug bekommen. Wie ein Schwamm hatte sie alle Informationen aufgesogen. Je mehr sie erfuhr, desto näher und verbundener hatte sie sich ihrer Mutter gefühlt.

»Genau. Zucker. Und weißt du auch, wie viel davon?« Oh … was war ihre Mutter penibel gewesen, wenn es um die Mengenangaben ging.

Aber Aurora hatte die Mengenangaben immer genau gekannt. Immer.

Sogar jetzt noch, überlegte sie etwas erstaunt. Manche Dinge vergaß man vermutlich nie.

Erschrocken fuhr sie herum, als sie merkte, dass jemand eintrat. Ein Jemand, der genauso erschrocken aufblickte wie sie.

Nando.

»Oh, Verzeihung«, sagte er und hob ein bisschen unbeholfen die Hände.

»Nein, nein. Entschuldige du mich bitte.« Sie war der Eindringling. Nicht er. In ihrer verkehrten, verkorksten Welt war sie zum Eindringling in ihrem eigenen Zuhause geworden. Sie hatte es nicht anders gewollt, erkannte sie ergeben.

Ein paar Sekunden lang sagte keiner etwas. Dann aber hob Nando die Faust und zeigte mit dem Daumen in Richtung Tür. »Olivia und Arturo haben nach dir gefragt.«

»Oh, verdammt«, rief sie aus. »Werden sie schon ungeduldig? Sie hatten Eis bei mir bestellt«, fügte sie erklärend hinzu.

»Dann solltest du es ihnen vielleicht bringen«, schlug er vor und sprach diesen Satz wie eine Frage aus.

»Ja. Wenn ich nur wüsste, welches …«, erwiderte sie.

»Hast du ihre Bestellung vergessen?«, erkundigte er sich grinsend und nahm eine Schürze von einem Haken, die er sich geübt umband. Auroras Blick richtete sich kurz, vielleicht zum ersten Mal so richtig, direkt auf Nando. Automatisch und ohne ihr Zutun begann sie ihn mit Matteo zu vergleichen. Obwohl Matteo ein gutaussehender Mann war, verlor er bei diesem improvisierten Vergleich haushoch.

»Nein. Ich soll mir etwas für sie überlegen«, zwang sie sich zu antworten. Irgendwie war sie noch immer gefangen in ihren Gedanken.

Nando rieb sich das Kinn. »Dann geh einfach raus, stell dich vor die Eistheke und lass dich inspirieren«, schlug er achselzuckend vor.

»Ja. Das sollte ich wohl tun. Andernfalls schickt meine Tante einen Suchtrupp nach mir aus.« Es sollte gar nicht witzig klingen. Viel eher war das sehr nahe an der Realität dran. Olivia wäre dazu fähig.

»Ja. Das solltest du.«

»Auf jeden Fall! Also … na, dann …« Aurora hob die Hand zum Gruß.

Er tat es ihr nach.

»Und falls du willst … ich fange jetzt gleich mit der Eisproduktion an. Ein bisschen Hilfe könnte ich gebrauchen«, warf er einfach so dahin.

»Ja … nun … mal sehen … wie die draußen so zurechtkommen ohne mich«, gab sie einfach vor, rollte dabei aber ironisch mit den Augen, um zu verstehen zu geben, dass sie sehr wohl wusste, wie gut hier alle ohne sie auskamen. Natürlich brauchte auch Nando ihre Hilfe nicht. Er wollte einfach nur nett sein, erkannte sie. Was sie ihm auch sehr hoch anrechnete. Nur fiel es ihr schwer, sich auf seine nette Art einzulassen. Weil … nun, keine Ahnung. Sie nahm einfach nur davon Notiz, nichts weiter. Denn noch ein Problem auf ihre Liste zu setzen, nein, das würde sie sich sparen.

Aber jetzt, jetzt musste sie endlich Olivia und Arturo bedienen. Deshalb ging sie zurück zur Eistheke und versuchte, sich vom bunten Treiben um sich herum zu distanzieren. Es gelang ihr auch ganz gut, denn niemand schien sie wirklich zu bemerken oder gar im Betrieb zu brauchen. Wenn sie das einerseits sogar ein bisschen betrübte, dass sie in ihrer Eisdiele fast unsichtbar für die anderen war, so war es ihr in diesem Moment ganz recht, denn auf diese Weise konnte sie sich auf ihre Tante und Arturo konzentrieren. Aber was für ein Gegensatz zu ihrem echten Job, fiel ihr auf! Im Hotel war sie viel selbstsicherer. Sei hier einfach genauso!, sprach sie sich selbst Mut zu und konzentrierte sich. Wenn überhaupt möglich, rückte ihr Umfeld dabei noch weiter von ihr weg, was unheimlich befreiend auf sie wirkte. Und dann war sie plötzlich da, die Eingebung …

Endlich konnte sich Aurora mit zwei Eisbechern auf den Weg zu Olivia und Arturo machen. Sie bekam es gerade so hin, ohne die hohen Gläser umzuwerfen. Dass Eisbecher so sehr auf ihren Tabletts wackeln konnten, hatte sie nämlich vergessen oder vielleicht einfach nur verdrängt.

Arturo las Zeitung. Olivia ließ sich entspannt die Sonne ins Gesicht scheinen. Sie trug ihre große Sonnenbrille, die sie erscheinen ließ wie eine Diva auf der Suche nach Privatsphäre. Womit sie natürlich genau das Gegenteil erreichte. Als Paar sahen sie so schön aus, wie ein wertvolles Überbleibsel aus einer glamourösen, fernen Zeit, auch wenn sie gleichzeitig kein bisschen altmodisch wirkten. Um sie herum fröhliches, sommerliches Treiben. Die Souvenirläden der Piazza waren gut besucht. Aurora verstand das gut, obwohl sie sich fragte, warum die Touristen nicht merkten, wie überteuert die Postkarten, Schlüsselanhänger und Kühlschrankmagneten waren. Frauen mit offensichtlich besonders gutem Modegeschmack ließen es sich hingegen nicht nehmen, die kleinen Boutiquen aufzusuchen, die sich hie und da zwischen die Souvenirs gequetscht hatten. Sogar ein Jungdesigner, der aus Maratea stammte und jetzt in den Staaten lebte, hatte es sich nicht nehmen lassen, mit seinen Produkten – vor allem bunte, luftige Schals – aufzutrumpfen.

Es roch nach Sonnencreme, mit der sich die Touristen dick und für alle sichtbar eingerieben hatten. Es roch aber auch nach Sommer und Erholung, sofern man dafür einen Geruch erkennen mochte. Die kleine Piazza von Maratea wirkte so entzückend italienisch, als wäre sie gerade eben einem Bilderbuch entsprungen, das die Gründe auflistete, warum man Italien einfach lieben musste.

»Hast du das Eis am Südpol geholt?«, erkundigte sich Olivia trocken und nahm die Sonnenbrille ab.

Aurora musste lachen und schüttelte den Kopf. Sie wusste ja, wie ihre Tante es meinte. Ihren Humor verwendete sie oft, um ein bisschen zu provozieren. Ja, es war eine gewöhnungsbedürftige Art von Humor, aber sobald man begriff, dass Olivia ein ganz großes Herz hatte, störte man sich nicht mehr dran.

»Ja. Und ich hatte ein paar Probleme mit aufdringlichen Pinguinen«, erwiderte Aurora und fing dabei den ruhigen Blick von Arturo auf. Dann spürte sie eine Hand auf ihrer Schulter. Ohne hinzublicken wusste sie, dass sie zu ihrem Vater gehörte.

»Was hast du denn da Leckeres?«, wollte Gino wissen.

Sie stellte zunächst einmal die Eisbecher ab, schickte ein stummes Dankesgebet in den Himmel, weil sie zumindest diese Aufgabe schon mal gemeistert hatte. Spontan setzte sie sich mit an den kleinen runden Tisch und sah, dass Gino es ebenso tat. Sie strich die leichte Tischdecke glatt, die an ihren langen Enden im lauen Sommerwind flatterte. Die hübschen dekorativen Applikationen auf der Tischdecke – Eisbecher in allen Formen und Farben – fand Aurora reizend, und sie wunderte sich, warum sie die erst jetzt so richtig bemerkte.

»Darf ich vorstellen: der Mon-Chérie-Eisbecher für Arturo. Für *zia* Olivia hingegen eine Kreation aus *Fichi del Cilento* mit Walnuss und Sahne«, präsentierte sie ihre Becher übertrieben feierlich. Wobei in ihr doch so ein kleiner Hauch Stolz aufblitzte. Sehr kurz zwar nur, aber dafür intensiv.

Ein paar Momente lang sagte niemand etwas. Ich habe versagt, schlussfolgerte sie sofort. Anders konnte sie die merkwürdige Reaktion der Familie nicht deuten. Denn stumm waren sie alle nur äußerst selten. Vor allem Olivia war ja nie um eine Antwort verlegen. Es war verrückt, wie unsicher sie wurde, wenn es um ihre Familie ging. Dabei war Unsicherheit in ihrem *normalen* Leben ihr zwar nicht unbedingt fern, aber zumindest nicht so allgegenwärtig wie hier in Maratea. Vielleicht war ihr die Meinung der Menschen in Verona einfach nicht besonders wichtig?

»Was genau ist denn im Chérie-Becher drin?«, erkundigte Gino sich in diesem Moment und sah interessiert hinein. Aurora beobachtete, wie Arturo ihren Vater wegschob, wobei der Freund ihrer Tante natürlich grinste und sich auf die Brust schlug, um seinen Anspruch auf den Eisbecher geltend zu machen. Jetzt rieb er sich sogar die Hände, und Aurora merkte, wie die anderen Gäste, die um sie herum saßen, anfingen sie neugierig zu beäugen.

»Na, *Ciocciolato Amaro*, Likör und Kirschen, die ich kurz darin habe ziehen lassen.«

»Mhm … Aha …«, machte ihr Vater und fuhr sich über den Schnurrbart. »Und im Becher von Olivia?«

»Einfach nur diese Eissorte mit Feigengeschmack, Walnusssoße und Walnüsse auf die Sahne. Ach so, und ein bisschen Honig und Fenchelsamen, die ich kurz oben geholt habe.«

»Fenchel. Wie bei den getrockneten Feigen … Aha.«

Die Bemerkungen ihres Vaters machten sie, wenn möglich, nur noch nervöser.

Weder Olivia noch Arturo aßen.

»Sind die Eisbecher so miserabel?«, wollte sie jetzt doch wissen. Sie konnte auch ziemlich direkt sein.

»Ähm … es tut mir leid, wenn ich euch unterbreche, aber die Herrschaften dort drüben möchten wissen, ob sie dasselbe auch haben können«, mischte sich Cristina dezent ein und zeigte auf ein Grüppchen, das freundlich herüberwinkte.

Gino grinste. »Na? Ist dir das Antwort genug?«

Eines musste Aurora zugeben: Es fühlte sich gar nicht schlecht an, die Eisbecher erfunden zu haben, die zum Renner des Tages wurden, wenn sie auch noch immer nicht sagen konnte, wie das überhaupt passiert war. Sie hatte sich nur kurz konzentriert, und … *tada* … fertig waren ihre Kreationen gewesen. Verwundert fragte sie sich, warum sie bisher nichts dergleichen geschafft hatte, in dieser *gelateria*. Sie hatte doch wahrlich genug Zeit in diesen Räumen verbracht. Wobei, als Perla noch gelebt hatte, war sie zwar ihr täglicher Schatten gewesen, hatte sich aber nie so richtig einbringen müssen. Fürs Eismachen waren ja schließlich ihre Eltern zuständig gewesen. Und danach, ja, danach … Danach war alles anders gewesen. Irgendwann war sie mit Matteo nach Verona gegangen, hatte das Eismachen einfach vergessen. Bis heute. Warum nur? Diese innere Freude hatte sie so schon lange nicht mehr erlebt.

»Die setzen wir sofort auf die Karte«, begeisterte sich Gino, holte sie mit diesem Satz zurück ins Hier und Jetzt, hielt dann aber fast erschrocken inne und sah weg. Wahrscheinlich war ihm bewusst geworden, dass er das zwar machen konnte, aber für wie lange, wenn die *gelateria* dann doch verkauft werden würde?, überlegte Aurora. Sie fühlte sich wie entzweigerissen. Wie gerne hätte sie jemanden zum Reden. Jemanden, der nicht zur Familie gehörte. Sie dachte kurz an ihren Mann und erkannte gleichzeitig, dass Matteo so ungefähr der letzte Mensch auf Erden war, mit dem sie über so etwas Ernstes sprechen konnte. Diese Gewissheit bohrte ein großes Loch in ihre Brust.

Unbemerkt war es Nachmittag geworden. Aurora hatte stur weitergearbeitet und die Stunden in einem Wirrwarr aus Emotionen verbracht. Wenn sie zurückblickte, dann hatte dieser Tag zwar ein paar unerwartete Highlights zu bieten, trotzdem war sie erschöpft. Vielleicht sogar eher emotional als körperlich. Sie fühlte hier in Maratea alles viel intensiver, merkte sie. In Verona hingegen … ja … da erreichten die ganzen Probleme und Begebenheiten nur schwer ihr Innerstes. Warum das so war, fragte sie sich noch nicht mal. Heute hatte sie nicht die nötige Energie zu so einer aufreibenden Selbstanalyse.

Sie setzte sich auf eine niedrige Mauer vor der *gelateria*, die sie aus ihrer Kindheit nur zu gut kannte. Oft hatte sie Stunden auf dieser Mauer verbracht, gemeinsam mit ihren Puppen, die mal Modenschauen, mal Teenachmittage organisiert hatten. Es war schon seltsam, wie sich manche Dinge einfach nicht änderten, egal wie viele Jahre vergingen. Diese Mauer stand dafür, mit ihrer stabilen Bauweise. Sie fühlte sich für Aurora kein bisschen anders an als damals. Ein bisschen schroff, aber schön kühl unter ihrer Hand, die zwar etwas gewachsen war, aber genau die gleichen Empfindungen wie damals hatte.

Jetzt war es angenehm warm. Und etwas ruhiger. Die Touristen waren wohl in ihren Hotels, um sich für das Abendessen zurecht zu machen. Ein paar Einheimische waren unterwegs. Sie hatten den Gang der Zufriedenen, fand Aurora. Sie hoffte, dass die Geschäfte für alle gut liefen. Maratea und seine Leute verdienten das.

»Na? Müde?«, erkundigte sich Cristina leise und setzte sich ungefragt neben sie.

Überrascht machte Aurora ihr Platz, sodass auch die junge Frau sich bequem setzen konnte. Kurz hatte sie das dringende Bedürfnis, Cristina von ihren Puppen zu erzählen. Sie konnte sich gerade noch zurückhalten. »Ich bin ehrlich gesagt fix und fertig«, sagte sie stattdessen und lachte. »Du siehst hingegen aus wie frisch aus dem Ei gepellt. Wie machst du das?«

Cristina hob die Achseln, sah auf ihre Zehennägel, die pink bemalt aus bequemen Sandalen blickten. »Eine Arbeit, die man liebt, macht nicht müde«, stellte sie so selbstsicher fest, dass ein Widerspruch lächerlich geklungen hätte. »Aurora, das Paar da drüben hat mich gefragt, ob jemand aus der Familie kurz Zeit für sie hätte. Ich kann Gino nicht finden, und Olivia ist wahrscheinlich oben. Hättest du vielleicht kurz Zeit?«

Aurora folgte mit den Augen der Richtung, in die Cristina mit der Hand deutete. Unter dem großen, gelben Sonnenschutz saß ein ganz normal aussehendes Paar mittleren Alters. Mit ziemlicher Wahrscheinlichkeit handelte es sich um Italiener. Jedenfalls waren sie so gekleidet: sie sommerlich-schick, er sommerlich-sportlich. Sie hatten Drinks vor sich stehen und hielten Händchen. Aurora war sich nicht sicher, ob vielleicht gerade dieses Händchenhalten sie dazu veranlasste, aber sie stand auf. »Klar. Ich übernehme das«, informierte sie Cristina, die aufmunternd nickte und dabei wieder ihren Pferdeschwanz in Bewegung setzte. »Und, übrigens, freut mich, dich kennenzulernen«, sagte sie noch, weil ihr gerade erst auffiel, dass sie sich nicht offiziell bekanntgemacht hatten.

»Oh. Mich auch. Vom Gefühl her kenne ich dich schon seit Ewigkeiten«, gab die junge Frau zu.

»Geht mir ebenso …«

Sie lächelten sich kurz zu, dann ging Aurora zum Ehepaar

hinüber. Keine Ahnung, was sie erwartete. Ein kurzes Hallo konnte aber nicht falsch sein, oder?

»*Buonasera*!«, grüßte sie daher zwar freundlich, aber gleichzeitig ein bisschen misstrauisch. Sie sah sich die beiden etwas genauer an. Das Paar schien … irgendwie übermäßig glücklich. »Ich bin Aurora Nardelli. Sozusagen die Tochter des Hauses. Kann ich Ihnen behilflich sein?«

Der Mann stand auf, reichte ihr umständlich die Hand, bat sie dann, sich doch auch an den Tisch zu setzen. Er stellte sich vor, dann seine Frau.

»Wir wollen gar nicht lange stören«, entschuldigte sich die Frau fast und richtete sich die schwere Halskette. »Es ist nur … nun ja, wir feiern unseren 25. Hochzeitstag.«

»Oh. Gratuliere!« Was für eine Leistung! Sie dachte an ihre eigene Ehe, die nach 15 Jahren auf der Kippe stand, schob den Gedanken aber sofort entschieden von sich.

»Wir haben hier damals unsere Hochzeitsreise verbracht«, fügte der Mann nun erklärend hinzu. Alles an ihm wirkte präzise und durchdacht. Selbst seine Brille. Wahrscheinlich ein Ingenieur, Arzt oder Anwalt, vermutete Aurora.

»Wie wundervoll!« Sie meinte das ganz ernst. Maratea hatte traumhafte Seiten und bot sicherlich den richtigen Rahmen für eine romantische Hochzeitsreise.

»Und damals haben wir hier, in dieser *gelateria*, sehr viele unvergessliche Abende verbracht, über unsere Zukunft sinniert und uns gefragt, wie unser gemeinsames Leben wohl aussehen würde«, ergriff die Frau nun wieder das Wort, während ihr Mann an seinem Getränk nippte. Aperol, stellte Aurora fest. Sie konnte es riechen. Sie versuchte sich das Paar in einer viel jüngeren Version vorzustellen und war sich sicher, dass der Mann schon damals dieses präzise, gepflegte Auftreten gehabt haben musste. Gerne hätte sie gefragt, ob ihr bisheriges Leben denn auch tatsächlich die Vorstellungen von damals erfüllt hatte. Aber das war gar nicht nötig, so zufrieden, wie die beiden wirkten.

»Sie fragen sich jetzt sicher, warum wir Ihnen das erzählen«, bemerkte der Mann.

Aurora nickte lächelnd, zeigte hoffentlich mit ihrem Gesichtsausdruck, dass sie ihnen dennoch sehr gerne zuhörte.

»Na ja, wir haben damals eine Person kennengelernt, die uns am Tag unserer Abreise mit einem witzigen, aber gleichzeitig weisen Satz verabschiedet hat, der ein bisschen zu unserem Lebensmotto geworden ist. Wir würden ihr gerne persönlich danken, wenn sie denn noch hier arbeitet.« Die Eheleute wechselten einen Blick, den Aurora so gerne selbst mit ihrem Mann wechseln würde. Da lag einfach so viel Vertrautheit drin.

»Nur zu. Jetzt machen Sie mich auch wirklich neugierig.«

»Perla war ihr Name«, teilte die Frau ihr hoffnungsvoll mit. »Kennen Sie sie?«

Aurora schluckte schwer. Das würde niemals vorbeigehen. Dieses Gefühl des Verlusts. Dieses schwarze Loch tief in ihr, das immer dann aufklaffte und sich öffnete wie ein hungriger Mund, wenn sie unverhofft an ihre Mutter denken musste.

»Oh, ja!«, hörte Aurora sich sagen. Sie fand, dass ihre Stimme dabei blechern und hohl klang. Wahrscheinlich war es aber allein ihr Eindruck. »Nur leider ist sie tödlich verunglückt. Perla war meine Mutter.«

Die Frau riss die Augen auf, schlug dann die Hände vor den Mund. Innerhalb von Sekunden verwandelte sich das glückliche Strahlen ihrer Augen in glasiges Mitleid.

»Das tut uns furchtbar leid. Sie war … für uns eine ganz besondere Person. Die Art Zufallsbekanntschaft, die einem, aus welchem Grund auch immer, ewig in Erinnerung bleibt«, unterstrich der Mann noch einmal.

»Ja. Das war sie gewiss.« Ja. Das war sie gewiss, wiederholte sie noch einmal für sich. »Darf ich Sie auch etwas fragen?«

»Aber natürlich!«

»Dürfte ich … ähm … diesen weisen Satz meiner Mutter denn auch erfahren?«

»Sehr gerne!«, sagte das Paar wie aus einem Munde. Sie sahen sich in die Augen. »Wenn das Leben gemein zu dir ist …«, fing sie an, »… dann hol dir den größten Eisbecher, den die Welt je gesehen hat und …«, machte er weiter, »hau rein!«, beendeten sie gemeinsam und lachten sich liebevoll an.

Das klang so sehr nach Perla, dass Aurora ihre Mutter fast körperlich neben sich spüren konnte. Sie musste die Augen schließen, um nicht vom Schmerz übermannt zu werden.

Das war nicht fair. Sie tat alles, alles, wirklich alles, um sich zu schützen. Aber hier, im Königreich der wohl liebenswertesten Eisperle, die die Welt je gesehen hatte, nützte das nichts. Und sie musste ihrer Mutter energisch widersprechen: Eis war nicht die Medizin für alles. Konnte es gar nicht sein. Eis konnte kein gebrochenes Herz kitten.

Gusto Fragola

Frauen mögen Erdbeereis. Laut Statistik ist es sogar ihr beliebtestes Fruchteis, und das nicht nur, weil die Erdbeere der Hautalterung entgegenwirkt und selbst zu Champagner ganz hervorragend schmeckt.

Mal ehrlich: Wenn es so etwas wie eine weibliche Frucht gäbe, dann wäre es doch wohl die Erdbeere. Man denke nur an die intensive Farbe und die weiche Form. Pure Harmonie. Die vom Eismacher eins zu eins übertragen wird.

Natürlich liegt auch hier das Geheimnis in der Qualität der Frucht, die fein gehackt in die Eismasse gegeben wird. Die Erdbeere aus Tortona, im schönen Piemont, eignet sich wegen ihrer intensiven Duftnote und des unvergleichlichen Geschmacks hervorragend zur Verwendung in der Eisherstellung.

Übrigens: Es darf geraten werden, welches Eis – gleich nach Schokolade – am liebsten bei Kummer gegessen wird. Irgendwelche Ideen?

Kapitel 8

Nach dem Gespräch mit den Eheleuten verspürte Aurora das dringende Bedürfnis, sich zurückzuziehen. Nicht nur hatten die beiden unbeabsichtigt den Schmerz um den Verlust ihre Mutter verstärkt, sie hatten ihr auch vorgelebt, wie schön es aussehen konnte, 25 Jahre miteinander verheiratet zu sein. Was sie zwangsläufig daran erinnerte, dass sie eben keine solche Ehe hatte. Sie begriff nur nicht, was sie falsch gemacht hatte. Manchmal wünschte sie, ihre Mutter nach dem Geheimrezept einer glücklichen Ehe fragen zu können. Denn Perla und Gino hatten sie gehabt, diese Form von warmer, vertrauter Bindung. Und Aurora erinnerte sich an viele Gespräche, die sie mit Perla über dieses Thema gehabt hatte. Ihre Mutter hatte ihr stets vorgeschwärmt, wie schön Aurora im Brautkleid aussehen würde. Davon geträumt, wie liebevoll Aurora als Ehefrau sein würde. Und damit natürlich hohe Erwartungen geweckt.

Das sommerlich-ausgelassene Stimmengewirr um sie herum war ihr plötzlich zu laut neben all ihren Gedanken. Die Farben zu bunt. Und das Eis … nun ja, irgendwie zu aufdringlich. Wobei sie diesen letzten Eindruck noch nicht einmal logisch erklären konnte. Ein Blick zur Eistheke jedenfalls machte ihr klar, dass sie für heute genug hatte – vor allem von der doofen Eisschaufel. Sie hatte Lust auf einen Spaziergang, der ihren Kopf wieder frei machte. Deshalb ging sie kurz hoch in die Wohnung, nahm die Schürze ab, die – den Flecken nach zu urteilen – auch einem Maler gehören könnte, schnappte sich ihre Tasche und machte sich auf den Weg.

Es war später Nachmittag geworden. Die Sonne war nun etwas barmherziger und brannte weniger kraftvoll auf Maratea herab. Man konnte schön spazieren, ohne zu schwitzen. Trotzdem merkte Aurora, wie ihre Füße sie zu einem Ort trugen, an dem sie sich schon als kleines Mädchen auf der Suche nach Erfrischung oft aufgehalten hatte. Nur wenige Gehminuten von der *gelateria* entfernt gelangte sie auf eine weitere Piazza. Dort befand sich das Rathaus. Und eine Gasse führte direkt zur ehemaligen Behausung einer ihrer besten Freundinnen, die sie komplett aus den Augen verloren hatte, von der sie aber wusste, dass sie im Ausland lebte – wie die meisten ihrer damaligen Freunde. Sie selbst war ja auch geflohen, wenn auch aus anderen Gründen. Denn sie war einfach nur Matteo gefolgt. Hatte sie möglicherweise einen Fehler begangen? Ja, sie musste diese unbequemen Fragen zulassen. Eine Antwort darauf fand sie aber nicht.

Auf dem Zentrum der Piazza erhob sich stolz ein Brunnen. *La Fontana della Sirena*. Wie schön es doch war, diesen Brunnen wiederzusehen. Das altbekannte Plätschern des Wassers zu hören. Es klang noch haargenau so wie damals. Nur die Dimensionen erschienen ihr anders. Es überraschte sie jedes Mal, wie klein er doch war und wie groß sie ihn in Erinnerung hatte.

Wäre sie noch ein Kind, sie würde die Hand in einen Wasserstrahl halten, der die anmutige Meerjungfrau, die in der Mitte des Brunnens auf einem Fels kniete, vom Beckenrand aus ununterbrochen mit kühlem Nass versorgte.

»Schön, nicht?«, hörte sie plötzlich eine Stimme aus unmittelbarer Nähe fragen. Sie fuhr herum. Und blickte in das freundlich lächelnde Gesicht von Cristina.

»Oh. Ja. Immer wieder schön.«

»Auch Feierabend?«, erkundigte sich die junge Frau nun und zeigte damit ganz klar, dass sie eine Unterhaltung mit ihr suchte. Obwohl Aurora sich bis eben noch nach Ruhe gesehnt hatte, störte Cristina sie gar nicht. Sie war einfach so ein Mensch, bei dem man sich wohlfühlte, wurde Aurora klar.

»Ja. Für heute habe ich genug. Du?«, gab sie offen zu. Sie hatte ohnehin das Gefühl, dass man Cristinas grünen Augen nichts verheimlichen konnte. Sie wirkten weise, was irgendwie nicht zum Alter der jungen Frau zu passen schien.

»Ich bin auch fertig für heute. Meine Schicht war etwas kürzer, weil ich dafür am Wochenende immer länger arbeite.«

»Du machst das wirklich toll. Ich meine, deine Arbeit.« Aurora wollte, dass sie das wusste.

»Du doch auch!«, fand Cristina. »Schon am ersten Tag hast du frischen Wind in die Eisdiele gebracht mit deinen neuen Eisbechern. Ich finde, sich immer wieder neu zu erfinden ist wichtig. Wobei man natürlich nie seine Identität verlieren sollte. Oh, *scusami*, ich rede zu viel. Nando sagt das auch dauernd zu mir.« Mit rudernden Handbewegungen schien sie ihren Redefluss selbst in alle Himmelsrichtungen schicken zu wollen.

Ach herrje. Den hatte sie ja vollkommen vergessen. Dabei hatte er ihr so freundlich angeboten, bei der Eisproduktion mitzumachen. »Du redest gar nicht zu viel. Es tut gut, dir zuzuhören.«

»Nein«, widersprach Cristina, »ich plappere wirklich zu viel. Und ich hätte dich nicht zu diesen Eheleuten bitten sollen. Ich habe das Gefühl, ich bin ins Fettnäpfchen getreten, weil du danach so traurig ausgesehen hast und sofort verschwunden bist. Deshalb bin ich dir nachgegangen. Ich wollte mich entschuldigen.«

Aurora hielt nun doch die Hand in den Wasserstrahl, kühlte damit ihr Handgelenk. Wie gut das noch immer tat! »Ach was! Mach dir keine Sorgen. Du hast alles richtig gemacht. Ich bin hier die, die alles falsch macht!«, sagte sie in ruhigem Ton und wunderte sich selbst über ihr Eingeständnis. Sie gab ihre Schwächen nicht gerne zu. Sie fand nämlich, dass sie dadurch nur unnötig an Macht gewannen.

Cristina widersprach nicht. Aber auch sie hielt ihr Handgelenk in den Wasserstrahl. Aurora deutete diese Geste – warum auch immer – als Antwort. Eine Antwort, die ihr gefiel, erkannte sie überrascht.

»Wollen wir noch zusammen etwas trinken?«, erkundigte sich Cristina, als das Schweigen so laut geworden war, dass es sogar das unaufhörliche Plätschern zu übertönen schien.

Diese Frage passte so wenig in den Zusammenhang, dass Aurora sofort nickte – erstaunlicherweise. Ein bisschen übermannt vielleicht. Trotzdem bereute sie ihr Nicken nicht. Denn sie hatte tatsächlich Lust darauf. »Ja, gerne!«, sprach sie ihren Gedanken deshalb laut aus.

»Schön! Was hältst du von einem kühlen *vino bianco*? Im *La Farmacia dei Sani*?«

Sie mochte den Namen der netten, bunten Weinstube, die sich in unmittelbarer Nähe der *gelateria* befand. Die Apotheke der Gesunden. Ja. Da wollte sie hin und vielleicht auch herausfinden, ob noch irgendetwas an den Tante-Emma-Laden erinnerte, der sich noch vor zwei Jahren darin befunden hatte. »Sehr, sehr gerne!«

Gemeinsam schlenderten sie zurück. Cristinas Begeisterung für alles, was sie umgab, steckte Aurora an, ohne dass sie es verhindern konnte. Wie bei einer Krankheit. Nur in positivem Sinne. Die junge Frau schleppte sie von einem Laden zum nächsten, wo sie gemeinsam die hübschen Auslagen bestaunten. Und sie hatten eine gemeinsame Leidenschaft: Taschen!

Als sie eine besonders hübsche Stofftasche erblickten, fiel ihr plötzlich Matteo ein. Er hatte ihr mal so eine geschenkt. Das lag … ein ganzes Leben zurück. Er hatte sie ihr aus Indien mitgebracht, wo er damals ein paar Wochen auf der Suche nach Inspiration verbracht hatte. Inspiration für was auch immer. Röte schoss ihr ins Gesicht. Weil ihr unverhofft und glasklar bewusst wurde, dass sie viel zu tolerant ihrem Ehemann gegenüber war. Cristina merkte es zum Glück nicht. Aurora aber war es peinlich, dass sie eine so intime Gewissheit gerade jetzt überfiel. Sie fühlte sich ertappt. Von sich selbst ertappt, irgendwie. Und das fühlte sich verwirrend an. Trotzdem schaffte sie es, sich von diesem Gefühl wieder freizumachen. Damit konnte sie sich auch später noch auseinandersetzen. Nein, falsch, sie *musste* sich später damit auseinandersetzen …

Von der *La Farmacia dei Sani* aus hatten sie keinen direkten Blick auf die *Casa del Gelato*, aber sie hörten die Stimmen der Gäste wie ein sanftes Gemurmel. Der etwas urig wirkende Saverio kam auf sie zu und hob Cristina, zu Auroras großem Erstaunen, hoch, um ihr einen Kuss auf den Mund zu drücken. Sie sahen dabei der Schönen und dem Biest verblüffend ähnlich, erkannte sie amüsiert. Aurora hatte nicht gewusst, dass sie ein Paar waren. Ein absolut ungleiches Paar, das sich trotzdem wunderbar ergänzte. Kurz beneidete sie die beiden um ihre instinktive Zweisamkeit. Denn Aurora hatte die nicht. Sie konnte schon gar nicht mehr sagen, wann Matteo sich ihr gegenüber so offen und herzlich gezeigt hatte. Ihr in aller Öffentlichkeit einen Kuss auf den Mund gegeben hatte. So frei und spontan.

Der große Mann schenkte ihnen unaufgefordert jeweils ein Glas Wein ein. »Geht aufs Haus«, teilte er ihnen mit seiner tiefen Stimme und augenzwinkernd mit. Aurora bedankte sich und setzte sich mit Cristina auf einen der bunten Stühle, die ziemlich wahllos vor der Weinstube standen. Sie erwischte einen grünen. Cristina hingegen setzte sich auf einen gelben. Tische gab es bei Saverio draußen nicht. Der Platz in der engen Gasse reichte dazu vermutlich nicht aus. Die Passanten hätten Slaloms um sie herum machen müssen. Es schien keinen zu stören.

»*Salute*!«, rief Cristina und hob ihr Glas, das ganz anders aussah als das von Aurora. Saverio hielt nichts von einheitlichem Inventar. So viel wusste Aurora, mehr aber auch nicht. Denn sie war keine regelmäßige Kundin der Weinstube. Selbst bei ihrem letzten Maratea-Urlaub, der ein Jahr zurücklag, hatte sie sich hier keinen *vino* geholt. Jetzt fragte sie sich ernsthaft, wieso nicht. Sie fühlte sich rundum wohl in diesem Sammelsurium aus Herzstücken, das sie umgab.

Auch sie hob ihr Glas. »*Salute*!« Sie stieß mit Cristina an.

»Was zum Knabbern?«, erkundigte sich Saverio, der irgendwo hinter seiner alles einnehmenden Theke steckte, die kein bisschen mehr an den Tante-Emma-Laden erinnerte. Auch diese war rigoros bunt gehalten. Hat er sicher selbst bemalt, überlegte sie. Und es sah richtig gut aus, musste sie zugeben. Ihre Mutter war auch so ein Mensch gewesen, der dem Eiscafé immer wieder eine persönliche Note verpasst hatte. Mal waren es neue Tischdecken gewesen, mal hübsche Sitzkissen. Nie hatte Aurora hingegen die Gelegenheit gehabt, sich ebenso zu verhalten. Sie hatte es auch nie versucht. Plötzlich bedauerte sie das sehr. Ebenso bedauerte sie es, in einer Hotelkette zu arbeiten, bei der ihre Kreativität nicht gefragt war, weil ohnehin alles einheitlich auszusehen hatte.

»Gerne!«, sagten sie beide und lehnten sich zurück. Saverio brachte ihnen Oliven und *taralli* – also ringförmiges, salziges Gebäck. Die Schälchen legten sie sich in den Schoß. Ab und an langte mal Aurora rüber zu Cristina. Mal verhielt es sich anders herum.

Eine Weile lang sagten sie nichts, kauten nur oder nippten an ihren Gläsern. Der Wein war so kühl, dass das Glas beschlug. Ab und an fiel ein Tropfen auf ihr Bein. Träge beobachtete Aurora die Passanten, fragte sich bei dem ein oder anderen, wie dessen Lebensgeschichte wohl aussah.

»Oh. Du hast einen Fan!«, flüsterte Cristina und zeigte unauffällig zu ein paar Männern, die zusammenstanden und sich unterhielten.

Jetzt erst merkte Aurora, dass einer davon zu ihr blickte. Es schmeichelte ihr kurz. Mehr aber auch nicht. Achselzuckend lenkte sie ihre Aufmerksamkeit wieder auf die leckeren, grünen Oliven. Sie fand, dass der Wein danach noch viel besser schmeckte.

»Wie ist das eigentlich, verheiratet zu sein?«, erkundigte sich Cristina und traf damit ebenso zielsicher wie unbewusst ein Thema, über das Aurora im Moment nicht nachdenken wollte.

»Hast du nicht vielleicht eine Frage in Reserve …?«, antwortete sie daher nur vage. Sie wollte, dass die Stimmung weiter träge und entspannt blieb. Matteo würde sie trüben, erkannte sie melancholisch.

»Ha. Machst du Witze? Ich habe ein ganzes Repertoire an Fragen.«

Aurora nickte lächelnd. Man musste Cristina einfach mögen. Sie hatte die erfrischende Wirkung eines Sommerregens.

»Aber wenn du trotzdem mal über das Verheiratet-Sein sprechen willst, dann nur zu. Dieses Thema interessiert mich brennend«, gab sie mit einem Seitenblick auf den brummigen Saverio zu.

»Ein andermal eventuell.« Vielleicht würde sie tatsächlich irgendwann darauf zurückgreifen.

Cristina stand auf. Saverio erschien wie aus dem Nichts. Nahm ihr Glas und Schüssel ab. Mit einer Zärtlichkeit, die an einem Mann wie ihm irgendwie fehl am Platz wirkte. Die beiden sahen sich kurz an. Und da war ein Strahlen, das Aurora mitten ins Herz traf.

»Ich muss jetzt gehen«, sagte Cristina zu ihr. »Es war so nett mit dir. Das müssen wir unbedingt nochmal machen, ja?«

Sie umarmten sich umständlich, weil sie ja noch saß und das Glas in der Hand hielt. Nachdem sie die Olive geschluckt hatte, konnte sie auch wieder sprechen. »Unbedingt!«, fand auch Aurora.

»Was machst du heute noch so?«

Aurora zog die Schultern hoch. »Wahrscheinlich fahre ich noch kurz ans Meer.«

Erst als sie es aussprach, merkte sie, wie sehr sie sich danach sehnte, weil das Meer unweigerlich zu ihrem ganz persönlichen Gefühl von Zuhause dazugehörte.

Auch Perla hatte das Meer geliebt und jede freie Sekunde genutzt, um an den Strand zu fahren. Richtig oft hatte das nicht geklappt, erinnerte sich Aurora. Die *gelateria* hatte keinen Ruhetag. Aber im Spätsommer oder Herbst, wenn das Wetter es noch erlaubte und der Eisendielenbetrieb etwas abnahm, hatte sich ihre Mutter stets ein paar Stunden am Meer herausgeschnitten.

Dabei kam für sie nur der Strand in Fiumicello infrage. Dorthin wollte auch Aurora. Manche Traditionen waren für die Ewigkeit bestimmt, erkannte sie.

Als sie wenig später den Strand erreichte, setzte sich in den noch warmen Sand. Diesem Moment, wenn der Sand sich warm anfühlte, die Außentemperatur sich aber schon senkte, jagte sie eigentlich immer nur hinterher. Er war nämlich gar nicht einfach einzufangen und deshalb so wertvoll wie der perfekte Sonnenuntergang, der den Himmel rot färbt.

Vereinzelt lagen noch Badegäste auf ihren bunten Strandtüchern oder saßen auf ihren Campingstühlen, wo sie in aller Ruhe den Tag ausklingen ließen, obwohl die Sonne bereits untergegangen war. Aurora störte sich nicht daran. Sie blendete sie einfach aus und wühlte mit den Händen im Sand, ließ ihn sich dann durch die Finger rieseln, wie sie es schon als Mädchen getan hatte. Bestimmte Dinge änderten sich nie. Andere hingegen taten es. Fast unbemerkt. Oder wie ein Hammerschlag mitten auf den Kopf. Sie war sich nicht sicher, welche Variante sie bevorzugte. Aber jetzt versuchte sie, sich vorzustellen, Matteo säße neben ihr. Das war gar nicht so einfach. Denn er mochte das Meer nicht. Er fand es anstrengend. Alles daran. Den Sand, das Wasser, die Sonne. Selbst die Sonnencreme. Aber die Vollkommenheit des Meeres, die musste er doch sehen, fand sie. Sie dachte zurück an einen Sommerurlaub ganz zu Beginn ihrer Ehe. Sie hatte schon damals sein leichtes Unbehagen wahrgenommen, sodass auch sie zum ersten Mal Marateas Schönheit hinterfragt hatte. Das hatte sie ein bisschen aus dem Gleichgewicht gebracht. Wie ein Kind, das erfährt, dass es den Weihnachtsmann gar nicht gibt. Sie hatte auch plötzlich das Gefühl gehabt, Maratea Matteo gegenüber rechtfertigen oder schönreden zu müssen. Dabei sprach dieser Ort für sich. Er tat es wirklich. In den vollkommensten Tönen.

Aurora lehnte sich zurück und öffnete gleichzeitig ein winziges Türchen in ihrem selbsterbauten Schutzwall. Ihre Beziehung zu Matteo schirmte sie so gut wie möglich ab. Vor anderen, am meisten aber vor sich selbst. Sie glaubte einfach, dass zu viel Analyse seine zerstörerische Macht wie ein zähes Gift entfaltete. Das war dumm, musste sie zugeben, aber ihre einzige Möglichkeit, nicht das Handtuch zu werfen. Manchmal erlaubte sie sich allerdings doch, konkret über die Möglichkeit einer Trennung nachzudenken. Das Thema ängstigte sie, weil es auch gleichzeitig verlockend war. Zärtlichkeit überkam sie trotzdem, wenn sie an ihren Mann dachte. Die wurde aber eher von der Idee und Sehnsucht nach Harmonie hervorgerufen als von ihm selbst. So klar hatte sie das bisher noch nicht erkannt. Nicht zum ersten Mal wünschte sie, ihre Mutter um Rat fragen zu können. Aurora wollte so sehr alles richtig machen. Sie ertrug den Gedanken nicht, Perla könnte von ihr enttäuscht sein. Sie war wirklich keine Frau, die sich anlehnen musste, um wichtige Entscheidungen zu treffen. Aber in diesem Fall war ihr, als müsste sie über einen Schatten springen, der so weit reichte, dass sie es sogar mit richtig Anlauf niemals schaffen würde.

Sie streckte sich erschöpft aus, blickte in den Himmel. Noch keine Sterne. Dafür war ihr Haar wahrscheinlich jetzt voller Sand. Dieser seltsame Gedanke brachte sie unerwartet zum Lächeln. Sie wollte den Himmel berühren, wenn nicht mit der Fingerspitze, dann zumindest mit einem Lächeln.

Ging das überhaupt?, sinnierte sie.

»Aurora?«

Erschrocken fuhr sie hoch, sah sich irritiert um und wusste nicht, ob sie sich zuerst das Haar glattstreichen oder den Rock zurechtziehen sollte. Sie blickte auf starke Beine, die in Badeshorts steckten, und vergaß dabei, was sie eigentlich tun wollte, beließ es also dabei und klopfte sich nur den Sand von den Händen.

»Oh. Nando. Ciao.« Erst die Schwester, dann der Bruder, fiel ihr auf. Weiterhin fielen ihr ihre nackten Beine auf, die sie unauffällig zu bedecken versuchte, warum auch immer. Sie waren am Strand, nicht in der Kirche.

»Was machst du hier?«, fragten beide gleichzeitig und mussten erst einmal lachen. Dann setzte sich Nando zu ihr.

»Du zuerst«, bat er.

»In den Himmel schauen und dem Rauschen der Wellen lauschen?«

»Guter Plan.«

»Ja. Und du so?«

»Ich wohne hier.«

»Am Strand?«

Er lachte schon wieder. Und es klang … gut. Nein, mehr als das. Es klang schön. Dabei hatte sie gar nicht witzig sein wollen. Sie war nur einfach so überrascht von seiner Anwesenheit, dass sie nicht klar denken konnte. Und sie war überrascht davon, wie viel Platz er einnahm. Sogar auf einem fast menschenleeren Strand.

»Das wäre nicht schlecht. Aber, nein, ich wohne nicht am Strand, sondern etwas weiter oben im Ort. Abends schwimme ich gerne mal eine Runde. Deshalb bin ich hier.« Er zeigte auf seine Badeshorts und das Badetuch, das er mitgenommen hatte. »Warst du schon im Wasser?«, wollte er dann wissen und zeigte auf das weite Meer, das sich jetzt fast dunkel vor ihnen erstreckte.

»Ähm … nein.«

»Lust mitzukommen?«

»Ähm … nein.« Schon wieder die gleiche, ziemlich farblose Antwort. Was war nur los mit ihr? »Ich habe kein Badezeug dabei«, fügte sie daher erklärend hinzu. »Eigentlich bin ich nur kurz hier, um das Meer zu riechen.«

Sie beobachtete, wie er sich umsah.

»Und ich werde ganz sicher nicht nackt baden oder so«, wollte sie lieber gleich klarstellen, schlug sich aber innerlich mit der flachen Hand gegen die Stirn. Was redete sie denn da!

»Schade«, meinte er nur und erhob sie so schnell, dass seine Gelenke knackten und der Sand rieselnd von ihm fiel. Dann ging er im Laufschritt auf das Wasser zu und sprang geschmeidig in die tänzelnden Wellen. Natürlich in perfektem Bogen. Er war gegangen, ohne ein Wort. Trotzdem hatte Aurora den Eindruck, gerade still mit ihm vereinbart zu haben, dass sie auf ihn warten würde.

Ihn beim Schwimmen zu beobachten empfand sie als überraschend intim. Es war nicht so, als würde sie einfach einen Unbekannten zufällig beobachten. Seine Bewegungen bewegten auch etwas in ihr. Jeder seiner festen Griffe ins Wasser ergriff auch sie. So fühlte sich das an. Rational betrachtet auf jeden Fall ziemlich dumm. Und falsch. Dennoch wollte sie in diesem Augenblick nichts anderes tun.

Als er wieder aus dem Wasser kam und sich tropfnass vor sie stellte, setzte ihr Herz einen Schlag lang aus. Sie konnte auch gar nichts dagegen tun. Oder irgendwie gegensteuern. Sie reagierte einfach nur als ganz normale Frau auf einen gutaussehenden, nur mäßig bekleideten Mann. Nando war bildhübsch. Aber auf eine keineswegs aufdringliche Art und Weise. Kurzgeschorenes, schwarzes Haar, markantes, kantiges Gesicht, dabei aber eine gerade Nase und unglaublich ausdrucksvolle, sehr dunkle Augen, die sie an glühende Kohle erinnerten. Sie hatte das Gefühl, dass sie tiefer reichten als das Meer.

»Wieso hast du mich heute versetzt?«, fragte er jetzt, während er sich trocken rieb.

Empfand nur sie das so, oder waren sie sich viel zu vertraut? Total übergangslos und direkt. Sie musste sich richtig konzentrieren, um seinen Worten eine Bedeutung zu geben.

»Habe ich das?« Sie stellte sich lieber unwissend, als zuzugeben, dass sie genau wusste, was er meinte: die Eisproduktion. Wobei sie ja eigentlich nichts Festes ausgemacht hatten.

»Irgendwie habe ich das Gefühl, du drückst dich ein bisschen vor den Eismaschinen«, neckte er sie ganz offensichtlich und setzte sich elegant wieder neben sie in den Sand. »Dabei sind die ganz harmlos.«

Die Maschinen, vielleicht, du aber ganz und gar nicht, schoss es Aurora durch den Kopf. Schon wieder hatte sie erschrocken den Eindruck, dass sie viel zu stark auf ihn reagierte. Vielleicht war es dieses Sommerfeeling, außerhalb der *Casa del Gelato*, das sie so empfänglich für seine Reize machte. Oder die Krise mit Matteo. Wer konnte das schon so genau sagen? Und vor allem: Würde es etwas an der Tatsache ändern, dass sie Nando kaum kennengelernt und gleich attraktiv fand? Als wäre sie eine dieser furchtbaren Frauen mittleren Alters, die sich schamlos an Jünglinge ranmachten?

»Oder langweilt dich die Eiszubereitung?«, bohrte er weiter nach und fuhr sich dabei wiederholt mit der flachen Hand über den Kopf, wahrscheinlich, um ihn endgültig trocken zu bekommen, überlegte Aurora. »Bestimmt hängt dir das zum Hals raus. Hast du ja sicher unzählige Male getan.«

»Ich habe noch nie Eis zubereitet«, hörte sie sich selbst sagen und konnte nicht glauben, dass sie ihm das tatsächlich gebeichtet hatte. Vor allem nicht so formlos an einem Strand. Dieses Geständnis wog nämlich Tonnen. »Jedenfalls nicht selbstständig. Zugesehen habe ich dabei unzählige Male.« Geistesabwesend schlug sie eine Mücke von ihrem Bein und merkte dabei etwas verwundert, dass es inzwischen dunkel war. Die Beleuchtung aus dem naheliegenden kleinen Park war aber hell genug, um das wettzumachen.

»Noch nie? Nimmst du mich auf den Arm?« Er suchte ihren Blick, bückte sich ein bisschen und lehnte dabei seinen Kopf auf sein angewinkeltes Knie.

Sie schüttelte nur den Kopf.

»Wieso nicht?« Nando hatte keine Hemmungen, immer weiter zu gehen mit seinen Fragen.

Aurora selbst ertappte sich dabei, das gar nicht als aufdringlich zu empfinden. Sie hob die Schultern. Ihre Haut fühlte sich inzwischen angenehm kühl an und roch ein bisschen nach Salz. Wahrscheinlich schmeckte sie auch danach. »Keine Ahnung. Es war irgendwie … nicht nötig.« Ehrlicher hätte sie seine Frage nicht beantworten können.

Es war still. Eine ganze Weile lang. Nando hatte seine Neugierde wohl gestillt. Eigentlich war es Zeit zu gehen. Sie waren jetzt ganz allein. Nur das Meer sah ihnen zu. Trotzdem konnte sich Aurora nicht aufraffen, diesen Moment zu unterbrechen. Dafür tat es Nando. So plötzlich, dass sie zusammenzuckte, als er sich erhob.

»Wir werden zusammen Eis machen. Und es wird ganz toll werden«, sagte er, hob die Hand zum Gruß und ging.

Sprachlos blickte sie ihm hinterher.

Sie glaubte ihm. Und doch wieder nicht.

Sie fing sich. Und ließ sich wieder gehen.

Lange schaukelte sie ruhelos in einem imaginären Boot aus neuen Empfindungen und Impressionen hin und her. Bis sie sich erschöpft wieder in den Sand zurückfallen ließ, um in den Himmel zu blicken.

Da. Die ersten Sterne. Wenn jetzt einer vom Himmel fällt, werfe ich ihn zurück, dachte sie ernsthaft. Sie hatte zu viele Wünsche, um sich nur einen davon auszusuchen.

Sie musste ihr Leben allmählich wieder auf die Reihe bekommen. Wie genau, wusste sie noch nicht richtig. Aber sie spürte instinktiv, dass sie aufräumen musste. In ihr herrschte heilloses Chaos. So tief und verworren wie ein Wollknäuel nach dem Treffen mit einer Katze. Sie musste es entwirren, dieses Durcheinander. Denn irgendwo, das wusste sie ganz genau, hatte ein Knoten sie aus dem Gleichgewicht gebracht. Den galt es jetzt nur zu finden.

»Ab jetzt machst du alles richtig!«, rief sie aus und streckte die Faust in den Himmel.

Fast bis hinauf zu den Sternen.

Sie stand auf, ging endlich die paar Schritte, die sie noch vom Meer trennten. Als sie das Wasser erreichte, ließ sie zu, dass eine winzige Welle über ihre Füße schwappte. Es war erfrischend kühl. Und klar. Fast wäre sie zurückgezuckt. Aber sie stellte sich dem Meer. Und war ein bisschen stolz auf sich.

Das Leben bestand aus kleinen Errungenschaften, erkannte sie.

Piano, piano.

Sie blieb so lange, bis sich ihre Haut an das Wasser gewöhnt hatte. Das waren mit Abstand die schönsten Momente der totalen Sorglosigkeit, die sie seit Langem erleben durfte. Hatte das etwas mit Nando zu tun? Sie stellte sich vor, diese Frage auf einem kleinen Boot auf Reise zu schicken. Auf einem kleinen Boot, das die Wellen immer weiter in Richtung Horizont trugen. Denn da gehörte diese Frage hin. Aurora war alles andere als bereit, sich damit auseinanderzusetzen. Vielleicht fand der Horizont ja die passende Antwort.

Gusto Amarena 

Schon gewusst? Amarena-Kirschen reifen viel früher als normale Kirschen. Baum und Frucht sind auch deutlich kleiner. Ob sie ihren Namen ihrer armenischen Herkunft oder der Tatsache zu verdanken haben, dass sie einen leicht bitteren (lateinisch: *amarus*) Beigeschmack haben, ist nicht bekannt.

Aber *Gusto Amarena* ist bekannt. Und sehr beliebt noch dazu. In diesem Fall ist es sogar erlaubt, die geschmacksintensive Frucht in Form von süßem Sirup in die recht neutrale, sahnige Basis zu mischen. Aber nur schichtweise zwischen die feste Masse, sodass die zwei getrennten Schichten sich erst vermengen, wenn das Eis schmilzt. *Mh … che bontà*!

Kapitel 9

Arturo öffnete das Fenster.

Macht der Gewohnheit …

Es knarrte wie immer empört, und er fragte sich, wann aus ihm ein so passiver Mann geworden war. Vor zehn Jahren noch hätte er kein knarrendes Fenster toleriert. Keine Sekunde lang. Er seufzte. Fühlte sich melancholisch. Dabei hatte er ganz gut geschlafen. Vielleicht sogar schön geträumt.

Beim Versuch, sich daran zu erinnern, wer seinen Eltern diese Fenster eingesetzt hatte, wurde ihm klar, dass dieser Jemand sehr wahrscheinlich schon das Zeitliche gesegnet hatte. Deshalb schloss er das Fenster wieder und begab sich vom ersten Stockwerk aus in die Küche, die sich im Erdgeschoss befand. Arturo wollte frühstücken. Zwar hatte er nicht viel im Haus, da er ohnehin meist bei seiner Olivia aß, aber Käse und Brot fehlten nie. Er holte den Laib aus dem Kasten, drückte ihn zusammen und stellte fest, dass er nicht mehr wirklich frisch war. Gut genug war er aber allemal. Er war nicht verwöhnt, passte sich problemlos an. Wenn das Brot ein bisschen trocken war, aß er es trotzdem, denn nur vor Schimmel musste man sich in Acht nehmen. So hatten ihm seine Eltern das beigebracht.

Seltsam, überlegte er. Natürlich hatte er sich mit dem Tod seiner Eltern abgefunden. Immerhin lag das Jahre zurück. Sie waren alt gewesen. Krank. Und der Tod nur eine natürliche Konsequenz. Trotzdem. Das Vermissen hörte nie auf. Wirklich nie. Oft fragte er sich, wie es wohl Aurora ging. Perla war viel zu früh und auf tragische Weise gestorben. Ein Autounfall. Unglückliche Umstände. Was auch immer. Aurora konnte sich Perlas Tod nicht schönreden, das wusste er.

Schade fand er, dass Olivias Nichte nicht über ihren Schmerz redete. Er hatte sie wirklich noch nie über Perla sprechen gehört – zumindest nicht offen und frei – und war sich ziemlich sicher, dass das nicht gesund war. Dass sie unaufhörlich an ihre Mutter dachte, konnte man ihr ja beinahe ansehen.

Vielleicht sollte ich mich mit ihr zusammensetzen und einfach mal erzählen, fand er. Er war sich nicht sicher, ob das überhaupt schon einmal jemand gemacht hatte. Ach, die liebe Perla! Es war schon eine Schande!

Arturo holte sich den Käse aus dem Kühlschrank und schnupperte hungrig daran. Er kaufte ja noch immer vom Bauern, auch wenn die kleinen landwirtschaftlichen Betriebe vom Aussterben bedroht waren und die neuen Generationen es nicht annähernd so gut hinbekamen wie die traditionsreichen von einst. Er schnitt sich eine dicke Scheibe ab – ließ Cholesterin mal Cholesterin sein –, legte sie sich auf einen Teller und setzte sich an den Esstisch. Sobald er mit dem Rücken zur Küchenzeile saß, ließ ihn ein Geräusch aufschrecken. Ein Geräusch wie … zerbrochenes Glas? Er fuhr herum, sein Blick wanderte hektisch umher. Was war zu Bruch gegangen?

Da entdeckte er es. Ach herrje! Eine Keramikfliese hatte sich von der Wand gelöst und den freien Fall in Richtung Boden nicht unbeschadet überstanden. Er sprang auf. Als könnte seine verspätete Eile noch etwas ändern. Voller Bedauern kniete er sich hin, versuchte abzuwägen, ob er sie noch kleben konnte. Ehrfürchtig hob er die Scherben nacheinander auf. Ganz vorsichtig.

Es waren zu viele, erkannte er resigniert. Er würde sie ersetzen müssen. Aber womit? Das waren doch die schönen, handgemalten Fliesen seiner Mutter!

Ach, verdammt, fluchte er stumm. Kein Mensch bemalte heutzutage noch Keramikfliesen, oder?

*

»*Buongiorno, papà*!«, grüßte Aurora ihren Vater, der – wie konnte es anders sein – bestimmt schon seit Stunden schuftete. Obwohl es noch früh war, schnitt er bereits frische Früchte für den Obstsalat, der die Basis einiger Eisbecher darstellte. Es duftete verlockend, selbst wenn sie mehr als satt war. Olivia hatte sie mit einem Wahnsinnsfrühstück überrascht. Sogar Mandelgebäck hatte es gegeben. Und, *Dio mio*, das war so lecker gewesen, dass sie gleich drei Stück davon gegessen hatte. Ganz ohne Reue.

In Verona nahm sie sich nur selten Zeit für ein ausgiebiges Frühstück. Aber sie war ja jetzt in Maratea. Und da lief das Leben ganz anders ab. Aurora hatte das Gefühl, dass die Menschen sich viel mehr Zeit für die angenehmen Dinge nahmen. Wie konnte sie da widerstehen? Denn die schönen Dinge des Lebens zu genießen machte nun einmal Spaß. Zumindest so lange, bis ihre Probleme sie nicht einholten. Sie dachte schon wieder ununterbrochen an Matteo. Und an den Verkauf der *gelateria*, der ihr das nötige Geld einbringen würde, um mit ihrem Mann neu anfangen zu können. Ihr Kopf rauchte zwar nicht, schmerzte aber bereits. In Verona war ihr dieser Plan richtig und durchführbar erschienen. Sogar vernünftig. Überhaupt war sie im Leben stets vernünftig. Nur hier in Maratea verwandelte sich ihr vernünftiger Plan unaufhaltsam. Nahm sonderbare Konturen an. Sie merkte das sehr wohl. Und es machte ihr Angst.

»*Buongiorno*, Auri!«, rief ihr Vater zurück und hielt kurz die Hände hoch, von denen der Saft reifer Früchte tropfte. »Was machst du für ein Gesicht?«

»Wieso? Was ist mit meinem Gesicht?« Das interessierte sie. Sie griff sogar mit der Hand an ihre Wange. Die fühlte sich nicht anders an als sonst.

Gino hob die Schultern. »Deine Mutter hätte gesagt, du hast ein Kopfweh-Gesicht.«

Gott! Wie leicht es allen fiel, Perla zu erwähnen. Aurora schnürte es jedes Mal regelrecht die Kehle zu, wenn das passierte.

»Da hätte sie vermutlich gar nicht so unrecht gehabt!«, erwiderte sie leise.

Gino trat vom Schneidebrett weg, auf dem eine Ananas in stiller Erwartung ihrer Weiterverarbeitung lag, und wusch sich die Hände. »*Pera con Salvia*!«, sagte er bestimmt, öffnete die Vitrine und grub mit einem Plastiklöffel tief in einem Eisbehälter, zog ihn vollgeladen mit cremiger Masse wieder heraus und steckte ihn kurzerhand in ihren Mund. Eine Geste, die sie um Jahre zurückversetzte. Es war nicht einfach, sich bei Gino und Olivia erwachsen zu fühlen oder gar zu benehmen. »Ist gut für die Nerven!«

»Man kann nicht alles mit Eis kurieren!«, protestierte Aurora mit vollem Mund. Bis das Eis begann zu schmelzen und seinen Geschmack zu entfalten.

»Alles nicht. Aber vieles«, erwiderte Gino mit philosophischer Gelassenheit.

Tatsächlich merkte Aurora, wie sie allmählich ruhiger wurde, was natürlich nicht am Eis an sich lag. Sie war nur ein bisschen abgelenkt von ihren Gedanken. Das machte die Birne, die in Eis ohnehin interessant wirkte, in Verbindung mit der Frische von Salbei. Es schmeckte einfach. Ob es jetzt am Gleichgewicht zwischen den beiden Hauptzutaten lag oder einfach nur an der Harmonie zwischen den beiden, das konnte sie nicht sagen. Und eigentlich war es auch egal.

»Nandos Rezept?«

»*Sì, sì*.«

Sie nickte.

Wer auch sonst? Dieser Mann konnte zaubern und verzaubern. Dass *sie* sich gegen seinen Zauber wappnen musste, wurde ihr plötzlich klar. Eisklar, sozusagen. Hatte er sie nicht bereits am Vorabend am Strand schon verzaubert? Sie hatte jedenfalls kaum die Augen von ihm abwenden können.

»Schon wieder so ein Gesicht!«, amüsierte sich Gino und schnitt weiter Obst klein.

Was zum Teufel war los mit ihrem Gesicht? »Was für eins diesmal?«, erkundigte sie sich betont gelangweilt und genervt, was ihren Vater nur noch mehr zum Lachen brachte. Sie konnte nur hoffen, dass er darin ihr Interesse an Nando nicht lesen konnte.

»Ganz kurz hattest du ein Ich-bin-verloren-Gesicht. Jetzt ist es ganz deutlich ein Ihr-könnt-mich-alle-mal-Gesicht.« Gino lachte Tränen.

Ha. Ha.

Wie witzig alles, überlegte Aurora trocken. Aber die innere Unruhe, die sie gepackt hatte, begann an Macht zu gewinnen.

»*Buongiorno*!«, Cristina erschien und brachte nicht nur einen ganzen Schwung guter Laune mit, sondern auch Aurora wieder auf andere Gedanken. Unwillkürlich schaute sie auf ihre Armbanduhr. Es war doch noch viel zu früh!

»Was machst du denn schon hier?«, fragten in der Tat sowohl Aurora als auch Gino sie verwundert.

»Ach, ich wollte noch ein bisschen im Lager aufräumen, bevor meine Schicht beginnt. Da kennt man sich gar nicht mehr aus.«

Schwer zu sagen, was mehr an ihr blendete: ihr strahlendes Lächeln oder ihr gelbes T-Shirt. Sie strotzte vor Optimismus. Und obwohl ihr Pferdeschwanz heute tief auf dem Rücken lag, konnte Aurora ihn tanzen sehen.

»Das übernehme ich«, bot Aurora an. Nein, vielmehr bestimmte sie das einfach. Denn sie fand, dass das eine sehr gute Idee war. Im Lager war sie für sich. Ein bisschen Distanz war ihr ganz recht, wenn sie auch nicht verstand, zu wem. Quatsch. Natürlich verstand sie, zu wem. Was aber nicht hieß, dass es diesen Gedanken einfacher machte.

»Aurora, das brauchst du doch nicht zu machen!«, rief Cristina überrascht. »Ich kümmere mich sehr gerne drum. Wirklich.«

»Ich mache das. *Basta.*« Sie wollte gar nicht lange diskutieren, hatte schlichtweg keine Lust dazu. »Und du, *mia cara* Cristina, lässt dir jetzt von meinem alten Herrn einen Cappuccino zubereiten, den du dann ganz, ganz langsam trinken wirst, weil deine Schicht noch gar nicht angefangen hat. *Va bene*?«

Cristina nickte. Zwinkerte ihr dann zu. Vermutlich wollte sie ihr damit zu verstehen geben, dass sie ihr ihren gespielt strengen Ton nicht übel nahm. Aurora unterdrückte kurz den Impuls, Cristina zu umarmen, zwinkerte einfach zurück und machte sich auf in Richtung Lager. Sie war froh, sich nicht mehr mit Gino auseinandersetzen zu müssen. Allzu oft hielt er ihr einen unsichtbaren Spiegel vors Gesicht mit seiner indirekten Art. Und sie hatte keine Lust, ihr Spiegelbild länger zu betrachten.

Das Lager befand sich links von den Toiletten, und es stand *Privato* vorne auf der Tür. Aurora hatte keine Ahnung, was sie erwartete. Beim letzten Mal hatte sie das Lager sehr ordentlich und gut strukturiert vorgefunden. Allerdings lag das … nun ja … doch schon einige Jahre – vielleicht sogar Jahrzehnte – zurück, wenn sie es sich recht überlegte. Schamesröte stieg ihr ins Gesicht. Sie kannte sich in der *gelateria* gar nicht mehr aus. Und das hatte sehr viel mit dem Tod ihrer Mutter zu tun. Was ihr Verhalten aber nicht rechtfertigte.

Sie betrat den Raum, verscheuchte das Gefühl peinlicher Erkenntnis.

Es traf sie fast der Schlag.

»Heilige Eisbombe!«, rief sie aus, benutzte dabei fast unbemerkt einen Ausdruck ihrer Mutter und sah sich um. Stieg dabei über einen Karton, der – nach genauerer Inspektion – alte, nein, uralte Aschenbecher enthielt.

Wieso waren diese Dinger nie entsorgt worden?

»*Buongiorno*!«

Aurora fuhr herum, ließ dabei den Karton fallen und unterdrückte den Impuls, sich die Ohren zuzuhalten, als die alten Aschenbecher scheppernd auf den Boden landeten. Der Lärm traf sie bis ins Mark. Vielleicht war es aber auch Nandos Anblick. Sie hatte ihn nicht erwartet. Das war alles. Sie war einfach nur überrascht.

»Ich wollte bloß kurz Hallo sagen«, erklärte er und bückte sich.

»Und stattdessen musst du alte Aschenbecher aufsammeln …«, sagte sie und kniete sich hin.

»Es gibt Schlimmeres«, erwiderte er und stapelte die hässlichen Dinger, um sie wieder in den Karton zu packen.

»Stimmt. Stinkige Socken wären schlimmer gewesen.«

»Oder schmutzige Unterhosen …«

Sie konnte sich ein Grinsen nicht verkneifen. Und obwohl Nando weder lachte noch grinste, so erkannte sie doch ein amüsiertes Funkeln in seinen magnetisch dunklen Augen.

Als sie fertig waren, erhoben sie sich. Nando stellte den Karton ab.

Aurora wünschte sich plötzlich sehr, etwas Belangloses in den Raum werfen zu können, um dem Augenblick dieses feine Knistern zu nehmen. Ihr Kopf war aber leer und gleichzeitig von Eindrücken überfüllt, sodass sie einfach keine Worte fand.

»Kommst du heute Abend wieder zum Strand?«, wollte Nando wie beiläufig wissen.

Zum … Strand? Hatte er das eben wirklich gefragt? Endlich sah sie ihn an. So richtig. Er stand einfach nur vor ihr. Etwas verlegen vielleicht. Das erkannte sie an den Händen, die er in den Taschen seiner Jeans vergraben hatte. Nando wippte fast unmerklich vor und zurück. Sein schwarzes Shirt mit dem Aufdruck irgendeiner Band bewegte sich leicht mit.

»Zum Strand? Ja, vielleicht. Das kommt darauf an, wie schnell ich hier fertig bin.«

»Okay. Gut. Dann bis später«, sagte er. Seine Stimme klang vorsichtig erfreut.

Ergab das überhaupt einen Sinn? Vorsichtig erfreut?

Er hob die Hand zum Gruß. Und ging. Nur, um gleich wieder zurückzukommen. Dieses Mal blieb er aber an der Tür stehen. Versteckte sich sogar ein bisschen dahinter. So wirkte es auf Aurora jedenfalls.

»Vergiss dein Badezeug nicht«, sagte er schnell, schneller vermutlich als sein Mut. Dann verschwand er wirklich.

Was war mit ihrem Mut? Würde der noch eine Weile halten oder sich gleich wieder verstecken? Sie konnte gar nicht sagen, was ihr lieber war.

Aurora setzte sich im Schneidersitz auf den Boden.

Atmete.

Ganz ruhig.

Trotzdem fühlte sie sich wie auf hoher See. Nando verwirrte sie. Wessen Schuld das nun war, tat nichts zur Sache. Es war einfach so. Aber sie war nicht hier, um sich in einem neuen Strudel zu verlieren. Sie war hier, um aufzuräumen. Und das nicht nur im übertragenen Sinn. Sie sah sich wieder im Raum um und beschloss, dass sie wenigstens dieses Chaos in Ordnung bringen würde. Wenn es ihr schon nicht mit ihrem inneren Chaos gelang.

Frisch motiviert überlegte sie, von wo nach wo sie arbeiten wollte, beschloss auch gleich, mit dem raumhohen Regal anzufangen und es von oben nach unten durchzusehen. Alles, was nicht gebraucht wurde, kam weg. Auf diese Weise würde sie den zukünftigen Besitzern zumindest eine aufgeräumte Eisdiele hinterlassen.

Denn die *Casa del Gelato* würde verkauft werden. Das stand fest. Felsenfest, versuchte sie sich selbst zu überzeugen. Eher sandfest, erkannte sie.

Aber sie musste sich doch an irgendetwas festhalten. Wenigstens dieser Entschluss musste stehen.

Ja.

Sie wiederholte das stumm und mantraartig, was es aber auch nicht besser machte.

Umständlich erhob sie sich, stieg auf einen Stuhl, der schon einmal bessere Tage erlebt haben musste, um einen Schuhkarton von ganz oben im Regal herunterzuholen. Bei ihrer Statur reichte sie nur mit größter Not und auch nur mit der äußersten Fingerspitze bis zur Schachtel. Der Stuhl wackelte gefährlich, und sie überlegte, dass sie vernünftigerweise erst irgendwo eine anständige Leiter auftreiben sollte. Vernunft war aber nichts für sie, nicht hier, nicht heute. Also streckte sie sich ein letztes Mal, so gut sie konnte. Und siehe da, der Karton fiel ihr endlich entgegen. Staub rieselte ihr ins Gesicht. Sie prustete laut, um ihn nicht einzuatmen, und stieg vom Stuhl, auf den sie sich jetzt setzte. Der Schuhkarton war recht nichtssagend. Und alt. Trotzdem war noch der Aufkleber mit der Schuhgröße zu sehen. 38. Perlas Schuhgröße, fiel Aurora ein. Aber auch gleichzeitig die Schuhgröße vieler, vieler anderer Menschen. Das musste nichts zu bedeuten haben. Dennoch wurde ihr einmal mehr bewusst, wie präsent ihre Mutter noch immer in dieser Eisdiele war. Selbst 20 Jahre nach ihrem Tod noch.

Vorsichtig nahm sie den etwas eingedellten Deckel ab. Was ihr als Erstes förmlich entgegensprang, waren kräftige Farben, die trotz einer feinen Staubschicht richtig glänzten. Keramikfliesen, stellte Aurora fest. Wunderschön bemalte Fliesen. Sie hatten ein irgendwie altmodisches Design. Man würde sie vielleicht als Vintage bezeichnen. Es überraschte Aurora nicht, dass jede Fliese ein Eismotiv zeigte. Was sie hingegen sehr überraschte, war die Tatsache, dass sie sich ganz oben auf einem Regal in einem unordentlichen Lager befanden.

Dazu waren sie einfach zu schön.

Viel, viel zu schön.

Sie ließ es sich nicht nehmen, die Fliesen aus dem Schuhkarton zu nehmen. Es waren sieben Stück. Sieben wundervolle, kleine, glatte Kunstwerke.

Aurora nahm eine hoch, drehte sie in ihren Händen und bemerkte erst dann, dass auf der Rückseite ein Zettel klebte. *Mamma*, schoss es ihr durch den Kopf. Diese Fliesen … sie konnte sich das gar nicht erklären. Aber sie trugen Perlas Handschrift. Obwohl sie sich sicher war, dass ihre Mutter keine Künstlerin gewesen war. Vorsichtig trennte sie den Zettel von der Fliese. Sie schluckte und merkte dabei, dass ihr Mund ganz trocken geworden war.

Klar.

Perlas Schrift.

Jetzt atmete Aurora aus. Sie hatte die Luft angehalten und es gar nicht gemerkt.

Ihre Augen überflogen die wenigen Zeilen. Mit einfachen Worten hatte Perla *Gusto Fior di latte* beschrieben. Aurora drehte die Fliese um. Das gemalte Bild zeigte eine Waffel mit weißem Eis.

Was war das hier? Eine Art Fliesen-Bilderbuch? Für Kinder? Oder besser ein Kind? Vielleicht sogar sie selbst?

Nach und nach las sie die anderen Beschreibungen. Sie passten immer zum Bild. Sieben wunderschöne, vergessene und verstaubte Fliesen von Perla.

Das war … wie ein Schatz. Besser noch. Wertvoller auf jeden Fall.

Was hatte ihre Mutter damit vorgehabt? Die *Casa del Gelato* renovieren? Wobei sie mit sieben Fliesen nicht sehr weit gekommen wäre. Vielleicht waren ja irgendwo noch andere versteckt.

Als sie so ziemlich alle Kartons im Lager geöffnet hatte, konnte sie zumindest das ausschließen. Es gab keine weiteren kleinen Kunstwerke.

Nun, bevor sie sich den Kopf über Dinge zerbrach, die sie nicht wissen konnte, legte sie die Fliesen vorsichtig beiseite. Später würde sie ihren Vater dazu befragen. Der wusste sicher mehr.

Oje. Ihre Suche hatte, wenn irgendwie möglich, nur noch größeres Chaos in das Lager gebracht. Es kostete sie ein ganzes Stück Überwindung, aber sie raffte sich auf und machte sich an die Arbeit. Zum Glück handelte es sich größtenteils um altes, nutzloses Zeug, wie Eiskarten, die auseinanderfielen, oder Werbegeschenke, die kein Mensch brauchte. Sie füllte damit eine ganze Reihe großer Mülltüten und räumte nur wieder ein, was auch wirklich gebraucht wurde. Oder zumindest danach aussah.

So genau konnte sie ja nicht sagen, was in der *gelateria* noch verwendet wurde. Daher vertraute sie einfach ihrer eigenen Meinung. Hauptsache ordentlich.

Verschwitzt und so verstaubt, dass ihre Augen dabei brannten, schloss sie ihre Aufräumarbeiten ein paar Stunden später ab. Sie wollte jetzt nur noch duschen und sich hinlegen. Trotzdem nahm sie den Karton mit den Fliesen mit.

Als sie den Raum verließ, hatte sie den Eindruck, jahrelang hier gewesen zu sein. So sehr hatte sie sich auf ihre Arbeit im Lager konzentriert.

Es war richtig viel los. Gino tat gerade das, was er immer tat, wenn er keine Eistorten herstellte: Eisbecher anrichten. Er blickte gar nicht hoch. Sie wollte ihn auch nicht stören. Zu den Fliesen konnte sie ebenso gut Olivia befragen.

Aurora stieg die Treppen zu den Wohnungen hinauf, betrat zuerst Olivias Hälfte. Aber alles war still. Auf dem Spiegel im Flur fand sie einen Zettel.

Wir sind am Meer. Essen ist im Kühlschrank. O + A

Soso. Am Meer waren die Turteltäubchen also. Sie konnte gar nicht anders, als zu lächeln. Vielleicht beneidete sie ihre Tante sogar ein bisschen. Olivia hatte mit Arturo ihr Gleichgewicht gefunden. Aurora hingegen wackelte in ihrer Ehe wie ein dünnes Ästchen im Wind. Und das war nicht Sinn der Sache.

Sie öffnete den Kühlschrank. Einen abgedeckten Teller mit liebevoll angerichtetem Salat fand sie darin vor. *Zia* Olivia war einfach die Beste!

Zum Essen ging sie auf ihr Zimmer. Sie setzte sich wie ein Teenie auf ihr Bett, schob sich ein Salatblatt nach dem anderen in den Mund und sah dabei vermutlich kein bisschen wie eine ordentlich verheiratete *signora* aus. Aber das passte insgesamt zu ihrer momentanen Lage, fand sie.

Die Fliesen hatte sie auf ihren Schreibtisch gelegt. Sie widerstand dem Impuls, sie erneut anzusehen. Ein wohliges, entspanntes Gefühl stellte sich ein. Aurora wurde schläfrig. Dass sie eigentlich hatte duschen wollen, war ihr gerade egal. Ein Nickerchen war das, was sie brauchte.

Ohne es zu wissen, traf sie im Schlaf eine Entscheidung. Die richtige oder die falsche … wer konnte das schon sagen.

Sie hinterfragte das auch nicht. Wollte es nicht wissen.

Olivia war nach Auroras Erwachen noch immer nicht da. Die Fliesen mussten warten.

Das Meer aber nicht. Und dahin wollte Aurora.

Unbedingt. Dringend. Sofort. Auf ihre eigene Gefahr hin.

Gusto Mela verde e Cannella

Keine Milch. Nur Wasser, Sahne, Zucker, etwas Glukose, um der Kristallbildung entgegenzuwirken, die besonders dann auftreten kann, wenn die Milch wegfällt, Johannisbrotkernmehl und grüner Apfel.

Ein leichtes, erfrischendes Eis mit säuerlicher Note. Wie ein Biss in den Apfel. So muss es schmecken. Aber Langeweile, die darf nicht sein. Deshalb kommt eine Prise Zimt dazu. Ein Hauch. Nicht mehr.

Ist es jetzt nicht einfach ... perfekt?

Kapitel 10

Cristina hörte gar nicht mehr auf zu plappern. Über ihr neues Lieblingsthema: Aurora Nardelli.

Nando hörte zu – so war es ja nicht –, sah aber strikt auf die Straße. Aurora war auch sein aktuelles Lieblingsthema, wenn auch in ganz anderem Sinne. Deshalb schwieg er lieber. Ihren Namen in den Mund nehmen, das überforderte ihn.

»Dann sind wir noch zu Saverio. Sie ist total nett und unkompliziert. Ich glaube, wir haben uns umsonst Sorgen gemacht.«

»Mhm …«, erwiderte er vage.

»Mein Gott, Nando, du musst echt an dir arbeiten. Gespräche zwischen Geschwistern fördern ein positives Sozialverhalten«, belehrte sie ihn.

»Mein Sozialverhalten ist völlig in Ordnung«, fühlte er sich verpflichtet zu sagen. Er hielt in der Auffahrt zum Haus seiner Eltern.

»Ja. Absolut«, erwiderte Cristina trocken. »Kommst du noch auf ein *panino* mit rein?«

Hunger hatte Nando eigentlich immer. Und seine Schwester war Meisterin darin, belegte Brote zu machen. »Überredet!«, gab er zu, zog die Handbremse und stieg selbst aus.

»Hallo, Fremder«, begrüßte seine Mutter ihn an der Tür und ließ sich von Cristina umarmen.

Auch er umarmte seine Mutter und gab ihr einen Kuss auf den Kopf. Sie war so klein, dass sie praktisch in seinen Armen verschwand. Wie Aurora, schoss es ihm durch den Kopf. Dann aber besann er sich. Er konnte nicht schon wieder an sie denken. Tat ja praktisch nichts anderes mehr. »*Tutto bene*?«, erkundigte er sich bei seiner Mutter.

»Ja. Das Übliche. Dein Vater treibt mich in den Wahnsinn,

und die Katzen werden von Tag zu Tag unverschämter. Aber sonst …«

Seine Mutter war eine gute Seele, nahm daher jedes Tier auf, das in Not geraten war. Vor allem Katzen. Schwer zu sagen, wie viele es derzeit waren. Im Moment machten drei davon Endlosloopings um seine Beine. »Schmeiß sie einfach alle raus!«, riet er ihr augenzwinkernd.

»Bei deinem Vater könnte ich es mir ernsthaft überlegen«, erwiderte sie erheitert.

»Wo ist er denn gerade?«

»*Lo sa solo Dio* – das weiß nur Gott. Wahrscheinlich beim Angeln. Wenigstens freut das dann die Katzen. Die bekommen seinen Wahnsinnsfang eh immer ab. Wüsste nicht, was ich sonst mit den winzigen Fischen anfangen sollte. Deinem Vater erzähle ich immer, dass ich die einfriere.« Jetzt lachte sie hell.

»Und er glaubt dir das?«

»Männer glauben ihren Frauen doch immer alles! Ist viel bequemer so«, belehrte sie ihn.

Da musste er passen. Eine Frau hatte er nicht. Bisher hatte er auch nicht unbedingt den Eindruck gehabt, dass ihm etwas fehlte. Aber, *Dio santo*, schon wieder Aurora … Sie war wie ein Sonnenstrahl, den er immerzu hinter Wolken der Gleichgültigkeit zu verstecken versuchte. Sobald er sich sicher glaubte, durchbrach sie seine mühsam errichtete Barriere aus Luft und Wasser und entfaltete ihre Schönheit erst recht.

Nando wusste nicht, wie ihm geschah. Wirklich nicht. Sie hatte nichts getan, um sein Interesse zu wecken. Und doch hatte sie ihn mitten ins Herz getroffen. Sie ist verheiratet!, wiederholte er innerlich so oft, dass die Aussage sich allmählich in einen sinnlosen Buchstabenbrei zu verwandeln drohte. Er wusste, dass es so war. Und er war auch vernünftig genug, das zu akzeptieren. Trotzdem empfand er etwas für sie. Das merkte er jedes Mal, wenn er mit ihr zusammen sein durfte. In diesen kurzen Momenten, die er sich einfach herausnahm. Wie zuvor am Morgen, als er sie in dem Lager aufgesucht hatte. Keine weltbewegende Szene. Zumindest nicht für einen Beobachter. Seine kleine Welt hatte dieses Treffen aber durcheinandergebracht.

»Kommst du raus?«, rief Cristina.

»*Arrivo*!« Er zog seine Mutter mit ins Haus und begab sich direkt auf die große Terrasse, die im Sommer stets den Treffpunkt der Familie darstellte. Diverse Katzen folgten ihnen.

Die Terrasse war gewohnt bunt. Seine Mutter hatte ein Faible für alte Möbel, die sie hingebungsvoll restaurierte und bemalte. Nie in langweiligen Farbtönen, wie er einmal mehr feststellte. Er schnappte sich einen roten Stuhl und hoffte, dass der sein Gewicht auch aushalten würde. Das Möbelstück sah mit seinen dünnen Beinchen nicht danach aus. Und in der Tat knarzte das Holz empört, als er sich vorsichtig darauf niederließ.

»Keine Sorge. Der hat sicherlich schon Schlimmeres ausgehalten als deinen Hintern«, wurde er von seiner Mutter geneckt, die offenbar seine Gedanken erraten hatte.

»Ein paar Kriege hat der sicherlich schon hinter sich!«, vermutete er, lehnte sich aber trotzdem zurück. Natürlich unter lautstarkem Protest des Stuhls.

Cristina kam mit einem voll beladenen Tablett. Sie war unermüdlich, selbst nach einem langen Arbeitstag. Woher nahm sie nur die Energie?!

»Thunfisch oder Pute?«, erkundigte sie sich bei ihm.

»Pute. *Grazie*.«

»Du solltest mehr Fisch essen. Omega-3-Fett ist wichtig, habe ich gelesen. Es ist nämlich …«

Er unterbrach sie. »Wieso hast du dann gefragt? Hättest mir doch gleich Thunfisch geben können.«

Sie zuckte mit den Achseln. »Weil ich Thunfisch auch nicht mag.«

»Und wer soll die Brote mit Fisch dann essen?«

Beide schauten sie gleichzeitig zu den Katzen, die erwartungsvoll herumlungerten. Nando und Cristina grinsten sich in stummem Einvernehmen an.

»Nichts da! Wenn ihr Thunfisch nicht mögt, dann kriegt *papà* die. Wenigstens muss ich später nicht mehr kochen«, mischte sich ihre Mutter ein.

Sie lachten zusammen. Bis Nando wieder ernster wurde und aß.

Die Gespräche zwischen Cristina und seiner Mutter plätscherten um ihn herum. Er nahm aber nicht viel davon wahr, kraulte einen besonders aufdringlichen Kater hinter den Ohren, der dabei entspannt schnurrte. Erst als er merkte, dass die Gespräche verstummt waren, blickte er wieder auf. Beide sahen ihn bedeutsam an.

»Was?«

»*Mamma* hat dich gerade was gefragt!«, informierte ihn Cristina. »Wo bist du nur mit den Gedanken, mein lieber Bruder?«, setzte sie natürlich noch hinzu. Ein bisschen hämisch vielleicht.

»Beim Thunfisch«, gab er zurück. »Was wolltest du wissen, *mamma*?«

»Ich wollte wissen, ob du Ginos Tochter endlich kennengelernt hast. Letzte Woche habt ihr beide von nichts anderem geredet, und Cristina findet sie sehr nett. Was ist mit dir?«

Er nickte. Das entsprach der Wahrheit. Sie hatten ihrer Mutter richtiggehend in den Ohren gelegen. Jetzt aber wollte er nicht mehr über Aurora sprechen. Fast so, als müsste er ein Geheimnis bewahren. Womit er wahrscheinlich gar nicht so falsch lag. Denn seine Mutter, der konnte er nur selten etwas vormachen. Es brachte aber rein gar nichts, seine Mutter in seine idiotische Schwärmerei einzuweihen. »Sie will die *gelateria* verkaufen«, sagte er deshalb, obwohl er wusste, dass er damit eine vertrauliche Information aussprach. Aber das war ihm allemal lieber, als seinen aufkeimenden Gefühlen für eine verheiratete Frau ins Gesicht zu sehen.

»Was?!«, rief Cristina ungläubig. »Hör auf zu spinnen. Deine Ängste sind schon so stark, dass du dich selbst davon überzeugst. Sehr gefährlich, so ein Verhalten. Irgendwann kannst du …«

Er hob abwehrend die Hände. »Olivia hat mir diese Information zugespielt«, erklärte er, um ihren Redefluss zu unterbrechen.

Cristina fiel in sich zusammen. »Wieso das denn?«

»Weil sie glaubt, ich könnte Aurora umstimmen.«

»Ja, weißt du denn, warum sie überhaupt verkaufen will?«

Er schüttelte den Kopf. Es war ihm zu direkt erschienen, Olivia danach zu fragen.

Cristinas hübsche, grüne Augen verdunkelten sich. Sie dachte offenbar nach.

»Wieso übernehmt ihr nicht?«, warf seine praktisch veranlagte Mutter ein.

»Das könnten wir uns niemals leisten«, erklärte er ihr. »Die *Casa del Gelato* ist eine Goldgrube und allein durch die Lage so viel wert, dass wir das ohne Eigenkapital in drei Leben nicht bezahlen könnten. Also völlig ausgeschlossen.«

»Wir brauchen einen Plan …«, sinnierte seine Schwester.

Er kaute sein letztes Stück Putenbrot und überlegte. »Wir müssen erst mal ihre Beweggründe kennen.«

Eine Weile lang schwiegen sie alle, blickten nur auf die wilde Landschaft, die sie umgab und sie mit jeder Grünschattierung daran erinnerte, warum sie ihr Zuhause so sehr liebten.

»Mir wird schon irgendwas einfallen …«, sagte Cristina irgendwann.

Nando wusste, dass das stimmte. Seine Schwester hatte immer Ideen. Ob sie gut waren, war dann die andere Frage. Er fühlte sich gerade ziemlich machtlos. Die *Casa del Gelato* stand auf dem Spiel, und ihm war klar, dass er Aurora eigentlich dafür hassen müsste. Dass er das eben nicht tat, machte es ihm noch schwerer, seine Schwärmerei für sie zu akzeptieren. So blöd konnte kein Mensch sein. Aber, hey, er schon.

Endlich erhob er sich, nachdem er den Kater von seinem Schoß geschoben hatte. Seine Beine fühlten sich ganz warm an. Das dicke Fell des Tieres hatte seinen Zweck erfüllt. Er verabschiedete sich von Mutter und Schwester und machte sich auf den Weg zu seiner Wohnung.

Nando hatte Cristina nicht erzählt, dass er Aurora angeboten hatte, ihn am Meer zu treffen. Die Einladung hatte er ohne Zögern ausgesprochen. Wenn er aber jetzt darüber nachdachte, musste er zugeben, dass er sich vermutlich zu weit nach vorne gewagt hatte. Er befand sich auf einem schmalen Grat. Trotzdem wollte er sie besser kennenlernen. Und vor allem verstehen, ob diese zarte Bindung, die er meinte zu spüren, auch wirklich existierte.

Sein Wille, sein Risiko.

Während er in Gedanken versunken fuhr, grübelte er über neue Eissorten nach. Im Auto fielen ihm immer die besten Rezepte ein. Er wollte … ach, der Gedanke war ja fast schon ein bisschen absurd … aber, wenn er ehrlich war, dann wollte er ein Eis für Aurora machen.

Ein Eis, das zu ihr passte.

Ein Eis, das ihre Essenz verkörperte.

Das war ein völlig neuer Ansatz für ihn. Noch nie hatte ihn ein anderer Menschen zu einer Eissorte inspiriert. Aber Aurora beschäftigte ihn so sehr, dass er es vermutlich wagen konnte. Allein schon die Bedeutung ihres Namens – Morgenröte – schrie förmlich nach … ja … wonach nur? Ihm fiel spontan ein Pfirsich ein. Diese Art Pfirsich mit weißem Fruchtfleisch und blutroter, pelziger Schale. Fein, aber überwältigend aromatisch. Süß, aber bestimmt. Wie Aurora, schoss es ihm durch den Kopf.

Und Rosen! Hatte sie nicht die Anmut einer zarten Rose?

Rosenwasser? Oder besser fein zerhackte Blätter? Nur die Essenz?

Das musste er sich noch reiflich überlegen. Denn Rose hatte er bisher nur für ein bereits vorhandenes Rezept verwendet, das vermutlich Elvira, Auroras Großmutter, zusammengestellt hatte.

Eine Messerspitze Vanille vielleicht noch?

Auf jeden Fall!

Er überlegte weiter und weiter. Als er in seiner Wohnung ankam, nahm er sofort seine Unterlagen zur Hand. Er hatte seine Kreationen alphabetisch geordnet. Gleich bei A hielt er inne. Dieses Eis sollte den Namen Aurora tragen.

Er schrieb seine Ideen auf, notierte auch bereits mögliche Mengenangaben.

Auf dem Blatt sah *Gusto Aurora* schon sehr gut aus. Er wollte für diesen Geschmack eine unvergleichliche Pfirsich-Basis mit leichter Vanillenote. Was die Rosen anbelangte, hatte er sich dazu entschlossen, es mit einem dickflüssigen Sirup zu versuchen. Das würde nicht nur gut schmecken, sondern auch noch ganz reizend aussehen.

Ja.

Jetzt war er zufrieden.

Aber eines wurde ihm sofort klar: Diese Eissorte wollte und konnte er nur gemeinsam mit Aurora herstellen. Mit ihr an den Eismaschinen stehen, die Zutaten vorbereiten … ja, das würde ganz sicher eine interessante Erfahrung werden. Und so konnte er vielleicht auch herausfinden, wie viel ihr wirklich an der *Casa del Gelato* lag.

⋆

»Die machen es richtig!«, hörte Arturo seine Olivia sagen. Er saß unter einem Sonnenschirm und blinzelte, um zu erkennen, was seine Liebste so interessant fand. Den *Granita*-Wagen entdeckte er sofort. Der Verkäufer machte ja auch genügend Lärm.

»Nur das mit der *Granita* stimmt nicht so ganz«, sprach sie weiter. »Das, was der Mann verkauft, nennt sich *Rattat*a. Hast du das gewusst, Arturo?«

»Nein, mein Herz. Wo liegt denn da der Unterschied?«

Sie nahm ihre Sonnenbrille ab, rollte ein bisschen mit den Augen, aber er wusste nur zu gut, dass sie sich freute, ihm den Unterschied zu erklären. Wie man es drehte und wendete, Eis war Teil ihres Lebens. Noch immer. Und dabei war es ganz egal, in welcher Form.

»Wenn man das Eis vom Eisblock kratzt, dann nennt sich das *Rattata*. Den Eisblock siehst du doch wohl, nicht, Arturo?«

»Den sehe ich.«

»Erst dann kommt der Sirup auf das abgekratzte Eis, verstehst du?«

»Ja, das verstehe sogar ich.«

»Bei der *Granita* hingegen wird die süße Masse erst allmählich zum Gefrieren gebracht. Deshalb ist sie auch … cremiger … ein anderer Ausdruck fällt mir jetzt nicht ein.«

Wenn sie über Eis sprach, tat sie es mit dem ganzen Körper, stellte er einmal wieder fest. Sie bewegte wiegend ihren Kopf, sanft ihre Finger. Eis machte Olivia erst komplett, fand er.

»Was magst du denn lieber?«

Sie sah ihn an. So angeekelt, dass er grinsen musste. »*Granita* natürlich!«, stieß sie hervor. »Das ist Kunst. *Rattata* ist … na ja, die könntest sogar du machen.«

Jetzt lachte er richtig. »Oje. Sogar ich?«

»Sogar du!«

Sie lehnte sich zurück auf ihrem Stuhl, setzte wieder ihre Sonnenbrille auf. Sie saß nicht im Schatten, und er konnte nur schwer nachvollziehen, wie sie es in der prallen Sonne aushielt. Sie schien sich regelrecht damit aufzutanken.

»Ich hatte das meiner Mutter mal vorgeschlagen«, sagte sie jetzt. In einem ganz anderen Tonfall.

Er konnte ihr nicht folgen. Eigentlich konnte er das fast nie, stellte er amüsiert fest. »Hm?«

»Ich hatte ihr vorgeschlagen, einen Eiswagen für den Strand zu organisieren. Stell dir nur die Freude der Kinder vor! Mit einem richtigen Eiswagen hätte dieser *Rattata*-Fuzzi nicht konkurrieren können. Findest du nicht auch?«

»Da hast du sicher recht.«

Sie schwieg eine Weile, ließ dabei den Wagen nicht aus den Augen. »Ich hätte mich mehr dafür einsetzen sollen. *Mamma* hatte einfach zu viel um die Ohren in der *Casa del Gelato*. Manchmal glaube ich, sie nicht genug unterstützt zu haben.«

Er rückte näher, verließ dabei sein schattiges Plätzchen und starb beinahe vor Hitze. Aber für Olivia würde er alles tun. Er legte die Hand auf ihre Schulter. »Das ist nicht wahr! Allein dass du den ganzen Papierkram in Ordnung gehalten hast, war für sie ungemein wichtig. Ich stimme darin mit dir überein, dass deine Mutter die Unterstützung deines Vaters gebraucht hätte. Aber das ist ein ganz anderes Thema.«

Sie nickte unmerklich. Hob ihre Hand auf seine.

Arturo stellte fest, wie sehr sie die *Casa del Gelato* noch immer beschäftige. Es war für sie nicht einfach nur die Eisdiele der Familie. Er konnte nicht anders, als sich zu fragen, ob es für Aurora annähernd so war.

»Wieso sind wir heute wirklich hier?«

»Um uns zu sonnen und am Meer zu erfreuen?«

»Und wirklich wirklich?«

Sie sagte wieder eine ganze Weile nichts. »Ich will Aurora nicht zu sehr auf die Pelle rücken. Am liebsten würde ich wie ein Schatten an ihr dranhängen. Sie bemuttern, bekochen und bedienen. Aber das tut ihr nicht gut. Glaube ich.«

Nun, er wusste auch nicht, was Aurora guttat oder nicht. Aber er merkte, wie sehr auch ihm ihr Glück an Herzen lag. Er hatte sie ja praktisch auf die Welt kommen sehen. Er war dabei gewesen, als Perla sie alle in das Eislabor gerufen hatte, mit ihrem überdimensionalen Bauch, um ihnen mitzuteilen, dass die Wehen eingesetzt hatten. Zuerst hatte sie Olivia noch haarklein erklärt, wie und wann das Eis, das sich noch zur Herstellung in den Eismaschinen befand, in die Schalen gefüllt werden musste.

Dann erst war sie mit Gino nach Potenza gefahren. Aurora hatte ihr aller Leben dann ein bisschen auf den Kopf gestellt. Sie hatte nicht nur die Eisroutine durchbrochen, sondern unerwartete Freude mit sich gebracht. Sogar für ihn. Wenn er es könnte, er würde ihr diese Freude zurückzahlen. Mit Zins und Zinseszins. Im Leben bekam jeder eine Chance. Und auch er würde sie bekommen. Dessen war er sich sicher. Es galt nur, den richtigen Moment abzuwarten.

»Setz dich wieder in den Schatten, Arturo. Du bekommst mir sonst einen Sonnenstich.«

Wie immer hatte sie recht, seine Schöne. Er küsste sie leicht auf die Wange. Überraschenderweise hielt sie seinen Kopf fest, lehnte sich an ihn. »Bereust du es manchmal, dass … ich meine … wir keine Kinder haben?« Sie sprach diese Frage so leise aus, dass er sich wirklich anstrengen musste, sie zu verstehen. Der Strand war überfüllt. Kinder tobten. Die Wellen rauschten. Erwachsene unterhielten sich laut.

Olivia öffnete sich nicht oft. Im Versuch, immer stark zu sein, war sie es irgendwann wirklich geworden. Sie zeigte nur selten, wie es in ihr aussah. Er wusste es natürlich trotzdem. Weil er gelernt hatte, durch die Fassade hindurchzusehen. Aber eine so direkte Frage … nun, die war einfach nicht ihre Art. Deshalb berührte sie ihn umso mehr. Nachdenken musste er jedoch nicht. »Nein. Ich bereue nichts. Ich befinde mich mit dir exakt dort, wo ich sein will. Wenn ich zurückblicke, dann gibt es nichts, was ich anders tun würde.« Er hielt kurz inne. »Obwohl … das stimmt nicht so ganz. Wenn ich es könnte, dann hätte ich mich wohl noch viel eher für dich entschieden.«

Olivia zuckte mit den Achseln. »Ich nehme dir das nicht übel, weißt du. Dass du andere Frauen hattest …«

»Nein?«

»Kein bisschen. Jetzt weiß ich zumindest, dass du bei mir bist, weil du mich wirklich liebst.«

»Das tue ich.«

»Ich weiß …«

Sie sahen eine Weile lang gemeinsam aufs Meer.

»Bereust du es denn, dass wir keine Kinder haben?«, wollte er dann anders herum wissen.

Sie schüttelte energisch den Kopf. »Nein. Das wäre mir zu viel Verantwortung. Außerdem haben wir ja Aurora.«

Ja. Das stimmte. Außerdem hatten sie ja Aurora.

Gusto Pera e Ricotta

Es gibt Geschmackskombinationen, auf die man beim Eismachen gerne zurückgreift. Birne und Ricottakäse, zum Beispiel, kennt man aus der Konditorei in Kuchenform.

Sind die Eismacher zu faul, um sich eigene Kombinationen auszudenken?

Nein, natürlich nicht. Man greift als Eismacher auf Altbewährtes zurück, wenn man die Unentschlossenen oder die weniger Experimentierfreudigen ansprechen will. *Pera* und *Ricotta* ist wie ein Sonntag bei *nonna*: Man weiß, was man bekommt, und man nimmt es, wenn man sich nach Sicherheit sehnt. Und braucht nicht jeder dieses warme Gefühl des Vertrauten manchmal?

Kapitel 11

Auf dem Weg ans Meer hatte Aurora ihr schlechtes Gewissen einfach verdrängt. Sie fand das zwar ein bisschen kindisch. Aber kindlich unbeschwert war sie zuletzt am Todestag ihrer Mutter gewesen. Ja, es war sicherlich egoistisch von ihr, aber vielleicht konnte sie es sich einmal erlauben, nicht an die möglichen Folgen zu denken. Sie fand, dass sie es sich schuldig war.

Sie wollte ans Meer, sie wollte Nando sehen. Und sie war Frau genug, sich das einzugestehen. Ganz ohne unangebrachte Versuche, sich selbst zu rechtfertigen.

Deshalb legte sie sich auch betont gelassen und ruhig auf ihr Badetuch, als sie den Strand endlich erreichte. Gut, das Badetuch war nicht mehr wirklich neu. Es war seit Jahrzehnten in ihrem Besitz. Es fiel ihr nicht leicht, sich von Altem zu trennen, vor allem dann nicht, wenn diese Dinge von ihrer Mutter stammten. Perlas Tod hatte das Band mit Aurora nicht zerschnitten, sondern auf unerklärliche Weise gefestigt. So klar hatte sie das noch nie vor Augen gehabt wie in diesem Moment.

»Was hat dieser angestrengte Gesichtsausdruck zu bedeuten?«, hörte sie jemanden fragen.

Sie hatte ihn nicht bemerkt.

Nando.

Er war gekommen. Daran hatte Aurora zwar keine Sekunde gezweifelt, dass er zuverlässig war, stand außer Frage. Dass er sie niemals versetzen würde, war deshalb ganz einfach eine Tatsache. So viel wusste sie bereits. Und das, obwohl sie ihn kaum kannte. Wie bei einem Film, von dem man ab der ersten Sekunde wusste, dass er einen bestimmt zum Weinen oder Lachen oder Fürchten bringen würde.

Obwohl sie sich freute, dass er da war, irritierte sie seine Frage dennoch. »Was habt ihr heute nur alle mit meinem Gesicht?«, rutschte es ihr heraus. Der Arme konnte ja nicht wissen, dass auch Gino sie heute früh damit aufgezogen hatte.

Sie sah Nando dabei zu, wie er sein Badetuch – natürlich ein neues, mit strahlenden Farben, das ihres nur noch blasser aussehen ließ – neben ihrem ausbreitete. Er legte sich auf gewohnt elegante Art hin. Direkt neben sie. Fast glaubte sie, die Wärme zu spüren, die sein Körper ausstrahlte, der nur in Badeshorts steckte. Es war die Art von Wärme, die Gänsehaut verursachte. Sie schüttelte sich leicht.

Er zuckte mit den Achseln, drehte sich zu ihr hin. »Ich weiß nicht. Ich finde dein Gesicht einfach nur hübsch.«

Peng.

Ihr Herz. Es hatte eben einen freien Fall vom 65. Stockwerk eines Hochhauses erlebt und es nur knapp überstanden. Sie war es nicht mehr gewohnt, Komplimente zu erhalten. Zumindest keine, die sie so sehr berührten. Sie bedeckte ihr Gesicht, hatte die Bewegung gar nicht bewusst gesteuert. Sie war auf alles gefasst gewesen, aber nicht darauf, dass Nando so direkt sein würde.

»Du kannst es natürlich verbergen. Hübsch ist es trotzdem.«

»Ich bin verheiratet!« Sie waren beide keine Kinder mehr, und es war wohl besser, einige Dinge beim Namen zu nennen. Nando zuckte nicht mit der Wimper. Und seine Augen, die streichelten sanft ihre Haut. Sie schluckte, weil die Wärme, die dabei entstand, sie aus dem Konzept brachte.

»Das ist mir bekannt. Erzähl mir von ihm!«

Aurora studierte sein Gesicht. Er sah sie noch immer warm an. Nando hatte etwas Vertrauenswürdiges an sich, das sie dazu verleitete, es wirklich zu tun. Sie sprach mit ihm über Matteo. Zumindest versuchte sie es.

»Er ist … nicht einfach.«

Ernst blickte er sie an. »Nicht einfach …«, wiederholte er.

»Ja. Nicht einfach. Wundert dich das? Es gibt Menschen, die kompliziert sind, weißt du?«

»Das ist mir durchaus bewusst.«

»Aber?«

»Kein Aber, Aurora. Ich finde nur, dass es ziemlich trist ist, wenn man seinen eigenen Ehemann als nicht einfachen Menschen bezeichnen muss. *Tutto qui* – das ist alles.«

»Du hast gefragt. Und ich habe dir eine ehrliche Antwort gegeben. Menschen verändern sich, das Leben tut es.«

Er sah sie nur weiter an. Himmel, und wie! Mit seinen dunklen Augen, die umrandet waren von einem Kranz aus Wimpern, für die so manche Frau ganz sicher getötet hätte.

Ganz sanft strich er ihr eine Haarsträhne aus dem Gesicht. »Weiß dein Mann zumindest, was er für ein Glückspilz ist?«, fragte er leise und richtete sich auf.

Aurora hingegen war immer noch gefangen in dem überwältigend warmen Gefühl, das seine Berührung und seine Worte in ihr hervorgerufen hatten.

Sie hatte sie sich gewünscht, diese Berührung. Und er hatte es verstanden. Ganz ohne Worte.

Diese Gewissheit, die erreichte sie so heftig, dass sie sich davon beinahe überrollen ließ.

»Gehen wir eine Runde schwimmen?«, fragte er so sachlich, als hätte es die Szene eben gar nicht gegeben.

Schwimmen klang in ihren Ohren gerade so unmöglich wie auf zwei Fingerspitzen gehen. Aber er hielt ihr die Hand hin. Und sie nahm sie. Einfach so.

War es nicht das, was sie schon die ganze Zeit wollte? Mit Nando ins Wasser gleiten? Arm an Arm mit ihm weiter, immer weiter ins erfrischende Blau schwimmen?

Während sie es erlebte, bekam sie eine Antwort auf ihre Fragen: Es war exakt das, was sie wollte. Aber haargenau. Deshalb war sie überhaupt gekommen, erkannte sie kein bisschen überrascht.

Seine Bewegungen direkt neben ihr ließen das Wasser leicht gegen ihren Körper schwappen, und es war, als übertrüge die

Flüssigkeit seine Energie auf sie. Ein bisschen wie Physik. Oder Chemie. In beiden Fächern war sie eine Niete gewesen. Aber einen anderen Namen konnte und wollte sie dieser seltsamen Empfindung nicht geben.

Als sie so weit geschwommen waren, dass sie beide etwas aus der Puste geraten waren, stoppten sie in schweigendem Einvernehmen und hielten sich mit leichten Beinbewegungen über Wasser. Nando fuhr sich mit den Händen über das Gesicht. Schöne Hände, schönes Gesicht, schöner Nando. Sie war so nahe bei ihm, dass sie sehen konnte, wie ein paar Wassertropfen sich in seinem nur angedeuteten, dunklen Bart verfangen hatten.

»Erschöpft?«, erkundigte er sich.

Sie schüttelte den Kopf, ließ sich leicht treiben und richtete ihren Blick gen Himmel. Das Azurblau hatte eine dezente Grautönung angenommen. Bald schon würde der Tag sich verabschieden.

»Vermisst du Maratea nicht?«, fragte er weiter. Seine Stimme wurden vom leichten Plätschern begleitet, das vom Wasser offenbar nur dafür veranstaltet wurde. Eine reizende Untermalung, fand sie.

»Verona ist auch schön.« Vermutlich wollte sie jetzt einfach nur ein bisschen mit ihm spielen. Die Ernsthaftigkeit an sich vorbeihuschen lassen wie einen Fisch, der flüchtig durchs Wasser schwimmt. Auf eine ehrliche Antwort jedenfalls hatte sie gerade keine Lust. Dazu war sie zu entspannt. Zu schwerelos.

»Das beantwortet aber meine Frage nicht.«

Sie rollte mit den Augen. »Du willst es aber genau wissen.«

Er lachte. Verstand offenbar, dass sie sich nicht wirklich von seinen Fragen angegriffen fühlte.

»Ich habe Maratea im Herzen, das ist klar. Wenn man aber schon so lange in einer anderen Stadt lebt, dann ist es ganz natürlich, wenn sich eine gewisse Distanz zum alten Zuhause ergibt.«

»Du würdest nicht mehr hier leben wollen, oder?«

Weil sie darauf keine Antwort wusste, schwamm sie einfach los. Das Wasser erzählte ihr, dass er ihr folgte.

Wohin? Schwer zu sagen.

Erst einmal zurück an den Strand.

Es tat Aurora gut, wieder Land unter den Füßen zu spüren. Sie trockneten sich ab. Sagten dabei aber kein Wort. Sie sahen sich noch nicht einmal an. Aurora merkte trotzdem, dass das seltsame Gefühl der trauten Zweisamkeit nicht etwa verschwunden war. Vielmehr wurde es unterdrückt. Sie unterdrückte es. Mit ziemlicher Vehemenz. Denn eigentlich wollte sie zu ihm hinsehen, seinen warmen Blick wieder in einen tiefen, berührenden Blick verwandeln.

Aber. Sie. Tat. Es. Nicht.

»Danke, Nando!«, sagte sie irgendwann, als sie ihre Sachen zusammengepackt hatte.

Er nickte nur. Sagte nichts Banales wie: *Wofür denn?*, oder *Keine Ursache!*

Aurora verstand, dass er verstanden hatte. Dass sie ihm für die Berührung gedankt hatte und gleichzeitig dafür, dass er sie nicht mehr berührt hatte. Dass sie ihm für all seine ausgesprochenen und gleichzeitig unausgesprochenen Worte gedankt hatte. Für das Schwimmen. Für die Fragen. Aber auch für sein Schweigen. Für das Meer. Für die Sonne. Für das Herzklopfen.

Er hatte alles verstanden. Alles. Und deshalb musste sie gehen. Und zwar sofort.

»Die Nardelli schon wieder? Wird das jetzt zur Gewohnheit?« So wurde Aurora begrüßt. Vom guten Saverio. Das letzte Mal wurde sie wohl zu Schulzeiten nur mit ihrem Nachnamen angesprochen, überlegte sie amüsiert. Sie nickte ihm zu. Er zwinkerte. Urige Menschen sahen beim Zwinkern besonders lustig aus, fand sie.

Nach dem Meer hatte sie keine Lust gehabt, sofort nach Hause zu gehen. Ganz ehrlich war sie sich nicht sicher gewesen, ob Olivia ihr nicht sofort an der Nasenspitze angesehen hätte, dass sie etwas beschäftigte – in diesem Fall Nando.

Also hatte sie es vorgezogen, sich in der Weinstube zu verkriechen. Sie wollte etwas Ordnung in ihr aufgewühltes Gefühlsleben bringen. Oder sich alternativ betrinken. Was vielleicht sogar verlockender klang.

»*Vino bianco, per favore*!«, bestellte sie direkt bei ihm an der Theke. Sie konnte kaum drüber schauen.

»*No, no.* Apfellikör!« Saverio schüttelte seinen enormen Kopf. Seine Locken, selbst sein Bart, bewegten sich wippend mit. Irgendwo unter dem Bart versteckte sich sein Mund. Da Aurora ihn nicht sah, wusste sie nicht, ob er lächelte oder ernst war.

Er schenkte ihr ein. Tatsächlich Apfellikör, wie sie am intensiven Duft erkennen konnte. Das Glas war winzig, schmal und höher als breit. Ob sie es wohl schaffen würde, ihre Lippen so klein zu machen, dass sie sich an den Rand des Glases schmiegen konnten, fragte sie sich.

»*Grazie*!«, rief sie ihm zu, griff nach dem Gläschen – es war ihr eigentlich egal, dass sie keinen Wein bekommen hatte – und setzte sich hinaus. Der sommerliche Abend zeigte sich von seiner besten Seite, sodass Aurora wohlig seufzte und endlich mal an gar nichts dachte.

Sie nippte am Likör und … *mamma mia*, der war vielleicht lecker!

»*Buono*?«, erkundigte sich Saverio, der sich ganz in ihre Nähe auf die Stufen setzte, die in seine bunte Bar führten. Er sah dabei aus wie ein Bär, der versuchte ein Kunststück vorzuführen.

Sie schluckte die Flüssigkeit, die auf ihrem Weg in den Magen zwar etwas brannte, aber dennoch einen so erfüllenden Geschmack nach Apfel hinterließ, dass Aurora sich schon auf den nächsten Schluck freute.

»Selten so etwas Gutes getrunken«, pflichtete sie ihm nickend bei und hob das Glas in seine Richtung. »Dabei bin ich überhaupt kein Likör-Typ. Du hast schon was riskiert bei mir.«

»Ich sehe es den Menschen an, was zu ihnen passt«, erklärte der Mann lapidar. Und sie nahm es ihm sofort ab. »Und zu dir passt Annurca-Apfel.«

»Ach. Annurca …« Jetzt wurde ihr klar, wieso sie den Geschmack so intensiv spürte. Dieser Apfel war unglaublich aromatisch. Klein. Rot. Fest. Und das alles schmeckte man sehr deutlich.

Sie schwiegen eine Weile. Aurora trank das Glas Schluck für Schluck aus. Sie konnte nicht leugnen, dass der Alkohol ihren Kopf leicht machte. Zumal sie noch nichts gegessen hatte. Ihre Gedanken aber waren akut, scharf, fast aufdringlich.

»Ich nehme an, diese Sache mit dem Zueinanderpassen trifft nur auf Alkohol zu, hm?«, fragte sie irgendwann. Aber es war eine Frage, die keine Antwort erwartete. Sie war sich noch nicht einmal sicher, ob Saverio ihr überhaupt folgen konnte. Wahrscheinlich hielt er sie für das, was sie letztendlich auch war: eine leicht angeheiterte Frau auf der Suche nach dem richtigen Weg.

Der große Saverio zuckte mit den Schultern, fuhr sich mit der Hand über den Bart. »Jeder weiß ganz tief drinnen, was am besten für ihn ist«, sagte er und sprach eine hochheilige Wahrheit aus.

»Da hast du wohl recht …«, sinnierte sie und schnalzte mit der Zunge, auf der noch immer die Süße des Annurca-Apfels haftete. Sie erhob sich. »Danke. Für den Likör. Das Gespräch und … du weißt schon …«

Er nickte ihr schweigend zu. Dieses Mal aber erkannte sie an den Fältchen, die sich um seine kleinen Augen gebildet hatten, dass er lächelte.

Fast beschwingt ging sie nach Hause und fragte sich, ob Cristina bewusst war, was für ein Glück sie mit diesem Mann hatte.

»Bist du gut gelaunt?«, erkundigte sich Olivia, als Aurora sich zu ihr und Arturo auf den Balkon setzte.

War sie das?, musste sie sich selbst fragen.

Als hätte ihre Tante ihre stumme Frage gehört, setzte sie hinzu: »Du grinst die ganze Zeit.«

Oh. Hatte sie gar nicht gemerkt. Aber jetzt, wo sie es sagte … »Keine Ahnung. Wahrscheinlich ist das der Annurca-Likör«, erklärte sie und stibitzte sich ein Stück Brot, das auf dem liebevoll gedeckten Rattantisch lag. Arturo kaute gemächlich, lächelte ihr dabei aber zu – wie auch immer er das anstellte.

»Du trinkst Likör?« Olivia blickte so überrascht auf, das Aurora tatsächlich lachen musste.

Sie zuckte mit den Achseln. »Saverios Schuld.« Aurora nahm sich ein paar Oliven, löste mit Zähnen und Zunge das Fruchtfleisch vom Kern.

Sowohl Olivia als auch Arturo nickten wissend.

»Saverio hat immer die richtige Medizin«, stellte Arturo fest.

Diesen Vergleich fand Aurora sehr gelungen, zumal der Laden ja *Die Apotheke der Gesunden* hieß. Lächelnd blickte sie dem Freund ihrer Tante in die Augen, und er zwinkerte ihr – wie so oft – zu.

»War es schön am Meer?«, erkundigte sie sich und lehnte sich zufrieden zurück. Es war angenehm, hier auf dem Balkon, mit ihren Leuten, dem Stimmengewirr, das sie von der Terrasse der *gelateria* erreichte. Dem Duft nach Sommer. Der angenehmen Temperatur. Sie liebte das alles.

»Es war sehr warm. Und meinen Rücken willst du nicht wirklich sehen«, antwortete Arturo.

»Sonnenbrand?«

»Kann man so sagen.«

»Selbst schuld. Meine Haut braucht keine Sonnencreme«, äffte Olivia seinen manchmal etwas nasalen Gentleman-Tonfall nach.

Aurora kicherte. Es war so, so schön, diesem Paar bei seinen alltäglichen Sticheleien zuzusehen, in denen so viel Liebe steckte, dass es wahrscheinlich für ein weiteres Leben gereicht hätte.

»Du hast wie immer recht, meine Liebste«, betonte er gespielt unterwürfig.

»Soll ich dir auch einen Likör bei Saverio holen?«, schlug Aurora augenzwinkernd vor.

»Einen doppelten. Danke.«

»Haha.« Olivia tat genervt. Aurora war sich aber sicher, dass sie sich prächtig amüsierte.

Gino erschien. In gewohnter Arbeitskleidung: weiße Hose, weißes Polo-Shirt, weiße Holzclogs. Eigentlich sah er aus wie ein Arzt, erkannte sie erheitert. Wenn da nicht der ein oder andere bunte Fleck zu sehen gewesen wäre. Er küsste sie auf den Kopf, legte seinen Arm um ihre Schulter und reichte ihr einen Eisbecher. Sie konnte es riechen. *Pistacchio*. Endlich!

Sie gab ihrem Vater, der sich neben sie gesetzt hatte, einen dicken Kuss auf die stoppelige Wange.

»Wofür das denn?«, fragte er schmunzelnd.

»Einfach, weil du der Beste bist!« Sie meinte es ganz ernst. Vielleicht war sie sogar eine Spur gerührt. Er schien es nicht zu bemerken, nahm sich ein Stück Käse vom Teller, biss genüsslich hinein.

Das war das Paradies auf Erden.

Sie hatte alles, was sie brauchte. Hier auf *zia* Olivias Balkon. Vollkommen relaxed streckte sie die Beine von sich, legte sich den Eisbecher auf den Bauch und schob sich mit dem grünen Plastiklöffel eine riesige Ladung Pistazieneis in den Mund.

Himmlisch.

Unpassend, wie sie selbst fand, fiel ihr dabei ein, dass Nando dieses Eis gemacht hatte. Sie versuchte, das Bild von ihm, das bei der Vorstellung vor ihrem inneren Auge entstanden war, wieder wegzumachen. Ein paarmal blinzelte sie sogar. Das Bild aber blieb. Und so konnte sie ihn ein bisschen beim Eismachen beobachten. Ihre Vorstellungskraft machte das möglich. Keine Frage, dass er sich dabei sehr geschickt anstellte. Sinnlich fast.

»Stimmt etwas nicht mit dem Eis?« Ginos Frage holte sie sehr abrupt wieder in die Wirklichkeit zurück.

»Nein, nein. Es schmeckt vorzüglich.« Das tat es wirklich. Natürlich!

Ihr Vater erhob sich bald wieder, weil er in der *gelateria* noch zu tun hatte, wie er ihnen mitteilte.

Arturo hingegen war müde und verabschiedete sich.

Sie genoss weiterhin ihr Eis und stellte sich träge auf die Zweisamkeit mit ihrer Tante ein. Diese räumte ab. Als Aurora ihre Hilfe anbot, lehnte sie vehement ab.

Einige Minuten lang war Aurora für sich. Ganz allein. Mit ihrem *Pistacchio*, ihren Gedanken. Ihren Wünschen.

Sie stellte sich vor, wieder in Maratea zu leben. Als Besitzerin der *gelateria*. So weit trug sie das träge Urlaubsfeeling.

Wenn sie ehrlich war, hatte sie es noch nie zugelassen, dass ihr Kopf diese Möglichkeit detailliert durchspielte. Denn das würde bedeuten, sich auch mit dem Thema Matteo auseinandersetzen zu müssen. Vor allem mit der Frage, ob und wie er ins Bild passen würde. Dazu hatte sie aber gar keine Lust. Aus welchem Grund auch immer. Was sie noch zurückhielt, war die Angst vor ihrer Courage, oder die Angst herauszufinden, dass ihr ein Leben in Maratea doch wieder ganz gut gefallen könnte. Vielleicht aber hatte sie auch ganz einfach Angst vor der Hoffnung. Viel lieber blieb sie mit den Füßen auf dem Boden der Tatsachen.

Olivia kam zurück, setzte sich zu ihr. »Warst du auch am Meer?«, wollte sie wissen.

Aurora nickte, stellte den nunmehr leeren Eisbecher auf dem Tisch ab. »Ja. Ganz kurz.«

»Allein?«

»Ich habe Nando getroffen«, gab sie zu.

Falls ihre Tante überrascht war, so versteckte sie es ganz hervorragend.

»Ein netter Kerl.« Eine Feststellung. Olivia war immer dann nicht verschwenderisch mit Worten, wenn sie versuchte, mehr herauszubekommen, wusste Aurora. Ihr machte das nichts aus. Sie fand es nur verständlich, wenn ihre Tante an ihrem Leben interessiert war. Aufdringlich war sie nämlich dabei nie.

»Ja. Das ist er.« Mehr konnte sie aber auch nicht dazu sagen. Denn wenn sie an den Eismacher dachte, dann schwappte ein ganzer Schwall an Eindrücken und Überlegungen über sie hinweg. Und die galt es noch zu ordnen und zu analysieren. Fakt war, dass sie der Gedanke an ihn auf ganz sonderbare Weise wärmte.

»Und was hast du heute sonst noch gemacht?«, erkundigte sich Olivia in offensichtlicher Plauderlaune. Dass sie das Thema wechselte, rechnete Aurora ihr hoch an.

Sie musste wirklich überlegen ... die Ereignisse des Tages waren plötzlich so weit weg. Vielleicht ins Abseits gedrängt von Nando, erkannte sie überrascht.

Dann aber fiel Aurora etwas ganz Dringendes ein.

Die Keramikfliesen.

Perlas Fliesen.

Die handgeschriebenen Notizen ihrer Mutter.

Wie hatte sie die nur vergessen können?!

Olivia wusste ganz bestimmt Bescheid. Und Aurora hatte plötzlich das dringende Bedürfnis, alles über die Fliesen zu erfahren. »Ich habe unten im Lager aufgeräumt«, sagte sie deshalb.

Ihre Tante sah sie jetzt ganz direkt an. »Ja?« Interesse blitzte in ihren Augen auf.

»Ein Verhau, das kannst du mir glauben. Aber ich habe dabei auch ganz reizende Fliesen gefunden. Mit Eismotiven. Die müssen *mamma* gehört haben ...« Aurora hielt inne. Die Stimmung hatte sich schlagartig geändert. Das konnte nicht nur Einbildung sein. Olivia sah sie fast ... erschrocken an? Konnte das sein? »*Zia* ... was ist?«, fragte sie beunruhigt.

Das Schweigen, das folgte, gab ihr zu verstehen, dass diese Fliesen – auf welche Art auch immer – ihr Leben für immer verändern würden.

Gusto Zabaione

Große Eismacherkunst. Hier treffen nämlich zwei *primedonne* der italienischen Dessertwelt aufeinander. Wie so oft verneigt das Eis sich. Umspielt, unterstreicht und umgarnt gekonnt. Viel zu wichtig ist der Marsalawein, der selbst in geringen Mengen keinen Raum für einen zweiten Protagonisten bietet. Wuchtig trägt er das satte Grün der Rebe und das strahlende Blau des Meeres in sich. Und das Eis tut seinen Dienst. Demütig. Mit gewohnter, unnachahmlicher Klasse.

Kapitel 12

»Vittorio«, hörte Aurora ihre Tante sagen. Nicht mehr und nicht weniger. Einen Sinn fand sie in diesem Namen aber nicht. Sie glaubte niemanden zu kennen, der so hieß. Verstand auch gar nicht, was das jetzt mit den Fliesen zu tun hatte. Sie verstand nur, dass der Name für Olivia sehr wohl eine Bedeutung hatte. Eine sehr große sogar. Das erkannte sie an deren flatternden Blick, der vermutlich Szenen aus einem anderen Leben suchte.

»Wer?«

»Vittorio, der Fliesenkünstler.«

Auroras Nackenhaare stellten sich auf. Ihr wurde kalt. Und warm. Beides gleichzeitig. Es lag an Olivias Betonung. An ihrer Haltung. An ihren Augen, die weiter umherschwirrten, aber nie Auroras trafen.

Ganz plötzlich rückte Olivia mit dem Stuhl näher, legte eine warme Hand über ihre. »Schätzchen, was ich dir jetzt erzählen werde, wird dir ganz sicher nicht gefallen. Lange, ganz lange war ich der Meinung, dass die Vergangenheit einfach ruhen sollte. Aber jetzt … ich sehe es doch, wie du kämpfst mit dem ganzen Gewicht des Unausgesprochenen.«

»Langsam machst du mir Angst.« Sie hatte versucht, witzig zu klingen.

Keine Chance. Witzig klang anders.

»Hör zu, Aurora, du musst aufhören, deine Mutter so zu verehren. Als wäre sie eine Heilige gewesen oder so. Sie war auch nur ein Mensch, mit ihren Stärken und ihren Schwächen. Du idealisierst sie viel zu sehr. Das ist nicht gesund. Nicht für dich.«

»Bitte was?! Meine Mutter war eine ganz wundervolle Frau. Das weißt du genau. Und überhaupt! Was hat das bitte schön mit den Fliesen zu tun?«

»Sehr viel. Oder gar nichts. Das kann ich dir nicht sagen.«

»Aha. Noch geheimnisvoller geht es wohl nicht?« Langsam schwoll Wut in ihrem Bauch, ihrer Brust an. Dabei wusste sie noch nicht einmal, wieso. Etwas am Verhalten ihrer Tante gefiel ihr ganz und gar nicht.

»Deine Mutter hatte … eine Affäre mit ihm. Mit Vittorio, dem Fliesenkünstler.«

Stille.

In ihr. Um sie herum.

Sie musste blinzeln, um überhaupt durch die dicke Wand des Schocks hindurchsehen zu können. Um sich davon zu vergewissern, dass sie noch existierte. Sie musste blinzeln. Einfach nur blinzeln.

Aurora hörte nicht. Sprach nicht. Fühlte nicht. Dachte nicht nach. Nicht über die Worte. Nicht darüber, was sie für sie bedeuteten. Losgelöst von sich selbst. Das war sie. Für einen Augenblick. Für immer.

»Es tut mir leid, Kind. Wirklich leid. Aber der Versuch, dir das zu ersparen, hat so viel Unheil angerichtet. Ich hätte schon viel eher mit dir darüber sprechen sollen.«

Aurora lehnte sich zurück. Sie fühlte sich plötzlich so erschöpft wie vielleicht noch nie in ihrem Leben. Ganz automatisch versuchte sie, sich ihre Mutter neben einem anderen Mann vorzustellen. Sosehr sie sich aber bemühte, es ging einfach nicht. Es funktionierte nicht. Perla und Gino. Ihre Ehe. Ihr glückliches Leben miteinander. Das Vorbild, das Aurora sich zu ihrem Leitmotiv gemacht hatte. Alles futsch?

All das, woran sie ein Leben lang geglaubt hatte, war nur eine Illusion gewesen?

Das war hart.

Aber ihr Kopf war erschreckend leer.

Sie hatte keine Worte, um ihren Gemütszustand auch nur annähernd zu beschreiben.

Ihre Tante schien aber gar nicht auf ihre Worte zu warten. Auch sie war offenbar in ihrer Gedankenwelt gefangen.

Aurora erhob sich. »Das muss ich erstmal verdauen«, sagte sie. Und Olivia nickte, sah dabei ein bisschen traurig, ein bisschen erleichtert aus.

Sie verließ den Balkon. Mit einer vollkommen neuen Gewissheit. Und ohne dass sie es wollte, begann diese neue Gewissheit bereits, feine Risse in ihre bisherigen Überzeugungen zu ziehen.

»Hast du davon gewusst?«

Aurora brauchte eine Antwort auf diese Frage. Und sie brauchte sie von ihrem Vater. Sie hatte ihn gesucht und natürlich in der *gelateria* gefunden, wo er geschäftig aufräumte und wie immer dabei schuftete und schwitzte. Diese Gabe, sich selbst aufzuopfern, die Gino in den Genen zu liegen schien, sah sie plötzlich mit ganz anderen Augen.

Gino legte die mechanischen Teile des Sahnespenders, den er gerade säuberte, vorsichtig in die Schale. Dann blickte er auf. In seinen Augen las sie zunächst Verwunderung und Unverständnis. Schließlich blitzte aber so etwas wie Resignation auf.

»Wovon?«

An der Art, wie er die Gegenfrage aussprach, glaubte Aurora zu verstehen, dass er bereits wusste, um was – oder besser, um wen – es ging.

»Vom Fliesenkünstler, *papà* …«

Er sackte sichtlich in sich zusammen. Als hätte jemand ganz kurz die Leinen einer Marionette aus der Hand gelegt.

»Woher weißt du davon?«

»Tut das etwas zur Sache?«

Gino schüttelte den Kopf. »Vermutlich nicht«, gab er zu. Unbeholfen lehnte er sich an die Theke.

»Ich habe die Fliesen im Lager gefunden und dann Olivia dazu befragt …«, erklärte sie nun doch. Sie wollte ihm damit ihre Bereitschaft signalisieren, mit ihm über diese Geschichte zu sprechen, obwohl ein innerer Impuls ihr zur Flucht riet.

»Die Fliesen … ja …« Gino war jetzt ganz weit weg. Irgendwo gefangen in der Vergangenheit. Er seufzte. »Es tut mir leid, dass du davon erfahren hast.«

Sie nickte. »Ich möchte aber alles wissen. Bitte.«

»Ach, Auri. Für mich ist diese Sache erledigt. Begraben. Schon lange.«

»Bitte, *papà*.« Enorme Zärtlichkeit für ihren tapferen Vater kam in ihr auf. Statt sauer auf ihn zu sein, weil er ihr so etwas Wichtiges verschwiegen hatte, ertappte sie sich dabei, ihn nur noch mehr zu lieben. Sie wusste, dass er vermutlich niemals darüber gesprochen hatte, um sie nicht zu verletzen.

Schon wieder seufzte er und fuhr sich über seinen Schnurrbart. Er blickte sich um. Die *gelateria* war verlassen. Nur die Motoren der vielen Maschinen brummten leise vor sich hin. Er schien abzuwägen, ob das der richtige Platz war, um über eine Begebenheit zu sprechen, die so weit zurückreichte. Die aber gleichzeitig so viel mit der *Casa del Gelato* zu tun hatte. Er richtete den Blick wieder auf sie. In seinen Augen war ebenfalls Bereitschaft zu lesen.

»Du warst wohl ungefähr sieben, als deine Mutter und ich überlegten, den Eingangsbereich etwas hübscher zu gestalten. Perla fand ihn zu nichtssagend. Sie wollte immer, dass alles hübsch aussieht. Wir müssen die Kunden schon am Eingang verzaubern, hat sie behauptet. Und mir war ohnehin immer alles recht, was sie vorschlug.«

Aurora huschte ein Lächeln über die Lippen. Wenn Gino über Perla sprach, tat er das mit einer Natürlichkeit, die alles so lebendig wirken ließ. Und es war so leicht, sich diese Szenen bildlich vorzustellen.

Aurora lehnte sich jetzt auch an die Theke. Rückte ganz nah an Gino heran. Der legte leicht seine Hand auf ihre.

»Zu der Zeit waren handbemalte Fliesen gerade sehr beliebt. Hier in Maratea wurden viele Häuser auf diese Weise verschönert. Deine Mutter wollte auch welche, aber sie fand keine, die ihr zusagten, keine, die zu ihrer *gelateria* passten. Daher beschloss sie, sich extra welche anfertigen zu lassen. Außerdem wollte sie die Fliesen dir widmen, jedes Stück sollte dir eine Eissorte näherbringen. Und jedes Jahr wollte sie eine neue für dich anfertigen lassen. Eine kleine Tradition wollte sie draus machen.«

»Das klingt *so* nach *mamma*!«

Gino lächelte warm. »Ich weiß. Tradition war ihr wichtig. Die *gelateria* ebenso. Aber nichts war ihr jemals so wichtig wie du. Das ist dir klar, oder?«

Sie nickte.

»Sie hat dann jedenfalls diesen Vittorio ausfindig gemacht. Den Fliesenkünstler. Frag mich nicht, wie. Mit ihm hat sie das Projekt besprochen. Dabei muss sie sich wohl in ihn verguckt haben. Zuerst habe ich nichts gemerkt. Vielleicht waren wir damals einfach zu sehr auf unsere *gelateria* konzentriert. Aber irgendwann wurde ich stutzig. Bin ihr nachgefahren und … nun ja … habe mit eigenen Augen gesehen, was wohl kein Ehemann sehen will.«

Aurora legte einen Arm um ihn. In übertragenem Sinne legte sie auch einen Arm um sich selbst.

Sie wusste, wie es sich anfühlte, vom Ehepartner betrogen zu werden. Was sie irritierte, war die Tatsache, dass ihre geliebte Mutter in dieser Geschichte die Böse war.

Denn das war sie … oder etwa nicht?

Es tat weh, Perla gerade nicht richtig einordnen zu können. Es waren aber auch ganz andere Gedanken, die wehtaten. Die konnte sie im Moment bloß nicht zulassen. Später. Vielleicht.

»Hat sie ihn … geliebt?« Mehr als ein Flüstern brachte sie nicht heraus.

Wie schmerzlich diese Frage sich anfühlte.

Gino holte tief Luft. Ganz, ganz tief. »Ich glaube schon.«

Machte diese Antwort nun alles anders? Aurora schüttelte den Kopf leicht.

Zwecklos.

Sie musste da jetzt durch. Das war sie vor allem sich schuldig.

»Was dann?«

»Ich habe sie rausgeschmissen.«

Auch das musste sie erst einmal verarbeiten. Sie fühlte sich wie eine Maschine, die alle paar Sekunden neue Software bekommt und sich jedes Mal komplett neu orientieren muss.

Piep, piep.

Und Kurzschluss.

»Nach ein paar Tagen war sie wieder hier. Sie war verzweifelt. Hat mich um Vergebung gebeten. Alles als ganz großen Fehler bezeichnet.«

»Und du?«

»Ich habe ihr verziehen. Ende der Geschichte.«

Es fühlte sich ungewohnt an, sich mal nicht mit ihrer Mutter, sondern mit ihrem Vater zu identifizieren. Sie hatte geglaubt, das Abbild ihrer Mutter zu sein. Sowohl äußerlich als auch innerlich. Und jetzt ertappte sie sich dabei, sich in ihrem Vater zu sehen. Daran musste sie sich gewöhnen.

Ende der Geschichte. Das hatte Gino gesagt.

Er hatte damit abgeschlossen. Und das war gut so. Aber was war mit ihr?

»Warum habt ihr nie was erzählt?« Während sie die Frage stellte, fielen ihr tausend gute Gründe ein, warum sie wahrscheinlich bisher nicht davon erfahren hatte. Vernünftige Gründe. Gründe, die von ihren Eltern gut durchdacht worden waren. Und sie hätte sie vermutlich alle akzeptiert. Wenn es dabei eben nicht um Perla gegangen wäre. Irgendwann nach ihrem Tod hätte man sie doch wohl informieren können. Nicht?

Es wäre für sie von enormer Wichtigkeit gewesen zu erfahren, dass die Ehe ihrer Eltern nicht so reibungslos und perfekt verlaufen war wie von ihr angenommen.

»Ich habe die Entscheidung damals deiner Mutter überlassen. Erst warst du zu jung, dann zu pubertierend, dann zu sehr auf die Schule konzentriert. Vermutlich gibt es einfach Dinge, die man seinen Kindern nicht erzählt. Und dann … na ja, nach Perlas Tod … konnte ich diesen Part einfach nicht mehr übernehmen.«

Ja. So hatte sie sich das in etwa vorgestellt. »Ich kann das teilweise nachvollziehen, *papà*. Wirklich. Aber trotzdem, warum? Warum habt ihr mir all die Jahre vorgemacht, dass es so etwas wie die perfekte Ehe gibt? Wo ihr doch selbst genau wusstet, wie wenig das stimmt?«

Oh, wie verzweifelt sie klang. Das wollte sie nicht. Aber es war hart, wenn einem auf diese Weise die Augen geöffnet wurden. Wenn man plötzlich verstand, dass man jahrelang einer Illusion aufgesessen war.

»Es tut mir leid, Auri!« Gino fuhr sich über die Augen. Sie war sich nicht sicher, ob er damit Bilder aus der Vergangenheit oder Bilder aus der Zukunft wegwischen wollte.

»Ich weiß, *papà*. Mir auch.«

»Was willst du jetzt tun?«

Was wollte sie jetzt tun?

Gute Frage.

Auf den Reset-Knopf drücken. Und dann sehen, wie viel von ihr noch übrig blieb.

Maratea, 1984

Sie ging in die Küche, wollte zu Olivia. Mit hektischer Handbewegung scheuchte Perla eine Fliege weg. Sie war nervös. Und Fliegen machten sie noch nervöser. Sie hasste die dicken, schwarzen Dinger. Im Eis landeten die nämlich besonders gern.

Olivia kochte mal wieder. Es war gerade nicht besonders viel los in der gelateria, *sodass sie sich beide einen Moment der Ruhe gönnen konnten. Dass ihre Schwester vor allem beim Kochen entspannen konnte, begriff Perla nicht. Aber sie akzeptierte es gerne. Meist bekam sie nämlich genug für sich, Aurora und Gino ab und konnte sich den Küchendienst sparen. Ihre kleine Schwester schien das sogar zu freuen.*

»Setz dich!«, forderte Olivia sie gewohnt knapp auf. »Du machst mich ganz verrückt, wenn du noch weiter um mich herumtänzelst!«

Perla setzte sich also. Aber selbst auf dem Stuhl zappelte sie. Das merkte sie sogar selbst.

»Raus mit der Sprache«, verlangte Olivia und zeigte mit dem Kochlöffel auf sie. Fast wirkte es wie eine Drohung.

»Ich muss nachher nochmal zum Fliesenkünstler. Du weißt schon, die nächsten Fliesen abholen.«

Olivia erwiderte nichts. Aber ihr Blick sprach Bände.

»Was denn?«, fragte Perla unschuldig.

Schon wieder schwang ihre Schwester den Kochlöffel hin und her. »Du bist eine schlechte Schauspielerin. Sehr, sehr schlecht.«

Sie seufzte. Ihrer eigenen Schwester konnte sie natürlich nichts vormachen. Hätte sie eine weniger aufmerksame Schwester gehabt, dann vielleicht. Aber Olivia … Himmel, der entging nichts. Niente! *Niemals.*

Perla ärgerte sich, es überhaupt versucht zu haben. »Ich möchte zu ihm. Nur noch einmal.«

Olivia sackte ein bisschen in sich zusammen. Wieso zum Teufel? Wieso litt ihre dumme, dumme Schwester nur immer mit? Ganz egal, was Perla passierte? Konnte sie nicht einfach eine unbeteiligte Dritte sein? Nein?

»Willst du meinen Segen, Perla? Den kann ich dir nicht geben. Ich kann auf dein Kind aufpassen. Deinen Mann anlügen. Aber ich kann dir nicht meinen Segen geben! Das kannst du nicht von mir verlangen.«

Perla legte die Stirn auf den Tisch. Das konnte sie tatsächlich nicht verlangen. Aber sie brauchte, brauchte, brauchte diesen verdammten Segen! Irgendwer musste ihr das Gefühl geben, dass es in Ordnung war, was sie machte. Andernfalls ging sie daran kaputt.

Sie hatte alles. Alles, was man sich wünschen konnte. Wieso wollte sie das, was sie nicht haben konnte, mit derartiger Dringlichkeit, dass es sich anfühlte wie lebendig zu verbrennen, wenn sie nicht bei ihm war?

»Hilf mir, Oli! Ich weiß nicht mehr weiter«, hauchte sie. Es war ungerecht, ihr so viel aufzuladen, aber sie war am Ende.

»Ich muss dir doch wirklich nicht sagen, dass du mit dem Feuer spielst, oder? Irgendwann wird es jemand herausfinden. Das muss dir klar sein. Ich will hier nicht den Moralapostel spielen und große Reden schwingen. Ich sehe, wie sehr du leidest. Und ich mag das nicht. Aber du musst eine Lösung finden.«

Perla nickte. Schluckte alles herunter. Ihre Tränen, ihre Sehnsucht, ihre Furcht, ihre Leidenschaft, ihre Verwirrung, ihre Liebe. Vor allem die. »Du hast recht. Ich werde … die Sache beenden.«

»Du musst tun, was richtig für dich ist, und das dann konsequent durchziehen.«

Ja. Es klang so einfach, nicht wahr?

Perla stand auf, ging um den Tisch herum und blieb vor ihrer Schwester stehen. Olivia überragte sie um eine halbe Kopflänge. Und sie fand, dass sie viel, viel schöner war, als sie es jemals sein könnte. »Ich beneide dich, Oli. So, so sehr. Du bist stark. Machst genau das, was richtig für dich ist. Ohne Rücksicht auf Verluste. Ich wünschte, ich wäre ein bisschen mehr wie du.«

Olivia lachte laut auf. Kein heiteres Lachen, nein. »Du beneidest mich? Na dann …«

»Ja, Olivia, ich beneide dich. Du hast die Freiheit, das zu tun, was du willst. Du musst dich nicht rechtfertigen. Nicht um Erlaubnis bitten. Du musst keinen Menschen vor dein eigenes Wohl stellen.«

»Und du glaubst, das ist toll, hm?« Olivia sah sie eindringlich an.

Aus einem Impuls heraus schlang Perla die Arme um den Hals ihrer Schwester. Sie war erst wieder ruhiger, als sie merkte, dass auch Olivia sie drückte.

»Ich weiß, dass auch du dein Glück finden wirst, Oli. Arturo wird merken, was er an dir hat. Dass er dich liebt, das ist offensichtlich. Er muss nur begreifen, dass er nur dich liebt.«

»Mach dir keinen Kopf um mich. Bring dein eigenes Leben wieder in Ordnung. Und nun hau schon ab!«

Auf der Fahrt zu Vittorio durchlebte Perla diverse Phasen: Verzweiflung. Erleichterung. Trauer. Wut. Mut. Vernunft. Reue. Vor allem Reue.

Als sie dann aber vor seinem weißen Häuschen stand, an dessen Fassade sich eine prächtige Bougainvillea hochzog, war da nur noch eines: Sehnsucht.

Die Tür wurde lautlos geöffnet. Vittorio stand vor ihr. Verwegen, geheimnisvoll, sehnig, schön. So wunderschön. Es verschlug ihr schier die Sprache. Wie jedes Mal, wenn sie ihn sah. Vom ersten Augenblick an. Er verkörperte mit jeder Faser seines Seins die Essenz ihrer verbotenen Träume. Er musste einfach ihrer Fantasie entsprungen sein. Anders konnte sie sich das nicht erklären.

»Perla!« Kein Gruß. Keine Frage. Und wie er ihren Namen aussprach! Allein das reichte aus, um ihren Körper über und über mit Gänsehaut zu bedecken. Ihm war eine ganz wundervolle Art zu eigen, das R zu rollen. Sie glaubte, es bis in ihre Eingeweide vibrieren zu spüren.

»Ich bin hier, um die Fliesen abzuholen«, stellte sie gleich klar. Ein amüsiertes Funkeln zeigte sich in seinen Augen. Aber er sagte noch immer nichts, sah sie nur an. Als stünde sie nackt vor ihm. Endlich trat er einen Schritt zurück, hielt ihr die Tür weiter auf. Sie begriff das als Aufforderung einzutreten. Aber er versperrte noch immer den Durchgang, sodass sie sich mehr schlecht als recht an ihm vorbeizwängen musste. Sie konnte nicht anders, als ihn zu berühren und seinen Duft einzuatmen. Und ging dabei beinahe in die Knie. Als wäre ihr Geruchssinn auf verwirrende Weise mit ihrem Gleichgewichtssinn gekoppelt.

Sie ging durch in sein Atelier. Er hatte sie bisher immer nur dort empfangen. Perla kannte den Rest des Hauses gar nicht. Aber mehr brauchte sie auch gar nicht zu kennen. Denn in seinem Atelier spielte sich ohnehin sein ganzes Leben ab. Und er schien keinen anderen Raum zu brauchen, hatte er dort doch alles: seine Gemälde, aber auch einen Kühlschrank, seine Pinsel, aber auch ein Bett, seine Farben, aber auch einen Tisch. Es war, als hätte er sich absichtlich das Alltägliche mit in seine Malerei geholt. Vielleicht, um den Kontakt zum realen Leben nicht zu verlieren, hatte Perla zu Beginn ihrer Bekanntschaft überlegt. Inzwischen wusste sie, dass er es aus Bequemlichkeit so hielt.

Perla hatte sich direkt an die Fensterwand gestellt. Sie liebte den Ausblick auf die umliegende Landschaft. Das satte Grün der Mittelmeervegetation, die sich so weit erstreckte, bis das Auge sich darin zu verlieren schien. Diese Welt war so anders als ihre Welt. Und doch fühlte sie sich dazugehörig. Auf seltsame, fast schmerzliche Art und Weise. Wie ein zurechtgeschnittenes Puzzlestück.

Sie spürte Vittorios Atem auf dem Rücken. »Ich will nicht, dass du leidest, wunderschöne Perla«, flüsterte er ihr ins Ohr.

Seine Worte bewirkten, dass sie nur noch stoßweise atmen konnte. Seine Stimme legte sich wie Balsam um ihr Herz und ließ es nur noch mehr für ihn schlagen. Wunderschöne Perla. Das sagte er oft. Und er sagte es so, dass sie ihm glaubte, obwohl sie sich sonst immer für knapp passabel hielt. Er hatte diese Macht. Er machte, dass sie sich besonders fühlte. Und sie war süchtig danach. Nach diesem Gefühl, bewundert, ja fast verehrt zu werden. Dabei war sie nicht eitel, nicht besonders auf ihr Aussehen bedacht.

»Setz dich«, forderte er sie warm auf.

Sie wusste, was er meinte.

Sie wusste, wohin sie sich setzten sollte.

Auf sein großes, unordentliches Bett, das so sehr nach ihm roch, das sich so sehr nach ihm anfühlte.

Und wie hätte sie ihm diese Bitte abschlagen können?

Gusto Dolce Vita

Dieses Eis muss nach lauer Sommernacht, aber auch nach trägen Nachmittagen am Strand schmecken. Nach Kunst, nach Geschichte, nach Tradition, aber auch nach Meer und Hügellandschaft. Nach Musik, nach Mode, nach Mediterranem. Nach all dem, was die italienische Lebensweise ausmacht. Rund, aufregend und interessant.

Caramello, caffè und grob gehackte Baiser-Stückchen. Süß, bitter, federleicht.

Mh ... das ist *Dolce Vita*!

Kapitel 13

Arturo träumte von fallenden Keramikfliesen. *Plock, plock*. Alle gingen sie zu Bruch und lagen in Scherben vor ihm. Er versuchte sie zu retten, aber die Fliesen waren schneller. Der Lärm, den sie verursachten, holte ihn schließlich aus dem Schlaf. *Plock, plock* ging es aber selbst noch weiter, als er wach im Bett lag.

Es dauerte eine Weile, bis er begriff, dass das Geräusch von draußen kam. Wenn ihn nicht alles täuschte, klopfte gerade jemand an die Haustür. Da er annahm, dass es sich um Jugendliche handelte, die nachts nichts Besseres zu tun hatten, wartete er verschlafen ab, dass es irgendwann von selbst aufhörte.

Vergebens.

Gegen Jugendliche hatte er nichts. Wirklich nicht. Aber er überlegte, mit einem Kübel voll Wasser anzurücken, ließ es dann bleiben. Die Leviten würde er ihnen trotzdem gehörig lesen. Es ging ihm nicht darum, dass sie ihn geweckt hatten. Das war ihm egal. Es war nur … ach, er würde ihnen gerne erzählen, dass man nachts so viel interessantere Dinge tun konnte als alte Menschen ärgern!

Endlich ging er zum Fenster, riss es auf – wobei es, vermutlich vor Schreck, noch nicht mal knarrte – und lehnte sich, wie er hoffte, furchteinflößend ein Stück weit heraus. Er holte tief Luft, bereit, mit seiner Tirade loszulegen. Als er aber sah, wer verloren vor seiner Tür stand, entwich ihm all seine aufgestaute Wut mit einem lauten Prusten.

»Olivia?«

Sie blickte hoch zu ihm. Sagte kein Wort. Selbst im Dunkeln konnte er erkennen, dass sie weinte. Angst drückte ihm die Kehle zu. Er schloss das Fenster und eilte zu ihr.

»Was ist passiert?«, stieß er hervor, als er endlich die Haustür aufriss.

Olivia flog ihm förmlich entgegen, direkt in seine Arme, die er fest um sie schlang. Zerbrechlich, war sein erster Gedanke. Sie wirkte tatsächlich zerbrechlich.

Er nahm sie mit ins Haus, war sich kurz nicht sicher, in welches Zimmer mit ihr, beschloss dann aber, sie in den Wohnraum zu führen. Sie setzte sich. Und weinte noch immer.

Weil ihn diese so offen zur Schau gestellte Schwäche vollkommen aus dem Konzept brachte, bot er an, ihr einen Tee zu kochen, was sie dankend annahm.

Etwas überfordert, wie er selbst merkte, ging er in die Küche. Dort erst wurde ihm richtig bewusst, dass er einen hässlichen, alten Opa-Pyjama trug, der seine Figur sicherlich nicht vorteilhaft zur Geltung brachte. Olivia hatte ihn noch nie so gesehen. Und er hätte gut darauf verzichten können. Er kramte im Küchenschrank nach Kamillentee und bereitete ihn zu. Als er mit dampfender Tasse zurück ins Wohnzimmer ging, hatte Olivia sich gefangen. Und er war froh, ihr die Möglichkeit gegeben zu haben, sich zu beruhigen.

Er setzte sich zu ihr, wartete ab. Sah ihr dabei zu, wie sie vorsichtig an der Tasse nippte und sie danach auf den Wohnzimmertisch stellte.

»Weißt du noch, damals, als die Sache mit Perla und Vittorio aufflog?«, fragte sie und sah ihn zum ersten Mal in dieser ungewöhnlichen Nacht richtig an.

Er glaubte, sich verhört zu haben. Die Frage kam einfach zu unerwartet. Daher nickte er nur.

Natürlich wusste er das noch.

»Das war meine Schuld …«

Arturo nahm endlich ihre Hand. Zwar wusste er nicht, was dieses Gespräch zu bedeuten hatte, aber er wollte ihr signalisieren, dass er für sie da war. Wie eigentlich immer.

»Das war es ganz sicher nicht …«, setzte er an.

»Nein, nein. Du verstehst nicht. Das war tatsächlich meine Schuld. Ich … ich habe Perla verraten …«

»An wen?« Er kam nicht mit. Das musste er ganz offen zugeben.

»Meine Güte, Arturo, verstehst du nicht, oder willst du nicht verstehen? Ich habe Gino damals zu Perla und Vittorio geschickt. Damit er es herausfindet. *Capito*? Und jetzt fühle ich mich furchtbar. Ich habe das so lange verdrängt, aber nun habe ich es Aurora erzählt und … und ich … ich bin einfach ein Miststück.«

»Du hast es Aurora erzählt?«

»Ja.«

»Warum hast du das getan?« Er konnte nicht anders, als sich Auroras Überraschung und Schmerz vorzustellen. War das wirklich nötig gewesen?

»Weil sie gefragt hat.«

Olivia nahm erneut die Tasse zur Hand, und Arturo lehnte sich zurück. Sein Kopf war leer. Vielleicht war er einfach zu alt für so viel nächtliche Dramatik.

»Aber das ist doch alles so lange her. Sie hätte es nicht wissen müssen.«

»Doch. Oh, doch. Ich habe damit viel zu lange gewartet. Viel, viel zu lange. Sie musste das wissen. Ihre Mutter war auch nur ein Mensch. Und ich ebenso. Ich habe viele Fehler begangen. Und der Verrat an Perla war nur einer davon. Das habe ich die Jahre über so gut verdrängt, dass es mir eben beim Erzählen erst wieder eingefallen ist.«

Er zuckte mit den Schultern. »Na ja, du wolltest ihr vermutlich nur helfen …«

Olivia schüttelte den Kopf, sodass ihre Haare sich bewegten und einen angenehmen Duft verströmten. »Nein. Das ist es ja gerade. Ich wollte ihr nicht helfen. Ich wollte, dass alles auffliegt. Ich wollte, dass sie in Schwierigkeiten gerät.«

»Aber warum?«

»Weil ich sie beneidet habe …«, gab sie leise zu und richtete ihren Blick auf ihren Schoß. »Perla ist immer alles zugeflogen.

Der richtige Mann, die volle Anerkennung, ein wundervolles Kind, Begabung, Talent, gutes Aussehen, die pure Lebensfreude. Gott, sie hatte einfach alles. Und ich habe gekämpft wie eine Löwin, um nur halb so viel zu haben wie sie. Trotzdem konnte ich sie nie einholen oder gar übertrumpfen. Selbst in der *gelateria* nicht. Die Gäste haben *sie* geliebt. Und wie! Ich habe aber genauso geschuftet, ohne jemals ein Wort der Anerkennung zu erhalten. Was ich gemacht habe, das war immer nur selbstverständlich. Verstehst du, was ich meine?«

Er dachte nach. »Ich glaube, diese Art von Konkurrenzdenken ist bei Geschwistern ganz normal. Du hast sie geliebt. Das weiß ich ganz sicher. Die Tatsache, dass Perla so früh gestorben ist, verstärkt dein Schuldgefühl.«

Sie nickte. War aber gefangen in ihren Gedanken. »Ja. Ich habe Perla geliebt.« Olivia seufzte. »Aber ich habe sie auch manchmal gehasst, Arturo. Das habe ich wirklich. Oft sogar so heftig, dass ich ihr den Tod gewünscht habe. Und ich denke, dass Aurora auch das erfahren sollte.«

Er tätschelte ihren Rücken. »Lass die Vergangenheit ruhen, meine Liebste. Mit so einem Geständnis hilfst du Aurora nicht weiter.«

»Aber vielleicht hilft es mir …«

»Wäre das nicht ein bisschen egoistisch, liebste Olivia? Glaubst du nicht, dass jetzt erst einmal Aurora Hilfe braucht? Danach kannst du noch immer daran arbeiten, mit deinem Gewissen Frieden zu schließen – wenn ich auch davon überzeugt bin, dass du das gar nicht brauchst.«

»Vielleicht hast du recht.«

»Moment, Moment, Moment! Du gibst mir recht?! Ernsthaft?!«

Sie grinste. Und er mochte das, dass er sie zum Grinsen bringen konnte.

»Übertreib nicht, mein Lieber! Ich bin nicht in der Verfassung für diplomatische Antworten.«

In gespielter Verzweiflung hob er die Hände. Und eine Weile lang sagten sie gar nichts, bis die Stille ihn beinahe einzulullen drohte.

»Lass uns zu Bett gehen«, schlug er vor.

»Was denn? Hier? Nein, das geht nicht.«

»Ach, Olivia, meinst du wirklich, das interessiert jemanden, wenn du als Unverheiratete bei einem Mann übernachtest? Hm?«

Sanft legte er den Kopf auf ihre Schulter und küsste die Stelle hinter ihrem Ohr, die so empfindlich auf seine Lippen reagierte.

»Liebst du mich denn noch immer? Selbst nach dem, was ich dir erzählt habe?«

»Selbstverständlich liebe ich dich. Daran wird sich auch nie etwas ändern.«

Sie hob die Schultern, legte ihre Hände in den Schoß. »Trägst du mich auch hoch ins Schlafzimmer?«, fragte sie ihn augenzwinkernd.

»Ist das jetzt eine Bedingung?«

»Die einzige.«

»Dann bleibt mir wohl nichts anderes übrig.« Er hob sie entschlossen hoch, dann über die Schulter. Obwohl sie so schlank war, kostete es ihn doch einige Anstrengung. Es war das Alter, erkannte er mit etwas Bedauern. Aber sie kreischte vergnügt. Und allein ihre unverhohlene Begeisterung verlieh ihm magische Kräfte, sodass er die Stufen problemlos schaffte.

Als er sie vorsichtig ablud, kicherte sie noch immer. Er strich ihr das Haar aus dem Gesicht. Es war leicht gerötet, und er fand sie so entzückend wie vielleicht noch nie im Leben.

»Es wird alles gut, mein Herz«, hauchte er ihr ins Ohr.

Und sie nickte. Voller Zuversicht.

*

Auroras Reset-Taste war mit ziemlicher Sicherheit funktionsunfähig. Sie versuchte die ganze Nacht über, sich zu orientieren, zu begreifen, was der neue Blick auf die Vergangenheit ihrer Mutter zu bedeuten hatte. Aber es gelang ihr nicht. Die Gedanken hielten sie wach. Sie wälzte sich im Bett, bis sie die Schnauze voll hatte von ihrer Decke, ihrem Zimmer, ihrem Kissen und sich selbst. Gereizt und genervt warf sie die Decke irgendwann zurück und stand auf. Sie hatte plötzlich große Lust auf eine heiße Schokolade mit gesüßter Sahne. Und die bekam sie im Eiscafé unten. Dazu musste sie aber aus dem Haus gehen und die *gelateria* aufsperren.

Das war ein ziemlich großer Aufwand. Aber je mehr sie darüber nachdachte, umso klarer wurde ihr, dass sie die heiße Schokolade einfach haben musste. Sie blickte an sich herunter. Steckte noch in ihrem peinlichen, pinken Mädchenpyjama. Mitten in der Nacht würde sie ohnehin niemand sehen, entschied sie. Deshalb warf sie sich nur eine leichte Jacke über, schnappte sich die Schlüssel und eilte die Stufen hinab, die sie zur *Casa del Gelato* führten.

Angenehm kühle Nachtluft streichelte ihre nackten Beine. Eine dicke Katze huschte an ihr vorbei. Und sie glaubte, irgendwo noch Jugendliche laut miteinander sprechen und lachen zu hören. Vor Ewigkeiten war auch sie mit ihren Freunden nachts um die Häuser gezogen. Doch nichts war mehr übrig von ihrer sorglosen Zeit. Vielleicht nur noch die Häuser, überlegte sie, und dieser Gedanke amüsierte sie so sehr, dass sie lächelte.

Sie sperrte die Glastür der Eisdiele auf und betrat den Laden. Vorsichtig. Sie sah nicht viel, da sie die Beleuchtung nicht betätigen wollte. Ihr wurde aber bewusst, dass sie sich wahrscheinlich sogar blind hier auskennen würde. Den Weg hinter die Theke jedenfalls fand sie problemlos. Ebenfalls den Kakao. Die Tasse. Die Milch. Ja. Diese Handgriffe taten gut. Sie durfte nur einfach nicht daran denken, dass sie um diese Uhrzeit, so leger bekleidet, hier eigentlich nichts zu suchen hatte.

Der erste Schluck heiße Schokolade war so lecker, dass sie wohlig seufzte. Aurora nahm die Tasse mit an ihren Lieblingstisch im Eck, wo sie als Kind immer ihre Hausaufgaben gemacht hatte. Die Sitzbank hatte zwar andere Farben, andere Polster. Trotzdem fühlte sie sich kaum anders an als in ihren Erinnerungen.

»Und was jetzt?«, fragte sie laut.

Sie horchte angestrengt in die Stille. Eine Antwort bekam sie aber nicht. Stattdessen hörte sie leichte Schläge gegen die Glastür. Im ersten Moment dachte sie noch an ein Tier. Es reichte ihr aber ein Blick, um zu erkennen, um wen es sich tatsächlich handelte.

Nando.

Er versuchte aufzusperren. Sie hatte aber abgesperrt und ihren Schlüssel von hinten im Schloss stecken lassen.

Einen Augenblick lang wollte sie ihn einfach nur ignorieren. Dann jedoch gewann ihr Gewissen. Sie stellte sich vor, dass er etwas Wichtiges hier vergessen hatte. Und sie konnte nicht verantworten, dass er umsonst gekommen war.

Aurora gab sich einen Ruck, näherte sich der Tür, begann zu winken, als sie in einen Lichtstrahl trat, den eine Straßenlaterne ins Innere des Eiscafés warf.

Nando zuckte zusammen. Dann huschten eine ganze Menge Ausdrücke über sein Gesicht: Angst, Überraschung, Verwunderung, Verwirrung. Und … so etwas wie Freude? Konnte das sein?

»Jetzt bin ich aber gespannt auf deine Erklärung«, sagte er, sobald er eintrat, nachdem sie aufgeschlossen hatte.

»Wer sagt, dass ich dir eine geben will?« Ja. Sie versuchte abgebrüht zu wirken. Wenn sie aber ehrlich war, dann war sie genau das Gegenteil. Immerhin stand sie in knappem Pyjama vor ihm und war sich dessen mehr als bewusst.

»Du musst natürlich nicht. Aber es wäre wohl zu deinem Vorteil. Sonst müsste ich nämlich davon ausgehen, dass du … ein bisschen komisch im Kopf bist.« Er unterstrich seine Worte mit der passenden Bewegung seines Fingers, den er seitlich am Kopf rotieren ließ.

Aurora stellte fest, dass seine Augen noch unwiderstehlicher waren, wenn sie amüsiert funkelten.

»Na ja. Dass du um diese Uhrzeit hier bist, ist hingegen normal?«

»Vollkommen normal, ja. Wenn wir Bestellungen haben, die aus Kalabrien und Kampanien kommen, dann muss ich auch nachts an die Maschinen.« Er verschränkte die Arme vor der Brust. Ein bisschen triumphierend vielleicht.

»Na gut. Du hast gewonnen.« Sie drehte sich wortlos von ihm weg und ging wieder auf ihren Tisch zu, an den sie sich setzte.

Er tat es ihr nach. Unaufgefordert wohlgemerkt.

»Heiße Schokolade?«, erkundigte er sich.

Sie nickte, hielt ihm die Tasse hin. »Willst du auch?«

»Nein, danke.« Er hob abwehrend die Hände.

Das wäre ein guter Moment gewesen, um aufzustehen und sich von ihr zu verabschieden, fand Aurora.

Aber er tat es nicht.

Stattdessen wanderte sein Blick forschend über ihr Gesicht, über ihren Hals. Wohin noch weiter, das wusste Aurora nicht, denn sie schaute lieber in ihre Tasse. Die süße Sahne war geschmolzen und hatte ihre volle Solidarität. Denn auch Aurora war etwas … heiß?

»Ist alles okay bei dir?«

Sie räusperte sich. »Nicht wirklich …« So viel konnte sie zugeben, fand sie.

»Willst du darüber reden?«

»Darüber, dass meine Ehe kaputt ist, meinst du? Oder doch lieber über den Liebhaber meiner Mutter, von dem ich eben erst erfahren habe? Wenn dir beides nicht taugt, können wir auch über meinen Entschluss sprechen, die *Casa del Gelato* zu verkaufen. Dir bleibt die Wahl!« Sie hatte ihn abschrecken wollen, ihn vielleicht sogar verletzen wollen.

Es war ihr nicht gelungen. Das sagte ihr sein Blick, der noch immer Interesse zeigte. Interesse und noch etwas. Etwas, das sie nicht näher analysieren wollte. Oder konnte.

»Gut. Wenn du mir die Wahl lässt, dann erzähl mir von deiner Ehe.«

»Warum sollte ich das tun?«

»Weil ich ein netter Kerl bin?«

Sie stand auf. »Das reicht nicht, Nando.« Es war wirklich besser, jetzt zu gehen, erkannte sie.

Aber er hielt sie fest. An der Hand. Und seine Hand war so weich und so warm, und Aurora konnte dieses Gefühl, das sie auf ihrer Haut hinterließ, mit nichts vergleichen. Es weckte nur eine Sehnsucht in ihr, die sie lähmte.

»Bleib doch einfach. Du musst mir nichts erzählen. Komm mit ins Labor. Willst du?«

Gefühlte 200 Alarmglocken regten sich gleichzeitig in ihrem Kopf. Sie sollte einfach gehen. Die bereits bestehenden Probleme lösen und Nando Nando sein lassen. Die Wahrheit war aber, dass sie nicht gehen *wollte*.

»Ein paar Minuten nur, Nando. Wirklich nur ein paar Minuten.«

Er nickte. »Ist gut. Wirklich. Ein paar Minuten sind in Ordnung.«

Nando stand auch auf, nahm wieder ihre Hand, und gemeinsam gingen sie in Richtung Labor.

Die Situation war so surreal, Aurora musste sich wieder und wieder vor Augen halten, dass sie nicht träumte. Könnte sie sich aber die Szenen in ihren Träumen zurechtlegen, dann sähen sie diesem Aufeinandertreffen mit Nando sicherlich sehr ähnlich.

Sie betraten gemeinsam das Labor, und Nando band sich sofort die Schürze um. Aurora hüpfte hoch und setzte sich auf die Arbeitsfläche. Sie kam sich fehl am Platz vor. Er schien das zu merken, denn er lächelte ihr aufmunternd zu, sagte jedoch nichts.

»Wieso interessiert dich meine Ehe?«, fragte sie ihn sehr direkt, nachdem sie ihm minutenlang dabei zugesehen hatte, wie er Zutaten aus den Schränken genommen hatte.

Er zuckte mit den Achseln. »Weil ich sensibel und einfühlsam bin und das Wohl meiner Mitmenschen mir am Herzen liegt.«

»Okay. Das ist die offizielle Antwort. Was ist hingegen die ehrliche Antwort?«

Nando hielt in seiner Bewegung inne, sah sie an. Ganz direkt. »Die möchte ich erst aussprechen, wenn du bereit dazu bist.«

»Ich?«

»Ja. Du.«

Einfach so.

Was war das? Ein Spiel? »Nando… Das, was du dir vielleicht vorstellst, das wird nicht passieren.«

»Woher willst du wissen, was ich mir vorstelle?« Er kam langsam zu ihr rüber, stellte sich vor sie und verschränkte die Arme vor der Brust.

Sein Anblick brachte ihr Herz in Aufruhr. Und er schien es zu merken, denn sein Blick wurde tiefer und tiefer. Was sich hier aber anzubahnen drohte, konnte Aurora nicht zulassen.

Er blickte sie lange forschend an.

»Willst du mit mir über deine Mutter sprechen? Nimmt es dich mit, was du erfahren hast?«, erkundigte er sich dann interessiert. Ganz so, als wäre zuvor nichts geschehen. Als hätten sie nicht Worte ausgesprochen, die ihre angehende Beziehung genauer zu definieren versuchten. Nando war jetzt sogar so locker, dass er wieder begann, sich den Zutaten zu widmen.

Sie zuckte mit den Schultern, ging auf seine Fragen ein. »Natürlich tut es das. Es wirft ein ganz anderes Licht auf all das, was mir bisher wichtig war.«

Das tat es wirklich, erkannte sie. Denn sie begann zu verstehen, dass eine Ehe keine Garantie für das Glück darstellte. Dass es sich auch anders und unerwartet zeigen konnte. Ihre Mutter hatte sich ihr Glück geschnappt. War es etwa auch für sie selbst langsam an der Zeit, danach zu greifen?

»Das verstehe ich …«

Er begann Zucker abzuwiegen.

»Brauchst du Hilfe?«, bot sie an.

»Klar.«

Sie stellte sich zu ihm, nahm ihm die Packung ab und ließ Zucker in die Waage rieseln. Mit ihrer Mutter hatte sie das ja auch immer gemacht. Sogar die Waage war die gleiche, erkannte sie erstaunt. Und sie erkannte auch, dass sie das Labor ein bisschen vermisst hatte. Vielleicht waren es aber nur die vertrauten Handgriffe.

»Ist die Identität des Mannes bekannt?«

»Hm?« Sie war mit ihren Gedanken einen Schritt weiter, verstand nicht, was er wissen wollte.

»Ich meine, ob du weißt, wer ihr Geliebter war. Wenn ich mir überlege, wie ich auf so eine Offenbarung reagieren würde, würde ich den Mann kennenlernen wollen. Ihm Fragen stellen. Oder ihn mir einfach nur ansehen. Meinst du, das könnte es leichter für dich machen?«

Darüber hatte sie noch gar nicht nachgedacht. Für sie war Vittorio ein gesichtsloser Gedanke. Nichts Konkretes oder gar Greifbares. »Ich weiß nicht. So weit habe ich nicht gedacht …«, gab sie zu. »Ich habe keine Ahnung, ob er noch lebt. Wo er herkommt.« Sie zog die Schultern hoch, knüllte das Papier der leeren Zuckerpackung zusammen.

»Willst du es herausfinden?«

Wollte sie das? Brauchte sie das? »Darüber muss ich nachdenken. Ich bin gerade überfragt.«

Nando stellte sich vor sie. »Weißt du, was ich glaube? Du musst Ordnung in dein Leben bringen. Und irgendwo musst du anfangen …«

»Das ist mir schon klar. Aber nie im Leben hätte ich gedacht, beim Geliebten meiner Mutter anzufangen.«

Er lächelte. Und sie ertappte sich dabei, wie auch ihr Mund sich zu einem Lächeln verzog. Dabei hatte sie gar nicht witzig klingen wollen.

»Wahrscheinlich hättest du auch nicht gedacht, im Pyjama mit mir Eis zu machen«, gab er zu bedenken. »Die Dinge passieren einfach. Nicht immer können wir den Verlauf des Lebens steuern.«

Sie hatte das Gefühl, dass er mit dieser Bemerkung nicht sie meinte.

»Was jetzt?«, fragte sie ihn.

Nando kratzte sich am Kopf. »Jetzt? Hm … jetzt würde ich dich am liebsten küssen.«

»Was? Bist du wahnsinnig?«

Er lachte schon wieder. Was ihr den Rest gab. Wenn es etwas gab, das sie vollkommen aus dem Konzept brachte, dann war das ein lachender Nando.

»Es wird passieren, Aurora. Vielleicht nicht jetzt, aber es wird passieren …« Und wieder wendete er sich in aller Seelenruhe seiner Arbeit zu.

Nun, er hatte prophezeit, dass sie zusammen Eis machen würden, und es war tatsächlich passiert, überlegte sie und fragte sich kurz, woran das lag, dass hier in Maratea alle über intuitives Wissen zu verfügen schienen. Vielleicht war irgendein magischer Trunk ins Wasser geschüttet worden, stellte sie sich amüsiert vor. So oder so … würde er auch in diesem Fall Recht behalten, wäre Aurora mehr als erfreut.

Gusto Liquirizia e Menta

Ohne Zweifel eine Geschmacksrichtung, die vom Eismacher viel Geduld erfordert, da Lakritze und Pfefferminz – zwei scheinbar konkurrierende Aromen – in einer langsamen, trägen Prozedur ihren intensiven Geschmack auf die Milch übertragen. Die Milch nimmt eine Färbung an, die ein bisschen an Milchkaffe mit leichtem Grünstich erinnert. Und die Milch gibt – nach ihrer Verwandlung in cremiges Eis – den Geschmack wiederum gut dosiert an den Endverbraucher ab.

Ein Eis für Genießer. Ein Eis für Kenner. Ein Eis für Feinschmecker. Nichts für eilige Gelegenheitsschlecker.

Kapitel 14

Als Aurora Stunden später kurz nach Tagesanbruch das Labor verließ, hatte sie für sich diverse Entscheidungen getroffen. Sie wusste noch nicht, wie sie alles umsetzen würde, aber sie wusste ziemlich genau, was sie als Erstes tun wollte: telefonieren. Sie ging auf ihr Zimmer, schnappte sich ihr Handy und wählte die vertraute Nummer. Sie stellte sich vor, wie das Telefon in ihrer Wohnung in Verona gerade läutete und die Stille durchbrach. Das Bild war ihr so vertraut, dass sie für einen Augenblick dachte, wirklich dort zu sein. Ihre Wohnung fehlte ihr.

Sie hoffte, Matteo würde rangehen. Sie hoffte, dann auch den Mut aufzubringen, ihm das zu sagen, was ihr auf dem Herzen lag.

»*Pronto*?« Er klang verschlafen. Natürlich. Schließlich hatte er keinen Grund, früh aufzustehen.

»Ich bin's.«

Sie merkte mit Bedauern, dass sie es verlernt hatte, mit ihrem Mann zu telefonieren. Nein, vielleicht ging es sogar noch tiefer, denn es war nicht nur das Telefonieren. Sie hatte schlicht und einfach verlernt, mit ihm zu *reden*.

»Was ist los?«

Sie konnte ihn fast vor sich sehen, den Mann, den sie so sehr geliebt hatte. Wahrscheinlich rieb er sich gerade den Schlaf aus den Augen. Und ganz bestimmt bedeckte leichter Bart sein immer noch schönes Gesicht.

»Ich wollte dir mitteilen, dass ich die Zeit hier genutzt habe, um nachzudenken.«

»Worüber?«

»Über uns.«

Sie hörte ihn seufzen. »Aurora … es gibt kein Uns. Nicht mehr.«

»Ich weiß. Du hast recht.«

»Was bedeutet das jetzt?«

»Das bedeutet, dass ich dir recht gebe. Für uns beide ist eine Scheidung das Beste. Es ist nicht schön, dir das telefonisch mitzuteilen. Trotzdem dachte ich, dass du es gleich wissen solltest.«

»Das Telefon ändert nichts an der Tatsache, dass es aus ist. Denn das wissen wir beide schon lange«, fand er.

Sie nickte und dachte nicht darüber nach, dass er sie nicht sehen konnte. »Ich werde gleich heute mit der Anwältin telefonieren. Nur, damit du dich nicht wunderst, wenn die Papiere ankommen.«

Aurora wurde schlecht. Sie konnte nicht glauben, dass sie gerade wirklich diese Sätze aussprach. Sie konnte nicht glauben, dass sie ihre Ehe, an der sie über die Jahre so verzweifelt festgehalten hatte, nun tatsächlich so formlos beendete. Aber gab es eine bessere Form? Eine einfachere? Eine elegantere? Sie wagte das zu bezweifeln.

»Lass sie gleich an Aldos Adresse schicken. Ich werde zu ihm ziehen.«

»In Ordnung. Wir sprechen dann nochmal, sobald ich wieder da bin, ja?«

»Ist gut. Wann kommst du denn wieder?«

»Vielleicht schon eher als geplant. Ich werde mich jetzt nur noch um einen Termin beim Immobilienmakler kümmern, den Verkauf der *gelateria* in Auftrag geben …«

»Ach, das willst du mir jetzt auch noch anhängen? Damit ich mich schlecht fühle, willst du ganz opferbereit dein Familienerbe abstoßen und mir die Schuld dafür in die Schuhe schieben? «

»Ja, was meinst du denn, wie wir das ganze Geld sonst zurückzahlen können?« Obwohl sie die Entscheidung getroffen hatte, sich von ihm zu trennen, waren die Schulden noch immer auch ihr Problem. Sie liefen auch auf ihrem Namen.

»Du, so viel schlechtes Gewissen vertrage ich jetzt nicht am Morgen.«

»Ach, es ist dir zu früh?« Wut schwoll in ihrer Brust an. Er versuchte noch immer, sich vor diesem Problem zu verstecken?

»Aurora, ich werde dieses Telefonat jetzt beenden.«

Oh, das war gar nicht nötig. Sie drückte auf die rote Taste, noch bevor es ihm gelang.

Ein bisschen war ihr nach Weinen. Gleichzeitig war sie aber so erleichtert wie schon seit Ewigkeiten nicht mehr. Das fühlte sich an, als würden zwei Seelen in ihr leben. Vielleicht stimmte es sogar.

Sie horchte in sich hinein, wartete auf die Trauer, die Erschütterung, die Leere. Alles war vorhanden. Und wie! Aber es regte sich auch so etwas wie Lebensmut in ihr. Sie fragte sich, was ihre Mutter wohl in diesem Moment zu ihr gesagt hätte. Nur konnte sie das nicht mehr wirklich einschätzen. Ihre Mutter … wie gut hatte sie sie eigentlich gekannt? Sie hatte immer geglaubt, alles über Perla zu wissen. Ihre Gedanken und Ideen zu kennen. Heute aber wurde ihr bewusst, dass das nicht stimmte. Und sie musste sich endlich freimachen davon: von der Angst vor dem Urteil ihrer Mutter.

Perla war tot.

Perla hatte ein Leben gelebt, in dem sie sich nicht immer an die Regeln gehalten hatte. Sie war nicht die mustergültige Ehefrau gewesen, nicht die Heilige, die alle Ideale mühelos erfüllt hatte.

Das war einerseits schwer zu verarbeiten. Andererseits gab es Aurora aber auch neue Freiheiten, mit denen sie lernen musste umzugehen.

»Du kannst das!«, motivierte sie sich selbst und wählte die Nummer ihrer Anwältin in Verona, die tatsächlich schon auf war. In knappen Worten schilderte sie die Situation. Die Anwältin, die bisher Matteo und sie bei geschäftlichen Angelegenheiten beraten hatte, schien nicht sonderlich überrascht. Aurora kümmerte es nicht. Sobald sie auflegte, dachte sie bereits an den nächsten Schritt, den sie gehen musste.

Sie würde die *gelateria* verkaufen. So wie sie es bei ihrer Ankunft angekündigt hatte.

Sie brauchte einen Schlussstrich. Sie musste den ganzen alten Ballast abwerfen. Und sie brauchte das Geld, um ihr neues Leben auf dem richtigen Fuß zu beginnen.

Das einzige Immobilienbüro, das Aurora bekannt war, hatte seinen Sitz am Eck zu *La Farmacia dei Sani*. Sie hoffte, recht schnell einen Termin zu bekommen oder sogar gleich ihr Anliegen loszuwerden. Als sie das Büro betrat, war nur eine junge Frau anwesend, die hinter einem Tisch mit riesiger Glasplatte saß, sie über den Brillenrand hinweg ansah und ihr erst dann freundlich zunickte.

»*Buongiorno*. Kann ich Ihnen helfen?«

»Ja, danke.«

»Nehmen Sie doch bitte Platz.«

Etwas nervös setzte sich Aurora der Frau gegenüber. Als sie merkte, dass ihre Hände hässliche Abdrücke auf dem Tisch hinterließen, nahm sie sie sofort weg und warf der Frau einen entschuldigenden Blick zu.

»Keine Sorge. Ist nicht schlimm. Unter uns gesagt, ich hasse diesen Tisch«, gab die Frau augenzwinkernd zu.

Dieses Geständnis machte sie ihr gleich noch sympathischer.

»Sind Sie immer am Putzen, oder wie schaffen Sie das, dass der so glänzt?«

Die Frau grinste, bückte sich und holte eine Flasche Glasreiniger hervor. »Wir zwei sind unzertrennliche Freunde …«

Sie lachten beide. Und Aurora hatte fast vergessen, wieso sie hier war.

»Also, wie kann ich Ihnen helfen?«

Nun seufzte Aurora. »Ich möchte die *Casa del Gelato* verkaufen.«

Die Frau riss die Augen weit auf. »Die *Casa del Gelato* von Maratea?«

»Richtig.«

»Sind Sie die Tochter von Gino?«

»Die bin ich. Aurora ist mein Name.«

»Oh. Wow. Ich bin Emanuela.«

»Freut mich.«

»Wieso wollen Sie das tun, wenn ich fragen darf? Verstehen Sie mich nicht falsch. Wir würden im Handumdrehen Käufer finden, wahrscheinlich auch zu einem hohen Preis. Meine Fragen sind deshalb vielleicht geschäftsschädigend für uns. Aber, warum eine solche Goldmine verkaufen?!«

Emanuela sah sie beim Gespräch immerzu geradewegs an. Sie hatte sehr hübsche Augen, fand Aurora. Und perfekt geschminkt. So perfekt, wie Aurora es in Verona auch immer hielt. Wahrscheinlich hatte Emanuela einen Kurs zum Erlernen von Verkaufstechniken belegt und dabei einen Professor gehabt, der ihr eingebläut hatte, wie wichtig es im Gespräch ist, mit dem Kunden Augenkontakt zu halten.

»Ich bin keine Eismacherin. Und ich habe mir ein Leben in Verona aufgebaut, wo ich in einem Hotel in der Kundenakquise und -betreuung arbeite«, erklärte sie achselzuckend. Diese Gleichgültigkeit, die sie zur Schau stellte, war aber keineswegs ehrlich.

»Sie sind keine Eismacherin?!« Jetzt lachte Emanuela hell. Dass sie auch noch wunderschöne, weißleuchtende Zähne hatte, überraschte sie kein bisschen. Vom leichten Sommerkostüm – sicherlich wahnsinnig teuer – gar nicht zu sprechen. In ihrem eigenen Outfit – kurzer Leinenrock und luftiges Top – kam sie sich gerade ein bisschen sehr leger gekleidet vor. Aber es war ja Sommer, und in Maratea legte sie ihre teure Arbeitskleidung gerne ab. Gut, dass sie zumindest ihre lange Kette mit dem bunten Glasanhänger umgelegt hatte. Kleiner Lichtblick.

»Ähm … nein.«

»Ich dachte, diese Kunst zu beherrschen wird einem gleich mit in die Wiege gelegt, wenn man Nardelli heißt.«

»Vielleicht haben die Gene in diesem Fall eine Generation übersprungen?«, versuchte sie sich witzig zu geben. Das aber auch nur, weil sie allmählich keine Lust mehr hatte, Emanuela von ihrer Absicht überzeugen zu müssen. Es schien ja geradezu so, als würde sie alles daransetzen, ihr den Verkauf auszureden.

»Tja. Gut. Dann … also, da es sich um einen wichtigen Verkauf handelt, würde ich vorschlagen, dass Sie die Details mit meinem Vorgesetzten besprechen. Signor Ponzi ist aber gerade außer Haus.« Emanuela tippte irgendetwas auf ihre Tastatur, schaute konzentriert auf den Bildschirm. »Und er wird es heute wohl auch nicht schaffen, Sie zu empfangen. Wie wäre es mit Montag. Sagen wir um … 10 Uhr?«

»Passt perfekt.«

Sie verabschiedete sich von Emanuela und trat hinaus in den Tag, der noch vor ihr lag, undurchdringlich wie ein dichter Wald. Etwas unschlüssig stand sie am Eingang.

Sie hatte innerhalb kürzester Zeit all das geschafft, was sie seit Monaten aufschob. Eigentlich ein Grund, stolz auf sich zu sein. Stattdessen fühlte sie sich nur erschlagen.

»Nardelli?«

Sie blickte auf. Das konnte eigentlich nur Saverio sein. Sie entdeckte ihn auch, winkte zu ihm herüber. Er winkte zurück. Oder, nein, viel mehr winkte er sie zu sich. So sah es zumindest aus.

Sie ging die paar Schritte auf ihn zu. »Heute kein Annurca-Likör, danke.«

»Dann vielleicht Grappa?«

»Wenn du mich nachher heimträgst …«

»Hätte nichts dagegen.« Er war so bitterernst, wenn er versuchte spaßig zu sein, merkte Aurora einmal mehr und konnte gar nicht anders als zu lächeln.

»Was hast du bei Emanuela drüben gemacht?«

»Noch nichts Konkretes«, gab sie zu.

»Willst du kaufen oder verkaufen?«

»Verkaufen. Die *Casa del Gelato.*« Es war an der Zeit, das auch mal laut auszusprechen.

»Nicht dein Ernst!«

»Doch.«

»Ich verbiete es dir!«

»Wie willst du mich denn daran hindern? Indem du mit Weinflaschen nach mir wirfst?«

»Du bringst mich auf Ideen heute …«

Sie merkte an seinem Blick, dass er gerne noch viel mehr sagen würde, er sich aber zurückhielt, wie sie es alle taten. Aurora musste sich fragen, ob sie alle so großen Respekt vor ihr hatten oder sie nicht richtig ernst nahmen. So ganz hatte sie das noch nicht raus.

»Hör zu, eigentlich wollte ich dich für später einladen. Ich habe nachher oben vor der Christusstatue eine Weindegustation. Es ist eine ziemlich wichtige Angelegenheit. Zumindest für mich. Ich bettle gerade förmlich alle an, die ich kenne, damit ich am Ende nicht allein dastehe.«

»Oh, vielen Dank auch!«

»Du weißt, wie ich es meine …«

»Klar, mach dir nicht ins Hemd. Ich werde da sein. Aber nur, weil es Gratiswein gibt. Bilde dir also nichts drauf ein.«

Er lachte. Und Aurora war froh, dass sie zumindest ein paar Augenblicke lang nicht an all ihre Probleme denken musste.

»Bist du eigentlich schon lange mit Cristina zusammen?«

Saverio sah nicht aus wie jemand, der gerne über Gefühle sprach. Sie war neugierig, ob er ihr überhaupt antworten würde.

Er zog die Schultern hoch. »Seit etwa einem Jahr.«

»Wie hast du sie kennengelernt?«

»Hier. In der Weinstube.«

»Sie ist wundervoll. Du hast großes Glück.«

»Ja. Das ist sie. Wie eigentlich ihre gesamte Familie. Besonders ihr Bruder. Der ist auch toll, oder?« Saverios Augen funkelten vergnügt. Und es war ganz klar, dass er diese Bemerkung nicht zufällig hatte fallen lassen.

Dass Cristinas Bruder toll war, das konnte und wollte sie auch gar nicht leugnen. Schließlich hatte sie erst die Nacht mit ihm in der Eisproduktion verbracht. Weiter wollte und konnte sie allerdings nicht denken.

»Bis später dann«, sagte sie deswegen bloß.

Die Lachfältchen um Saverios Augen zeigten ihr wieder, dass er lächelte.

»Du solltest dich mal rasieren«, schlug sie ihm augenzwinkernd vor.

»Keine Chance, Nardelli! Das wird niemals passieren.«

*

Olivia wusch sich das Gesicht. Es fühlte sich ungewohnt an, sich in Arturos Bad zu waschen. Sich an seinem Handtuch abzutrocknen. Und ein bisschen bedauerte sie das. Ihr gemeinsames Leben hatte sich immer nur bei ihr zu Hause abgespielt. Sie konnte keinen einzigen Grund finden, das im Nachhinein gutzuheißen.

»Olivia?«

»Hm?« Sie putzte sich gerade mit Finger und Zahnpasta die Zähne. So gut es eben ging.

»Gino hat angerufen. Er sagt, Aurora hat uns für morgen zum Mittagessen eingeladen. Ist das in Ordnung für dich?«

Sie spuckte Zahnpasta aus. »Ich denke schon …«

Olivia konnte sich vorstellen, dass sie mit ihnen über Vittorio und Perla sprechen wollte. Und das war gut.

Allerdings musste sie zugeben, dass Arturo sie gestern Nacht tatsächlich davon überzeugt hatte, manche Teile der Vergangenheit besser ruhen zu lassen. Sie fühlte sich heute früh nicht mehr unwohl dabei.

Sie verließ das Bad, stieg die Stufen hinab, wo Arturo bereits auf sie wartete.

»Du siehst toll aus«, fand sie. Das tat er wirklich in seinem hellen Anzug. Sein Anblick verursachte bei ihr noch immer Herzklopfen. War das nicht ganz wundervoll?

»Ach was!«, wiegelte er ab.

»Doch, Arturo, das tust du. Und ich finde, du solltest das wissen.«

Jetzt wirkte er sogar ein bisschen verlegen.

»Ich bin noch immer froh und unheimlich dankbar, dass du dich für mich entschieden hast.«

»Ich würde es jeden Tag wieder tun.«

»Ich weiß.« Sie nickte. Versuchte mit der Bewegung ihre Rührung zu verstecken.

»Sollen wir gehen?« Er hielt ihr den Arm hin. Und sie hakte sich nur zu gerne unter.

»Gerne!«

Gemeinsam verließen sie das Haus, die Sonne lachte ihnen warm zu. Ein weiterer, wundervoller Sommertag lag vor ihnen. Und Olivia wusste, dass sie auch diesen neuen Tag meistern würde. Weil sie nicht allein war. Arturo war da. Er war es immer gewesen. Nur heute wurde ihr das richtig bewusst.

Es war schön, Maratea mit ihm zu durchqueren. Sie liebte diesen kleinen Ort sehr, konnte sich auch gar nicht vorstellen, irgendwo anders zu leben. Die Leute blickten sie an, und sie kam sich dabei vor wie ein Star. Arturo wirkte so auf die Menschen. Wie ein berühmter Schauspieler. Sie wusste das.

»Ich komme mir gerade vor wie jemand, der zum Altar schreitet«, flüsterte er ihr zu und lächelte dabei glücklich.

»Meinst du, wir sollten es wirklich mal tun?«, fragte sie spontan.

»Zum Altar schreiten?«

»Ja?«

Er blieb abrupt stehen, sah sie fragend an. »War das jetzt etwa ein Antrag?«

Sie konnte sich ein Lachen nicht verkneifen. »Keine Ahnung«, gestand sie ihm. Vor Glück drohte ihr Herz zu explodieren. Sie wusste nicht genau, in was sie da gerade hineinschlitterte. Aber sie war sich ziemlich sicher, dass es sich wunderbar anfühlte, einfach mal loszulassen.

Arturo sah sich um, bat mit dem Finger stumm um eine Sekunde, entfernte sich rasch, um am Blumenladen eine helle Blüte aus dem Kübel zu stibitzen. Dann kam er eilig zurück und nahm ihre Hand. Sie waren nicht allein. Passanten begannen neugierig zuzusehen. Einige blieben sogar stehen. Olivia störte das nicht.

Als Arturo sich überraschend geschmeidig vor sie kniete, klatschte jemand. Olivia hörte das. Sie hörte aber auch ihr Blut rauschen.

Er reichte ihr feierlich die Blume. Sie nahm sie feierlich an, konnte den Blick aber nicht von ihm wenden. Der Mann, der vor ihr kniete, hatte sich kurz wieder in den jungen Burschen verwandelt, in den sie sich hoffnungslos verliebt hatte, auch wenn sie sich das so lange nicht hatte eingestehen wollen. Er hatte dieses Leuchten von damals in den Augen. Und Olivia hatte Mühe, ihm nicht sofort um den Hals zu fallen.

»Liebste Olivia«, sagte er mit sicherer Stimme. »Dass du die Frau meines Lebens bist, weißt du schon lange«, fuhr er fort. »Meine Liebe zu dir lässt sich nicht in Worte fassen. Dennoch will ich es versuchen: Du bist mein Licht, meine Sonne, mein stetiger Gedanke. Du bist mein Sauerstoff. Meine Erinnerung. Meine Hoffnung. Willst du auch meine Zukunft sein, liebste Olivia? Willst du mir die Ehre erweisen, meine Frau zu werden? Ganz offiziell? Bis dass der Tod uns scheidet?«

Jemand grölte vor Begeisterung. Und Olivia kam sich wirklich vor wie in einem rührenden Film. Nur war das hier ihr Leben. Ihr richtiges Leben.

»Natürlich will ich das, du Dummkopf!«

Er erhob sie, umarmte sie und küsste sie auf den Mund. »Kannst du mir nur eines verraten? Wieso haben wir so lange damit gewartet?«

Sie zog die Schultern hoch. Es hatte immer so viele Gründe gegeben. Sie waren ihr samt und sonders wichtig vorgekommen. Doch in diesen Moment hatte sie sie alle vergessen. »Keine Ahnung …«

Arturo griff an seinen Goldring. Ein altes Familienstück, das er stets am kleinen Finger stecken hatte. Es war definitiv ein Männerring. Nicht klobig, aber massiv. Es gelang ihm nur mit Anstrengung, ihn vom Finger zu nehmen. Dann aber nahm er erneut ihre Hand, küsste den Ring und steckte ihn ihr an.

Er war ihr zu groß, sah merkwürdig aus an ihrer eher grazilen Hand. Dennoch war das der einzige Ring, den sie wollte. Es konnte keinen schöneren oder passenderen geben.

»Dann bist du jetzt wohl offiziell meine … Verlobte?« Sein Gesicht zeigte so viel Stolz, so viel Liebe, so viel Zufriedenheit, dass ihr das Herz aufging.

»Ja. Das bin ich dann wohl …« Während sie das aussprach, wurde ihr bewusst, dass sie das ihr ganzes Leben lang schon sein wollte.

Arturos Verlobte.

So fühlte sich das also an, das Glück …

Gusto Panettone e Peperoncino

Hefeweihnachtsgebäck mit kandierten Früchten und Rosinen … was könnte dieser traditionelle Kuchen mit Chilischoten zu tun haben?

Nicht viel.

Mischt man diese Zutaten aber gemeinsam – *panettone* feinst gehackt, *peperoncino* natürlich vernünftig dosiert – in eine neutrale Eismasse, ist die Geschmacksexplosion garantiert.

Provare per credere!

Kapitel 15

Egal, wie oft sie auf den Berg hinauffuhr. Das Treffen mit der Christusstatue von Maratea war jedes Mal etwas Besonderes. Aurora konnte sich nicht daran sattsehen. Die Statue bestand aus weißer Marmormischung und erstrahlte förmlich, besonders wenn die Sonne direkt drauf schien.

Ob man gläubig war oder nicht: Dank der seitlich ausgestreckten Arme und der anmutigen Haltung konnte man fast meinen, einem leibhaftigen Engel gegenüberzustehen. Und dann noch in überdimensionaler Größe. Sie konnte sich nicht vorstellen, dass dieser Anblick irgendwen kaltließ.

Am extra angelegten Parkplatz ließ Aurora ihren Wagen stehen. Das letzte Stück zum Felsvorsprung übernahm ein kleiner Bus. Die scheinbar über dem Nichts schwebende Straße wurde zwar von dicken Pfeilern gestützt, war aber trotzdem nicht für regen Verkehr gedacht. Für Leute mit Höhenangst sowieso nicht. Hübsch fand sie an dieser Stelle immer die Ruinen der antiken Behausungen, die der Zeit trotzten, sich wie eh und je den Formen des Berges anpassten und der Statue praktisch zu Füßen lagen. Wie man hier oben tatsächlich hatte leben können, war ihr schleierhaft. Und doch hatten ihre Ahnen das geschafft.

Der Bus hielt nach der kurzen Fahrt mit ächzender Bremse auf dem Platz vor der Statue, wo sich einige Souvenirstände befanden. Mit Aurora stiegen fünf weitere Besucher aus. Vielleicht konnte sie sie zur Degustation mitnehmen, um Saverio eine Freude zu bereiten? Sie gingen aber schon schnurstracks auf seinen Stand zu, der pittoresk zu den Füßen der Treppe aufgebaut worden war, die direkt zur Statue führte. Wein sprach eben für sich, dachte Aurora amüsiert.

Sie war nicht überrascht, Cristina und Nando vorzufinden. Viel mehr erstaunte sie es, wie sehr sie sich freute, die beiden zu sehen. Cristina stand mit Saverio hinter dem Holztisch, der mit zahlreichen Flaschen bestückt war. Soweit Aurora das beurteilen konnte, half sie Saverio beim Einschenken. Nando hingegen stand etwas abseits, lehnte an einer Mauer, nippte gedankenverloren an seinem Glas. Sein Blick erhellte sich erst, als er sie sah. Sein Strahlen stellte sogar die Statue in den Schatten, stellte Aurora etwas überrascht fest. Dass das Strahlen ihr galt, das sickerte erst allmählich zu ihr durch und verhalf ihr nicht gerade dazu, sicher auf ihn zuzugehen. Er stieß sich inzwischen von der Mauer ab und kam auf sie zu. Tat dabei nichts Besonderes, sorgte aber trotzdem dafür, dass sie sich wichtig fühlte. Nando trug heute helle Bermudas und ein dunkles, kurzärmliges Sommerhemd. Ihn als gutaussehend zu bezeichnen traf als Beschreibung nicht ansatzweise.

Sie schluckte ein paarmal. Der Mund blieb aber trocken.

»Was treibt dich denn hierher?«, erkundigte er sich, wobei er auf Höflichkeitsfloskeln gänzlich verzichtete. Es störte sie nicht, setzte dies doch einen bestimmten Grad an Vertrautheit voraus. Und sie sehnte sich nach dieser Vertrautheit.

»Der Gratiswein natürlich. Dich nicht auch?« Ihre Stimme klang ein wenig rau. Wasser wäre nicht schlecht gewesen.

Er lachte. Und brachte sie damit ein bisschen um, wenn sie ehrlich war. Dass er vermutlich viel jünger als sie war, vergaß sie immerzu.

»Zu 30 Prozent stimmt das vielleicht sogar«, sagte er.

»Jetzt bin ich aber gespannt auf die 70 Prozent.«

Nando stellte sich direkt neben sie, legte ihr eine Hand auf die Schulter und drehte sie sanft in Richtung Weinstand. »Cristina?«

»Ganz genau. Sie hat mich so lang bequatscht, bis ich mich habe breitschlagen lassen.«

Cristina und Saverio waren schwer damit beschäftigt, Gläser zu füllen. Man sah ihnen an, wie nah sie sich standen. Und ein bisschen beneidete Aurora sie um diese Art von Zweisamkeit.

»Die beiden sind ein schönes Paar«, bemerkte sie dann auch.

»Das sind sie!«

»Was ist eigentlich mit dir? Keine Frau am Horizont?« Sie tat so, als wäre das eine ganz harmlose, unschuldige Frage. Selbst wenn sie mit angehaltenem Atem auf die Antwort wartete.

Er zuckte in seiner ganz eigenen Art mit den Schultern. »Es gibt da eine, die würde mich schon interessieren …«, gab er zu, ließ dabei das Ende des Satzes in der Schwebe.

Aurora spürte ein aufregendes Kribbeln im Bauch. Sie fühlte sich seltsam beschwingt. Frei. So hatte sie sich schon seit Ewigkeiten nicht mehr gefühlt.

»Ach ja? Die Glückliche …«

Nando grinste verschmitzt. Er sah dabei so umwerfend aus, dass ihr ganz anders wurde. Sie war nicht gewappnet. Aber das mit dem Flirten bekam sie noch ganz gut hin, was sie selbst am meisten überraschte.

Sie war nicht mit der Absicht gekommen, sich Nando an den Hals zu werfen. Stattdessen hatte sie sich vorgenommen, zuerst ihr Leben in Ordnung zu bringen. Und sie hielt sich meist an ihre Vorsätze. Dass sie Nando so aufregend und anziehend fand, ließ sich nur einfach nicht ignorieren.

»Soll ich uns Wein holen?«, erkundigte er sich.

»Das wäre toll. Danke.«

»Magst du einen roten oder einen weißen?«

»Egal. Lass das Saverio entscheiden.«

Er nickte, ging auf den Stand zu, unterhielt sich kurz mit dem Brummbären und Cristina, die aufblickte und ihr freudig zuwinkte. Auch Saverio sah zu ihr herüber und nickte ihr zu.

Keine Ahnung, wie diese Menschen es so schnell und unspektakulär geschafft hatten, sich einen Weg in ihr Herz zu bahnen. Es war einfach so. Sie hatte ihre neuen Freunde wahrhaftig liebgewonnen. Ob es ihnen anders herum auch so ging?

Von ihrer Position aus konnte sie gut beobachten, wie Saverio Nando einschenkte. Einen Rotwein. Er kam gleich darauf mit dem Glas zu ihr, reichte es ihr vielleicht ein bisschen feierlich. Es war Gott sei Dank nur fingerbreit gefüllt. Sie war sich sicher, dass ihr mehr sofort zu Kopf steigen würde. Und irgendetwas sagte ihr, dass sie heute lieber einen kühlen Kopf behalten sollte.

»*Grazie*!«

»Gerne. Saverio meint, der ist gut für dich!«

»Na, wenn er das sagt …« Sie nippte am Glas, schluckte die Flüssigkeit andächtig.

Der Wein war ein Gedicht! Sie glaubte, die Sonne zu schmecken, die Früchte, aber auch die Luft und noch irgendetwas Blumiges. Erst als sie die Augen wieder öffnete, merkte sie, dass sie sie geschlossen hatte. Und gleichzeitig merkte sie auch, dass Nando sie unverblümt ansah. Er schaute selbst dann nicht weg, als sie zurückblickte.

Ihr fiel keine freche Frage ein, die sie beide ablenken konnte. Ihr fiel … nun, offen gestanden fiel ihr gerade überhaupt nichts Vernünftiges ein. Seine Augen weckten – ganz im Gegenteil – sehr, sehr viele unvernünftige Gedanken in ihr.

»Ich wollte mich noch bei dir bedanken. Für heute Nacht. Es war schön«, hörte sie ihn sagen.

Um ihre wachsende Nervosität in Zaum zu halten, nahm sie jetzt einen großen Schluck von ihrem Getränk. Er hingegen nippte nur an seinem Glas.

Der Wein half ihr, wieder normal zu denken und zu funktionieren. Von irgendwoher kam Musik. Heitere Volksmusik, die gerade so wenig zu ihren Gedanken passte, sie aber doch irgendwie erheiterte. »Hast du dich eben selbst gehört? Weißt du, nach was das eben klang?«

»Nach *amore*?«, erkundigte er sich achselzuckend.

»Ähm. Ja. Genau.«

»Und? Ist das so schlimm?«

Die Antwort zu dieser Frage hätte sie wirklich, wirklich gerne gehabt.

Sie wollte nicht in etwas hineinschlittern, das sie danach bereuen würde. Und gleichzeitig sehnte sie sich nach praktisch nichts anderem.

»Tanzen wir?«, fragte er, als ihr Schweigen vermutlich einen Tick zu lange angehalten hatte.

Sie lachte. Tanzen? Sie beide? Noch dazu *tarantella*, bei dem man herumhüpfte wie von der Tarantel gestochen? Das meinte er nicht ernst, oder? Zumal kein anderer es wagte, sich mitten auf den Platz zu stellen, um sich zur Musik zu bewegen.

»Auf keinen Fall.« Sie lachte noch immer, schüttelte den Kopf.

Unbeirrt hielt er ihr die Hand hin. »Bitte«, flehte er.

Aurora sah ihn an. Seine Augen … seine wunderschönen Augen! Sie zeigten so viel. So viel Verlangen. So viel Zuneigung. Seine Augen, die machten sie ganz wirr im Kopf. Dunkle Seen. So und nicht anders sahen seine Augen gerade aus.

»Du weißt, dass ich nachher eine Menge bei dir guthabe, nicht wahr?« Sie nahm seine Hand, gab sich geschlagen. Vorsichtig stellte sie ihr Glas auf der angrenzenden Mauer ab.

»Einfache Übung. Weißt du denn nicht, dass du alles von mir haben kannst?«, erwiderte er. Leise und bitterernst.

Sie standen jetzt ganz nah beieinander. Aurora nahm nicht viel mehr wahr als seinen Blick, seinen Atem, seine Hand, die ihre noch immer hielt.

»Tanzen?«

»Ja. Richtig«, erwiderte er und führte sie – natürlich kein bisschen diskret – mitten auf den Platz.

Er begann, sehr geschickt von einem Fuß auf den anderen zu hüpfen, hielt dabei perfekt den schnellen Rhythmus, verlor sie keine Sekunde aus den Augen. Erst allmählich begann er, sich um sie herumzubewegen, mit gehobenen Armen. Wie sinnlich er dabei wirkte, konnte Aurora kaum beschreiben, geschweige denn betrachten, ohne dabei ein flatterndes Gefühl im Magen wahrzunehmen. Sie war sich ziemlich sicher, dass nicht viele

Männer bei so einem Tanz Erotik verströmen würden. Nun. Nando tat es.

»Zeig mir, was du kannst«, forderte er sie heraus. Erst jetzt fiel ihr auf, dass sie dastand wie ein Besen, sich noch keinen Millimeter gerührt hatte. Sie hatte noch nie *tarantella* getanzt. Überhaupt tanzte sie eher selten, wenn man die wenigen Soloauftritte beim Kochen oder vor dem Schlafzimmerspiegel mal ignorierte. Aber sie versuchte tapfer ihr Bestes. Imitierte, wie sie hoffte, Nandos Tanzstil. Hüpfen konnte sie. Den Rhythmus halten auch. Sich sinnlich und mit erhobenen Armen um ihn herumbewegen? Seinem anerkennenden, fast bewundernden Blick nach zu urteilen, ja. Sein Blick machte sie mutig. Vielleicht sogar ein bisschen verwegen. Als hätte sie im Leben noch niemals anderes getan, hakte sie sich bei ihm unter und wirbelte mit ihm im Kreis herum. Sie spürte seine Kraft. Sein Duft erfüllte die Luft. Sein Lachen auch. Und – oh – hätte sie gewusst, wie beflügelnd sein Lachen auf sie wirkte, sie hätte ihn schon viel eher dazu gebracht.

»Nardelli, du hast es drauf!«, hörte sie jemanden rufen. Sie brauchte nicht hinzuschauen, um die Stimme Saverio zuzuordnen. Trotzdem musste sie lachen.

Die improvisierte Tanzfläche füllte sich allmählich. Aurora konnte gar nicht glauben, dass sie und Nando andere dazu gebracht hatten, sich ebenfalls von der Musik leiten zu lassen. Zusammen strahlten sie und Nando offenbar Anziehungskraft aus. Und das fühlte sich bombastisch und beflügelnd an.

Ihr Herz pochte wild. Sicher nicht nur wegen der sportlichen Betätigung, musste sie sich eingestehen. Er verlieh ihr Flügel, erkannte sie fast schockiert. Denn das war so ziemlich die schönste Macht, die ein Mann einer Frau verleihen konnte, nicht wahr? Und es war so, so selten, dass man mal auf einen Menschen traf, der dazu fähig war. Eigentlich müsste sie sich also glücklich schätzen, oder?

Ja. Eigentlich.

Die wilde Tarantel-Musik ging übergangslos über in eine viel langsamere Ballade. Sie hatte gar keine Chance, sich Nando zu entziehen. Er zog sie mit entwaffnender Selbstverständlichkeit zu sich, hielt sie mit einem Arm und wiegte sie zur süßen Musik. Es dämmerte inzwischen. So viel merkte sie. Was sonst um sie herum passierte, verschwamm zu einem einzigen Funkeln und Schwirren.

Als auch diese Musik allmählich verklang, hielt Aurora es für besser, von der Tanzfläche zu fliehen. Sie waren sich schon viel, viel zu nah. Eine gewisse körperliche Distanz würde ihr hoffentlich erlauben, wieder rationaler und erwachsener auf ihn zu reagieren.

»Noch Wein?«, wollte er von ihr wissen, als sie zusammen wieder auf die Mauer zugingen.

»Gerne. Aber dieses Mal hol ich einen, ja? Ich muss Saverio und Cristina wenigstens Hallo sagen.«

Am Stand musste sie eine Weile warten, die Schlange war lang. Aber Saverio und Cristina arbeiteten zügig. Aurora war froh zu beobachten, dass viele Touristen den Wein auch kauften und nicht nur kosteten. Dieser Abend schien ein voller Erfolg zu werden.

»Nardelli? Wusste nicht, dass du so gut tanzen kannst«, zog Saverio sie natürlich sofort auf und schenkte ihr dabei Wein für sich und Nando ein.

»Ich habe viele verborgene Talente«, behauptete sie augenzwinkernd.

»Na, mir brauchst du die nicht zu zeigen«, konterte der große Mann. »Darüber darf sich wohl ein anderer freuen«, fuhr er fort und zeigte mit dem Kopf auf Nando.

Darauf erwiderte sie lieber nichts.

Nando nahm ihr dankend das Glas ab. »Wollen wir irgendwohin, wo es ruhiger ist?«, fragte er und zeigte auf die Statue.

Sie nickte ganz automatisch. Was konnte dabei schon passieren? Gemeinsam gingen sie die Stufen zum Christus hinauf. Oben angekommen, merkten sie, dass sie allein waren. Die restlichen Besucher ließen sich von Tanz und Wein ablenken.

Sie setzten sich auf die letzte Stufe, direkt vor die Statue. Sie mussten ein wirklich tolles Bild abgeben, überlegte sie. Zwei winzige Menschlein zu Füßen des strahlenden Christus, der sie um gute 20 Meter überragte.

Eine Weile tranken sie schweigend. Die Szene war auch ohne Worte geradezu überwältigend. Eine Fledermaus flatterte um sie herum, bis Nando sie tapfer verjagte.

»Was ist das eigentlich mit uns?«, fragte er einfach so heraus und lehnte sich etwas zurück.

Aurora betrachtete still das Meer, das von so weit oben erst richtig zeigte, wie immens es war. Sie mochte seine direkte Art. Doch sie fragte sich auch, woher er all den Mut nahm.

»Ich weiß es nicht, Nando«, gab sie offen zu. »Die Zukunft ist für mich im Moment viel zu ungewiss. Ich möchte dich nicht mit hineinziehen, verstehst du?«

»Das ist wirklich nobel von dir. Aber glaubst du nicht, dass ich groß genug bin, das selbst zu entscheiden?«, erwiderte er augenzwinkernd.

Sie lachte. »Ja, ein großer Junge bist du. Und ich bin auch endlich erwachsen. Ich habe nämlich heute meinem Mann mitgeteilt, dass ich in die Scheidung einwillige.«

»Oh. Wie geht es dir dabei?«

Sie seufzte tief. »Es ist in Ordnung, denke ich. Wir waren schon lange kein richtiges Paar mehr. Wenn ich ehrlich bin, dann habe ich ohnehin nur so lange an meiner Ehe festgehalten, weil ein falsches Pflichtgefühl mich dazu getrieben hat.«

Nando schwieg dazu. Er spielte geistesabwesend mit einem Büschel Unkraut, das zwischen den Stufen aus einer Rinne herauswuchs.

»Ich kann im Moment nichts geben, fürchte ich«, fasste sie nach einer Weile zusammen.

»Es geht nicht immer nur ums Geben, weißt du. Manchmal darf man auch nur nehmen«, erwiderte er und sah sie dabei endlich wieder an. Sie verlor sich in seinem Blick. Es war so leicht, sich darin zu verlieren. Nur wusste sie nicht, ob sie das wollte.

»Du bist ehrlich, wenn du diese Dinge sagst, oder?«

»Ich bin immer ehrlich. Was sollte das bringen, sich hinter Worten zu verstecken?«

Sie lachte bitter. »Mein Mann ist ein Künstler in dieser Disziplin …«

»Wie lange wart ihr überhaupt verheiratet?«

»Ha. Das willst du nicht wirklich wissen. Ein ganzes Leben lang.«

»Wolltest du schon immer jung heiraten?«

»Na ja. Es war nicht unbedingt mein größter Wunsch. Aber nach *mammas* Tod hatte ich das Bedürfnis nach Geborgenheit und einem sicheren Hafen, verstehst du, was ich meine?«

»Absolut. Darf ich fragen, wieso du keine Kinder hast? Wolltest du keine?«

Nun lehnte auch sie sich zurück. »Doch! Aber mein Mann nicht.« Sie war nicht weiter überrascht, als Nando ihr einen Arm um die Schulter legte.

»Wie ich sehe, konnte ich dich nicht abschrecken«, versuchte sie sich witzig zu geben.

»Ich bin nicht berechnend, Aurora. Eigentlich tue ich immer nur das, wonach mir ist.«

»Vielleicht sollte ich das auch mal tun …«, sinnierte sie.

»Ja. Warum nicht? Lass es uns versuchen. Horch in dich hinein. Und dann mach es einfach.«

»Das kann ich nicht.«

»Unsinn. Jeder kann das.«

Wenn sie ehrlich war, dann hatte sie gerade nur einen Gedanken. Und der hatte sehr viel mit Nandos Lippen zu tun. Sie konnte nicht leugnen, dass sie sich zu ihm hingezogen fühlte. Vom ersten Augenblick an. Er selbst tat auch nicht viel, um seine Absichten zu verstecken. Eigentlich also eine ganz einfache Sache.

»Du denkst viel zu viel nach«, bemerkte Nando.

»Ich kann nicht anders.«

»Soll ich dir zeigen, wie es geht?«

»Okay …«

Im nächsten Moment küsste er sie bereits.

Das hatte sie nicht anders erwartet. Viel mehr hingegen überraschte sie ihre eigene Reaktion. Sie ließ es geschehen. Mehr noch: Sie legte sich förmlich in diesen Kuss hinein, der zuerst sanft, dann aber tief und innig wurde. Hunderte, Tausende, unzählige winzige Stromschläge durchzuckten ihren Körper. Sie spürte diesen Kuss bis in die Fußspitzen.

Mit ersten Küssen hatte sie keine allzu großen Erfahrungen, also auch nur wenig Vergleichsmöglichkeiten. Zweifellos war das hier aber das Beste, was ihr seit Langem passierte.

Als er von ihr abließ, um sie anzusehen, schwebte sie noch immer. Ganz hoch im Himmel. Sie hatte den Eindruck, mit den Sternen zu tanzen, und war sich sicher, dass sie diesen Moment nie im Leben vergessen würde. Nie. Sie fühlte sich plötzlich jung, frei und hoffnungsvoll. Sie hatte kein Alter, keine Vergangenheit und keine Zukunft. Diese Art von momentaner Schwerelosigkeit war zur Abwechslung mal ganz wundervoll.

»Danke«, flüsterte sie ihm zu. Dann lehnte sie ihre Stirn gegen seine Brust und verharrte weiter schwerelos im Moment.

»Psst«, machte er und hob mit einem Finger unter ihrem Kinn das Gesicht ganz dicht vor seins. »Tu das, wonach dir ist, Aurora. Tu es jetzt«, hauchte er auf ihre Lippen.

Und sie tat es. Sie legte ihren Mund auf seinen und küsste ihn erneut.

Wenn irgendwie möglich, dann war dieser zweite Kuss noch viel, viel besser. Denn endlich hatte sie getan, wonach ihr war. Und das war das Schönste, was man für sich selbst tun konnte. Schade, dass sie das bisher nicht gewusst hatte.

Gusto Basilico e Fragola

Kräuter und Gewürze kannten schon unsere Ahnen im Altertum. Dank des intensiven Geschmacks und der therapeutischen Eigenschaften haben sie es nach und nach geschafft, salonfähige und tragende Zutaten in der Gastronomie zu werden.

Heute gibt es kaum ein Gericht, das nicht so verfeinert wird. Besonders Basilikum wird in der italienischen Küche geschätzt. So sehr, dass auch die Eismacher darauf aufmerksam geworden sind.

Frisch, mutig, entschlossen präsentiert sich das Basilikum-Eis in hellgrüner Farbe.

Aber Gewürze und Kräuter haben auch einen großen Mangel: Alleine können sie nicht bestehen. Deshalb mischt man beim Eis gerne noch Früchte dazu, die den dominanten Geschmack etwas abmildern. Mag man es frisch, wird mit Zitrone gemischt. Mag man es eher süß, gern auch mit Erdbeere. Ein Genuss – warum nicht? –, der auch vor dem Zubettgehen passt.

Kapitel 16

Maratea, 1970

»Oli?«

»Hm?«

»Bist du noch wach?«

»Was glaubst du denn, Perla? Du wälzt dich seit Stunden unter der Decke!«

»Tut mir leid. Ich kann einfach nicht schlafen …«

»Dann zähl Schäfchen. Oder bete von mir aus.«

»Das habe ich schon versucht. Es klappt aber nicht.«

Olivia setzte sich genervt auf, machte die Nachttischlampe an und sah zu ihrer Schwester hin, die meist mit ihr im großen Bett schlief. Das hatte sich irgendwann so eingebürgert. Und eigentlich störte es sie nicht. Perla schlief sonst wie ein Stein.

»Okay. Was ist los?«

Sehr viel langsamer setzte auch Perla sich auf und lehnte sich gegen das Kopfteil des Bettes. »Versprichst du mir, dass du es nicht weitersagst?« Das Mädchen spielte mit den Fransen der Decke. Und Olivia begann sich Sorgen zu machen.

»Sag schon!«

»Dieser Amerikaner … du weißt schon … der dauernd Eis bei uns holt und neulich den riesen Eisbecher quasi ohne zu schlucken verschlungen hat. An dem Abend war er mit seinen Eltern da. Erinnerst du dich?«

Olivia erinnerte sich sehr wohl an den eher rundlichen Jungen, den sie auf maximal 15 schätzte. Er kam fast täglich. Und es war vorgekommen, dass sie ihn oder die ganze Familie bediente. Sie musste immer ran, wenn Touristen aus dem Ausland kamen. Olivia war die Einzige, die ganz ordentlich Englisch sprach.

»Ja. Was ist mit ihm?«

»Ich habe ihn vorhin getroffen. Ich war mit Alessandra am Brunnen.«

»Und?«

»Na ja. Ale musste heim. Und Quentin – so heißt er …«

»Quentin? Bist du sicher? Was ist denn das für ein Name?«

»Ja. Ich habe ihn mir extra buchstabieren lassen. Er meint, auf Italienisch heißt das Quintino.«

Olivia prustete los. So hieß doch kein Mensch!

»Na, jedenfalls hat er gefragt, ob wir ein bisschen gemeinsam spazieren.«

»Hast du eingewilligt?«

Perla zog die Schultern hoch. »Ja.«

»Und weiter?«

»Naja. Wir sind einfach losgezogen. Durch die Gassen.«

*»*Mamma mia, *Perla, muss ich dir alles aus der Nase ziehen? Komm endlich zum Punkt.«*

Olivia dachte an den Wecker, der sie am nächsten Tag beide sehr früh aus dem Schlaf reißen würde, weil die Eisproduktion anstand. Und sie brauchte ihren Schlaf.

»Oben in der Via S. Elia hat er meine Hand genommen. Stell dir das vor!« Endlich huschte ein Lächeln über Perlas Gesicht.

»Echt?«

»Ja! Und das ist noch nicht alles …«

»Erzähl!« Olivia spürte den Enthusiasmus ihrer großen Schwester nun ganz deutlich. Wie eine Welle schien er auch sie zu erfassen. Das war aber auch aufregend!

»Er hat mich geküsst!«

Sie kreischten beide, achteten aber darauf, nicht zu laut zu werden, um die Eltern nicht zu wecken.

»So richtig?«

»Ja!«

»Mit Zunge?!«

»Ja!«

Und wieder kreischten sie so leise wie möglich.

Perla lachte, strahlte und elektrisierte Olivia gleich mit.

»Wie war es?«

»Na ja. Willst du meine ehrliche Meinung?«

»Natürlich. Was sonst?«

»Okay. Es war ziemlich eklig.«

»Eklig. Ach, Perla. Nimm mich nicht auf den Arm.«

»Wenn ich es dir aber doch sage, Oli. Es war … bäh …«

Nun. Nicht unbedingt romantisch, fand Olivia.

»Aber, hey, ich kann es kaum glauben … Mein erster Kuss …«

Ja. Perlas erster Kuss.

Nach und nach verstand Olivia, was das für sie bedeutete.

Ihre große Schwester hatte sie geschlagen. Mal wieder. Klar, als Ältere war es ihr Recht. Irgendwie freute sie sich schon für Perla … aber, sie bekam immer alles! Konnte sie nicht auch mal die Erste sein?

Neid regte sich in ihr. Sie unterdrückte dieses hässliche Gefühl aber sofort.

Doch selbst nachdem Perla endlich eingeschlafen war, nagte es weiter in ihr.

Denn sie würde ganz sicher niemand so bald küssen.

Außer dem jungen Mann – Arturo –, der auf der Post arbeitete, schien sie niemand zu bemerken. Sie war unsichtbar für die Männerwelt. Und selbst der nette Arturo … der machte auch nichts anderes, als ihr zuzulächeln. Da konnte sie noch lange warten. Auf ihren ersten Kuss.

⋆

Aurora und Nando hatten lange einfach nur dagesessen und den Ausblick genossen. Schweigend hatten sie ihre Umgebung betrachtet, die diesen Moment auszunutzen schien, indem sie sich besonders reizvoll zeigte. Sogar die jetzt funkelnden Sterne wirkten in ihrer ewigen Schönheit beinahe aufdringlich. Wie Divas, die ihre Chance zum kurzen Auftritt im Rampenlicht witterten.

»Wir sollten gehen«, fand Nando irgendwann, als sie sich am Spektakel sattgesehen hatten.

Aurora erhob sich, nickte. Trotzdem bedauerte sie das Ende ihrer unerwarteten Zweisamkeit. Denn wer konnte schon sagen, ob es weitere Momente geben würde.

Als sie gemeinsam den inzwischen fast menschenleeren Platz am Fuß der Treppe erreichten, waren Saverio und Cristina bereits mit Zusammenräumen beschäftigt.

»Braucht ihr Hilfe?«, erkundigte Aurora sich.

Saverio drehte sich zu ihr um. »Das wäre nicht übel. Dann könnten wir eher los und noch gemeinsam etwas essen«, sagte er und wuchtete einen Karton hoch.

»Wie wäre es mit Pizza?«, erkundigte sich Nando und machte sich bereits daran, leere Flaschen in Kartons zu räumen.

»Pizza geht immer«, fand Saverio.

Aurora fing ebenso an, die mitgebrachten Gegenstände in den kleinen Lieferwagen zu packen, den Saverio offenbar bis nach oben hatte fahren dürfen. Cristina war natürlich weiterhin unermüdlich, und auf diese Weise brauchten sie keine zehn Minuten, um den Stand komplett abzubauen. Saverio schien an diesem Abend besonders glücklich zu sein.

»Die Leute haben deinen Wein geliebt, oder?«, erkundigte Aurora sich.

»Das haben sie! Und ich habe so viel verdient, dass ich euch sogar zur Pizza einladen kann.«

»Gute Idee«, fand Cristina, die so sehr strahlte, dass kein Himmelskörper ernsthaft mit ihr konkurrieren konnte.

»Danke, Mann!«, freute sich auch Nando.

Drei Augenpaare richteten sich nun direkt auf Aurora. Diese unerwartete und ungeteilte Aufmerksamkeit bereitete ihr ein merkwürdiges Unbehagen. Natürlich hatte sie normalerweise keine Probleme damit, sich auf eine Pizza einladen zu lassen. War ja eigentlich nichts dabei. In diesem Fall aber hatte sie den Eindruck, dass es um mehr ging. Sie fühlte sich, als stünde sie an einer Klippe. Und die Frage war: springen oder nicht.

Das war ein eigenartiges Gefühl. Vor allem, weil sie sich nicht erklären konnte, woher es kam.

»Mein Gott, Nardelli, wenn das so schwierig ist, meine Einladung anzunehmen, dann spendierst du uns nachher einfach ein Eis«, schlug Saverio vor.

»Genau. So machen wir das!«, willigte sie ein. Das unerklärliche Gefühl ließ trotzdem nicht nach.

Weil sie bis auf Cristina alle mit dem eigenen Auto gekommen waren, verabredeten sie sich direkt an der Pizzeria, die sie ausgesucht hatten. Das war Aurora ganz recht. Sie nahm sich vor, die Autofahrt dazu zu nutzen, sich etwas zu fangen. Deshalb dachte sie die paar Minuten, die sie zum Restaurant brauchte, an nichts weiter als die Texte der Lieder, die in ihrem Autoradio zu hören waren.

Es wurde ihnen ein kleiner Vierertisch zugeteilt, der sehr schön an einer Glaswand mit Blick auf das Meer gelegen war.

»Toll hier«, fand sie und rückte sich ihren Stuhl zurecht. Der Platz bot aber nicht viel Bewegungsfreiheit. Unter oder über dem Tisch berührte man sich zwangsläufig. Nandos Bein. Nandos Fuß. Nandos Armhärchen. Nandos Duft. Nandos Atem. Nandos Worte.

Moment. Nandos Worte?

Er unterhielt sich mit Saverio über einen Wein. Den er eventuell mit einer Eissorte kombinieren wollte. Die beiden Männer fachsimpelten eine Weile lang. *Pinot Grigio* fiel als Begriff sehr häufig. Und sie hatte gar keinen Zweifel daran, dass Nando etwas ganz Wunderbares daraus zaubern würde.

Diese Situation kam ihr vertraut vor. Sie kannte das ja aus ihrer Familie, dass es immer und immer wieder um Eis, Eis, Eis ging. Diese Eigenart nun in Nando wiederzuerkennen, hatte eine merkwürdige Wirkung auf sie. In ihren Augen erschien er gleichzeitig beruhigend vertraut und aufregend neu. Eine sonderbare Kombination, fand sie.

Um sich von Nando abzulenken, konzentrierte sie sich auf Cristina.

»Wann hast du eigentlich mal Urlaub? Du arbeitest ja immer nur!«, versuchte sie die junge Frau aufzuziehen.

Cristina zog die Schultern hoch. »Ich liebe meine Arbeit. Und ich liebe es, Saverio zu helfen. So gesehen bräuchte ich eigentlich keinen Urlaub. Aber im Winter werde ich praktisch dazu genötigt …« Sie rollte in gespielter Verzweiflung mit den Augen.

»Gut, dann können wir ja eventuell etwas zusammen unternehmen …« Aurora sprach die spontane Idee ohne zu überlegen aus. Dann aber merkte sie selbst, wie der Satz seltsam in der Schwebe zu hängen schien.

»Wie lange bleibst du denn eigentlich noch, Nardelli?«, mischte Saverio sich nun auch in das Gespräch ein.

»Lange genug, um mich für die Pizza zu revanchieren, und das nicht nur mit einem Eis … Morgen koche ich ein Mittagessen für die Familie. Ihr seid herzlich dazu eingeladen.« Schon wieder so ein impulsiver Satz, erkannte sie. Eigentlich hatte sie das Essen organisiert, um mit ihrer *famiglia* zu sprechen. Aber Nando, Cristina und Saverio nahmen dankend an. Die Einladung konnte sie auf keinen Fall zurücknehmen. Außerdem … sie freute sich drauf, sie alle dabeizuhaben.

»Und irgendwann könnt ihr mich auch in Verona besuchen.« Ein ganz normales, vernünftiges und durchführbares Angebot. Während sie es aber aussprach, merkte sie bereits, dass das nie geschehen würde. Sie würden in Verona eine ganz andere Aurora antreffen. Eine Aurora, die sie vielleicht gar nicht mögen würden. Das war so offensichtlich, dass selbst ihre drei Freunde das nach ihren Gesichtern zu schließen erkannt haben mussten.

»Ich werde dich vermissen«, ließ Cristina sie wissen.

Darauf konnte Aurora gar nicht antworten. Ihr Leben in Verona war ihr noch nie so weit weg erschienen. Fast wie ein Traum.

»Noch ist sie ja hier«, sagte Nando. Und Aurora war ihm dankbar dafür.

Das Gespräch erstarb aber trotzdem. Es war offensichtlich, dass alle ihren eigenen Gedanken nachhingen.

»Nardelli, weißt du was? Ich glaube, mein erstes Eis habe ich direkt von deiner Mutter bekommen. Das haben mir meine Eltern an meinem ersten Schultag spendiert.«

Beim Gedanken an einen Saverio in Miniatur musste Aurora lächeln.

»Damals sah ich natürlich nicht ganz so schlimm aus wie jetzt«, schickte er sich an zu erklären. Er hatte wohl ihren Gedanken erraten.

»Du siehst alles andere als schlimm aus«, sagte Cristina und küsste ihren Freund auf die Wange.

»Meine Familie hat mit ihrem Eis eine Menge Kinder glücklich gemacht«, erklärte Aurora.

»Du könntest das auch«, gab Nando sanft zu bedenken.

»Ich fürchte, du täuschst dich«, erwiderte sie.

»Aber wieso denn?«

»Die *Casa del Gelato* braucht mich nicht.«

*

Wie kam sie nur darauf, dass die *gelateria* sie nicht brauchte? Sie war die einzig mögliche Zukunft des Ladens. Verstand sie das denn nicht? Nando konnte sich nicht vorstellen, was Aurora zu dieser Überzeugung gebracht hatte. Dass sie kein kapriziöser Mensch war, das wusste er, dessen war er sich sicher. Sie verstellte sich nicht. Sie war wirklich so verunsichert.

Warum nur? Und wie konnte er ihr helfen, dieses Gefühl abzuwerfen?

Er wusste es nicht.

Wenn es einen Moment gab, in dem ihm richtig bewusst wurde, dass er dabei war, sich heftig in Aurora zu verlieben, dann war es wohl dieser. Diese Gewissheit machte es ihm nicht leichter. Er verlor sich komplett in seinen Gedanken, fragte sich, wie diese Geschichte zwischen ihnen wohl enden würde.

»Nicht, Nando?«, hörte er seine Schwester fragen.

Er hatte keine Ahnung, was sie meinte.

»Hm?«

»Hast du mir überhaupt zugehört?«

Er spürte Auroras Blick.

»Ehrlich gesagt, nein.«

»Ja, danke auch. Nett, wie aufmerksam du bist …«

Sie war nicht sauer. Sie tat noch nicht einmal so. Sie nahm ihn eher auf den Arm. Das liebte sie ja besonders.

»Ich habe an meine Pizza gedacht«, gab er vor.

»Ja. Das klingt ziemlich nach dir.«

»Was wolltest du denn wissen?«

»Ob wir nächste Woche nicht wieder Saverio helfen könnten, habe ich dich gefragt.« Sie kicherte.

»Was hast du denn jetzt wieder vor?«, richtete er seine Frage direkt an Saverio, der mit seinem Glas spielte.

»Degustationen sind mein Schicksal«, antwortete dieser.

»Wieder oben bei der Statue?«

»Nein. Dieses Mal bei mir in der Weinstube. Da ich mit ziemlichem Andrang rechne, könnte ich Hilfe gut gebrauchen.«

»Aurora hat auch schon zugesagt«, betonte Cristina so wenig diskret, dass er sich fragte, wer ihr bitte schön die Manieren beigebracht hatte.

»Wenn ich nicht arbeiten muss, kannst du auf meine Hilfe zählen.«

Saverio teilte ihm Datum und Uhrzeit mit. Er machte sich in Gedanken eine Notiz. Dachte besonders daran, dass Aurora auch dabei sein würde. Das machte ihm Mut, er hatte noch ein bisschen Zeit – wofür auch immer. Irgendwie stand noch alles in der Schwebe. Die Situation konnte jede Sekunde entweder auf die eine oder die andere Seite kippen.

Was wollte er eigentlich von Aurora? Das musste er sich doch langsam mal fragen. Klar, er wollte sie rein körperlich. Das konnte er gar nicht leugnen. Er wollte aber auch … nun, ihre ungeteilte Aufmerksamkeit. Er wollte mit ihr Eis machen, bis die Theke überquoll. Er wollte sie in seiner Zukunft haben. Und dieser Gedanke erschreckte ihn zwar irgendwie, machte ihn aber auch ruhiger. Zu erkennen, was er wollte, machte es ihm groteskerweise leichter, mit der Wahrscheinlichkeit umzugehen, dass er eben das niemals haben würde.

Die Pizza kam. Sie wünschten sich alle einen guten Appetit, und da, endlich, versank sein Blick in Auroras. Endlich hatte er ihre Aufmerksamkeit, während sie seine hatte.

Ihr Blick machte ihn atemlos.

Atemlos.

Der Duft der Pizza, des zerflossenen Mozzarellas, der satten Tomatensoße, erreichten ihn wuchtig und vermischten sich mit seinem Wunsch, Aurora zu berühren. Irgendwie. Mit dem Fuß. Der Hand. Den Augen. Wenn es sein musste auch nur mit dem Atem.

Er sah ganz deutlich, wie sie blinzelte, den Blick aber dann von ihm abwandte. Für ihn war das ein Verlust. Kurz spürte er eine schreckliche Leere. Aber so war es eben. Er hatte sie nicht. Sie war nicht sein. Besser, er gewöhnte sich an den Gedanken.

Mit viel Willenskraft machte er sich daran, seine Pizza zu vierteln. Er aß sie am liebsten mit der Hand.

Als er das erste Stück zum Mund führte, hielt er überrascht inne.

Er spürte eine Berührung. Deutlich. An seinem Hosenbein.

Ihr Bein an seinem Bein.

Nicht zufällig.

Gewollt.

Mit Absicht.

Direkt, aber sanft.

Er musste die Pizza wieder auf den Teller sinken lassen.

Übermannt. Glücklich.

Ihre Berührung, die würde er mit sich tragen, dessen war er sich sicher. Ihre Berührung … die hatte sein Herz restlos erobert. Vielleicht sogar für immer.

Gusto Tè verde al Gelsomino

Jasmin, Jasmin, Jasmin! So hübsch deine Blüten, so intensiv dein Geruch. Aber was ist mit dem Geschmack?

Raffiniert, elegant und beruhigend. So präsentiert er sich, dein Geschmack. Wie könnte es auch anders sein, bei so viel Anmut und Grazie?

Der grüne Tee sorgt mit seiner grasigen Note für das entscheidende Quäntchen Bodenständigkeit, das dir noch fehlt.

Eine Eissorte für diejenigen, die auf der Suche nach alternativer Erfrischung sind.

Kapitel 17

Arturo bedankte sich bei der Blumenverkäuferin und verließ den kleinen Laden mit einem dicken Strauß, den er Aurora bringen wollte. Sie hatte zum Mittagessen eingeladen, und da gehörte es sich, ein Gastgeschenk mitzubringen. Er wunderte sich ein bisschen über diese Einladung, weil es die in dieser Form noch nie gegeben hatte. Andererseits mochte Arturo es, Ungewohntes zu erleben.

Auf dem Weg zur *Casa del Gelato* entdeckte er ein bekanntes Gesicht. Gino kam ihm entgegen. Und auch das war ungewöhnlich. Es war eine richtige Seltenheit, diesen Mann außerhalb seines Eiscafés zu treffen. Sie nickten sich zu.

»*Buongiorno*. Ich wollte Aurora gerade Blumen holen. Aber das erübrigt sich dann wohl …« Gino lächelte verlegen und kratzte sich am Kopf.

»Nimm du sie«, schlug Arturo spontan vor und reichte ihm bereits den Strauß.

»Ach, Unsinn«, protestierte er. »Ich finde schon was anderes für sie.«

»Nimm sie einfach. Ich kann noch zur *pasticceria*. Sie mag doch auch das Mandelgebäck.«

»Meinst du?«

»Ja. Ist schon in Ordnung, Gino. Wirklich.«

Der Eismann rieb sich über den Schnurbart und nahm den Strauß endlich an. »Wie oft du mich gerettet hast … das kann ich schon gar nicht mehr zählen. *Grazie*.«

Arturo hob die Schultern. »Du brauchst mir doch nicht zu danken.«

»Oh, doch. Kommst du auf einen Aperitif mit zur Weinstube? Damit ich mich wenigstens für die Blumen revanchieren kann?«

»*Certo*. Liebend gerne!«

Saverio begrüßte sie per Handschlag. »*Tutto bene*?«, erkundigte er sich bei ihnen.

»*Sì, grazie. Due aperitivi, per favore*!«, bestellte Arturo gleich für beide.

Der große Mann nickte und hantierte schon mit seinen Flaschen, reichte ihnen kurz darauf zwei großzügig gefüllte Gläser.

Arturo nahm sein Glas, wartete, bis Gino die Blumen ablegte und mit ihm anstoßen konnte.

»Worauf trinken wir eigentlich?«, erkundigte sich Gino.

Arturo dachte nach. »Auf die Frauen?«

»In diesem Fall erlaube ich mir mit anzustoßen«, mischte sich Saverio lachend ein und füllte sich selbst ein Glas.

»Du kannst dich mit deiner Cristina nicht beklagen«, fand Gino.

»Würde ich niemals tun …« Saverio hob sein Glas, das er klirrend gegen das der beiden Männer stoßen ließ.

Sie tranken gemeinsam. Andächtig irgendwie. Arturo amüsierte das, wie schweigsam Männer werden konnten, wenn es um Frauen ging.

»Ich habe Olivia übrigens einen Heiratsantrag gemacht«, erzählte er. Eigentlich hatten er und seine Verlobte vorgehabt, der Familie beim gemeinsamen Essen von der Neuigkeit zu erzählen, aber er fand, das dieser Moment passte, um es zumindest schon Gino mitzuteilen.

»Wurde auch allmählich Zeit …«, freute sich Gino.

Sie lachten alle.

»Besser spät als nie.«

»Das stimmt.«

»Wie sieht es bei dir und Cristina denn aus?« Arturo schob seinen Hut etwas zurück, um den großen Mann besser ansehen zu können.

Saverio hob die Schultern. »Bisher war das bei uns noch kein Gesprächsthema.«

»Pass nur auf. Das geht schneller, als du glaubst. Irgendwann wird sie anfangen, von irgendeiner Freundin zu sprechen, die gerade geheiratet hat, und ehe du weißt, wie dir geschieht, stehst du selbst vor dem Altar«, wusste Gino und lachte laut.

»Ich hätte nichts dagegen, wenn ich ehrlich bin.«

Arturo und Gino nickten respektvoll. Sie tranken ihre Gläser leer.

»Hast du eigentlich nie … ich meine …« Er wollte Gino etwas fragen. Es passierte nicht gerade oft, aber Arturo fand die Worte nicht.

»Ob ich nach Perla jemals daran gedacht habe, wieder zu heiraten?«, half Gino ihm.

»Zu heiraten vielleicht nicht gerade. Aber eine neue Beziehung. Hast du jemals daran gedacht?« Arturo glaubte zu wissen, dass er bisher noch nie ein so ernstes Gespräch mit Olivias Schwager geführt hatte.

Gino seufzte leise. Sah in sein leeres Glas. »Ich kann nicht leugnen, dass ich ab und an daran gedacht hätte. Immerhin ist seit damals ein halbes Leben vergangen. Aber es hat sich nie etwas ergeben.«

»Vielleicht solltest du nicht darauf warten, bis sich etwas ergibt …«, meinte Saverio.

»Ach, ich vertraue in dieser Hinsicht dem Schicksal«, teilte Gino mit.

»Das ist ziemlich feige.« Schon wieder Saverio, der kein Blatt vor den Mund nahm.

Gino sah überrascht auf. »Findest du?« Seine Stimme konnte eine winzige Gereiztheit nicht verstecken.

»Echte Männer warten nicht einfach ab.«

Arturo war sich nicht sicher, ob Saverio Gino nur provozieren wollte. Er selbst wäre niemals so unverblümt direkt vorgegangen. Aber er fand es mutig, dass Saverio versuchte, den Mann wachzurütteln. Allerdings war er auch ein Außenstehender und nicht familiär mit Gino verbunden.

»Sondern?«

Wortlos kramte der große Mann Spielkarten hervor und legte sie stumm vor sich auf die Theke.

»Was willst du damit sagen? Willst du jetzt etwa meine Zukunft aus den Karten lesen?« Gino erschien ziemlich erheitert.

»Quatsch. Wir machen ein Spielchen. Wenn du verlierst, erlaubst du uns, dir ein paar Dates zu beschaffen.«

Gino lachte hell auf. Das tat er sehr selten, erkannte Arturo.

»Du glaubst doch nicht wirklich, dass ich das machen werde …?«

Saverio sagte nichts, und Arturo spielte weiterhin seine Rolle als stiller Beobachter.

Sein Schwager in spe dachte nach. Das sah man ihm deutlich an. »Nichts für ungut. Danke auch für das nette Angebot. Aber … an Perla würde sowieso keine Frau jemals reichen. Und ich bin mir sicher, dass ihr versteht, was ich meine.«

Die drei so ungleichen Männer sahen sich an. Sie sagten nichts mehr. Manchmal brauchte es keine Worte.

*

Aurora versuchte sich daran zu erinnern, warum sie überhaupt so viele Leute zum Essen eingeladen hatte. Sie hatte den gesamten Vormittag mit Kochen verbracht, war nun einigermaßen zufrieden mit dem Resultat, aber trotzdem viel zu geschlaucht und nervös, um sich auf ihren Besuch zu freuen.

Als sie den letzten Kontrollgang gerade zu Ende gebracht hatte, klopfte schon jemand an der Tür.

»*Arrivo*«, rief sie und eilte durch den Flur.

Während sie die Schürze abnahm, fühlte sie sich kurz zurückversetzt in ihre Wohnung in Verona. Die warme Erinnerung an die vertraute Umgebung, die sich vielleicht noch nie so weit weg angefühlt hatte wie eben jetzt, ließ sie taumeln. Sie hielt sich an der Schürze fest – irgendwie – und öffnete die Tür.

»Bin ich zu früh dran?«, erkundigte er sich vorsichtig.

»Nein, nein. Komm rein.« Sie hielt die Tür weiter auf und trat beiseite, damit er eintreten konnte.

Es entstand ein Moment der Verlegenheit. Offenbar wägte Nando ab, wie er sie begrüßen sollte. Einen Kuss auf die Wange bekam sie – was sie selbst als perfekt empfand – und noch dazu Pralinen. Sie dachte an die Küsse vom Vorabend. Irgendwann würden sie wohl darüber reden müssen. Aber nicht jetzt, nicht heute.

»Danke nochmal für die Einladung.« Er sah sich im Esszimmer um, in das sie ihn geführt hatte. »Brauchst du noch Hilfe? In der Küche oder so?«

»Du kannst wahrscheinlich auch noch kochen, oder?«

Er lachte, zeigte dabei seine wundervollen, strahlenden Zähne. »Auch noch? Was meinst du damit?«

Nando verschränkte die Arme vor der Brust und grinste noch immer. Jetzt erst bemerkte Aurora, dass er sich beim Ankleiden offenbar viel Mühe gegeben hatte. Die beigefarbene Hose und das blaue Polo-Shirt standen ihm ausgezeichnet und sahen aus wie nagelneu.

»Schon gut. Nicht so wichtig. Komm gerne mit in die Küche. Aber erschrick nicht. Das Chaos ist … nur ein kleiner Nebeneffekt meiner kulinarischen Kreativität.«

»Meine Güte. Jetzt bekomme ich fast Angst.« Er lachte ausgelassen. Und plötzlich wusste Aurora wieder, warum sie sich all die Mühe gegeben hatte.

Sie betraten die Küche, und sie sah nicht halb so schlimm aus, wie sie sie in Erinnerung hatte.

»Denkst du eigentlich manchmal daran, dass du dich hier im Sanctum Sanctorum der *Casa del Gelato* befindest?«, erkundigte er sich ehrlich interessiert.

»Hm?« Sie hatte keine Ahnung, wovon er sprach.

»Na, hier hat deine Großmutter, laut Olivia, ihr erstes Eis hergestellt.«

Das wusste Aurora natürlich aus Erzählungen. So wirklich darüber nachgedacht hatte sie aber noch nie.

»Ja. Das hat sie wohl.« Klar, die Küche, die gesamte Wohnung, war renoviert worden, als ihre Eltern eingezogen waren. Das änderte aber nichts an der Tatsache, dass Nando recht hatte: Hier war das erste Eis entstanden.

»Und ich habe einfach nur Mittagessen gekocht. Ich Banausin!«, nahm sie sich selbst auf den Arm.

Nando sah sich um. »Das wollte ich damit auch nicht sagen. Ich finde es nur aufregend, mir vorzustellen, dass alles hier angefangen hat.« Er hob die Arme, drehte sich im Kreis und zeigte damit auf alles, was ihn umgab.

»Ich fürchte, vom einstigen Treiben in dieser Küche ist nicht mehr viel übrig.«

Er lehnte sich jetzt entspannt an die Küchenzeile und zeigte dabei einmal mehr, wie perfekt er überall hinpasste. Sogar hierher. »Ich glaube hingegen, dass Häuser und Wände sehr viel aufnehmen und behalten. Ist dir das noch nie passiert, dass du einen Raum betreten hast und dich auf Anhieb wohl oder eben unwohl gefühlt hast?«

»Doch, doch. Durchaus.« Aurora schob sich eine Haarsträhne hinter das Ohr. »Dann nehme ich mal an, dass du dich hier außerordentlich wohlfühlst.«

Sein Nicken überraschte sie nicht.

»Das tue ich.« Er kam ein paar Schritte auf sie zu. »Allerdings liegt das nicht an der Geschichte dieser Küche. Oder zumindest nicht nur. Ich fühle mich wohl, weil du hier bist.«

Sie schluckte. Weil sie das so sehr an ihm mochte, wenn er direkt und ehrlich war. Sie wollte diesem wunderschönen Mann, der vor ihr stand, so sehr vertrauen. Sich komplett fallenlassen. Aber konnte sie das wirklich?

Aurora wollte nichts falsch machen. Nicht schon wieder. Und vor allem nicht mit ihm. Der zwanzigjährigen Aurora konnte sie ihre Fehler verzeihen. Der fast vierzigjährigen nicht …

»Du denkst schon wieder zu viel nach«, warf er ihr lächelnd vor. Aber sein Lächeln war traurig. Vielleicht kam es ihr aber auch nur so vor.

Lautes Klopfen lenkte sie beide ab. Nando hielt sie jedoch einige Sekunden lang noch mit seinem Blick. So als wollte er für immer verweilen in ihrer Zweisamkeit.

»Soll ich aufmachen?«, fragte er zuvorkommend.

»Nicht nötig. Danke.«

»Wenn es dir nichts ausmacht, dann bleibe ich noch kurz in der Küche. Du weißt schon … Sanctum Sanctorum und so.«

»Bleib ruhig. Ich fürchte nur, dass du dem Geist meiner Großmutter nicht begegnen wirst.«

Sie hörte ihn noch lachen, als sie bereits den Flur erreicht hatte.

Aurora betrachtete gerührt den Tisch, auf den sie alle Mitbringsel gestellt hatte. Die Vorspeise hatten sie bereits hinter sich gebracht. Es hatte sogar alles geschmeckt, wie sie selbst fand. Alle unterhielten sich entspannt, und auch sie begann, sich richtig wohlzufühlen.

»Weißt du, was ich lustig finde, Aurora?«, sprach Olivia, die neben ihr saß, sie direkt an.

»Hm. Keine Ahnung«, gab sie zu.

»Dann sag ich es dir: die Art, wie du den Tisch gedeckt hast, mit diesen Gläsern.«

»Was ist daran lustig?«

»Eigentlich gar nichts. Nur die Tatsache, dass deine Mutter auch die Eigenart hatte, die Gläser links vom Teller hinzustellen.«

»Stimmt«, pflichtete auch Gino ihr bei.

»Und weißt du noch, dieses eine Mal, als ich es gewagt habe, die Gläser umzustellen?«, richtete Olivia nun ihre Frage direkt an Gino.

»Oh ja. Perla war sowas von sauer!«

Sie lachten beide. Wie über einen Insiderwitz, den kein anderer verstehen konnte.

»Das war zu deinem Geburtstag, oder?«

Gino nickte. Sein Lächeln wurde dabei ein bisschen melancholisch.

»Und es gab bei ihr immer Lasagne und dann Hähnchen«, wusste auch Arturo.

Aurora verbarg ihr Gesicht hinter den Händen.

»Bei dir etwa auch?«, erkundigte sich Olivia.

Als Aurora nickte, brach sie in Gelächter aus.

»Du bist ihr so ähnlich«, sinnierte Gino.

»Ja. Auch in der Art, wie sie die Gabel nimmt. Hast du das schon bemerkt?« Schon wieder Arturo.

Olivia nickte.

»Schade, dass wir Perla nie kennenlernen durften«, fand Cristina.

»Du hättest sie sicher gemocht«, überlegte Aurora.

»War sie als Mutter streng?«, erkundigte sich Nando.

Aurora schüttelte den Kopf. »Überhaupt nicht. Nur wenn es um Hausaufgaben ging. Da war sie penibel.«

»Meine Güte, ja! Ich habe sie immer gebeten, nicht mit dir zu schimpfen, wenn du mal wieder keine Ahnung hattest, wo deine Hefte abgeblieben waren. Aber ich hatte keine Chance«, erinnerte sich Olivia.

»Dafür war sie total locker, was die Tischmanieren anging«, erzählte Gino.

Aurora fiel plötzlich etwas ein. »Oh, oh, oh. *Papà*, weißt du noch, als sie den Brotkrümel-Wettbewerb ins Leben gerufen hat?«

»Da war ich dabei!«, ließ Arturo wissen.

»Was war das noch für ein Glas, das sie dazu verwendete?«

»Ein ganz kleines«, antwortete Olivia.

»Das Grappa-Glas?« Aurora zeigte auf die Vitrine, wo das gute Geschirr der Familie aufbewahrt wurde.

»Ganz genau!«

Aurora stand auf, lief hinüber zur Anrichte und nahm besagtes Glas heraus. Sie stellte es genau in die Mitte des Tisches, so wie ihre Mutter es getan hatte. »Sollen wir?«

Arturo bereitete schon kleine Bällchen aus Brot vor. Alle anderen beobachteten ihn und taten es ihm nach.

»Was sollen wir tun?«, wollte Saverio wissen.

»Einfach Brotbällchen werfen und versuchen, ins Glas zu treffen.«

»Der Erste, der trifft, hat gewonnen?«

»So ist es!«

»Na, dann los!«

Cristinas erster Wurf landete direkt in Arturos Auge, Ginos erster Wurf in Olivias Ausschnitt.

»Meine Güte, seid ihr schlecht!« fand Aurora und warf. Sie traf das Glas nicht ganz, war aber sehr nahe dran.

Als Nando an der Reihe war, zielte er übertrieben lang, warf und … traf. Er hob erstaunt die Arme, mit zu Fäusten geballten Händen. »Was habe ich gewonnen?«

»Lasagne, nehme ich an …«, schlug Olivia vor.

Lasagne.

Lasagne?

Aurora sprang auf und lief in die Küche.

Voller Hoffnung riss sie den Ofen auf. Dicker Rauch kam ihr entgegen.

Verdammt.

Angebrannt.

Sie lehnte sich an die Küchenzeile.

Vorsichtig öffnete jemand die Tür. »Alles okay? Du bist so schnell aufgesprungen …«

»Komm rein. Die Lasagne war zu lange im Ofen.«

»Oh …« Cristina grinste. Und brachte dabei auch Aurora zum Lachen. Erst verhalten. Dann so richtig. Bis sie sich auf die Beine schlug.

»Was nun?«, erkundigte sich Cristina.

»Keine Ahnung …«, gab sie offen zu.

»Hast du Spaghetti da? Ich habe da mal einen Artikel mit den zehn schnellsten Spaghetti-Rezepten gelesen. Vielleicht bekommen wir sowas auch hin.«

Aurora durchsuchte den Küchenschrank und kramte triumphierend die langen Nudeln hervor.

»Ich setze mal Wasser auf.«

»Gute Idee!«

»Kleine Planänderung«, kündigte Aurora an, als sie später mit Spaghetti wieder ins Esszimmer kam.

»Wir wollen ohnehin nicht wissen, was mit der Lasagne passiert ist«, sagte Olivia.

»Ich eigentlich schon«, meldete sich Arturo zu Wort und zwinkerte Aurora zu.

»Tut nicht so, als hättet ihr nicht schon alle gerochen, was geschehen ist.«

»Du meinst den Qualm von vorhin?«, scherzte Saverio.

»Haha. Sehr witzig.« Aurora häufte unbeirrt die Nudeln auf die Teller ihrer Gäste. Unwohl fühlte sie sich dabei keine Sekunde. Eher geborgen. Beschützt. Teilweise sogar geliebt.

»Dann *buon appetito*!«, wünschte Gino allen und machte sich über die Spaghetti her.

»Du hast jetzt aber nicht das Hähnchen im Ofen, oder? Ich frage nur … keine Anspielung oder so.«

Aurora rollte mit den Augen. »Das wird nicht anbrennen.«

»Gut.« Nando zwinkerte ihr zu. Die vertraute Geste dauerte keine Sekunde, dennoch wirkte sie lange nach.

Sie lehnte sich zurück, sah sich ihre Gäste nochmal alle an. Der Reihe nach. Sie waren alle entspannt. Plauderten. Aßen. Und zum ersten Mal seit einer ganzen Weile fühlte Aurora so etwas wie pures Glück in ihrer Brust anschwellen. Sie liebte ihre Familie und ihre Freunde.

Es fiel ihr unheimlich schwer, sich vorzustellen, dass sie schon bald wieder abreisen und zurück zu ihrem Leben in Verona kehren würde. Aber es war der einzige Weg, den sie gehen konnte. Gehen musste.

Sie brauchte Abstand. Musste sich neu orientieren. Dazu musste sie allein sein. Allein für sich. Um sich wiederzufinden.

Es ärgerte sie, dass diese Gedanken sie gerade jetzt überfielen. Sollte sie nicht besser die Zeit mit ihrer Familie genießen?

Irgendwann merkte sie, dass sie etwas von diesen trüben Gedanken ablenkte. Förmlich bettelte um ihre Aufmerksamkeit. Zuerst konnte sie dieses Etwas noch ignorieren. Nach und nach wurde es aber so übermächtig, dass sie aufblickte. Aurora sah sich um. Niemand schien bemerkt zu haben, dass sie gerade ganz weit weg gewesen war.

Keiner, außer Nando.

Als sie zu ihm blickte, sah sie, wie er sie beobachtete. Intensiv, ruhig, interessiert.

Seine Augen, die brachten sie aus dem Konzept. Sie waren, wie immer, warm, dunkel und magnetisch. Aber sie waren auch … verständnisvoll. Und sie wollte so sehr, dass Nando sie verstand.

Sie stand auf, begann die leeren Teller abzuräumen und verschwand in der Küche, um nach dem Fleisch zu sehen.

Es wunderte sie nicht sonderlich, dass Nando ihr folgte. Schließlich hatte sie ihn gerufen. Still. Mit der Kraft ihrer Gedanken.

Er nahm ihr wortlos die Teller ab. »Gib her. Ich spüle schon mal ab.«

Sie konnte ihm nicht antworten. Diese einfache Geste rührte sie nämlich ganz unpassend zu Tränen. Matteo hatte nicht einmal für sie abgespült. Waren es nicht diese kleinen Dinge, die den Unterschied machten?

Gusto Fichi d'India

Schwierig, eine Frucht, die die Sonne wie keine andere liebt, in Eis zu verwandeln. Was tun, um ihre herausragendsten Eigenschaften – Geschmack, Konsistenz und Farbe – zu wahren?

Die Kaktusfeige braucht Zeit.

Zeit, sich an die neue Temperatur zu gewöhnen. Das Fruchtfleisch muss ruhen, dann wieder verarbeitet werden, nur um letztendlich wieder zu ruhen.

Dieses Eis braucht Geduld. Dafür schmeckt es am Ende umso besser.

Kapitel 18

Nachdem sie am Tag zuvor nicht mehr viel außer Aufräumen und Schwimmen auf die Reihe gebracht hatte, machte sich Aurora am nächsten Tag auf den Weg zum Immobilienmakler, bei dem sie einen Termin hatte. Obwohl sie sich vorgenommen hatte, das Thema Verkauf der *Casa del Gelato* wieder aufzugreifen, hatte sie es während des Essens mit keinem Wort erwähnt. Olivia hatte vom Heiratsantrag erzählt, und es war Aurora einfach nicht richtig erschienen, diesen schönen Moment zu unterbrechen.

Das mit dem Verkauf fiel ihr schon schwer. Aber sie wollte ihre Mission bring-wieder-Ordnung-in-dein-Leben konsequent durchziehen. Sie musste es tun. Aus finanziellen, aber auch aus moralischen Gründen. Sie hatte manchmal das Gefühl, dass Gino und Olivia ihr diese Entscheidung überlassen hatten, weil sie selbst nicht den Mut aufbrachten, sich vom Geschäft zu lösen. Dass insbesondere ihr Vater aber müde war und den Punkt erreicht hatte, an dem er fast nicht mehr konnte, war ihrer Meinung nach offensichtlich.

Sie betrat das Büro sehr pünktlich. Ein bisschen nervös vielleicht.

Die schöne Emanuela saß an ihrem blitzenden Glastisch und empfing sie mit einem strahlenden Lächeln. Sie grüßten sich herzlich.

»Signor Ponzi erwartet Sie bereits!«

Bei diesen Worten begann Auroras Herz wild zu klopfen. Ihr wurde die Wichtigkeit dieses Schrittes einmal mehr bewusst. Und sie wünschte sich nicht zum ersten Mal, die Sache bereits hinter sich zu haben.

Sie ließ sich zum Raum führen, der offenbar Ponzis Reich war. Emanuela klopfte so vorsichtig an, als handelte es sich um das Büro eines Staatsoberhaupts oder des Papstes.

Aurora trat ein, nachdem sie hereingebeten wurde.

Auch dieses Zimmer war geschmackvoll und elegant eingerichtet. Offenbar hatten sie einen richtig guten Innendesigner gehabt.

Ponzi kam ihr entgegen, reichte ihr die Hand. Er war ein Mann mittleren Alters, der sehr selbstsicher und weltmännisch wirkte. Seine Augen erinnerten ein bisschen an die eines Hais. Aurora konnte sich gut vorstellen, dass er damit dem ein oder anderen richtig Angst einjagen konnte. Trotzdem wirkte er auf sie nicht gefährlich. Und sie fragte sich unweigerlich, welches seine echte Seite war.

»*Buongiorno*«, rief er etwas zu laut, etwas zu freundlich, etwas zu enthusiastisch. Sein Händedruck fühlte sich auch genauso an. »Setzen Sie sich doch. *Caffè*?«

»Gerne, danke.«

Er gab Emanuela einen Wink, und diese verschwand auch sofort.

»Sie wollen also Ihr Gewerbe verkaufen, wurde mir gesagt?«, ging Ponzi sofort zu Geschäftlichem über.

»Ja. Das will ich.«

»Hatten Sie denn bereits eine Vorstellung, was den Verkaufspreis anbelangt?«

Sie schüttelte den Kopf. »Nein. Wenn Sie möchten, können Sie sich die Räume und die Maschinen gerne ansehen, um einen Überblick zu bekommen.«

»Ja. Das ist sicherlich ratsam. Obwohl ich mir den Wert in etwa schon zusammengerechnet habe.«

»Was meinen Sie? Haben wir eine Chance, den Laden gut zu verkaufen?«

»Oh, auf jeden Fall. Da bin ich mehr als zuversichtlich. Wenn Sie mir den offiziellen Verkaufsauftrag erteilen, verspreche ich Ihnen, die Liste meiner Kaufinteressenten sofort durchzugehen. Sie wissen ja sicherlich selbst, wie attraktiv Ihr Besitz ist.«

Wusste sie das? Bisher hatte sie ja eher gehofft als gewusst.

Aber wenn der Experte das sagte, dann hatten sie wohl gute Chancen. Warum sich kein Gefühl der Erleichterung einstellen wollte … das hinterfragte Aurora lieber nicht.

Emanuela kam mit dem Kaffee. Sie stellte das Tablett ab und ließ sie wieder allein.

Aurora griff nach dem Tässchen und trank. Ponzi tat es ebenso, sodass eine Weile lang Stille herrschte. Trotzdem spürte Aurora, wie sich Kopfschmerzen anbahnten. Die Art von Kopfschmerzen, die sich bei Lärm meldeten.

Ponzi fand als Erster die Worte wieder. »Verzeihen Sie, wenn ich Sie zuerst mit etwas persönlicheren Fragen behellige. Die Erfahrung hat mir aber gezeigt, dass ich bei so wichtigen Verkäufen besser etwas nachforsche.« Er hielt kurz inne. »Ich nehme an, Sie haben sich das reiflich überlegt?«, wollte er von ihr wissen.

Sie nickte.

»Gut. Es gibt auch keine anderen Familienmitglieder, die eventuell Anspruch auf die *gelateria* hätten?«

»Nein.« Trotzdem wanderten ihre Gedanken zu Nando. Als hätte er einen Anspruch drauf. Was natürlich nicht stimmte.

Warum hatte sie dann trotzdem dieses Gefühl?

»Schön. Perfekt. Wollen wir dann ein bisschen über Bürokratisches sprechen?«

»Selbstverständlich.« Und ihre Absichten waren durchaus gut. Nur schaffte sie es nicht, sich länger als zehn Sekunden am Stück auf das zu konzentrieren, was Ponzi ihr mit Engelsgeduld erklärte. Bei jedem Satz des cleveren Immobilienmaklers entstanden vor Auroras innerem Auge Bilder aus ihrer Kindheit. In denen die *Casa del Gelato* immer eine Rolle spielte. Meist sogar die Hauptrolle.

Sie schaffte es trotzdem irgendwie, an den richtigen Stellen zu antworten, ihre Unterschrift auf den Verkaufsauftrag zu setzen und freundlich grüßend die Agentur zu verlassen.

Aurora war froh, als sie im Freien ein Sonnenstrahl mitten ins Gesicht traf. Er vermittelte ihr ein Gefühl von Wärme, das sie jetzt dringend brauchte. Sie redete sich aber gleichzeitig ein, dass eine gewisse Leere nach einem so wichtigen Schritt ganz normal sei.

Ihre Füße trugen sie fast automatisch zu Saverios Laden rüber. Sie blickte hinein, erkannte, dass er Flaschen einsortierte. Wie sehr sie ihn plötzlich beneidete! Worum? Um seine Flaschen, seine Unabhängigkeit, seine Zufriedenheit, seine Ausgeglichenheit.

Alles auf einmal.

Er drehte sich um. Als hätte er ihren Blick gespürt.

»Nardelli.« Saverio hielt inne, stellte die Flasche, die er gerade aus dem Karton geholt hatte, dumpf klirrend auf den Boden. Er richtete sich auf. Trotz seiner beachtlichen Größe tat er das ziemlich geschmeidig. »Welche Laus ist dir denn über die Leber gelaufen?«

»Können wir diese Phase überspringen und gleich zu dem Teil übergehen, bei dem du mir ein Gläschen mit irgendeinem magischen Schnaps reichst?«

»Reden wird oft überbewertet. Manchmal aber auch nicht.«

Saverio hantierte hinter seiner Theke, kam dann mit einem vollen Glas auf sie zu. Es enthielt – dem brennenden Geschmack nach zu urteilen – irgendetwas Hochprozentiges, das ihr kurz die Kehle zuschnürte. Gleich danach aber war es, als hätte der Alkohol ein verstopftes Rohr freigemacht.

»Nardelli, Nardelli …« Er schüttelte gespielt entrüstet den Kopf.

Sie hob die Hand. »Ich muss los«, sagte sie und war schon fast bereit zu gehen. Dann überlegte sie es sich aber anders. »Ich kann nur hoffen, dass du mich nicht vergiftet hast. Das Zeug brennt wie Säure im Magen, und ich würde meine Hand nicht dafür ins Feuer legen, dass das eben ein Schnaps und kein Gift war.«

Saverio lachte schallend und schaute auf seine Armbanduhr. »Das wirst du spätestens in zehn Minuten wissen.«

»Setzt danach die Wirkung ein?«

Daraufhin lachte er nur noch lauter.

Und sie ging. Mit einem Grinsen auf dem Gesicht.

*

Nando sah die eingegangenen Bestellungen durch. Dieses neue Restaurant, das sie erst seit Anfang der Saison belieferten, gab ihm ganz schön viel zu tun. Erst vor drei Tagen hatte er Nachschub an Schokolade geschickt, jetzt orderten sie wieder *Gusto Vin Santo e Cantuccini*. Das war eine ganz besondere Geschmacksrichtung, die der Restaurantbesitzer, der aus der Toskana stammte, extra so haben wollte. Es war für Nando eine ziemliche Herausforderung gewesen, den Kunden zufriedenzustellen. Mit Dessertwein hatte er das erste Mal gearbeitet. Zudem fand er es immer schwierig, Backwaren ins Eis zu mischen.

Es hatte ihn ein paar schlaflose Nächte gekostet. Aber was waren schon ein paar schlaflose Nächte, wenn man dadurch zufriedene Kunden bekam?

Er blickte kurz auf die Uhr und rechnete sich aus, dass er gleich anfangen musste, wenn er zu einer einigermaßen vernünftigen Uhrzeit wieder aus dem Labor wollte. Deshalb nahm er zwei Packungen Cantuccini aus dem Karton, füllte die Kekse um in eine stabile Plastiktasche und begann das Gebäck mit einem Holzhammer zu zerkleinern. Er passte dabei besonders drauf auf, die darin enthaltenen Mandeln ebenfalls klein zu bekommen, ohne sie zu zermalmen. Natürlich hätte er dazu auch den Zerkleinerer verwenden können. Das Gefühl, es per Hand besser hinzubekommen, hinderte ihn aber daran.

Erst als er hundertprozentig mit dem Resultat zufrieden war, maß er den Dessertwein ab, überlegte kurz, trank ihn selbst und füllte nochmal nach. Der Wein war ausgesprochen süß. Deshalb behielt er ihn eine Weile im Mund, schob ihn durch die Zähne von einer Wange zur anderen und wartete darauf, dass der unvergleichliche Geschmack sich entfaltete. Erst dann schluckte er mit Genugtuung. *Fantastico*!

Die Eismaschinen drehten gerade noch ihre Runden mit einer großen Ladung *Fior di Latte*. Er lehnte sich an die Arbeitsfläche und plante detailliert die nächsten Arbeitsschritte.

In diesem Moment öffnete sich die Tür zum Labor.

Cristina trat ein. »Hey. Wie sieht es aus?«

»Ich glaube, ich schaffe es nicht, dich heimzufahren«, stellte er fest. »Hier ist noch eine Weile zu tun.«

Seine Schwester hüpfte auf die Arbeitsfläche und brachte die Weinflasche gefährlich zum Wanken. Sie fing sie auf, bevor sie umkippen konnte. »Ist das der leckere Vin Santo?«

»Steht doch drauf, oder?«

»*Mamma mia*, dich kann man auch gar nichts fragen …« Sie tat kurz beleidigt. Es gelang ihr nicht allzu gut. Vorsichtig entkorkte sie die Flasche und roch an dem Getränk. »Mh. So lecker! Wieso haben wir das Eis eigentlich nicht hier in der *gelateria*?«

»Weil der Restaurantbesitzer es exklusiv für seinen Laden wollte.«

»Hm. Irgendwie blöd, finde ich.«

Nando zog die Schultern hoch. »Er bezahlt dafür.«

»Schon klar.«

»Aber?«

»Ich finde es trotzdem doof, es unseren Gästen hier vorzuenthalten.«

»Na ja. Wir haben hier doch unzählige Eissorten.«

»Stimmt«, pflichtete sie ihm bei. »Und ganz hervorragende noch dazu.«

Nando füllte *Fior di Latte* in die Behälter. Cristina half ihm dabei. Hielt den Finger kurz in die Masse und kostete vom Eis.

»*Buonissimo*! Du wirst immer besser.«

»Das ist die Übung.«

»Stell dein Licht nicht immer unter den Scheffel. Du bist ein großartiger, talentierter Eismacher. Und ich bin stolz auf dich.«

»Oh mein Gott, oh mein Gott, oh mein Gott! Ein großes Unglück wird geschehen! Da bin ich mir sicher. Meine Schwester hat mich gelobt. Ich kann es nicht glauben!«

Sie boxte ihn in den Arm. »Haha.«

Nando nahm lachend die Silikonspachtel und glättete die Oberfläche der Eismasse in jedem Behälter.

»Ernsthaft, Nando. Du weißt doch sicher, dass du der Beste bist und die *gelateria* ohne deine Kreationen nicht halb so gut laufen würde?«

»Ach …« Er wiegelte ab. Aber so leicht ließ Cristina nicht ab.

»Stell dir mal vor, du würdest ganz schlechtes Eis machen. Was meinst du, wie schnell wir die Gäste los wären …«

Schlechtes Eis. Daran mochte er gar nicht denken.

»In die Verlegenheit werden wir hoffentlich niemals kommen.«

Cristina setzte sich wieder auf die Arbeitsfläche. »Aurora war übrigens vorhin bei Saverio.«

Er konnte nicht anders, als interessiert den Kopf zu heben. Sie war konstant in seinen Gedanken. Er bekam es aber ganz gut hin, dass die Gedanken nicht übermächtig wurden. Nur, wenn sie irgendwer direkt erwähnte, dann … dann war es vorbei mit seiner Selbstbeherrschung.

»Hat sie was zu ihm gesagt?«

»Nicht so richtig. Aber sie kam aus Ponzis Maklerbüro …«

Er nickte. Über den Verkauf der *gelateria* hatte er mit Aurora nicht mehr gesprochen. Vermutlich zog sie aber nur konsequent ihren Plan durch. Trotzdem wollte er dazu lieber nichts sagen. Es tat weh. Das musste er sich eingestehen. Aber er wollte lieber nicht darüber reden. Worte fand er in diesem Fall überflüssig.

Cristina wartete offenbar auf eine Antwort. Als er hartnäckig schwieg, sagte sie: »Wenigstens wird Aurora eine Menge Geld damit machen. Immerhin sind wir die beste Eisdiele weit und breit. Ich wünsche ihr, dass sie damit glücklich wird …«

»Ja. Das wünsche ich ihr auch. Wenn ich nur nicht so sehr davon überzeugt wäre, dass sie bloß hier in der *Casa del Gelato* so richtig glücklich werden kann.«

»Mit dir?«

»Mit mir. Ohne mich. Das ist zweitrangig.«

»Wenn sie erstmal versteht, wie toll du bist, wird sie nicht mehr von dir ablassen.«

»Mein Gott. Du bist ja kaum zu ertragen, wenn du mir Honig um den Mund schmierst …«

Cristina warf mit einem feuchten Tuch nach ihm, verfehlte ihn aber um einen halben Meter. Dafür landete das Tuch auf dem *Fior di Latte*. Vor Schreck hielt sie die Hände vor den Mund. Noch bevor er aber mit ihr schimpfen konnte, sprang sie von der Arbeitsfläche und floh.

Nando nahm sofort den Lappen von der Eismasse. Nach nur kurzem Zögern schob er den Behälter ins große Waschbecken.

Sein Eis, das war das Beste weit und breit. Und seinen Ruf würde er sich nicht von einem Lappen verderben lassen.

Maratea, 1967

»Elvira?«

»Ja. Hier. In der Küche.« Sie trocknete sich flink das Gesicht ab, wusste aber gleichzeitig, dass es nichts brachte. Sie wurde zu einem hässlichen, aufgedunsenen, mit roten Flecken übersäten Monster, wenn sie weinte. Und man sah es ihr noch Stunden später an.

Ihre Mutter, die blieb natürlich wie angewurzelt stehen, nachdem sie die Küche betreten und sie erblickt hatte. »Was ist los?«, wollte sie sofort wissen und löste sich aus ihrer kurzen Starre.

Die Frage brachte Elvira erneut zum Weinen. Sie konnte gar nicht mehr aufhören. Ein Damm war gebrochen. Und das passierte nicht oft. Wenn es mal passierte, dann hörte sie auch nicht so schnell wieder auf.

»Hattest du schon wieder Streit mit Franco?«

Eigentlich wollte sie nicht darüber reden. Weder mit ihrer Mutter noch mit sonst irgendjemandem. Sie wollte ihre Stimme nicht sagen hören, was sie niemals, niemals, niemals geglaubt hatte aussprechen zu müssen. Doch hier war sie nun. Exakt an dem Punkt, an dem sie nicht sein wollte.

»Ich habe immer Streit mit ihm, mamma. *Das weißt du doch.«*

»Ja, ja, ja.« Ihre Mutter wedelte mit der Hand. »Ich meine, ob es einen besonders heftigen Streit gegeben hat.«

»Besonders heftig, besonders beschissen.«

»Elvira!«, regte sich ihre Mutter auf.

»Ich bitte dich, mamma, *frag nicht, wenn du mit der Antwort nicht klarkommst.«*

»Schon gut. Tut mir leid.«

»Nein. Mir tut es leid …« Sie setzte sich umständlich und wirkte dabei so alt und erschöpft wie noch nie. »Sag schon! Was ist passiert?«

»Es ist passiert, dass ich einfach nicht mehr kann. Diese ständig negative Stimmung, seine Anspielungen, seine Kritik, sein Unmut … Ich kann das nicht mehr ertragen.« Elvira widerte sich gerade selbst unheimlich an. Sie mochte sich nicht, wenn sie so schwach und überdreht war. Der Punkt war aber offenbar erreicht, an dem sie nicht mehr die Kraft aufbrachte, damit umzugehen.

»Manchmal würde ich ihm am liebsten eine scheuern!«, ließ ihre Mutter sie wissen.

»Das würde auch nichts bringen. Er hat sich so auf diese Sache fixiert, dass wahrscheinlich noch nicht mal der Heilige Geist ihn dazu bewegen könnte, mich zu unterstützen.«

»Ja, aber, was willst du tun?«

»Ich schmeiße alles hin. Verkaufe. Egal, an wen. Einfach weg mit der gelateria*!«*

»Das kann doch nicht dein Ernst sein!«

»Das ist mein voller Ernst!«

Ihre Mutter schüttelte den Kopf. »Schlag dir das aus dem Kopf. Das werde ich dir nicht erlauben.«

»Das ist auch gar nicht nötig. Ich kann auch selbst handeln und Entscheidungen treffen.«

»Davon gehe ich aus. Aber in diesem Fall werde ich ganz bestimmt nicht tatenlos zusehen. Niemand wird hier verkaufen. Weder jetzt noch in Zukunft. Die Casa del Gelato *bleibt deine. Und dann wird sie deinen Töchtern gehören. Danach deinen Enkeln. Und weiter, bis in die Ewigkeit.«*

»Hör auf zu träumen, mamma.*«*

»Das ist kein Traum, Elvira. Das ist die Zukunft. Deine, das deiner Mädchen und das der Casa del Gelato.*«*

Es wäre zu schön, wenn sie recht behalten würde, schoss es Elvira durch den Kopf.

Gusto Mango e Lime

Exotische Früchte schmecken nicht nur toll, sie lassen sich auch sehr gut miteinander kombinieren. Gerade im Sommer weiß man den erfrischenden Geschmack von Mango und Limette zu schätzen.

Von der Mango nimmt man das reife, süße Fruchtfleisch. Von der Limette hingegen die feinst geriebene Schale. Und dann lehnt man sich zurück und lässt die Vitaminbombe am besten einfach ... explodieren.

Herrlich, nicht, wie sich das anfühlt?

Kapitel 19

Aurora wollte den Abend dazu nutzen, Arturo endlich die Briefmarken zu bringen, die sie ihm versprochen hatte. Zwar hatte sie das anfängliche Versprechen an Gino und Olivia, in der *gelateria* mitzuarbeiten, nicht vergessen, aber sie sah keinen Sinn mehr darin. Vielleicht wollte sie ihn auch nicht sehen. So genau hatte sie das noch nicht raus. Jedenfalls schien es niemandem aufzufallen, dass sie sich nur selten im Eiscafé zeigte. Also war es wohl in Ordnung, versuchte sie sich selbst zu überzeugen.

Während sie Marateas Altstadt durchquerte, fiel ihr auf, dass es die meisten Läden schon in ihrer Kindheit und weit davor gegeben hatte. Davon zeugten nicht nur die charmanten, antiken Ladenschilder und die Fassaden aus vergessen geglaubten Tagen, sondern auch die Waren, die angeboten wurden. Maratea war berühmt für sein Handwerk. Es wurden zum Beispiel noch aufwendig Haushaltstextilien per Hand hergestellt. Ein besonders schönes Tischtuch lag gerade bei Regina aus, die den Laden von ihrer Mutter übernommen hatte. Reginas Mutter hingegen hatte ihn von ihrem Großvater geerbt. Etwas weiter vorne hatte Livio sein Geschäft. Er schnitzte Pfeifen. Auf seinem Ladenschild stand *dal 1875*.

Aurora überlegte, dass die *Casa del Gelato* zwar keine ganz so lange Geschichte hatte, aber dennoch perfekt in Marateas Philosophie passte. Oder passen würde. Wenn sie die Tradition nicht unterbrechen würde.

Als sie Arturos Haus erreichte, war sie erleichtert. Auch wenn sie sich damit zu trösten versuchte, dass sie dann eben an einen Ortsansässigen verkaufen müsste, der die Tradition zu würdigen wusste, drückte es ihr ziemlich aufs Gemüt.

»Arturo?«, rief sie, da sie sah, dass ein Fenster offenstand.

»Ja?«, antwortete er und kam polternd zur Tür.

»*Sono* Aurora!«

Er öffnete und konnte seine Überraschung, sie zu sehen, nicht verbergen. Das konnte sie ihm nicht verübeln. Sie besuchte ihn nicht gerade oft.

»Komm rein, komm rein!«, bot er an und hob seinen Arm, um ihr den Weg zu weisen.

Arturo führte sie in die Küche, wo sie sich an den überdimensionalen Tisch setzte, der ganz entschieden zu groß für eine Person war. Ein Tablett lag drauf. Und auf dem Tablett konnte Aurora Keramik-Scherben erkennen.

»Störe ich dich gerade?«, erkundigte sie sich.

Er setzte sich ebenfalls und lächelte sie offen an. »Offen gestanden verstehe ich die Frage nicht. Als könntest du mich stören, selbst wenn du nachts um zwei gekommen wärst …«

Spontan legte sie ihre Hand auf seine. Sie sahen sich einen Augenblick lang sehr vertraut an. Arturo musste man einfach lieben, erkannte sie nicht zum ersten Mal. Und sie musste zugeben, dass auch sie seinem Charme erlegen war. Hoffnungslos erlegen. Wenn auch auf andere Art und Weise als wahrscheinlich die Mehrzahl anderer Frauen. Sie wusste, dass selbst Jüngere ins Schwärmen gerieten, wenn es um ihn ging.

»Was stellst du eigentlich mit diesen Scherben an?«, wollte sie wissen.

»Ach …« Er winkte ab. »Ich versuche die Dinger zu kleben. Und scheitere natürlich kläglich.«

»Was war denn das ursprünglich?«

»Eine Fliese.« Er zeigte mit dem Daumen hinter sich. Auroras Blick fiel auf die Stelle an der Wand, an der ein Loch zwischen den Fliesen klaffte. Keramikfliesen.

Sie konnte nicht anders, als wieder an ihren Fund zu denken. An Perlas Fliesen. An Vittorio. An die wenigen Informationen, die sie zu diesem Thema erhalten hatte. Und daran, dass sie die ganze Geschichte ziemlich gut verarbeitet hatte. Nein. Wenn sie ehrlich war, hatte sie sie ziemlich gut ignoriert.

»Kannst du sie nicht ersetzen?«

Er zog die Schultern hoch. »Die sind alt. Ich muss gestehen, ich weiß gar nicht, ob heutzutage noch jemand …« Dann hielt er inne.

»Was ist?«

»Mir ist nur gerade etwas eingefallen.«

»Und was, wenn ich fragen darf?«

Arturo seufzte. »Mir ist eingefallen, wer die Fliesen hier vermutlich bemalt hat.«

»Vittorio?«

»Ich glaube schon.«

War es nicht erstaunlich, wie oft dieser Mann in letzter Zeit in ihrem Leben aufgetaucht war?

»War Vittorio aus Maratea? Weißt du etwas über ihn?«

Wieso hatte sie diese Fragen nicht schon längst gestellt? Nando hatte ihr dazu geraten. Und vielleicht hätte sie schon eher auf ihn hören sollen.

Arturo blickte überrascht auf. Dann sah er aus, als hätte er gerade eine Erleuchtung gehabt. »Vielleicht lebt er ja noch«, sagte er leise und noch immer gedankenverloren.

»Ja. Vielleicht.«

»Ich sollte mal nachforschen. Jedenfalls war er nicht von hier. Damals hat er im Cilento gelebt und sogar einen gewissen Grad an Ruhm erreicht. Was er heute macht, wo er sich aufhält, ob er noch lebt … das weiß ich leider nicht.«

»Na, ist ja auch egal«, behauptete sie. So war es aber nicht. Kein bisschen.

Jetzt legte Arturo anders herum eine Hand auf ihre. »Es ist in Ordnung, dass du mehr erfahren willst. Du solltest die Geschichte aus seinem Mund hören, wenn das irgendwie möglich ist.«

»Du meinst, ich soll mich mit ihm treffen?«

»Ja. Warum nicht? Es ist nicht so, dass du damit jemanden verletzen könntest. Wenn überhaupt, dann nur Gino. Aber ich bin mir sicher, dass er dich verstehen würde.«

»Ach, keine Ahnung, Arturo. Wirklich nicht.« Sie fuhr sich durchs Haar. Er tätschelte weiter ihre Hand.

Auroras Blick wanderte über die Küchenfliesen. Sie waren wirklich wunderschön. Sie konnte nicht anders, als sich zu fragen, wie der Mann war, der ihrer Mutter offenbar eine ganze Weile lang das Herz geraubt hatte. Wenn er nur halb so aufregend war wie seine Kunst, dann … ja, was dann? Würde das Perlas Ehebruch verständlicher machen?

»Willst du was trinken?« Mit dieser Frage holte Arturo sie wieder zurück aus ihren Gedanken.

»Gerne.«

»*Succo di Pera*?«

Ja. Warum nicht? Birnensaft war in Ordnung. Daher nickte sie.

Er nahm zwei der kleinen Fläschchen aus dem Kühlschrank, öffnete sie und schenkte den Saft in zwei Gläser, die er dann auf den Tisch stellte.

»Ich nehme an, du bist nicht wegen der Fliesen hier?« Er setzte sich wieder.

Aurora holte die Postkarten aus ihrer Handtasche und reichte sie ihm. »Die hatte ich ganz vergessen.«

Tatsächlich freute er sich geradezu ausgelassen. Er begutachtete jede Postkarte, jede Briefmarke mit einer Aufmerksamkeit, die an die eines Kindes erinnerte, das zum ersten Mal ein tolles Spielzeug bekam.

Sie beobachtete ihn gern dabei. Es tat ihr gut zu wissen, dass sie diesem lieben Menschen eine wahre Freude bereitet hatte. Er verdiente es, beschenkt zu werden.

»Aurora, die sind wirklich toll! Diese hier«, er zeigte mit dem Finger auf eine weiße Briefmarke mit filigraner Zeichnung, »ist ein recht begehrtes Sammlerstück. Sie könnte sogar in ein paar Jahren etwas wert sein.«

»Wirklich?«

Er nickte nachdrücklich.

»Dann freue ich mich umso mehr!«

»*Grazie*, mein liebes Kind!«

»Ach, wofür denn, Arturo? Das ist doch nichts.«

»Nein. Sag das nicht. Für einen alten, sentimentalen Kerl wie mich bedeuten kleine Gesten die Welt. Es rührt mich, dass du das für mich tust. Dass du dir ein paar Momente nimmst, um an mich zu denken, und die Karten für mich zu sammeln. Es sind diese kleinen Gesten, die das Leben ausmachen. Zumindest für mich.«

»Hör schon auf, Arturo. Du bringst mich noch zum Heulen!«

Er lachte. Ganz offensichtlich, um die Stimmung aufzulockern. »Früher habe ich die Frauen aus ganz anderen Gründen zum Weinen gebracht …«, protzte er übertrieben.

Sie hielt sich die Ohren zu. »*Buon Dio*! Das will ich gar nicht wissen«, ging sie auf sein Spielchen ein.

Jetzt grinste er verwegen. Und sah dabei so gut aus, dass Aurora die Frauenwelt, die ihm zu Füßen gelegen hatte – und sogar noch teilweise lag – verstehen konnte.

Sie trank ihren Saft aus, blickte auf ihre Armbanduhr. »Ich muss los!«

»Weißt du was? Ich glaube, ich komme mit!«

Der kurze Spaziergang von Arturos Haus zur *gelateria* gestaltete sich so charmant altmodisch, wie nur er das schaffen konnte. Er hielt sie am Arm, half ihr galant, über unebene Pflastersteine zu steigen, obwohl sie flache Sandalen trug. Er war ein so liebenswerter Mensch. Und es war wirklich einfach, sich an ihn zu lehnen, wie sie selbst herausfand. Sie verstand ihre Tante gut. Wie schön musste es sein, einen solchen Mann an der Seite zu haben? Sich an ihn lehnen zu können? Das kannte sie von Matteo ja gar nicht. Kein bisschen.

Eine Schande eigentlich.

»Wann, wie und wo wird eure Hochzeit stattfinden?«, wollte Aurora wissen.

»Wie du dir vorstellen kannst, habe ich kein großes Mitspracherecht«, gab er lächelnd zu. »Aber sei ganz unbesorgt. Wir werden so planen, dass du dabei sein kannst.«

»Das braucht ihr nicht …«

Arturo hob eine Hand, wie um ihren Redefluss zu stoppen. »Es wird keine Hochzeit ohne dich geben. *Basta*!«

Dem konnte sie nichts entgegensetzen. Denn tief in ihrem Herzen war sie überglücklich, für ihre Familie so wichtig zu sein.

Sie hatten die *gelateria* fast erreicht, als Aurora eine Frau entdeckte, die ihr aufgeregt zuwinkte. Sie musste zweimal hinsehen, um sie einordnen zu können. Dann aber erkannte sie sie: Emanuela aus dem Maklerbüro.

»Da will jemand was von dir!«, stellte auch Arturo fest.

»Ja. Das sehe ich.«

»Gut. Dann gehe ich schon mal zu Olivia. Falls du mich brauchst, du findest mich bei ihr.« Er drückte ihr einen Kuss auf den Scheitel und ging.

Emanuela kam ihr aufgeregt entgegen. »Ich hatte versucht, Sie anzurufen …«, war das Erste, das sie sagte.

»Oh. Herrje. Mein Handy habe ich oben liegen gelassen.«

Die Frau wedelte mit den Händen. »Nicht weiter schlimm. Aber hätten Sie kurz Zeit für Signor Ponzi?«

»Jetzt noch?« Sie wollte nicht unhöflich erscheinen. Nur war es eigentlich schon zu spät für ein Gespräch.

»Es ist wirklich dringend.«

Dringend?

»Kein Problem. Wo kann ich ihn treffen?«

»Er erwartet Sie in seinem Büro.«

Gemeinsam liefen sie quasi rüber zur Agentur, wo Aurora gleich zu Ponzi gebeten wurde.

»*Buonsera*! Verzeihen Sie den Überfall!«

»Das ist schon in Ordnung. Was ist denn passiert?«

»Ein kleines Wunder, würde ich sagen.«

»Okay …« Sie setzte sich unaufgefordert. Ihr schienen Höflichkeitsrituale gerade nicht so wichtig.

»Ich mache es kurz: Wie haben bereits einen Interessenten!«

Sie lehnte sich zurück. War das normal, dass diese Nachricht sie … schockierte? Natürlich hatte sie mit Interessenten gerechnet. Aber musste gleich so schnell einer auftauchen?

»Das ist … wunderbar.« Sie hörte selbst, dass ihre Aussage wie eine Frage klang.

»Das finde ich auch. Und das Beste ist, er will gleich morgen anreisen, um sich die *gelateria* anzusehen. Deshalb meine Eile. Ich muss Bescheid geben, ob der Flug gebucht werden kann. So schnell wie möglich.«

Zu schnell. Zu schnell. Zu schnell.

Jeder Herzschlag sprach diesen kurzen Satz aus.

Das war ihr einfach zu schnell.

Aber dann dachte sie an Ponzis Worte während ihres ersten Treffens. Seine Frage, ob sie wirklich sicher sei. Und das war sie. Nur eben nicht so schnell.

»Natürlich. Natürlich.« Es fiel ihr kein besseres Wort ein. Es fiel ihr auch kein ganzer, sinnvoller Satz ein.

»Gut. Dann rufe ich ihn gleich an. Bleiben Sie doch gerne solange. Auf diese Weise erfahren Sie auch sofort, wann er hier sein wird.«

Natürlich.

Sie hörte mit halbem Ohr zu. War nicht ganz bei der Sache, ließ aber auch keine anderen Gedanken zu. Nicht jetzt.

Ponzi legte strahlend auf. »Wunderbar! Er wird morgen Abend hier sein.«

»Natürlich.«

»Ja. Ich freue mich auch.«

Sie hatte nicht gesagt, dass sie sich freute, oder? Das brachte Ponzi aber nicht aus dem Konzept. Kein bisschen.

»Ich hatte gedacht, dass Sie bei seinem Besuch vielleicht mit

Ihren Eisspezialitäten auftrumpfen könnten. Was weiß ich, irgendeine spektakuläre Eissorte. Er ist seit Jahrzehnten in der Eisbranche tätig. Sie haben es also mit einem Spezialisten zu tun. Und es könnte für den Verkauf von Vorteil sein, wenn er mit eigenen Augen sieht, wie begeistert die Klientel ist. So viel überzeugender als nackte Zahlen ... Verstehen Sie, was ich meine?«

»Natürlich.«

»Ich kann also ganz unbesorgt sein?«

»Na... Das können Sie.« Sie erhob sich, reichte ihm die Hand. »Vielen, vielen Dank für Ihre professionelle Hilfe. Falls nichts mehr dazwischenkommt, sehe ich Sie dann mit dem Interessenten, nicht?«

Er nickte, wirkte dabei so selbstverliebt und siegessicher, dass sie begann, ihn zu verabscheuen. Obwohl sie keinen Grund dazu hatte. Er machte schließlich nur das, worum sie ihn gebeten hatte. Und er machte es sogar ziemlich gut.

»Darauf können Sie wetten!«

Wie jemand, der neben sich steht, ging sie zurück zur Eisdiele, wo sie sich erst kurz zuvor von Arturo verabschiedet hatte. Der Eindruck, dass das vor einem ganzen Leben geschehen war, wurde beinahe übermächtig. Aber sie ließ sich nicht davon beirren, sondern betrat das Eiscafé. Sie winkte ihren Vater zu sich, der sie auf die Wange küsste.

»Kann ich kurz mit dir sprechen?«

»Natürlich.«

»Ist Nando zufällig hier?«

»Ja. Im Labor. Wieso fragst du?«

»Das erkläre ich dir gleich. Lass uns zu ihm gehen.«

Gemeinsam betraten sie das Labor. Aurora merkte sofort, dass die Maschinen schon lange liefen. Es war nämlich heiß im überschaubaren Raum. Und das passierte, wenn die Motoren warmliefen.

Nando stellte irgendetwas ab. Sie war so abgelenkt von seinem Blick, dass sie nicht weiter darauf achtete, was er in den Händen gehalten hatte.

»Hoher Besuch? Ich habe doch wohl nichts verbrochen?« Ihr war klar, dass er scherzte. Dass er aber nicht lachte, zeigte ihr, wie sehr er ihre Nervosität bereits spüren konnte.

»Ich habe Neuigkeiten für euch.«

Beide Männer hoben die Augenbrauen.

Sie hatte noch gar nicht bemerkt, wie ähnlich sie sich waren.

Hätte sie es gekonnte, sie hätte sich exakt in diesem Moment in Luft auflösen wollen. Ihr wurde bewusst, dass sie dabei war, ihnen das Herz zu brechen. Es fühlte sich an, als würde ihr eigenes Herz brechen. So leid tat ihr das.

»Schieß los«, versuchte Nando es ihr offenbar leichter zu machen.

Es wurde aber nicht leichter. Eher schwerer. Aber da musste sie durch. »Morgen Abend kommt ein Interessent, der sich die *gelateria* ansehen möchte, um eventuell zu kaufen.« So. Nun hatte sie es gesagt. Erleichterung wollte sich aber nicht einstellen.

Beide räusperten sich. Schon wieder eine Gemeinsamkeit.

»Was sollen wir tun?«, fand ihr Vater als Erster die Sprache wieder.

»Ich dachte, wir könnten mit unseren Spezialitäten auftrumpfen, damit der Interessent auch schmecken kann, wie gut es unsere Gäste mit unserem Eis haben.« Sie übernahm beinahe wortwörtlich, was Ponzi erst zu ihr gesagt hatte.

Nur ihr Vater reagierte. »Kein Problem.«

Sie blickte zu Nando. Der schaute aber schnell weg.

»Nando?«, sprach sie ihn schließlich doch direkt an.

»Kein Problem«, wiederholte er, in diesem ganz bestimmten Ton, der genau das Gegenteil zu bedeuten hatte. Vielleicht kam es Aurora aber auch nur so vor.

»Wollt ihr das zusammen besprechen, was genau zubereitet werden soll? Ich muss draußen weitermachen«, ließ Gino sie wissen und verließ das Labor. Fast fluchtartig, wie es ihr erschien.

Allein.

Nun waren sie allein.

Und Aurora wurde das Atmen schwer.

Sie hatte keinen Mord begangen oder so. Trotzdem fühlte sie sich schuldig.

»Hast du Vorschläge? Was Eissorten anbelangt, die wir ihn probieren lassen könnten?«

Er atmete tief durch. Sah sie dann endlich an. So richtig. Mit seinen glühenden Augen. Er knabberte an seiner Oberlippe. »Ich muss gestehen, ich bin gerade ein bisschen sprachlos. Tut mir leid, ich bin etwas überrascht. Es wird sicher gleich besser. Gib mir einen Moment, okay?«

Sie wollte ihn berühren. Tat es auch. Vorsichtig, am Arm. Er ließ es zu. »Ich hatte dir gesagt, dass das passieren würde.«

Er nickte. »Sicher. Das hattest du. Dass es jetzt wirklich passiert, wirft mich trotzdem ganz schön aus der Bahn. Ich kann meine Gefühle nicht vor dir verbergen, wie es alle anderen tun. *Scusami.*«

Er war immer so ehrlich. Er war immer so, so ehrlich. Und sie liebte das an ihm. Das tat sie wirklich. Erst jetzt wurde ihr das richtig klar.

»Vielleicht übernimmt der Käufer dann das ganze Personal …«, warf sie einfach so dahin.

»Du glaubst, es geht mir um meinen … Job? Ich kann zwanzig neue Arbeitsstellen finden. Innerhalb einer Woche.«

Damit hatte er vermutlich recht.

Richtige, talentierte Eismacher waren gefragt.

»Ich weiß, worum es dir geht, Nando.«

Er nickte. »Wenn du das weißt und trotzdem verkaufen willst, dann haben wir uns vermutlich auf persönlicher Ebene nicht mehr viel zu sagen.«

Nando wartete ab. Zwei Sekunden. Drei. Sieben. Zehn. Dreißig.

Aber sie konnte darauf nichts erwidern.

Was wollte er wissen? Was wollte er von ihr hören?

»Okay. Sag mir bitte, welche Eissorten ich zubereiten soll. Du wirst sie pünktlich vorfinden.«

Sie wollte nicht, dass er so vernünftig und gleichzeitig so verschlossen war.

Andererseits wusste sie nicht, was sie überhaupt von ihm wollte.

Momentan wusste sie nur ganz knapp, wie sie hieß. Alles andere war ganz weit weg von ihr. Sie hatte sich isoliert. Vor sich selbst. Noch immer hallten seine Worte in ihr nach. *Dann haben wir uns vermutlich auf persönlicher Ebene nicht mehr viel zu sagen.*

Wieder und wieder spielte eine mechanische Stimme in ihrem Kopf diesen Satz ab.

Je öfter sie ihn hörte, desto mehr musste sie Nando recht geben. Sie konnte nur alles oder nichts haben. Eine Halb-halb-Lösung gab es nicht.

Konnte es nicht geben.

Sie befeuchtete ihre Lippen, die sich anfühlten wie verdorrt. »Ich überlasse dir die Entscheidung. Ich vertraue dir.«

Und sie meinte es haargenau so, wie sie es gesagt hatte.

Sie ging, ohne noch einmal zurückzuschauen.

Gusto Banana e Noce

Bei Banane muss man höllisch aufpassen. Dosiert man nicht richtig, ist das Risiko, einen Babybrei-Super-GAU heraufzubeschwören, sehr hoch.

Deshalb gibt man bei Banane gerne »erwachsene« Ergänzungen hinzu, die dem Geschmack verhelfen, aus dem Schatten von Strampler, Windeln und Co. herauszufinden. Und die Walnuss tut ihren Dienst ganz hervorragend.

Zwei Kugeln davon, ordentlich Sahne drauf, und das Geschmackserlebnis kann beginnen!

Kapitel 20

Aurora verließ das Labor. Ganz ohne Ziel. Ihr war hundeelend zumute, und es fiel ihr nicht leicht, mit den Schuldgefühlen gegenüber Gino und Nando zurechtzukommen. Ihr war, als hätte man sie entzweigerissen, und sie beschloss, dass es besser war, nach oben zu gehen. Vielleicht schaffte sie es sogar, einfach mal früh zu schlafen.

Kaum war sie draußen, hörte sie aber einen Pfiff, den sie nur allzu gut kannte. Sie blickte nach oben und war nicht überrascht, Olivia auf dem Balkon zu sehen.

»Hey. Ich habe auf dich gewartet. Lust auf einen Spaziergang?«, wollte ihre Tante mit betont sorglosem Gesichtsausdruck wissen.

Da sie nichts gegen einen Spaziergang einzuwenden hatte, nickte sie und beobachtete Olivia dabei, wie sie hastig vom Balkon verschwand, nur wenig später aus dem Haus trat und auf sie zukam.

»Wie kommt es, dass du spazieren willst? Ist Arturo nicht bei dir?«

»Doch. Aber es läuft ein Fußballspiel. Und du weißt, was das bedeutet.«

Oh ja. Das wusste sie sehr wohl. Bei Spielen seiner Lieblingsmannschaft verwandelte sich der ruhige, besonnene Arturo in … einen fluchenden, schimpfenden Lastwagenfahrer mit geradezu erstaunlichem Repertoire.

»Lass ihn doch.«

»Tu ich ja. Mir ist das ganz recht, dass er sich das Spiel allein ansieht. Ich hatte sowieso Lust auf einen Mädelsabend. Seit du hier bist, hatten wir noch gar nicht richtig die Möglichkeit, uns zu unterhalten, oder?«

Olivia hakte sich bei ihr unter.

»Ein Mädelsabend für die Braut?«, versuchte sie Olivia zu necken.

»Ja … die Braut. Unglaublich, oder?«

Sie schlenderten die Via San Francesco dei Poveri entlang, raus aus dem Ortskern, an Menschentrauben vorbei, zu den Sitzbänken am Aussichtspunkt.

»Ich freue mich so für euch. Schade nur, dass ich den Heiratsantrag verpasst habe.« Das bedauerte sie wirklich sehr. Zumal sie noch nie live bei einem Antrag dabei gewesen war. Noch nicht mal bei ihrem eigenen. Den hatte es nämlich gar nicht gegeben. Zumindest nicht in der liebevoll-romantischen Variante, die sich die Mehrzahl aller Frauen wünschte. Matteo und sie hatten einfach nur gemeinsam *beschlossen*, vor den Altar zu treten. Dazu hatte ein kurzes Gespräch gereicht.

Hätte sie geahnt, wie sehr ein richtiger Heiratsantrag das Herz noch im Nachhinein erfreuen konnte, sie hätte darauf bestanden. Aber sie waren in vielerlei Hinsicht einfach zu jung gewesen. Das wusste sie jetzt.

Sie waren inzwischen angelangt, setzten sich und bestaunten eine Weile lang die Küste, die sich tief unter ihnen erstreckte.

»Ich kann mir vorstellen, an was du so angestrengt denkst …«, bemerkte Olivia. »Akzeptiere deine Vergangenheit, und nimm das Beste davon mit in deine Zukunft, Kindchen.«

Diese Aufforderung gefiel ihr. »Ich werde es versuchen.«

Olivia legte kurz aufmunternd die Hand auf ihr Bein. Das tat gut.

»Ich wüsste so gerne, ob meine Eltern wirklich glücklich miteinander waren …« Diese Unsicherheit hinsichtlich der Ehe von Perla und Gino beschäftigte sie sehr.

»Natürlich waren sie das, du Dummerchen. Vom ersten Augenblick an. Du hättest deine Mutter sehen sollen, am Abend nach dem Heiratsantrag. Sie war so unglaublich glücklich.«

»Ja?«

»Glaub mir ruhig. Sie hat mir die ganze Nacht und die drauf folgenden Wochen in den Ohren gelegen mit den Rosen.«

»Rosen? *Mamma* mochte keine Rosen.«

Olivia kicherte. »Ich weiß …«

Maratea, 1975

Noch einmal ging Gino im Geiste die Liste durch, damit auch wirklich nichts schiefging.

Rosen? Die hatte er!

Den Ring? Auch! Er wusste zwar nicht, ob er Perla gefiel, und auch nicht, ob er richtig passte – und das machte ihn ehrlich gesagt ziemlich nervös –, aber darauf konnte er jetzt keine Rücksicht nehmen.

Getankt hatte er. Das Auto gewaschen ebenso.

Eigentlich konnte nichts schiefgehen. Nun, genau genommen konnte sehr viel schiefgehen. Doch das interessierte ihn nicht. Denn es gab auf der ganzen Welt nur eine Frau, mit der er den Rest seines Lebens verbringen wollte: Perla. Deshalb führte kein Weg daran vorbei, ihr einen Antrag zu machen.

Nachdem er sie zu Hause abgeholt hatte, fuhr er eilig los. Den Antrag wollte er gleich als Erstes hinter sich bringen. Sein Herz raste nämlich vor Nervosität, und lange würde sein Kreislauf das wahrscheinlich nicht mitmachen.

»Wo fahren wir eigentlich hin?«, erkundigte sie sich und fuhr sich gedankenverloren durch ihr dunkles Haar. Sie versuchte mit der anderen Hand gleichzeitig, einen Radiosender zu finden. Sie sang so gerne beim Autofahren. Wenn sie selbst fuhr, erst recht.

»Warte es ab.«

»Aha. Mysteriös …«, amüsierte sie sich. »Also, falls du mit mir zur neuen Pizzeria willst, dann solltest du wissen, dass ich bereits gegessen habe. Wäre schade ums Geld, findest du nicht?«

»Ich will nicht mit dir zur Pizzeria.«

»Wohin denn dann?« Sie drehte sich jetzt ganz zu ihm. Wenn er

ihre ungeteilte Aufmerksamkeit hatte, fühlte er sich wie der glücklichste Mensch der Welt.

Er fuhr ihr liebevoll mit der Hand über die Wange und grinste nur. Hoffentlich weiterhin mysteriös und vielleicht sogar ein bisschen heldenhaft.

»Sag mal, geht's dir nicht gut?«, fragte sie jetzt, eine Spur besorgt.

»Doch. Wieso?«

»Du schwitzt so.«

»Mir ist bloß warm.«

Sie sah ihn noch eine Weile an, schien nur teilweise überzeugt.

»Was riecht denn hier so nach … Rosen?«

Verdammt. Er hatte sie extra in den Kofferraum gelegt, damit sie den Strauß nicht gleich sah. Mit dem Geruch hatte er nicht gerechnet. Aber sie hatte recht. Man konnte die Rosen riechen. Und wie!

»Ein neuer Duft für das Auto«, erklärte er, ohne den Blick von der Straße zu nehmen.

»Ich finde den ehrlich gesagt nicht so besonders …«, ließ sie ihn wissen und rümpfte die Nase.

»Dann kaufe ich gleich morgen einen neuen. In Ordnung?«

Sie nickte, summte zu irgendeinem Lied. Gino kam da nicht mit. Aber Perla, die kannte jeden Hit auswendig. Mochte dabei besonders die amerikanischen Songs.

»Gino, ehrlich … irgendwie machst du mich nervös. Bist du sicher, dass es dir gut geht?« Ihr Blick durchbohrte ihn regelrecht.

»Tutto bene. *Keine Sorge.«*

Sie schien nicht überzeugt. Hielt eine Hand aus dem offenen Autofenster.

»Du willst doch nicht etwa … mit mir Schluss machen?«, fragte sie irgendwann erschrocken.

Gino trat scharf auf die Bremse. »Wie kommst du denn darauf?«

»Du bist so komisch heute …«, schmollte sie.

»Weil ich dich fragen wollte, ob du mich heiraten willst«, erklärte er ergeben.

Sie riss die Augen auf. »Was?«

»Ja. Und im Kofferraum ist ein riesiger Strauß Rosen. Deshalb der Geruch.«

»Das ist nicht dein Ernst …«

»Doch!« Zum Beweis zog er die Schachtel mit dem Ring aus der Jackentasche.

*»*Merda*, du meinst es ernst, oder?«*

»Tue ich, ja.«

»Oh, du meine Güte! Oh, du meine Güte!«, rief sie und hielt sich beide Hände vor den Mund.

»Lässt du mich jetzt meinen Plan durchziehen?«

»Das kannst du dir sparen. Ich sage Ja!«, antwortete sie mädchenhaft kreischend. Vor Freude schlug sie mit den Händen um sich.

»Das ist nicht so ganz das, was ich mir vorgestellt habe, aber gut. Perla, ich liebe dich und möchte den Rest meines Lebens mit dir verbringen. Willst du meine Frau werden?«, fragte er sie endlich.

»Das möchte ich, Gino. Ich will deine Frau werden und dafür sorgen, dass wir gemeinsam glücklich sind und bleiben werden.«

Er nahm den Ring heraus. Schob ihn über ihren schönen Finger. Er passte perfekt!

Sie sah ihm tief in die Augen, und sein Herz quoll beinahe über vor Glück. Okay, er hatte die Sache zwar ganz anders geplant, aber der Antrag war auf diese Weise vielleicht sogar schöner und ehrlicher ausgefallen als gedacht.

So verbrachten sie auch den Rest des Abends. Im Auto. Mitten auf der Straße. Eingehüllt von Rosenduft. Aber glücklich. So unendlich glücklich. Und Gino wusste, mit ihr würde er es immer sein.

»Weißt du was, *zia* Olivia?«

»Was?«

»Ich dachte immer, dass du diejenige sein würdest, die unverheiratet alt wird. Und jetzt heiratest du, und ich lasse mich scheiden.« Dieser Gedanke erheiterte sie ganz unerwartet.

»Ach, das ist doch vollkommen egal! Verheiratet oder nicht. Hauptsache glücklich! Oder?«

»Das auf jeden Fall.«

»Dann lass uns einfach aufs Glück hinarbeiten!«

»Genau. Wenn das nur immer so leicht wäre …«

»Mein liebes Kind, das Glück zeigt sich ganz oft. Man muss nur lernen, im richtigen Moment zuzuschnappen.«

Sie wendete sich ihrer Tante zu. »Was bist du auf einmal so weise, hm? Hat Arturo dich angesteckt?«

»Vermutlich«, erwiderte Olivia trocken. »In den Genen liegt mir das jedenfalls nicht.«

Sie lachten beide ausgelassen. Das fühlte sich verdammt gut an.

»Und wie geht es jetzt weiter?«, wollte ihre Tante irgendwann wissen.

Aurora lehnte sich zurück. Sie konnte ganz schwach die Brise erahnen, die von der Küste aus ihren Weg auf die Hügel gefunden hatte. Der Moment war so schön, so perfekt. So vollkommen. Sie wünschte, all die Schönheit könnte wenigstens ein bisschen auf ihr Leben abfärben. Auf ihre Entscheidungen und auf ihre Zukunft, von der sie noch keine richtige Ahnung hatte, wie sie die gestalten wollte. Zumindest nicht im Detail. Sie würde lernen müssen umzudenken. Da war plötzlich kein Matteo mehr, um den sie sich kümmern musste. So hörte sich das eigentlich ganz gut an. Aber wie würde sie im Alltag damit zurechtkommen?

»Wie schon? Mit dem Verkauf der *gelateria*. Morgen kommt bereits ein Interessent.«

Olivia nickte und sah nicht so aus, als würde sie die Nachricht in irgendeiner Weise aus der Ruhe bringen.

Aber stimmte das?

»Olivia, sei bitte ehrlich zu mir. Was denkst du wirklich?«

Ihre Tante seufzte und zuckte mit den Achseln. »Deine Entscheidung ist verständlich«, gab sie sich diplomatisch.

»Und weiter?«

»Nichts weiter.«

*

Nando zwang sich, nicht weiter nachzudenken und nur das zu tun, worum Aurora ihn gebeten hatte. Er war hier, um Eis zu machen, oder? Also tat er das. Seit Stunden schon. Zu seiner üblichen Arbeit war diese ganz spezielle Bitte von Aurora hinzugekommen. Er hatte lange überlegt, was er für den Interessenten zubereiten sollte. Die Wahl war letztendlich auf das Aurora-Eis gefallen. Eigentlich hatte er das mit ihr gemeinsam zum ersten Mal produzieren wollen. Aber das hatte sich jetzt erübrigt. Es würde keine gemeinsame Eisproduktion geben.

Punkt.

Es war ihm gelungen, Rosen aufzutreiben. Er hatte sie im Blumenladen geholt, war dabei ziemlich hektisch gewesen. Und die Blumenverkäuferin hatte ihn wissend angelächelt. Nando hatte den Eindruck, dass sie viele verzweifelte Männer sah, die in letzter Minute bei ihr einkauften. Schade, dass er es aus ganz anderem Grund tat, als von ihr vermutlich angenommen.

Da er für das Aurora-Eis Rosensirup brauchte, hatte er die Blätter eingekocht, bis sich das Gemisch in eine süße, zähe Masse verwandelt hatte. Er kostete davon und bedauerte so sehr, dass Aurora nicht dabei war. Ihre Meinung dazu hätte ihn interessiert. Es kam nicht oft vor, dass er beim Eismachen Bestätigung brauchte. Bei ihr jedoch hatte er diesen Wunsch. Diesen unerfüllten Wunsch, wohlgemerkt.

Zum wiederholten Mal schüttelte er die Gedanken an sie von sich ab und machte weiter mit seiner Arbeit, schälte die Pfirsiche, die er fein pürieren wollte und die als Geschmacksbasis fungieren würden. Die Basis war enorm wichtig. Deshalb arbeitete er äußerst penibel, um eventuelle bittere Stellen der Frucht von Vornherein auszusortieren. Die Pfirsiche entfalteten ihren Duft sofort, Saft tropfte von seinen Fingern. Der Reifegrad war also genau richtig.

Jemand klopfte an die Tür. Kurz flammte Hoffnung in ihm auf. Was, wenn es Aurora war?

»*Avanti?*«

Die Enttäuschung, Saverio eintreten zu sehen, war heftig, aber kurz.

»Woah. Was ist denn das für ein Gesicht?«

»Tut mir leid, ich hatte dich nicht erwartet.«

»Ich kann auch wieder gehen«, lachte Saverio, sodass auch Nando grinste.

»Und mir damit die Chance kaputt machen, ein bisschen Ablenkung zu bekommen? Niemals.«

Saverio schloss die Tür hinter sich und ging zur Arbeitsfläche, an die er sich interessiert lehnte. »Ablenkung von Pfirsichen?«

»So etwas in der Art.«

»Okay … na, wenn es dir hilft.«

»Was ist der echte Grund deines Besuchs?«

»Cristina.«

»Du versteckst dich vor ihr?«

Wieder lachte Saverio schallend und laut. »Sie würde mich überall finden.«

»Stimmt.« Nando wusch sich die Hände, lehnte sich neben den großen Mann.

»Spaß beiseite. Da du nicht ans Handy gehst, lässt sie ausrichten, dass du bitte an die *sagra* in Fiumicello denken sollst. Sie ist mit eurer Mutter bereits dort.«

Komplett vergessen. Natürlich! Obwohl dieses kleine Volksfest, bei dem es exquisite Fischspezialitäten gab, jedes Jahr zur gleichen Zeit stattfand und Cristina ihm damit in den Ohren gelegen hatte, hatte er die Verabredung vergessen.

»Gehst du auch hin?«

»Auf Anraten deiner Schwester hin, ja! Soll ich auf dich warten? Dann fahren wir zusammen.«

»Nein, nein. Brauchst du nicht. Ich habe hier noch ein Stündchen zu tun.«

Saverio zuckte mit den Achseln. »*Bene*. Dann sehen wir uns dort. Das Fest geht ohnehin bis tief in die Nacht.«

»Schön. Ich werde da sein.«

Nando nahm erneut einen Pfirsich zur Hand. Saverio drehte sich zur Tür, hielt aber noch einmal inne.

»Was?«

»Wären wir drüben in meiner Weinstube, würde ich dir jetzt Grappa einschenken.«

»Hm? Wieso das?«

»Weil Grappa Sorgenfalten wegmacht.«

»Habe ich welche?«

»Eine. Ganz tief. Zwischen deinen Augen.«

Er hob die Hand an die Stelle.

Saverio hatte recht.

Nando seufzte.

»Was ist los, Alter?«

»Nicht viel. Außer der Tatsache, dass das ganze Tamtam mit dem Verlieben total bescheuert ist. Erst passiert es ewig nicht. Und man vermisst es nicht mal sonderlich. Dann passiert es. Total unverhofft. Und es stellt sich heraus, dass die Person nicht die Richtige ist.«

»Aurora?«

»Wer denn sonst?« Nando hob die Augenbrauen.

»Wieso ist sie nicht die Richtige? Cristina hat erzählt, dass sie sich scheiden lässt. Ich dachte, das hätte mit dir zu tun.«

»Wohl kaum. Sie wird trotzdem in ihr Leben in Verona zurückkehren. Und die *gelateria* will sie noch immer verkaufen. Ich dachte, ich könnte ihr begreiflich machen, wie sehr dieser Laden sie braucht. Und wie sehr sie ihn braucht.«

»Vielleicht hast du es nicht richtig angestellt?«

»Ja. Vielleicht. Kann schon sein.«

»Ich für meinen Teil denke, dass sie sehr wohl die Richtige ist. Sie braucht einfach Zeit. Und da sie über eine gewisse Reife verfügt, ist es doch wohl mehr als unwahrscheinlich, dass sie sich Hals über Kopf in eine Liebelei mit dir stürzt. Was nicht heißt, dass sie keine Gefühle für dich hat. Denn die hat sie. Das ist mehr als offensichtlich.«

Nando ließ die Worte auf sich wirken. Und sie kamen auch alle an. Nach und nach.

Was Saverio sagte, entsprach der Wahrheit.

Sie hatte viel mehr zu verlieren.

»Du hast recht«, pflichtete Nando ihm bei.

»Als Außenstehender hat man eine ganz andere Sicht der Dinge.«

»Ich habe normalerweise einen ziemlich guten Durchblick. Nur bei ihr … da setzt mein Verstand aus. Und ich kann nicht mal erklären, wieso. Sie hat nichts getan, was meine Vernarrtheit rechtfertigen würde.«

»Das nennt man dann wohl *amore*, Alter.«

Amore …

Er kratzte sich am Kopf. Ging im Geist die Szene ihres ersten Treffens durch, das nur ein paar Tage zurücklag und doch gleichzeitig von Sekunde zu Sekunde an Wichtigkeit zunahm. Wenn er ehrlich zu sich selbst war, dann musste er zugeben, dass sie sich bereits in jenem Moment, mit ihrer ungewöhnlichen Schürze und ihrem wunderschönen Gesicht, Zutritt zu seinem Herzen verschafft hatte.

»Schöner Scheiß!«

»Ja. Schöner Scheiß«, pflichtete ihm sein Freund nickend bei.

»Lass mich das Eis fertigmachen, Saverio. Sonst komme ich nie rechtzeitig zur *sagra*.«

»*Va bene*. Man sieht sich dort!« Saverio schloss die Tür hinter sich.

Ein wenig unentschlossen blickte Nando auf die bereits geschälten Pfirsiche, die es nun schnellstens zu verarbeiten galt. Lieber wollte er zuerst Saverios Rat folgen und einen Schluck Grappa trinken. Er hatte im Labor einen kleinen Vorrat an Spirituosen, die er ab und an bei der Eisproduktion verwendete. Grappa war auch dabei, obwohl die Eissorte *Zenzero alla Grappa* nicht besonders gut lief. Daher musste er erst eine Weile suchen, bis er die filigrane Flasche fand. Er schnappte sich kurzerhand einen Becher, schenkte sich davon ein und trank in einem einzigen großen Schluck aus.

Nur mit Mühe widerstand er dem Impuls, sich zu schütteln. Das Zeug war unheimlich stark, weshalb er die Flüssigkeit auch immer sehr genau dosierte. Ein winziges bisschen zu viel davon, und man konnte das Eis wegwerfen.

Zwar konnte er nicht sagen, ob er seine Sorgenfalte jetzt los war, aber der starke Alkohol hatte ihm sicherlich dazu verholfen, die Muskeln zu entspannen.

Mit diesem leichten Anflug an Beschwingtheit wendete er sich endlich dem Aurora-Eis zu. Er schnitt noch diverse Pfirsiche auf. Wog die Milch ab. Die Sahne. Die Vanille. Die Süßmittel. Dosierte alles ganz genau.

Schon an der Farbe der Mischung konnte er erkennen, dass dieses Eis ganz hervorragend schmecken würde. Eine Schande, dass Aurora diesen Prozess nicht miterlebt hatte. Eine Schande auch, dass Nando sich so sehr abmühte, nur um das zu erreichen, was er eigentlich verhindern wollte: einen baldigen Verkauf der *gelateria*.

Sicherlich war es dazu von Nutzen, wenn die *Casa del Gelato* sich von ihrer besten Seite zeigte.

Was aber, wenn das Eis ganz miserabel schmecken würde?

Würde sich der Interessent davon abschrecken lassen?

Es waren nur so Fragen, die er sich stellte. Nicht, dass es so etwas jemals geben könnte. Nicht, solange er hier das Eis machte.

Ein Gedanke machte sich in seinem Hirn breit. Ein kleiner fieser Gedanke, unmöglich, ihn abzublocken. Ganz im Gegenteil, je mehr er es versuchte, desto stärker wurde er.

Peng.

Er sah zur Grappa-Flasche hin. Und dann zurück. Dann wieder hin. Die Flasche war durchsichtig. Schön eigentlich. Aus ganz feinem Glas. Auch die Flüssigkeit darin war durchsichtig. Aromatisch. Entschlossen. Falsch.

Was, wenn er ein wenig davon in das Aurora-Eis gab?

Ein Gläschen nur, und der Geschmack der Pfirsiche, der Rosen und der Vanille würde komplett verfälscht werden. Er würde nicht behaupten, dass das Eis ungenießbar werden würde, nein, das nicht. Aber geübte Gaumen würden sofort merken, dass hier etwas nicht stimmte.

War der Interessent jemand, der sich mit Eis auskannte? Würde es ihm auffallen? Und mehr noch: Würde er sich durch eine nicht ganz perfekte Eiskreation vom Kauf abhalten lassen?

Nando streckte die Hand nach der Flasche aus. Ließ sie wieder sinken. Und schüttelte den Kopf.

Er würde es wohl nie erfahren, denn es war ganz ausgeschlossen, dass er vorsätzlich eine seiner Kreationen verdarb. Egal aus welchem Grund und zu welchem Zweck.

Ausgeschlossen!

Oder?

Gusto Lampone e Yoghurt con Avena

Der fruchtig-saure Geschmack der Himbeere eingebettet in einer Wolke aus weichem, vollmundigem Joghurt ist an sich schon Grund genug, sich eine Kugel davon zu genehmigen.

Gibt man jedoch Hafer dazu, schwächt man die vielleicht von manchen als störend empfundene Säure etwas ab.

Kleiner Tipp für ganz Mutige: Schokosoße dazu!

Na, zu viel versprochen?

Kapitel 21

Olivia sah ihre Nichte an. Die Liebe, die sie für sie empfand, war fast zu groß für ihr Herz. Und sie war so stolz auf sie. Auf die Frau, die sie geworden war. Denn Aurora war eine schöne Frau. Nicht nur äußerlich, sondern vor allem auch innerlich. Sie konnte ihr nicht übel nehmen, wenn sie sich bis jetzt mit dem Ballast der Vergangenheit nicht hatte auseinandersetzen wollen. Andererseits aber blieb sie der Überzeugung, dass sie genau aus diesem Grund bisher nicht richtig glücklich geworden war: weil sie immer weglief. Schon Auroras Ehe damals hatte sie als eine Flucht empfunden. Und heute, nach so vielen Jahren, wurde ihr bestätigt, dass sie damit recht gehabt hatte.

Olivia war stur, das wusste sie schon selbst. In diesem Fall aber beharrte sie schon deswegen auf ihrer Meinung, weil sie sich sicher war, recht zu haben. Allerdings änderte das nichts an der Tatsache, dass sie sich nicht mehr einmischen würde. Sie hatte sowieso schon viel zu viel getan, indem sie endlich über Vittorio gesprochen hatte. Zum Glück hatte Aurora das erstaunlich gut aufgenommen. Jetzt aber gab Olivia den Ball an Perla ab. So bizarr das auch klingen mochte, sie glaubte wirklich, dass ihre Schwester Schicksal spielen konnte. Und wenn nicht, dann sollte sie es gefälligst lernen, da oben im Paradies. Oder wo immer sie auch sein mochte.

»Was gibt es denn zu lachen, *zia*?«

Sie saßen noch immer gemeinsam auf der Bank, und ihre Nichte sah sie jetzt interessiert und amüsiert an. Aber sie konnte ihr wohl kaum erzählen, dass der Gedanke an Perla, die bequem auf einer Wolke saß, sie zum Lächeln gebracht hatte.

»Ach, nichts weiter. Und weißt du was? Ich habe Hunger! Wie sieht es bei dir aus?«

»Eher einen kleinen Hunger.«

»Sollen wir trotzdem zur *sagra* gehen?«

»Die ist heute?«

Sie nickte. Und Aurora dachte nach.

»Na gut. Warum nicht? Aber wir essen nur schnell was und fahren dann wieder heim. Ich will für morgen fit sein.«

»Ist gut. Ich muss auch nicht lang bleiben.«

»Willst du Arturo fragen, ob er auch mitwill?«

»Du glaubst doch nicht ernsthaft, dass der mich in seinem Fußball-Wahn hört?«

»Na gut. Dann bringen wir ihm aber später etwas mit.«

Als sie die *sagra* erreichten, war das Fest schon in vollem Gange. Es fand direkt an der winzigen Strandpromenade von Fiumicello statt, wo Stände aufgebaut und Sitzgelegenheiten aufgestellt worden waren. Heitere Musik füllte ihre Ohren, appetitanregende Gerüche kitzelten ihre Nasen, und diverse Lichtspiele sorgten dafür, dass auch ihre Augen auf die Kosten kamen.

Ein Event für alle Sinne, stellte Olivia fest und freute sich. Vor allem freute es sie, dass ihre Nichte sich offenbar von der ausgelassenen Stimmung anstecken ließ. Aurora hatte sie gleich zur Band geführt, wo ein junger Kerl auf und ab hüpfte, als stände er auf einem Trampolin. Allein das beeindruckte sie schon. Dass er dabei auch noch mehr als passabel sang, überzeugte sie schließlich restlos. Hinter dem energiegeladenen Sänger, der kaum älter als 20 sein konnte, stand ein Mann, der einer Statue glich. Vielleicht lag das an seiner bronzefarbenen Haut, überlegte Olivia. Jedenfalls tat er genau das Gegenteil vom Sänger: Er stand still. Bearbeitete nur mit gezielten Armbewegungen seine abgenutzten Bongo-Trommeln. Beide waren sie charismatisch und lenkten die Aufmerksamkeit komplett auf sich. Dass die Band aus drei weiteren Musikern bestand, nahm man kaum wahr. Die Mischung war mitreißend, und Olivia ertappte sich dabei, wie sie sich im Takt wiegte.

Aurora ging es da nicht anders. Und das war schön. Dieser

Moment war schön. Olivia war froh, dass sie gekommen waren.

Erst als die Band eine kurze Pause einlegte, erinnerte sie sich daran, dass sie eigentlich zum Essen hier waren. Dummerweise waren jetzt alle Zuschauer gleichzeitig zu den Ständen mit den Fisch-Spezialitäten gestürmt, sodass es eine ganze Weile dauern würde, bis sie auch etwas abbekamen.

»Sollen wir uns erst einen Sitzplatz suchen und abwarten, bis der Andrang etwas nachlässt?«, schlug Aurora vor.

»Gute Idee!«

Aber selbst das stellte sich als kein einfaches Unterfangen heraus. Sie liefen dreimal erfolglos um die Tische herum und waren dabei, es aufzugeben, als sie laut ihre Namen rufen hörten.

Olivia versuchte zu begreifen, aus welcher Richtung die Rufe kamen. Aurora gelang es aber zuerst.

»Schau mal, *zia*. Da sitzt Cristina.«

Ja. Jetzt hatte sie sie auch entdeckt. Sie gingen auf sie zu.

»Olivia, Aurora! Sucht ihr Sitzplätze?«

»Ja. Vergebens allerdings.«

»Dann kommt zu uns. Wir rücken zusammen.«

Olivia entdeckte Cristinas Mutter, die sie nur flüchtig kannte. Sie winkte ebenso aufgeregt wie ihre Tochter, was zumindest erklärte, von wem sie ihre Energie hatte.

Gemeinsam mit Aurora schob sie sich durch zu den beiden Frauen, die so eng aufeinanderrückten, dass sie zumindest mit einer Pobacke noch auch die Sitzbank passten.

»Ein bisschen unbequem, ich weiß«, entschuldigte sich Cristina. Sie wies aber auch leise daraufhin, dass ihre Sitznachbarn bereits aufgegessen hatten und wahrscheinlich bald gehen würden.

Sie stellten sich offiziell bei Cristinas Mutter vor, die Silvia hieß und unheimlich nett und umgänglich wirkte.

»Wie haben schon mal Antipasti geholt. Kommt, wir teilen! Später holen wir uns noch was, ja?«, schlug Cristina vor.

Die Fischvorspeisen sahen so verlockend aus, dass sie nicht nein sagen konnten und dankend annahmen.

»Wir hätten uns einfach schon eher anstellen sollen«, erkannte Aurora. »Aber der Trampolin-Typ hat echt gut gesungen. Ich war total gefesselt.«

»Ivo heißt er. Und er hat es wirklich drauf. Er ist aus Acquafredda.«

»Stimmt. Ich kenne seine Eltern«, behauptete Silvia mit vollem Mund. Olivia war es ganz recht, dass kein allzu großer Wert auf die Manieren gelegt wurde. Immerhin aß sie selbst ja mit den Händen. Und sie hatte eben laut eine Muschel ausgeschlürft. Sehr, sehr laut.

»Der wird mal ganz groß rauskommen«, prophezeite Aurora.

»Hm. Wenn er sich nicht ein bisschen beruhigt und mit dem Hüpfen aufhört, sehe ich schwarz«, behauptete Cristina mit einem frechen Grinsen.

Keine zehn Minuten später hatten sie die Vorspeisen verputzt.

»So. Ich gehe dann mal ein paar Hauptspeisen besorgen, sonst fällt mir Saverio gleich vom Fleisch, wenn er kommt. Ich bringe euch mit, was ihr wollt. Haltet inzwischen die Stellung, ja?«

»Ach, Saverio kommt auch?«, erkundigte sich Aurora.

»Der lässt sich frischen Fisch doch nicht entgehen. Nando wahrscheinlich auch nicht.«

Darauf erwiderte Aurora nichts. Olivia merkte aber auch so, dass ihre Nichte das Gesicht leicht verzog. Sie beschloss, das zu ignorieren. Die Stimmung war viel zu ausgelassen für eine Problembetrachtung.

Als Saverio aber dann voll beladen und mit Cristina im Schlepptau auftauchte, konnte Olivia nicht ignorieren, dass ihre Nichte sich suchend umsah. Eine Spur hoffnungsvoll sogar. Ob sie wohl gehofft hatte, Nando zu sehen?

Sie hatte ja immer geglaubt, dass die beiden zusammenpassen würden. Und sie hatte auch mitbekommen, dass die beiden sich etwas nähergekommen waren. Gab es vielleicht noch Hoffnung?

»Olivia, magst du *calamari* oder *gnocchetti allo scoglio*?«, erkundigte sich Silvia, die sich spontan dazu bereiterklärt hatte, die Speisen gerecht aufzuteilen. Saverio würde extra große Portionen bekommen, das versprach sie ihm gleich. Er hatte sich neben seine Cristina gesetzt. Ihre Sitznachbarn hatten sich glücklicherweise verabschiedet.

Und der Trampolin-Sänger begann wieder zu singen.

Was für ein wundervoller, wundervoller Abend, freute sich Olivia!

★

Aurora hätte es ja nicht für möglich gehalten, aber dieser Abend war geradezu perfekt. Silvia zum Beispiel, die war furchtbar nett und aufgeschlossen. Und Aurora mochte sie sofort. Es war auch schön, ihre Tante dabeizuhaben. Ihre Familie. Und ihre Freunde, Cristina und Saverio. Das alles waren Menschen, die ihr etwas bedeuteten. Menschen, die sie nicht nur mochte, sondern vielleicht sogar liebte. Wenn auch alle auf vollkommen unterschiedliche Art.

Schade, dass Arturo und Gino fehlten.

Schade, dass … nun … Nando fehlte. Aber der würde ja noch kommen, nicht? Das hatte Cristina schließlich gesagt.

Ohne es irgendwie steuern zu können, hatte sie angefangen, nach ihm Ausschau zu halten. Doch er kam und kam nicht. Vielleicht hatte er erfahren, dass sie auch da war. Vielleicht war er noch immer wütend auf sie. Und vielleicht hatte es überhaupt keinen Sinn, dass sie sich auf ihn freute.

Vielleicht.

Dass ihr Herz aber regelrechte Kapriolen schlug, als sie ihn endlich, endlich, endlich in der Menschmenge erblickte, konnte sie nicht verhindern. Sie glaubte, ein kurzes Zögern bei ihm zu erkennen, als er anders herum sie sah. Aber es war so schnell wieder weg, dass sie nicht darauf schwören würde.

»Was für eine Bande!«, grüßte er lächelnd und schaute in die Runde. An ihr blieb der Blick einen Moment länger haften. Dann aber setzte er sich und schaute auf die zusammengeknüllten Wegwerfteller, die sich auf dem Tisch stapelten.

»Wie ich sehe, hat es euch geschmeckt …«

Sie lachten alle. Aber Aurora tat es irgendwie leid, dass sie nicht daran gedacht hatte, auch ihm etwas zu holen. Andererseits war es nicht ihre Aufgabe, oder?

»Ich bestelle was für dich«, bot Saverio sich sofort an und erhob sich so schnell, dass niemand auf die Idee kam, dagegen zu protestieren.

Nando unterhielt sich eine Weile mit seiner Mutter. Aurora hätte nur zu gerne gewusst, was sie sich erzählten. Ob er mit ihr über die Arbeit sprach? Darüber, dass er ihretwegen so lange im Labor gearbeitet hatte? Ihr war das plötzlich mehr als unangenehm. Hätte sie das doofe Eis für den Interessenten nicht selbst zubereiten können?

Nando blickte so schnell und unverhofft auf, dass sie gar nicht erst versuchen konnte, den Blick von ihm abzuwenden. Er erwischte sie eiskalt.

Ein paar unendliche Momente lang war ihr, als gäbe es nur sie und ihn. In einer Art Mikrokosmos. Die äußeren Eindrücke rückten von ihr ab. Und ab. Und ab. Sie glaubte sogar, ihren eigenen Herzschlag zu hören. *Ba-bum. Ba-bum. Ba-bum.* Dann aber kam Saverio zurück, und die Magie löste sich auf.

Saverio stellte die Pappteller vor Nando, setzte sich aber nicht. »So, ich muss leider schon wieder los und in der Weinstube nach dem Rechten sehen.«

»Oh, würdest du mich mitnehmen? Ich muss mal nach Arturo sehen«, fragte Olivia ihn so schnell, dass Aurora gar nicht protestieren konnte. »Dann kannst du noch eine Weile bleiben!«, sagte sie jetzt direkt an sie gewandt.

»Klar, Olivia. Gerne. Komm, lass uns fahren«, erklärte Saverio sich sofort bereit.

Aurora schnappte noch immer nach Luft, als ihre Tante bereits in der Menge verschwunden war. Die Absicht durchschaute Aurora natürlich innerhalb einer Sekunde: Olivia hatte sich verabschiedet, damit Aurora allein hierbleiben konnte. Bei Nando bleiben konnte, genauer gesagt. Der konzentrierte sich aber auf sein Essen und sah nicht so aus, als sei er sonderlich an ihr interessiert.

Deshalb unterhielt Aurora sich weiter mit Cristina und Silvia. Über Belangloses. Einfach nur plaudern. Aurora gelang es sogar, wieder zu entspannen.

Doch dann machte Cristina ihr einen Strich durch die Rechnung. »Aurora, sag mal, würde es dir etwas ausmachen, Nando noch eine Weile beim Essen Gesellschaft zu leisten? Ich muss unbedingt ins Bett, und *mamma* macht auch schon langsam schlapp.«

Nun, es war wirklich schon spät. Aurora fühlte sich trotzdem ein bisschen in die Ecke gedrängt. Aber was konnte sie schon anderes tun, als sich bereitzuerklären?

Kaum zu glauben, aber jetzt saß sie wirklich mit Nando allein da. Es war wie verhext. Denn wenn sie ehrlich war, dann war nur das passiert, was sie sich sehnlichst gewünscht hatte.

»Du musst das nicht tun«, gab Nando sich gewohnt direkt. »Ich komme zurecht.«

»Ich würde aber wirklich gerne bleiben.«

»Dann tu dir keinen Zwang an …« Nando aß gemächlich weiter.

Es reichte ihr auch vollkommen aus, ihm nur dabei zuzusehen.

Je länger sie ihn aber ansah, desto stärker wurde ihr bewusst, wie viel sie für ihn empfand.

»Bist du noch immer böse auf mich?«

Er putzte sich seine Finger an einer Serviette ab und warf

sie achtlos auf den nun leeren Pappteller. »Tut mir leid. Dass ich mich so idiotisch aufgeführt habe vorhin.«

»Du hast nicht auf meine Frage geantwortet.«

Er lehnte seine Arme auf den Tisch, stützte sich auf seine Ellenbogen. Sie saß ihm gegenüber und konnte nur schwer dem Impuls widerstehen, ihm über den Kopf zu fahren. »Ich bin wütend auf dich. Das kann ich gar nicht leugnen. Ich würde dich am liebsten ordentlich durchschütteln, um dir den Verkauf auszureden. Ebenso gerne würde ich dich aber an mich ziehen und küssen.«

Sie schluckte. Sehnsucht regte sich in ihr. Irgendwo ganz, ganz tief in ihr. Die Wärme breitete sich aus wie eine Flüssigkeit. Das war gleichzeitig schön und beunruhigend. »Können wir irgendwohin, wo wir uns in aller Ruhe unterhalten können?«

Er knabberte an seiner Unterlippe, nickte dann aber. »Komm mit«, forderte er sie auf und nahm ihre Hand.

Nandos Wohnung war wunderschön, andererseits aber ganz anders als von ihr erwartet. Sie war viel bunter. Und vielleicht sogar eine Spur weiblich eingerichtet.

»Der Einrichtungsstil meiner Mutter«, erklärte er, als er ihren Blick bemerkte.

»Sie ist wirklich nett. Schön, dass du ihr das erlaubt hast«, fand sie.

»Man kann sie kaum davon abhalten, wenn sie sich etwas in den Kopf gesetzt hat«, erklärte er.

Aurora fühlte sich seltsam losgelöst. Von sich selbst. Als gehörten ihre Empfindungen nicht wirklich zu ihrem Körper. Es war nicht unbedingt ein unangenehmes Gefühl. Nur kannte sie es noch nicht.

»Macht es dir etwas aus, wenn ich mich kurz umziehe? Ich habe das Gefühl, die Klamotten kleben regelrecht an mir.«

»Mach ruhig!«

»Falls du inzwischen etwas trinken willst, bediene dich einfach, ja?«

»Danke.«

Sie überlegte, sich wirklich etwas zu trinken zu holen. Aber nicht etwa, weil sie durstig war, sondern viel eher, um sich zu beschäftigen.

Nandos Küche war sehr nett eingerichtet. In einem Eck bemerkte sie einen ganzen Stapel Bücher. Bücher, die mit Eis zu tun hatten, wie sie gleich erkannte, als sie sich den Stapel genauer ansah. Die Titel waren allesamt auf Eis bezogen und hätten in dieser Form vermutlich auch bei ihren Eltern im Wohnzimmer liegen können. Diese Leidenschaft für *gelati* verband sie alle auf sonderbare Weise.

Sie hörte Nandos Schritte und legte das Buch beiseite, in dem sie geblättert hatte. Er hatte eine verwaschene kurze Jeans und ein dunkles Shirt an. Nur er konnte damit so verdammt gut aussehen, dass sie fast nach Luft schnappen musste.

»Hast du nichts zum Trinken gefunden?«

»Ich habe gar nicht danach gesucht«, gestand sie ihm.

Wortlos drehte er sich dem Kühlschrank zu, nahm gekühlte Limonade heraus und schenkte ihr davon ein.

Sie tranken beide still.

Gleichzeitig versuchte sie, ihren Atem zu beruhigen. Sie versuchte, ihre Gedanken, Wünsche und Sehnsüchte in Worte zu packen. Sie versuchte, ein bisschen mehr zu sein wie Perla, erkannte sie überrascht, die sich einfach das genommen hatte, was sie wollte.

»Was ist?«, fragte er, als sie ihn wohl einen Augenblick zu lang angestarrt hatte.

»Ich möchte vergessen, wer ich bin. Was ich habe. Was ich nicht habe. Ich möchte eine Frau sein, die sich von Leidenschaft tragen lässt und die Vernunft über Bord wirft. Ich möchte Eis machen. Ich möchte Liebe machen. So lange, bis das Morgen mich wieder einholt. Ich möchte Momente sammeln, die mich glücklich machen und warm halten. Ich möchte die Frau sein, die du begehrst. Wenigstens eine Nacht lang.«

So. Jetzt hatte sie es gesagt. Diese Worte hatten sie so viel Kraft gekostet, dass sie sich fühlte wie innerlich ausgehöhlt. Sie war nur noch eine Hülle. Ihr Innerstes befand sie irgendwo bei Nando. Oder prallte an ihm ab. Das wusste sie noch nicht so genau.

Nando nahm langsam die Hand aus der Hosentasche, hob sie an sein Gesicht, fuhr sich damit über die Augen, die Stirn, den Kopf. Dann streckte er ihr den Arm entgegen. Mit offener Hand. »Komm her«, bat er sie.

Sie ging, nein flog, ihm entgegen. Griff nach seiner Hand. Wie nach einem Rettungsanker. Tausend winzige Stromschläge schienen sich beim Kontakt loszulösen und ihr durch den Arm bis in den Magen zu fließen. Es war ein schönes, aufregendes und neues Gefühl.

Er umarmte sie fest, aber fast brüderlich harmlos. Nur sein Herz, das Aurora in seiner Brust hämmern hörte, sprach eine ganz andere Sprache. »Ich will für dich da sein, solange du es willst«, sagte er einfach. Was alles bedeuten konnte, aber auch gar nichts. Er ließ von ihr ab, nahm beide Gläser und führte sie auf den Balkon. Der Weg ging durch sein Schlafzimmer. Irgendwie war sie erleichtert, das dieses weniger feminin, sondern einfach und funktional gestaltet war.

Der Balkon war längst nicht so schön wie Olivias. Pflanzen fehlten gänzlich. Dafür hatte er neue Möbel. Einfaches Holz. Keine Kissen. Was alles wettmachte, war der Meerblick. Da konnte Olivia mit noch so vielen Pflanzen auftrumpfen. An diese Herrlichkeit, die man sogar riechen konnte, würde ihr Balkon niemals reichen.

Nando zündete Zitronella-Kerzen an und setzte sich zu ihr. Er schenkte ihr mehr Limonade ein.

Eine ganze Weile lang schwiegen sie.

Dann ergriff er das Wort. »Was tust du nur mit mir?«, fragte Nando rau.

Er saß zwar noch immer auf seinem Stuhl, aber ihr war, als würde er sie streicheln, mit seinen glühend warmen Augen.

Ohne es bewusst gesteuert zu haben, ging sie auf ihn zu, kniete sich vor ihn. Er hob ihr Gesicht zu sich herauf. Sah sie lange einfach nur an. Ewig lange. Als wollte er jeden Millimeter ihres Gesichts auswendig lernen.

Sie schaffte es kaum, Luft zu holen. Die Erwartung eines gesamten Lebens lag in diesem Moment.

»Was willst du von mir, Aurora?« Er strich ihr sanft über die Wange, das Ohr, den Hals.

Auch auf diese Frage konnte sie nichts antworten. Weil sie die Antwort nicht kannte. »Ich weiß nicht«, sagte sie daher, weil es das war, was der Wahrheit am nächsten war.

Nando nickte. Sein Blick war aber noch immer angestrengt. Als hätte er es mit einem verzwickten Rätsel zu tun. »Komm. Setz dich!« Er klopfte auf sein Bein, half ihr, sich zu erheben.

Sie zögerte kurz, setzte sich dann aber vorsichtig. Und steif. Er begann, ihren Hals zu massieren. Ganz leicht nur. Aurora war sich mehr als sicher, noch niemals eine Berührung als so angenehm empfunden zu haben. Fast ohne es zu bemerken, lehnte sie sich an ihn. Es war wundervoll, seinen Herzschlag an ihrem Rücken zu spüren. Er legte seine Arme um ihre Taille und verschränkte die Hände vor ihrem Bauch. Es rührte sie beinahe zu Tränen, wenn sie sich vorstellte, wie vertraut sie jetzt wohl zusammen aussehen mochten.

Er begann sie leicht zu wiegen. Ganz, ganz leicht. Und vorsichtig. Hin und her. Als wäre sie zerbrechlich.

Vielleicht war sie das auch. Er schien das zu wissen.

Sie fragte sich zum ersten Mal, wie viel mehr er noch über sie wusste, von dem sie selbst keine Ahnung hatte.

Gusto Cioccolato Bianco con Croccante di Mandorle

Mandelkrokant, oh Mandelkrokant! Dieses feine Knacken, wenn die Zuckerhülle zerspringt, um zur weicheren, süßen Mandel zu gelangen! Ein Erlebnis für sich. Das Eis, mit dem wundervoll aromatischen Geschmack weißer Schokolade, wird nicht nur geschleckt, sondern auch gekaut. Mit allen Sinnen genießen! Darauf arbeiten die Eismacher hin.

Kapitel 22

»Du sollest jetzt nach Hause gehen!«, sagte Nando irgendwann leise in ihr Haar. Es war weiß Gott nicht das, was er hatte sagen wollen, zumal er sie jede Sekunde mehr begehrte. Und es traf ihn bis ins Mark, Aurora bei seinen Worten leicht zusammenzucken zu sehen.

»Ich möchte bleiben«, sagte sie und drehte sich ihm zu, wobei sie eine Hand, die sich warm und gleichzeitig stark anfühlte, auf seine Wange legte.

Vielleicht war sie es ja. Stark. Vielleicht musste er sie nicht immerzu beschützen. Er schmiegte sein Gesicht in diese Hand. Wollte ein bisschen von ihr getragen werden. Zumindest in dieser Situation. Viele, sehr widersprüchliche Empfindungen sammelten sich in seiner Brust. Er spürte sein Herz laut klopfen. Und es war nicht nur die Erregung, die es so stark pochen ließ. Es waren all diese warmen Gefühle, die sich in seiner Brust stauten.

Er nahm ihre zerbrechliche Schönheit wahr, aber auch den lauen Sommerwind, der den Geruch des Meeres mit sich trug.

»Nando, du bist wichtig für mich. Ich habe den Eindruck, dass du etwas in mir weckst, das ich lange unter Verschluss gehalten habe. Wenn es mir gleichzeitig auch Angst macht, so muss ich doch gestehen, dass es sich gut anfühlt. Du erweckst mich wieder zum Leben. Hör bitte nicht auf damit, auch wenn ich dir im Moment nichts versprechen kann …«

Seine Hand griff sanft in ihr Haar. Fast hatte er den Eindruck, diese Bewegung gar nicht selbst gesteuert zu haben. Er zog sie leicht an sich. Seine Lippen wollten sich endlich auf ihre legen, aber er hielt inne, kurz bevor sein Mund ihren traf. Stirn an Stirn. Ihr Atem. Sein Atem. Unerwartet vertraut. Dann ihre Arme, um seinen Hals. Und ein Sprung. In die Gewissheit, die gleichzeitig Ungewissheit darstellte.

Er küsste sie endlich erneut. Und sie schmeckte so, so gut. Vielleicht hatte ihn noch nie zuvor ein Kuss so sehr bewegt. Er kam sich vor, als bestünde er nur noch aus blankgelegten Nervenbahnen, die Impulse schickten. Immerzu. Gekoppelt an seine Brust, die schier überfordert war, das alles zu verarbeiten. Er schloss die Augen. Fühlte nur noch. Atmete ihren Atem ein. Lebte.

»Lass uns reingehen, Nando, bitte.«

Ihre Stimme erreichte ihn wie durch einen Nebel. Er stand auf, hob sie mit Leichtigkeit hoch, trug sie, spürte sie. Ihren Körper. Ihren Herzschlag.

Er legte sie auf sein Bett. Und … es war schwer zu erklären und noch schwerer zu begreifen. Ihr Anblick überwältigte ihn einfach nur. Ihr dunkles Haar auf seinem Kissen. Ihre Haut auf seiner Decke. Sie war in seinem Leben. So real. So greifbar. Und sie fügte sich so perfekt ins Bild, wie kein Künstler der Welt es wahrscheinlich geschafft hätte zu malen.

»Du bist schön«, hörte er sich sagen, und sie lächelte. Voller Liebe. Und so offen. Wie ein Lichtstrahl.

Sie hob die Hand, griff wieder nach ihm. Er brauchte das. Er brauchte ihre Ermutigung. Denn der Augenblick war ihm so wichtig, dass er vor Ehrfurcht und Aufregung förmlich erstarrte.

Er legte sich neben sie, und sie drehte sich zu ihm, setzte ihren Kopf auf seine Brust, fuhr mit der Hand seinen Arm entlang, begann dann sanft, ihn am Hals zu küssen. Ihre Lippen spürte er auf jedem Millimeter seiner Haut, so erschien ihm das. Und das war auch das Letzte, das er bewusst wahrnahm. Danach verlor er sich. In ihren Berührungen, in seinen eigenen Empfindungen.

*

Du bist eben doch wie deine Mutter!, schoss es ihr durch den Kopf, nachdem sie sich geliebt hatten.

»Bist du okay?«, fragte er leise. Er hatte in ihre Haare gesprochen, denn sie lagen eng miteinander verschlungen. Aurora glaubte, ihn nie wieder loslassen zu können. Sie mochte seinen Geruch, der sich nun mit ihrem vermischt hatte. Sie mochte den beständigen Ton seines wieder ruhiger schlagenden Herzens.

»Hör auf, dir Sorgen zu machen«, versuchte sie ihn zu beruhigen.

Er streichelte sanft ihren Rücken. Sie spürte förmlich, dass er etwas sagen wollte. Aber was gab es da schon zu sagen? Hatten sie das eben nicht schon getan? Sich alles gesagt?

»Ich versuche es«, versprach er ihr.

»Ich glaube, ich habe noch nie einen Mann mit einem so ausgeprägten Beschützerinstinkt kennengelernt wie dich.«

Er setzte sich auf, lehnte sich gegen das Kopfteil. Sie hatte sich vorsichtig mit ihm bewegt, sich ihm aber gegenübergesetzt, sodass sie sich endlich direkt ins Gesicht blicken konnten.

Sie waren verlegen. Nur ganz kurz. Dann folgte schon gleich das Wiedererkennen. Nein, sie hatten sich das alles nicht nur eingebildet, schienen ihre beruhigten Gesichter zu sagen, kam es Aurora vor.

»Ist das gut oder schlecht? «, erkundigte er sich schmunzelnd. Er fuhr sich in seiner typischen Art mit der Hand über den Kopf und blickte sie dann ganz direkt an, mit seinen prächtigen, wundervollen Augen, die sie auch beim Liebesakt keine Sekunde losgelassen hatten.

»Vor allem ungewohnt.«

»Willst du damit sagen, dein Mann hat dich nicht beschützt?«

»Matteo? Machst du Witze?«

»Was für ein Idiot!«

Dazu sagte sie lieber nichts. Lang genug hatte sie gedacht, ohne ihren Mann nicht leben zu können. Also war wohl eher sie die Idiotin als er. Denn, hey, es lebte sich sogar ausgesprochen gut ohne ihn. Sie berührte Nando leicht am Bein. Jetzt, wo sie seine nackte Haut endlich unter ihren Fingern gespürt hatte, war sie sich nicht sicher, ihn jemals wieder loslassen zu können.

Das bewegende Gefühl, einem Mann, für den man eine ganze Menge empfand, über die Haut zu streichen … das konnte augenblicklich süchtig machen, erkannte sie ein wenig panisch, aber auch gleichzeitig ergeben. Daran ändern konnte sie nun nichts mehr.

»Darf ich hier schlafen?«, fragte sie ihn vorsichtig. Es war inzwischen mitten in der Nacht. Sie war viel zu müde, um sich aufzuraffen.

»Natürlich schläfst du bei mir. Du kannst doch jetzt nicht mehr raus und noch Auto fahren.«

»Meine *mamma* ist bei einem Autounfall verunglückt. Hast du das gewusst?«

»Ja. Das tut mir sehr leid … Es wird mit der Zeit nicht leichter, oder?«

»Leichter. Ich glaube nicht, dass irgendetwas den Schmerz leichter oder weniger schlimm machen kann. Die Zeit heilt auch die Wunden nicht. Das ist einfach nicht wahr. Und ich kann diesen Spruch nicht leiden. Das Einzige, was hilft, ist, sich nicht dagegen zu wehren. Man muss den Tod akzeptieren. Oder Frieden mit ihm schließen. Anders kommt man damit nicht zurecht. Wenn man anfängt, gegen den Tod zu kämpfen, sich mit ihm anzulegen, ist man verloren. Denn dieser Kampf zehrt einen auf. Und gewinnen kann man den ohnehin nicht.«

Er massierte ihren Fuß. »Glaubst du, dass der Tod deiner Mutter dich dazu veranlasst hast, der *Casa del Gelato* den Rücken zuzukehren?«

»Zu Beginn ganz bestimmt. Ich habe es einfach nicht ertragen, die *gelateria* zu betreten, wenn sie nicht dort war. Es erschien mir so falsch. Denn ich konnte sie noch immer überall spüren. Vielleicht sogar sehen.«

»Findest du es nicht seltsam, dass Gino sich hingegen in der *gelateria* verkrochen hat?«

»Trauer hat viele Gesichter.«

»Was ist mit Olivia?«

»Die hat angefangen, mich zu bemuttern. Wahrscheinlich hat sich mich unbewusst als einzige Verbindung zu ihrer Schwester gesehen.«

»Ich bedaure es so sehr, dass du das alles erleben musstest.«

»Es ist gut. Ich habe es akzeptiert.«

»Könntest du nicht bitte bleiben, Aurora? Wir brauchen dich hier. Wir brauchen dich wirklich.«

Nando schlug sich mit der flachen Hand leicht auf die Brust, bot ihr mit dieser Geste an, zu ihm zu kommen. Sie nahm die Einladung natürlich an: Es war schön, so von ihm gehalten zu werden.

»Ich habe ein Leben in Verona, Nando. Eine Wohnung. Eine Arbeit.«

»Ich weiß. Verzeih mir. Es fühlt sich nur gerade so unglaublich gut an hier mit dir …«

»Ja …«

»Denk nicht weiter dran.«

Er küsste sie wiederholt auf den Kopf. Aber sie konnte natürlich doch nicht aufhören, an seine Worte zu denken. Die Möglichkeit, in Maratea zu bleiben, konkret durchzuspielen. Der Film, der vor ihrem inneren Auge ablief, blieb aber immer wieder hängen. Und das beunruhigte sie. Er schien es zu spüren. Denn er streichelte sie pausenlos.

»Wir werden schon eine Lösung finden«, flüsterte er schläfrig. Auch sie war jetzt todmüde. Er nahm sie noch fester in den Arm. Sie schloss fast sofort die Augen, um in einen unruhigen Schlaf zu fallen.

Maratea, 1984

Perla öffnete die Augen. Vorsichtig. Sie wusste einen Augenblick lang nicht, wo sie war. Ein stechender Schmerz in den Halswirbeln erinnerte sie daran, dass sie sich auf der Couch befand. Auf der Couch, die sie selbst ausgesucht hatte. Beim Kauf hatte sie leider nicht darauf geachtet, wie bequem sie zum Schlafen war. Nur schlief sie jetzt dummerweise drauf. Nicht in ihrem Schlafzimmer. Nicht mit Gino. Nein. Sie schlief allein auf der unbequemen Couch in ihrem Wohnzimmer. Seit exakt zwei Wochen schon. Sie hatte es nicht anders verdient. Trotzdem war es nicht schön, das musste sie zugeben. Dennoch wollte sie nirgendwo anders sein. Wirklich nicht. Niemals. Es reichte ihr, ihren Mann aus dem Schlafzimmer schnarchen zu hören. Es reichte ihr, Aurora zu Bett bringen zu können. Diese zwei Menschen waren es wert. Diese zwei Menschen bedeuteten ihr die Welt. Und wenn es sein musste, würde sie den Rest ihres Lebens auf der Couch verbringen.

Sie setzte sich mühsam auf, bedeckte ihre nackten Beine mit dem hochgerutschten Nachthemd. Ein unförmiges Etwas, das sie von ihrer Mutter geerbt hatte, die es ihrerseits vermutlich auch von der Mutter erhalten hatte. In ihrer Familie wurde immer alles vererbt. Vom Nachthemd bis zur Tradition. Alles. Und sie fragte sich, ob sie ihre Untreue auch von irgendwem mitbekommen hatte. Es musste irgendwen geben. Einen entfernten Verwandten. Ganz bestimmt. Jemanden, der verantwortlich war für dieses Gen. Für dieses bescheuerte Gen.

»Tut mir leid, dass ich dich geweckt habe!«, hörte sie eine Stimme aus dem Dunkeln und fuhr erschrocken hoch. Ihre wirren Gedanken fielen augenblicklich in sich zusammen wie ein Kartenhaus.

Jetzt hörte sie Schritte. Und gleich darauf konnte sie ihn auch sehen.

Gino.

Die Dunkelheit hatte ihn geschluckt und nun wieder ausgespuckt. Was tat er nachts mitten im Wohnzimmer? Hatte er auf dem Sessel gesessen? Um sie im Schlaf zu beobachten?

Ohne ersichtlichen Grund trieb dieser Gedanke ihr Tränen in die Augen.

»Nein. Keine Sorge … Das warst du sicher nicht. Ich hatte nur … ach, egal«, stammelte sie. Der Schlaf zerrte noch immer an ihren Füßen, wollte sie nicht richtig loslassen. Sie war benebelt irgendwie. Und doch wieder hellwach. Vielleicht waren es aber nur ihre Sinne, die ihr einen Schritt voraus waren und warteten. Worauf auch immer. »Es tut

mir leid, Gino …«, setzte sie an, um ihm zum hundertsten Mal zu wiederholen, dass sie einen Fehler begangen hatte. Er hob aber sofort die Hand, um sie zu stoppen. Und sie schwieg. Augenblicklich.

»Warum hast du es getan, Perla?«

Sie schluckte. Das war das erste Mal. Noch nie zuvor hatte er ihr Fremdgehen so offen angesprochen. Er hatte sich versteckt vor dem Offensichtlichen. Dabei hatte er sie mit eigenen Augen gesehen. Und das war das, was ihr am meisten leidtat. Er musste dieses Bild doch immer vor Augen haben. War das nicht schrecklich? Sie war es nicht würdig, auf der Couch zu schlafen. Noch nicht einmal, in diesem Haus zu sein. Dieselbe Luft zu atmen wie er. Nein, sie war es nicht würdig.

»Ich weiß es nicht.« Sie musste ehrlich zu ihm sein. Sie verstand selbst nicht, wie sie die Hemmschwelle überwunden hatte.

»Das reicht mir nicht.«

Natürlich nicht. Sie nickte, blickte auf ihre nackten Füße, die bleich unter dem Nachthemd hervorblickten. Sie mochte ihre Füße nicht besonders. Gino aber liebte ihre Füße. Das wusste sie, weil er sie ständig massierte, liebkoste und oft, ganz, ganz oft einfach nur berührte. Früher jedenfalls. Denn jetzt war ihr Leben in ein Vorher und ein Nachher geteilt. Sie vermisste das Vorher so sehr, dass sie ein paarmal tatsächlich glaubte, wahnsinnig zu werden.

»Ich kann dir keinen Grund nennen, Gino, weil es keinen gibt. Er ist ein schöner, sehr schöner Mann. Ich wollte nur einfach spüren, wie es sich anfühlt, wenn er mich berührt.«

Gino wich zurück, wie bei einem Schlag ins Gesicht. Sie hasste jede Faser ihres Seins. Sie hasste sich so sehr.

»Ja. Ich weiß. Das hörst du nicht gern. Ich höre es ja selbst nicht gern. Viel lieber hätte ich einen noblen Grund, der mich irgendwie bei der ganzen Sache besser aussehen lässt. Es gibt ihn aber nicht. Es war körperliche Anziehungskraft. Eine sehr, sehr starke Anziehungskraft. Eine, der ich nicht widerstehen konnte. Eine, die mich bei lebendigem Leib verschlungen hat. So war es.«

»Das klingt nach Liebe«, sagte er. Seine Stimme war kaum zu hören. Und sie bewunderte ihn um seine Selbstbeherrschung.

Sie schüttelte ganz entschieden den Kopf. »Nein! Eben nicht! Liebe ist etwas anderes. Liebe ist … wenn du meine Füße massierst, obwohl sie den ganzen Tag über in verdammt engen Arbeitsschuhen gesteckt haben und bestimmt keinen angenehmen Duft verströmen. Liebe ist auch, dass ich hier schlafen darf, obwohl ich dir das Herz gebrochen habe. Liebe ist Aurora. Liebe ist unser Eis. All das ist Liebe. Aber Vittorio nicht.«

»Ich hasse es, wenn du seinen Namen aussprichst. Ich hasse es, weil es mich kaputt macht. Wie konntest du nur? Wie konntest du dich so gehen lassen? Hast du dabei an mich gedacht? Auch nur ein einziges verdammtes Mal?«

Sie schüttelte fest den Kopf. »Das habe ich nicht …«

»Warum nicht? Wo war ich die ganze Zeit über?«

»Ich weiß es nicht. Ich habe einfach nur an mich gedacht. Das ist scheußlich!«

»Ja, verdammt. Das ist es! Sag mir, wie hättest du dich gefühlt, wenn es anders herum passiert wäre, hm?«

»Vermutlich hätte es mich umgebracht«, gab sie zu.

»Dann fang langsam an, dir darüber klarzuwerden, was du mir angetan hast.«

»Es tut mir so leid, Gino …«

Ganz plötzlich hörte sie ihn laut schluchzen. Gino setzte sich. Er bedeckte das Gesicht mit beiden Händen. Fast so, als böten sie ihm Schutz. Oder Halt. Oder Trost.

Sie erschrak ganz fürchterlich. Sie hatte ihn noch nie weinen gesehen. Und sie bedauerte zutiefst, ihn dazu gebracht zu haben.

Sie sprang auf. War innerhalb eines Augenblicks bei ihm. Kniete sich vor ihn und hob sanft die Hände von seinem Gesicht. Seine Wangen waren tränenüberströmt. Sie wollte sie alle wegzaubern, denn sie war für jede einzelne verantwortlich. Das wusste sie.

Mit dem Ärmel ihres Nachthemds trocknete sie ihn ab. Und er ließ es zu. Erlaubte ihr, seine Zerbrechlichkeit zu sehen, sogar zu berühren.

Sie küsste ihn. Zuerst auf die Wange, was ihn anscheinend beruhigte. Er schloss die Augen und lehnte seinen Kopf auf ihre Hände. Als wäre er ihm zu schwer. Sie küsste ihn auf den Kopf, drückte ihn an ihre Brust. Wie eine Mutter es mit einem Kind tun würde. Gino umarmte sie fast schüchtern. Zog sie dann näher an sich, legte nun seinen Kopf auf ihre Schulter, in ihr Haar.

»Vergib mir Gino, ich bitte dich!«, flehte sie. »Ich liebe dich so sehr.«

Gino atmete scharf ein, aber sie hielt ihn nur noch fester.

Er ließ es zu, dass sie ihn küsste. Endlich auf den Mund. Sie hatte das Gefühl, dabei zu sterben. Denn sie erkannte, dass es auf der ganzen Welt nichts Schöneres gab, als ihn zu küssen. Und zu spüren, dass er seine Abwehrhaltung ganz allmählich verlor. Schritt für Schritt.

Doch er schob sie von sich, stand dann auf, ohne sie dabei anzusehen.

»Wohin willst du?« Ihre Stimme verriet ihre Panik. Verlor sie ihn gerade wirklich für immer? Eben hatte es noch so ausgesehen, als könnte er ihr verzeihen. Nicht gleich, aber bestimmt irgendwann.

»Ich gehe zu Bett«, sagte er bestimmt und hielt ihr die Hand hin. »Willst du wieder bei mir schlafen?«, fragte er aber dann mit gebrochener Stimme.

Sie umarmte fest seine Beine. »Ich liebe dich, Gino!«, flüsterte sie.

»Und ich liebe dich, Perla, das kannst du mir glauben. Hilf mir, dir zu verzeihen. Hilf mir zu vergessen. Steh mir bei. Lass mich nicht los.«

Er half ihr auf die Beine, hob sie dann hoch, wie eine Feder, trug sie dann in ihr Bett.

Und sie schwor bei Gott, dass sie ihren Mann nie wieder enttäuschen würde.

Gusto Castagna al Cioccolato

Eis passt sich gerne der Jahreszeit an. Es ist nämlich eine Süßspeise, die das ganze Jahr über genossen werden kann.

Die Königin des Herbstes ist die Esskastanie, die durch ihren weichen, aber bestimmten Geschmack besticht und an kuschelige Abende vor dem Kamin erinnert. Verfeinert man diese Raffinesse noch mit edelster Schokolade, wird das Eisessen zum Geschmackserlebnis, das als aufregend anders beschrieben werden kann. Wie ein frischer Wind, der die Freuden des Winters ankündigt. *Piano, piano. Dolce, dolce.* Trotzdem unaufhaltsam.

Kapitel 23

Aurora öffnete vorsichtig das gusseiserne Tor, das ihr allzu vertraut war. Es war eigentlich zu hübsch, um das Erste zu sein, was die Leute beim schweren Gang zum Friedhof sahen. Aurora konnte sich noch lebhaft daran erinnern, dass das am Tag der Beerdigung ihrer Mutter tatsächlich ihr Gedanke gewesen war. Andererseits fand sie inzwischen, dass auch Friedhöfe durchaus hübsch sein sollten. Melancholisch hübsch vielleicht.

Obwohl Zeit besonders auf dem Friedhof relativ war, merkte Aurora, dass sie offenbar am Tor nicht spurlos vorbeigegangen war. Es quietschte müde, und sie hätte schwören können, dass, wenn es denn sprechen könnte, es so etwas wie »Ach, lasst mich doch in Ruhe« gesagt hätte. Dieser Gedanken erheiterte sie kurz. Aber nur, bis sie das Geräusch ihrer Schritte auf dem Kiesweg hörte, der sie noch von ihrer Mutter trennte. Heute fühlte sich dieser Gang anders an als sonst. Alles war anders. Nichts war anders. Nur die Gewissheit, dass ihre Mutter ein gewöhnlicher Mensch gewesen war. Mit Stärken und Schwächen. So wie sich das eben gehörte.

Als Aurora an einer Zypresse vorbeiging, die irgendwie ganz bizarr nach Zitrone roch, unterbrachen die Zikaden kurz ihr Konzert, um gleich darauf mit noch mehr Elan weiterzumachen als zuvor. Eigentlich war ihr Lärm ohrenbetäubend, aber er tarnte sich so gekonnt als liebliche Melodie, dass er nicht weiter auffiel.

Perla lag in einem Familiengrab. Zusammen mit *nonna* Elvira und *nonno* Franco. Ihre praktisch veranlagte Großmutter hatte es gekauft, als die *Casa del Gelato* angefangen hatte, wirklich gutes Geld einzubringen, wusste Aurora. Wie vernünftig musste man sein, um sich zu Lebzeiten einen Grabplatz zu kaufen?, fragte sie sich nicht zum ersten Mal.

Ob sich Perla und Elvira wohl manchmal noch über Eis unterhielten? Wohl eher nicht. Immerhin war ihr Großvater ja gezwungenermaßen immer mit von der Partie. Und der war bekanntlich kein großer Fan von Eis gewesen.

Oh Gott! Kam sie vielleicht am Ende nach ihm?

Nein.

Das konnte sie ausschließen. Eis mochte sie ja. Und die *Casa del Gelato* auch. Mehr, als ihr lieb war.

Sie hatte nun den gepflasterten Teil des Friedhofs erreicht. Die Zone mit den Familiengräbern, die auf tragisch-komische Weise an ein ganz normales Wohngebiet mit winzigen Reihenhäuschen erinnerte, wenn man nicht allzu genau hinsah.

Ihre Schritte klangen jetzt ganz anders als zuvor auf dem Kies. Diese winzigen Details dominierten an diesem Ort. Aurora hatte das Gefühl, sich daran festhalten zu müssen. Die Stille war ihr sonst unerträglich.

Neben den Geräuschen waren es auch die Gerüche, die ihr erlaubten, eine gewisse Kontrolle zu bewahren. Wie die Zypresse eben. Oder dieser unvergleichliche Geruch nach Feuchtigkeit, der sich dort bildete, wo die Sonne mit ihren Strahlen nicht hinreichte.

Und Perla hatte so wunderbar geduftet. Aurora konnte sich noch ganz genau daran erinnern. An ihr Gesicht hingegen nicht. Zumindest nicht an die Details. Nur an das Gesamtbild. Wenn sie im Gedanken aber draufzoomte, verschwammen die Konturen. Wie sehr sie das bedauerte, war kaum in Worte zu fassen, denn sie vermittelten ihr das Gefühl, dass sich die Erinnerung an Perla allmählich auflöste. Das machte ihr Angst.

»*Mamma* …«, flüsterte sie und betrat das Familiengrab, das in seiner Struktur an eine Kapelle denken ließ. An der Wand, die dem Eingang gegenüberstand, war ein kleiner Altar aus Marmor angebracht worden. Rechts vom Eingang hingegen bedeckte eine schwere Marmorplatte den Abstieg zum Grabgewölbe. An der Wand links waren die Tafeln angebracht worden, die mit den Namen der Toten versehen worden waren. Ziemlich viel Marmor, fand Aurora. Ziemlich kalt. Ihr fröstelte plötzlich. Wäre es nach ihr gegangen, sie hätte Perlas Asche im Meer verteilt. Vielleicht sollte sie irgendwo anmerken, dass sie sich für sich selbst eine solche Beisetzung wünschte.

Sie kam nicht oft hierher. Gar nicht oft. Aber heute hatte sie es als wichtig empfunden. Heute war sie gekommen, um ihrer Mutter mitzuteilen, dass sie die *Casa del Gelato* verkaufen würde. Wahrscheinlich wollte sie ihren Segen. Ja, genau, sie wollte von Perla losgesprochen werden, von ihr hören, dass die Entscheidung richtig war. Ein unmögliches Unterfangen.

Aurora zuckte zusammen, als sie am Eingang Geräusche vernahm. Als sie erkannte, wer in der Tür stand, entspannte sie sich sofort. Der Hut war unvergleichlich.

»Oh«, sagte Arturo und blieb respektvoll stehen. Er zeigte ihr damit, dass sie ein größeres Recht darauf hatte, hier zu sein. Sie fand das unnötig. Schließlich war genug Platz für beide.

»Komm rein!« Ihr war schleierhaft, warum sie flüsterte. Stören konnte sie wohl kaum jemanden.

»Ich wollte nur ganz kurz die hier abgeben!« Arturo stellte eine einzelne Blume in die Vase, die vor Perlas Bild stand. »Meine Mutter hätte heute Geburtstag gehabt«, erklärte er. »Ich habe ihr mal versprochen, dass ich ihr zu dieser Gelegenheit immer Blumen bringe. Und nach Perla schaue ich auch oft.«

Aurora bedauerte sehr, dass sie ihrer Mutter kein derartiges Versprechen gegeben hatte. Die Wahrheit war, dass sie keine Zeit dazu gehabt hatten. Wer geht schon davon aus, mit 40 zu sterben?

»Ich habe gar keine Blumen dabei«, stellte sie traurig fest.

Arturo legte ihr einen Arm auf die Schulter. »Deine Mutter wird sich auch so freuen.«

Sie erkannte Arturos Versuch, sie zu trösten. Und der Versuch rührte sie. Vielleicht war es aber auch die gesamte Situation, die an ihrer Abgebrühtheit kratzte, die sie immer vortäuschte, wenn sie sich hier befand.

»Glaubst du, sie hätte akzeptiert, dass ich ihre *gelateria* verkaufe?«

»Ich weiß es nicht. Wirklich nicht. Ich weiß aber, dass sie dich so sehr geliebt hat, dass sie dir ausnahmslos alles verziehen hätte.«

Ja. Das stimmte. Allerdings machte ihr diese Gewissheit nichts leichter. Das Stehen erschien Aurora plötzlich zu anstrengend. »Setzen wir uns?«

Arturo nickte und führte sie ins Freie. Sie ließ sich nieder, auf eine der Stufen, die direkt ins Familiengrab führten. Sie lehnte sie gegen die Glastür, auf der ein einfaches, schwarzes Kreuz aus Eisen angebracht war. Das Glas war kühl und erinnerte sie daran, dass es mal wieder fast unerträglich heiß war.

»Woran erkennt man denn deiner Meinung nach, ob es Liebe ist?«

Arturo ließ sich etwas steif neben ihr nieder. Strich sich die Hose zurecht. Seine Hand zitterte dabei leicht, wie Aurora beobachten konnte. Arturo wurde älter. Vor Zuneigung ging ihr Herz fast über.

»Man erkennt es einfach …«

Ja. Das war natürlich auch eine Antwort. Die ihr kein bisschen weiterhalf.

»Du bist der richtige Mann für Olivia«, stellte sie fest.

»Und sie die richtige Frau für mich.«

»Ich freue mich so für euch, Arturo!«

Er lächelte. »Danke. Aber auch du wirst glücklich werden. Und weißt du auch, warum?«

Sie schüttelte den Kopf.

»Weil du aufhören wirst, dir den Kopf darüber zu zerbrechen. Du wirst lernen, nur auf dein Herz zu hören.«

»Willst du damit sagen, dass du mir das Geheimnis zum Glück offenbart hast?«, fragte sie ihn gespielt ernst.

»Du glaubst mir nicht?«

»Ich weiß im Moment gar nicht, was ich glauben soll.« Das

bezog sich auf die *gelateria*. Das bezog sich aber auch auf Nando, von dem sie sich am frühen Morgen verabschiedet hatte. Mit einem Kuss, aber ohne Versprechen.

»Es wird schon alles gut werden!« Er tätschelte väterlich ihr Knie.

»Wieso erbt man von seinen Tanten eigentlich keine positiven Eigenschaften?«, fragte sie. Sie wünschte, sie hätte etwas von Olivias Abgebrühtheit, von ihrer Willenskraft.

»Oh, du hast mehr von ihr, als du dir vorstellen kannst!«, fand er.

»Zum Beispiel?«

»Zum Beispiel … ihre Haare!«

Das stimmte zwar, sie war sich aber trotzdem sicher, dass Arturo nur witzig hatte sein wollen. »Ich meine doch Charaktereigenschaften!«, stellte sie daher klar.

»Ach so!«, sagte er augenzwinkernd. »Also gut. Das ist einfach: Du hast ihre Stärke geerbt!«

»Haha. Die ja gerade nicht.«

»Doch. Oh, doch.«

»Und wieso merke ich nichts davon?«

»Du wirst schon sehen. Irgendwann zeigt die sich ganz von selbst.«

»Na, langsam wäre es ja mal an der Zeit.«

Sie schwiegen eine Weile. Wahrscheinlich hing auch Arturo einfach seinen Gedanken nach.

»Deine Mutter war auch stark. Vielleicht stärker noch als Olivia«, bemerkte er irgendwann.

Und so kam es, dass Perla, deretwegen sie gekommen war, beinahe körperlich bei ihnen saß. Diesen starken Eindruck hatte Aurora.

»Ich kann sie fast spüren«, flüsterte sie.

»Siehst du, wie stark sie ist?«

Aurora lehnte sich an ihn. Das Gefühl, jemanden zu brauchen, der ihr einen Teil der Last abnahm, wurde übermächtig.

»Vielleicht interessiert es dich zu wissen, dass ich Vittorios Adresse ausfindig gemacht habe.«

Sie blickte überrascht auf.

»Ich habe nachgeforscht. Du weißt schon, wegen der kaputten Fliesen in meiner Küche«, schickte er sich an zu erklären.

Und sie wusste nicht so recht, was sie mit dieser Neuigkeit jetzt anfangen sollte. Was bedeutete das für sie?

»Falls es dich interessiert, morgen fahre ich zu ihm, um meine Fliese abzuholen. Ich habe sie nachbestellt.«

Das veränderte schon wieder alles. Wie sehr, das konnte sie noch nicht sagen.

*

Aurora war nervös. Sie blickte alle zwei Sekunden auf die Uhr. Ein weiteres Mal musterte sie sich besorgt im Spiegel und war versucht, sich erneut komplett umzuziehen. Sie hatte ein Outfit gewählt, das sie meist zur Arbeit anzog. Es ließ sie professionell wirken. Da sie sich aber sonst ganz anders kleidete, wenn sie in Maratea war, kam sie sich vor wie verkleidet.

Sie seufzte. Beschloss im letzten Moment, doch das Kostüm anzubehalten, und blickte erneut auf die Uhr.

Zeit, sich Ponzi und dem Interessenten zu stellen.

Eigentlich hätte sie gerne Gino und Olivia an ihrer Seite gehabt. Die beiden hatten sich jedoch den ganzen Tag nicht sehen lassen. Allerdings hatte sie auch nicht richtig nach ihnen gesucht. Das war ein ganz komisches Gefühl. Einerseits brauchte sie sie, andererseits fürchtete sie sie. Oder besser, fürchtete sie, sie könnten versuchen, sie umzustimmen.

Aurora verließ die Wohnung und war ganz froh, dass die Temperatur bereits etwas gesunken war. Dennoch war sie schon verschwitzt. Sie straffte aber die Schultern und beschloss, dass ihr das jetzt egal war.

Pünktlich, wie bestellt, erreichte sie den Haupteingang der *gelateria*, wo Ponzi mit einem Mann dastand. Sein Gesicht erhellte sich, als er sie erblickte. Er nahm die Hände aus den Hosentaschen und begrüßte sie mit großer Geste.

Ponzi stellte seinen Klienten vor. »Signora Nardelli, das ist Signor Ungaretti.«

Auch dieser reichte ihr freundlich die Hand, verbeugte sich sogar kurz. Sie suchte das Gesicht des Mannes nach irgendeinem Zeichen der Unfreundlichkeit ab. Sie fand aber kein einziges. Er schien aufgeschlossen und nett zu sein. »Es ist schön, hier zu sein, Signora Nardelli. Maratea ist wirklich entzückend. Und die *Casa del Gelato* wirklich beeindruckend. Zumindest der Teil, der von hier aus sichtbar ist.«

Sie folgte seinem Blick. Und merkte erst jetzt verwundert, dass die Terrasse bis auf zwei besetzte Tische menschenleer war. Das war ungewöhnlich. Sonst hatten sie mehr Gäste. Sie kam nicht dazu, darüber nachzudenken. Denn Ponzi erzählte gerade etwas. Und so konzentrierte sie sich wieder voll auf ihn.

»Vielleicht interessiert es Sie zu wissen, dass Signor Ungaretti bereits diverse Eisdielen in ganz Italien betreibt …«, sagte er.

»Ach, tatsächlich? Wo denn?«, meldete sie sich endlich auch zu Wort.

»Hauptsächlich in Kampanien, also auf Ischia, in und um Neapel. Aber auch in Rom und Florenz. Ich wurde in das Geschäft sozusagen hineingeboren und empfand es irgendwann als viel zu einengend, mich nur um eine Eisdiele zu kümmern.«

Aurora schluckte. Sie empfand diese Bemerkung wie eine Kritik an sich selbst. Was Ungaretti natürlich nicht beabsichtigt haben konnte. Sie wusste, dass ihr Gewissen sich regte und sie es sich selbst zu verdanken hatte, wenn sie sich schuldig fühlte.

»Das ist schön«, bemerkte sie ziemlich vage. Sie blickte sich um, fand es äußert ungewöhnlich, dass sich nicht zumindest Gino zu ihnen gesellte. Wo waren sie nur alle?

»Bei meinen Käufen achte ich immer sehr darauf, wie gut die Eiscafés laufen, die ich betreiben möchte. Mir ist wichtig, dass bereits eine feste Klientel vorhanden ist. Dann haben meine

Geschäftsführer schon die richtige Basis, um die Kundenfrequenz noch wirkungsvoller zu erhöhen.«

»Oh, da brauchen Sie sich in diesem Fall keine Sorgen zu machen. Das Geschäft läuft sehr gut.« Sie merkte, wie er die Terrasse beäugte und sich vermutlich wunderte, wieso nicht mehr Gäste anwesend waren, wenn es denn so gut lief.

Offen gestanden fragte sie sich das auch gerade … Wo waren sie, ihre Gäste, wenn sie sie am dringendsten brauchte? Und wo waren verdammt nochmal Gino und Olivia?

»Davon gehe ich aus«, bemerkte der Mann. Mit einem schwer zu deutenden Unterton.

»Lassen Sie uns doch eintreten. Dann können Sie sich besser umsehen«, schlug sie vor und merkte dabei, dass das mit dem Schwitzen nicht aufgehört hatte. Ganz im Gegenteil. Ihre Nervosität stieg. Und sie hatte da so ein Gefühl … Ach was! Sie täuschte sich sicher.

Das Erste, was ihnen förmlich entgegenflog, als sie die *gelateria* betraten, war ein Eisbecher. Ein bunter, voller Eisbecher, der Cristina vom Tablett rutschte und krachend zu Boden fiel.

Peng.

Scherben, Sahne, Eis, Früchte, diverse Soßen. Wenigstens waren die Anzüge von Ponzi und Ungaretti verschont geblieben.

Aurora war so überrascht, das sie zunächst kein Wort herausbrachte.

»Oh nein. Das tut mir so leid!«, rief Cristina und bedeckte vor Schreck den Mund.

Aurora verharrte noch immer in einer Art Starre. Cristina war die beste und sicherste Kellnerin, die sie kannte. Ausgerechnet jetzt fiel ihr ein ganzer Eisbecher vom Tablett. War das Auroras Karma?

»Schon gut, Cristina. Das kann schon mal passieren«, bemerkte sie schnell. Dann sah sie verlegen zu Ponzi und Ungaretti. Sie glaubte, einen hämischen Ausdruck auf Ungarettis Gesicht zu erkennen. Aber vermutlich bildete sie sich das nur ein.

»Ich putze es sofort weg!«, sagte Cristina und verschwand bereits im Putzraum.

Einen Augenblick lang wusste Aurora nicht, wie es nun weitergehen sollte. Der Unfall hatte sie aus dem Konzept gebracht. Dann aber entschied sie sich dazu, den beiden Männern die Eisvitrine zu zeigen, die selbst hartgesottenen Kritikern die Sprache verschlagen konnte. Ihre Eisauslage war die beste.

»Kommen Sie gerne hier entlang«, bat sie die Männer deshalb. Triumphierend stellte sie sich vor die Vitrine und zeigte mit ausladender Geste drauf. Vor allem Ungaretti blickte interessiert hinein. Einen Moment lang, zwei Momente lang. Irgendwie eine Weile zu lang, bemerkte sie und folgte seinem Blick.

Als sie entdeckte, wie unordentlich sich die Vitrine präsentierte, blieb ihr fast das Herz stehen. Leere, verdreckte Eisbehälter. Umgekippte Schildchen, auf denen der Name der Eissorte stand. Eisschaufeln, die quer über dem Eis lagen ... Eine Katastrophe. Eine einzige Katastrophe. Aurora schluckte schwer und blickte sich nach den Eisverkäufern um. Wer hatte gerade Dienst?! Wer war verantwortlich für dieses Durcheinander?!

Hinter der Theke standen zwei Eisverkäufer, die sich angeregt unterhielten und dabei ... oh, *no, no, no*! ... rauchten?!

Aurora wurde kurz schwarz vor Augen. Sie wollte irgendeine Erklärung von sich geben. Ihr fiel aber nichts ein. Wie sollte sie diese Zustände entschuldigen? Wie?

Sie traute sich gar nicht, Ungaretti anzusehen. Was musste er nur von ihnen denken? Und was war hier überhaupt los? Das war nicht das, was die *Casa del Gelato* sonst jeden Tag leistete.

Erneutes Scheppern ließ sie aufschrecken. Was konnte denn jetzt noch folgen?

Gino kam aus dem Raum, wo die Eistortenproduktion stattfand. Aurora war froh, ihn zu sehen. Sicherlich würde er ihr aus dieser unangenehmen Situation helfen.

»Das ist übrigens ...«, versuchte sie ihn vorzustellen. Weit kam sie aber nicht. Denn irgendetwas stimmte nicht.

Ihr Vater stapfte ihr wütend entgegen. Er sah aber nicht so aus, als sei seine Wut gegen sie gerichtet. Trotzdem hörte sie, wie er laut … fluchte?

Sie schloss die Augen. Das konnte doch alles nicht wirklich passieren!

»*Vaffanculo*!«, rief der gutmütige Gino so laut, dass sie ihn vermutlich bis nach Kalabrien hören konnten.

Aurora traute sich noch immer nicht, zu Ungaretti und Ponzi zu sehen. Sie betete, dass die Erde sich auftun würde, um sie mit einem Happen zu schlucken!

Ihr Vater fluchte nie! Vor allem nicht im Laden! Was ging hier vor?

Auch Olivia erschien aus dem Tortenlabor. Sie trug sogar eine besonders schöne Torte in den Händen. Vielleicht konnte Aurora mit der punkten. Die Hoffnung stieg. Schließlich waren die Eistorten unvergleichlich lecker!

Dann aber geschah das, was sie nicht glaubte, jemals sehen zu müssen. Olivia packte Gino am Arm, zog fest dran, sodass er sich umdrehen musste, und warf ihm die Torte ins Gesicht. »So, *stronzo*, hier hast du deine Torte! Viel Spaß damit!«, schimpfte sie laut und stapfte davon. Als sie an ihnen vorbeistolzierte, nickte sie ihnen nur kurz zu.

Und endlich, endlich begann Aurora zu verstehen.

Eine Theateraufführung. Das war nichts weiter als eine Aufführung mit miserablen Schauspielern. Sinn und Zweck dieser Farce: Ungaretti abschrecken und vom Kauf abbringen.

Die wenigen Gäste, die unordentliche Vitrine, die rauchenden Eisverkäufer, Cristinas Malheur und nicht zuletzt der Streit zwischen Gino und Olivia waren nur gespielt. Das wurde ihr plötzlich so sonnenklar, dass sie beinahe laut gelacht hätte. Wenn sie ehrlich war, stellten sich ihre Leute gar nicht so schlecht an. Dann aber wuchs die Wut und nahm überhand.

Das war unfair. Und es tat weh, dass die Menschen, denen sie am meisten vertraute, ihr so in den Rücken fielen.

Einen Augenblick lang wusste sie nicht, wie es nun weitergehen sollte. Dann aber erinnerte sie sich daran, dass Nando sie niemals hintergehen würde. Sie hatten besprochen, dass er das extra für Ungaretti angefertigte Eis im Labor bereitstellten würde. Und das war der Strohhalm, an den sie sich klammerte.

Sie ignorierte Gino, während der noch dabei war, sich Eis aus dem Gesicht zu wischen, und führte die beiden Männer an ihm vorbei direkt ins Labor. Sie schloss die Tür leise hinter sich und atmete durch.

»Was Sie bisher gesehen haben, entspricht nicht der Realität. Das war Sabotage, wie Sie sich wahrscheinlich schon denken können«, stellte sie fest. Sie wollte auch gar nicht weiter drauf eingehen. Entweder sie glaubten ihr, oder sie taten es nicht. »Dass wir die Besten sind, das wird Ihnen unser Eis erzählen«, sagte sie vertrauensvoll.

Sie öffnete zuversichtlich den Kühlraum und fand sofort den großen Eisbehälter, den sich suchte. Sie nahm ihn heraus und stellte ihn auf der Arbeitsfläche ab, gleich neben der Eisschaufel, die dort lag. Dann griff sie nach zwei der bereitgestellten Papiereisbecher. Vorsichtig nahm sie ein wenig Eis aus dem Behälter und gab es in die Becher. Sie suchte nach Löffeln und fand sie glücklicherweise sofort. Nando hatte gute Arbeit geleistet und alles wie besprochen für sie dagelassen. Sie liebte ihn gerade unendlich dafür.

Wie in Zeitlupe nahm Ungaretti vom Eis, das einladend nach Pfirsichen, Vanille und Rosen duftete. Er steckte den Löffel in den Mund, verzog kaum merklich das Gesicht und steckte den Löffel zurück ins Eis. Den Becher stellte er ab.

Er schluckte schwer. »Das Eis ist einfach furchtbar!«, sagte er. Klar und deutlich.

Sorbetto al Limone

Weicher und zarter als die *granita*, gilt das Sorbet als Vorgänger des klassischen Eises. Steif aufgeschlagenes Eiweiß kann untergehoben werden, um die Masse noch cremiger zu machen.

Sorbetto lässt sich wunderbar mit Alkohol kombinieren und ist daher sowohl verdauungsanregend als auch geschmacksneutralisierend, vor allem dann, wenn man die Zitronenvariante wählt. Daher wird Zitronensorbet gerne zwischen zwei kontrastierenden Speisen (zum Beispiel zwischen einem Fleisch- und einem Fischgericht) oder gleich am Ende des Mahles gereicht. Der perfekte Abschluss, nicht wahr?

Kapitel 24

Aurora hatte es irgendwie geschafft, das Treffen mit Ponzi und Ungaretti hinter sich zu bringen.

»Ich denke, wir sollten uns demnächst in aller Ruhe zusammensetzen«, hatte der Immobilienmakler gesagt. Vermutlich, um nach diesem desaströsen Termin erst mal eine Erklärung zu verlangen – warum ihre Familie gerade alles getan hatte, um sie zu sabotieren, zum Beispiel.

Sie konnte es noch immer nicht glauben, dass ihre Leute sie so hatten auflaufen lassen. Wie in einem miserablen Theaterstück war sie sich vorgekommen. Und sie war so sauer, das konnte sie gar nicht in Worte fassen. Vor allem aber war sie verletzt und enttäuscht. Was Nando getan hatte, das war … oh, sie konnte gar nicht dran denken. Er hatte absichtlich schlechtes Eis gemacht. Anders konnte sie sich das nicht erklären. Jedes Eis von Nando schmeckte. Wenn es das nicht tat, dann war etwas faul an der Sache.

Das hätte sie niemals von ihm erwartet.

Niemals.

Sie hatte ihm vertraut.

Und er hatte ihr Vertrauen missbraucht.

Das tat so weh, dass sie sich setzen musste. Direkt auf die kleine Mauer vor der *gelateria*. Sie vergrub das Gesicht in den Händen. Verweilte eine gefühlte Ewigkeit so, weil sie nicht fähig war, irgendetwas anderes zu tun, als sich zu verstecken.

»Hey, da bist du ja!«

Sie blickte auf. Oh nein, nicht Nando! Sie war so wütend auf ihn, dass sie keine Worte fand.

»Ich habe versucht, dich zu erreichen. Wo hast du dein Handy?«

Sie atmete angestrengt durch die Nase ein und durch den

Mund aus. Wenn sie jetzt auch nur einen winzig kleinen Fehler dabei beging, einmal aus dem Takt geriet, war es aus mit ihrer Selbstbeherrschung. Und das konnte sie sich nicht erlauben.

»Was ist los, Aurora? Wie ist das Treffen gelaufen?«

Oh, er wagte es? Er wagte es tatsächlich, sie drauf anzusprechen? Was stimmte mit diesem Kerl nicht? Und wie schaffte er es, ein so unschuldiges Gesicht zu machen?

»Ist etwas schiefgegangen?«

Er versuchte sie an der Schulter zu berühren. Sie entzog sich ihm augenblicklich und sprang auf. Er wich zurück, als hätte er sich die Finger verbrannt.

Gut.

Denn wenigstens sagte er so nichts mehr.

»Wie konntest du nur?«

Er wich noch weiter zurück und riss seine dunklen Augen weit auf.

»Wie konnte ich was?«

Sie ging jetzt auf und ab. Es machte sie schier wahnsinnig, dass er so perfekt schauspielern konnte. Hatte er ihr vielleicht *alles* vorgespielt? Die Antwort machte ihr richtig Angst.

»Komm schon! Für wie blöd hältst du mich?!«

»Ich halte dich nicht für blöd. Ganz im Gegenteil.« Obwohl er überrascht aussah, blieb er ruhig.

So ein Mistkerl!

»Hör zu, ich habe keine Lust zu diskutieren. Wie du dir vorstellen kannst, hatte ich ein beschissenes Meeting, bei dem ich mich zu Tode geschämt habe. Deine Scheinheiligkeit trägt nicht gerade dazu bei, meine Laune zu bessern.«

»Ich habe keine Ahnung, wovon du sprichst.«

Sie ignorierte ihn vollkommen. »Wer hat den Plan ausgeheckt? Das würde mich interessieren. Olivia? Cristina? Oder doch du?«

Er griff sich mit beiden Händen an den Kopf. Schüttelte ihn dann. »Okay. Genug jetzt. Erklär mir, was hier los ist.«

»Erklär du es mir. Erklär mir, wie ein Perfektionist wie du plötzlich und gerade jetzt schlechtes Eis produziert! Erklär es mir. Ich komme nämlich nicht drauf.«

Er sah sie an, als hätte sie auf Chinesisch gesprochen.

»Mein Eis war schlecht? Oh Gott, welches?« Er griff sich doch tatsächlich an die Brust. Mit dieser Vorstellung konnte er fast für den Oscar konkurrieren.

»Dein bescheuertes Aurora-Eis. Welches sonst?«

»Was meinst du mit schlecht? Hast du es probiert?«

»Mir hat gereicht, dass der Interessent das behauptet hat.«

»Aber … *Dio mio*, halt, halt, halt! Du meinst, ich habe absichtlich schlechtes Eis hergestellt, damit der Typ die *gelateria* nicht kauft? Ernsthaft?« Er schien … richtig verletzt. Seine Hand zitterte leicht. Und das brachte Aurora aus dem Konzept. Aber nur ganz kurz. Sie würde sich nicht überzeugen lassen, schließlich hatte sie die Aufführung der anderen mit eigenen Augen gesehen. Schlechtes Eis passte perfekt ins Bild.

»Antworte mir bitte, Aurora! Denkst du das von mir?«

»Tu doch nicht so. Du warst von Anfang an nicht einverstanden mit dem Verkauf.«

»Stimmt. Und ich habe dir das nie verheimlicht. Aber du kannst nicht wirklich glauben, dass ich dein Treffen sabotiert haben könnte. Vor allem nicht nach dem, was wir zusammen erlebt haben letzte Nacht.«

Sie schluckte. Letzte Nacht …

Nun, letzte Nacht war letzte Nacht. Sie konnte ihm nicht vertrauen. Sie konnte gerade niemandem vertrauen.

»Okay. Du glaubst mir nicht. Aber glaubst du deinem Gaumen? Kannst du gutes Eis von schlechtem unterscheiden?«

»Natürlich!«

»Dann geh rein und probier es.«

Aurora schüttelte den Kopf. Sie musste sich das nicht antun.

»Doch. Du gehst rein. Das verlange ich von dir. Und das bist du mir schuldig!«

Wie konnte er nur so selbstsicher sein. Ungaretti hatte gesagt, dass es nicht schmeckte. Und er war ein erfahrener Eisdielenbesitzer. Sie hatte keinen Grund, Ungaretti nicht zu glauben.

Andererseits …

Ach, sie war konfus.

»Tu es einfach«, forderte er sie erneut auf.

Sie raffte sich auf, betrat die *Casa del Gelato* und spürte, dass Nando ihr folgte. Sie entdeckte sofort Gino, Olivia und Cristina, die in einem Eck standen und sich angeregt miteinander unterhielten. »Mit euch habe ich gleich ein Hühnchen zu rupfen!«, rief sie, wartete aber keine Antwort ab.

Sie betrat das Labor gemeinsam mit Nando. Er stellte sich an die Arbeitsfläche, verschränkte die Arme vor der Brust und wartete ab. Aurora fand es idiotisch, jetzt vor ihm das Eis zu kosten. Sie kam sich dabei vor wie in der Schule bei einem unangenehmen Test. Aber sie zog es durch. Sie holte das Eis erneut aus dem Kühlraum und löffelte direkt aus dem Eisbehälter. Natürlich spürte sie dabei Nandos Blick. Es gelang ihr nicht, ihn zu ignorieren. Sosehr sie es auch versuchte.

Das Eis roch sehr angenehm. Sie schob es vorsichtig in den Mund und das wohlbekannte innerliche Zurückschrecken, das das kalte Eis auf der warmen Zunge hervorrief, setzte ein. Legte sich aber sofort wieder. Augenblicklich begann das Eis zu schmelzen und dabei den Geschmack an die Papillen weiterzuleiten.

Sie schmeckte Pfirsich und Wärme, Vanille und Aufregung, Rose und Zärtlichkeit. Alles zusammen. Alles einzeln. Berauschend, aber nicht wuchtig. Sie schmeckte hervorragendes Eis, das mehr als nur Harmonie vermittelte. Und sosehr sie auch danach suchte, dieses Eis hatte rein gar nichts Schlechtes an sich.

Sie lehnte sich gegen die freie Wand, ließ sich daran hinuntergleiten. Ihr Kostüm würde vermutlich dabei hässliche Knitterfalten bekommen, aber das war ihr egal. Hässlich fühlte sie sich nämlich irgendwie gerade selbst.

»Ich habe wirklich daran gedacht, das Eis im Geschmack zu verfälschen. Es wäre ganz leicht gewesen.« Er schnippte mit den Fingern. Sie sah aber nicht zu ihm auf. »Weißt du, warum ich es nicht getan habe, hm?« Er wartete keine Antwort ab, lieferte sie selbst. »Weil ich Idiot in dich verliebt bin. Hoffnungslos verliebt. Es bringt mich um, dass das alles nichts nützt. Denn du empfindest nicht das Gleiche für mich. Das hast du mir eben zweifelsfrei bewiesen.«

Er verharrte kurz. Wartete vielleicht auf eine Reaktion. Doch Aurora fühlte sich komplett ausgehöhlt. Total unfähig, sich zu rühren oder gar etwas zu sagen.

Sie hörte seine entschlossenen Schritte, als er ging.

Sie verstand das. Dennoch schrie ihr Herz stumm »Bleib!« Aber er tat es nicht. Und sie konnte es ihm nicht verübeln.

★

Bosco, 1984

Er sah sie an. So aufmerksam, wie es eben in dieser Situation möglich war. Er war ganz vernarrt in ihr Gesicht und ihr Mienenspiel. In das, was sich in ihren Augen verbarg. Er liebte ihr Gesicht aber besonders in Momenten wie diesen, wenn sie vollkommen entspannt war und ihre ständige Sorge sich nicht so deutlich zeigte. Inzwischen wusste er, das dieser Gemütszustand nur ein paar Augenblicke lang anhalten würde. Hätte er die Möglichkeit, sie für immer in die glückliche, erfüllte und rundum zufriedene Frau zu verwandeln, die er immer nur ganz kurz zu fassen bekam, er würde es tun. Aber er wusste, dass er diese Macht nicht besaß.

Deshalb hatte er angefangen, dieses Gesicht heimlich zu malen. So, wie es sich zeigte, wenn sie ganz bei ihm war. Denn das Bild würde ihm bleiben.

»Sieh mich nicht so an!«, bat sie ihn mit mädchenhafter Stimme.

Wie immer war sie ein bisschen verlegen. Als würde sie immer nur ihrem Mut hinterherlaufen, aber nie wirklich einholen.

»Wieso nicht?«

»Ich muss schrecklich aussehen!«

»Du weißt wirklich nicht, wie bildhübsch du bist, oder?«

Sie bedeckte kreischend ihr Gesicht. Und er lachte, wie der zufriedenste, glücklichste aller Männer.

Er hob sie mit Leichtigkeit auf seinen nackten Körper, bedeckte sich mit ihrer süßen Haut, ihrem duftenden Haar. Er roch daran und wollte sich für immer darin verstecken. Wie ein kleiner Junge im Gebüsch.

»Vittorio?«

»Hm?«

»Würdest du ein Bild von mir und meiner Tochter für mich malen?« Sie flüsterte ihm die Frage ins Ohr, und er hielt sie noch fester. Wie jemand, der Angst davor hatte, der Wind könnte ihm seinen wertvollsten Besitz wegtragen. Er spürte, wie sein Herz aufgeregt klopfte. Sie erlaubte ihm so selten kurze Einblicke in ihr Leben. Ihr richtiges Leben. Nur die Tochter – Aurora – erwähnte sie ab und an.

»Natürlich male ich euch. Wollt ihr Modell stehen?«

Sie richtete sich auf, lehnte sich an die nackte Wand, die ihre nackte Haut traf. Sie schüttelte den Kopf. »Ich bringe dir ein Bild von ihr. Ist das in Ordnung? Ich möchte, dass du uns beide malst, die Casa del Gelato *im Hintergrund. Irgendwann werde ich es ihr schenken. Vielleicht am Tag, an dem sie die Eisdiele übernehmen wird.«*

»Das wird wohl noch ein paar Jahre dauern!«

»Ja. Nun. Man kann nie früh genug anfangen, sich auf wichtige Ereignisse vorzubereiten.«

Er lachte. Weil er es mochte, wie pragmatisch sie war.

»Was, wenn sie eure Eisdiele gar nicht will? Wenn sie meinetwegen Richterin wird?« Er wollte sie necken. Sie wieder in die Sorglosigkeit schubsen, die er so sehr mit ihr genoss.

»Was? Ach. Das wird niemals passieren. Natürlich wird Aurora eines Tages den Familienbetrieb übernehmen.« Ihre Entschlossenheit ließ keinen Raum für Zweifel.

»Wenn sie auch nur annähernd so entschlossen ist wie du, dann wird wohl kein Weg daran vorbeiführen«, sagte er rau. Er fuhr mit der Hand über ihr nacktes Bein, zog sie sanft zu sich. Wieso nur konnte er von ihr nie genug bekommen?

»Sie ist mir ähnlicher, als mir lieb ist«, flüsterte sie. Vielleicht mehr zu sich selbst.

Endlich schloss sie die Augen wieder. Die Sorgenfalte zwischen ihren Augenbrauen war noch zu sehen. Aber nur leicht.

Mit Hingabe berührte er jeden Millimeter ihrer Haut. Dabei stellte er sich vor, seine Finger seien Pinsel. Viele, kleine Pinsel, die mit Farbe durchtränkt über eine weiße Leinwand fuhren, um einen schönen, weiblichen Körper zu malen.

Manchmal glaubte er, sie in ihr gefunden zu haben, die famose Muse, die jeder Maler, der etwas von sich hielt, früher oder später traf. Er konnte nicht leugnen, dass ihm diese überwältigende Leidenschaft, die sie aneinanderband, sogar Angst machte. Denn, was sie erlebten, war kein Feuer, es war ein lodernder, tobender, nicht in Zaum zu haltender Großbrand. Doch meist schob er seine Bedenken beiseite und gab sich diesem manchmal auch egoistischen Gefühl einfach hin. Weil er gar nicht anders konnte. Ihm war das bewusst.

Nachdem sie sich erneut geliebt hatten, zog sie sich wortlos an, strich ihm sanft mit einem Daumen über die Lippen und ging. Leise schloss sie die Tür hinter sich.

Er blieb ausgestreckt auf dem Bett liegen und starrte einfach so an die Decke. Minutenlang. Stundenlang. Er erhob sich erst, als er vor Kälte zitterte.

Dann aber kleidete er sich an und begab sich hastig zur Leinwand, die er, aus welchem Grund auch immer, vor ihr versteckt hielt. Heute konnte er den Versuch starten, ihre Augen zu malen, denn er glaubte, sie noch immer zu sehen.

Aurora verliebte sich auf den ersten Blick in den kleinen cilentanischen Ort, als sie ihn gemeinsam mit Arturo erreichte. Noch am Abend zuvor, sobald sie nach dem Streit mit Nando das Eislabor verlassen hatte, hatte sie ihn darum gebeten, sie mitzunehmen. Und er hatte sich natürlich glücklich dazu bereit erklärt. Sehr viel mehr hatte er nicht wissen wollen, obwohl er vermutlich gespürt hatte, dass etwas nicht in Ordnung war. Vielleicht hatte er, ganz im Gegensatz zu ihr, auch bereits mit Olivia gesprochen und von ihr erfahren, dass Aurora sich weigerte, auch nur ein Wort mit ihrer Familie zu sprechen.

Diese große Last wollte sie heute aber ignorieren. Sie fühlte sich fast euphorisch. So als hätte man ihr die Gelegenheit geschenkt, Perla ein letztes Mal zu treffen. Beinah bereute sie es, sich nicht eher zu diesem Schritt durchgerungen zu haben. Zu diesem wichtigen Schritt, Vittorio den Fliesenkünstler zu treffen.

Sie entschlossen sich dazu, gleich am Ortseingang zu parken und Bosco zu Fuß zu erkunden. Sie wussten nicht genau, wo Vittorio wohnte, und wollten sich, wenn notwendig, durchfragen. Arturo hatte zwar eine Adresse, aber das nützte wenig, weil sie sich nicht auskannten.

»Es ist so schön ruhig hier«, bemerkte sie und sah sich um. Die Ortschaft war von Olivenbäumen geprägt. Allesamt mit mächtigem Stamm und majestätischer Krone. Sie konnte erkennen, dass die Bäume viele Früchte trugen. Sie konnte auch erkennen, wie die Sonne sich ihren Weg durch das grüne Dickicht bahnte. Die durchdringenden Sonnenstrahlen sahen aus wie lebendig gewordene Hoffnungsschimmer.

»Sieh mal!«, rief Arturo und blieb abrupt stehen.

Aurora blickte auf. Sie hatten eine kleine Piazza erreicht, die auf drei Seiten offen war. Nur eine Seite wurde von einer reich verzierten Betonmauer begrenzt. Bei näherem Betrachten erkannte sie, dass viele, viele Fliesen die einfache Wand schmückten. Handbemalte Keramikfliesen. Sie trugen so sehr Vittorios Handschrift, dass sie einen Schritt zurückgehen musste, um nicht vom Eindruck übermannt zu werden.

»Die hat er gemalt«, flüsterte sie.

»Sie sind beeindruckend.«

Das waren sie. Das waren sie tatsächlich. Weiße Fliesen. Dunkelblaue Motive.

Abstrakt. Verschnörkelt. Linear. Einfach. Romantisch.

Jede für sich allein betrachtet vielleicht sogar unbedeutend.

Zusammen aber wirkten die Fliesen wie Teilnehmer an einem großen, wichtigen Fest, auf dem sie zusammen zu wunderschöner Musik tanzten.

»Oh, ja!«, pflichtete sie ihm bei und konnte den Blick nicht von dem ungewöhnlichen Kunstwerk abwenden.

»Ich frage mal den Mann da drüben, ob er weiß, wo Vittorio wohnt«, informierte er sie und ließ sie kurz allein. Das brauchte sie offen gestanden jetzt auch. Denn dieses Kunstwerk bewegte sie tief – warum auch immer. Sie fragte sich, ob ihre Mutter es gesehen hatte. Leider fand sie nirgendwo ein Datum. Vielleicht war es aber auch nur vom wuchernden Unkraut bedeckt, das den Platz großflächig eingenommen hatte und damit einfach nur sein gutes Recht zurückforderte.

»Aurora!«, hörte sie Arturo rufen und riss sich von der schönen Fliesenwand los.

Sie ging ihm entgegen und wusste sofort, dass er gute Neuigkeiten hatte.

»Gleich da vorne ist es.« Er zeigte vage in eine Richtung, an der mehrere antike Häuser zu einer engen Gasse zusammenliefen.

Sie hakte sich bei ihm unter. »Also gut. Dann lass uns unser Glück versuchen«, sagte sie viel entschlossener, als sie eigentlich war.

Arturo, der die Wegbeschreibung gut verinnerlicht zu haben schien, führte sie in den antiken Ortskern hinein, der sich wundervoll heimelig zeigte. Sie hörte aus den eng aneinander liegenden Behausungen Geschirr klappern und Fernseher laufen. Selbst Gerüche zogen aus den vielen, vermutlich kleinen, niedlichen Küchen in die Gassen. Wie um zu zeigen, dass Privatsphäre nichts für Bosco war.

Mitten im Ort öffnete sich vor ihnen eine weitere kleine Piazza.

»Hier muss es irgendwo sein«, erklärte er und sah sich um.

»Das da!«, rief sie aufgeregt und zeigte auf die einzige, weiße Hauswand. Auch die alte Tür war weiß. Das fiel ganz besonders auf, weil sich eine farbenprächtige Bougainvillea an der Wand hinaufzog.

»Meinst du?«

»Ja. Lass uns klopfen!«

Und das taten sie auch.

Erst vorsichtig.

Dann entschlossener.

Nichts.

Kein einziger Laut.

Das konnte doch wohl nicht sein! Arturo hatte schließlich Bescheid gegeben, dass er seine Fliese abholen würde.

»Sucht ihr mich?«, fragte ein Mann, der an einem Zaun gelehnt dastand und sie beobachtete. Man sah nicht viel von ihm. Ein riesiger Sonnenhut bedeckte sein Gesicht. Viel zu große Gartenkleidung schlackerte lose um ihn herum. Das konnte unmöglich Vittorio sein.

»Wir suchen Vittorio, den Maler. Wissen Sie, wo wir ihn finden können?«

Er nahm den Hut ab, und exakt in dem Moment erkannte Aurora ihn, obwohl sie ihn nie zuvor gesehen hatte. Vittorio. Das war Vittorio!

»Kennen wir uns?«, hörte sie ihn unsicher fragen.

Fast hätte sie ganz automatisch genickt. Aber er konnte sie ja gar nicht kennen.

»Ich bin Aurora Nardelli.«

Sein Gesicht erhellte sich augenblicklich. Und sehr offensichtlich.

»Na, du hast aber lange auf dich warten lassen.«

Die Casa del Gelato braucht dich, Aurora!

Gino: »ICH brauche dich.«

Olivia: »Elvira, Olivia, Perla, Aurora. Das sind die Frauen der *Casa del Gelato!*«

Nando: »Was der *Casa del Gelato* fehlt, bist DU!«

Cristina: »Sorg für frischen Wind, Aurora!«

Saverio: »Nardelli, bleib einfach!«

Kapitel 25

»Kommt rein, kommt rein!«, sagte er einfach nur und ging ihnen voraus. Offenbar war er kein Mann für ausgedehnte Willkommensrituale, was Aurora eigentlich ganz recht war. Sie konnte dennoch den Blick nicht von ihm abwenden. Vielleicht im Versuch, irgendeine Spur von Perla an ihm zu finden. Als hätte sie ihn gebrandmarkt oder so.

Gemeinsam betraten sie das Haus und wurden von Vittorio in eine Küche geführt. Weiß. Von ihm bemalte Fliesen, wieder streng in Dunkelblau, zierten die Wände. Die Küche war in ihrer Einfachheit wunderschön.

»Setzt euch doch!«, bot er an. »Ich ziehe mich nur kurz um.«

Arturo zeigte auf die einfache Bank mit blauem Sitzkissen, ließ ihr den Vortritt und ließ sich dann neben ihr nieder.

Sie sagten kein Wort. Weil nichts zu sagen war. Und weil die vielen Eindrücke einfach zu viel Platz einnahmen.

Vittorio kam aber sehr schnell wieder, in Jeans und losem weißem Leinenhemd. Mit seinem lässigem Aussehen verkörperte er perfekt den Künstler. Einen schönen Künstler.

»Was wollt ihr trinken?«, erkundigte er sich, ohne sie direkt anzusehen. Das war aber auch das einzige Anzeichen, das man als Nervosität deuten konnte. Sonst wirkte er wie beim Sonntagsbrunch mit seinen besten Freunden.

Sie nahmen beide Wasser, das er in Gläser einschenkte. Schwere Kristallgläser, die eigentlich so gar nicht zum Rest des Hauses zu passen schienen.

Endlich setzte er sich. Endlich sah er sie direkt an. Mit seinem vom Leben gezeichneten, aber immer noch attraktiven Gesicht. Aurora wartete auf eine Erleuchtung oder was auch immer. Sie saß aber einfach nur vor einem leicht vertraut wirkenden Fremden.

»Was führt euch zu mir?«

Aurora merkte wohl, dass er seine Worte mit Bedacht auswählte.

»Sie wissen also, wer ich bin«, stellte sie fest.

»Du siehst ihr sehr, sehr ähnlich …«

Sie musste schlucken. Wie genau musste er Perla verinnerlicht haben, um nach so vielen Jahren noch ihr Gesicht in dem ihrer Tochter zu finden?

»Sie wissen, dass sie tot ist, oder?«

Dazu nickte er. Ein paar Augenblicke lang war sein Blick getrübt. »Ja. Olivia hat mir damals gleich Bescheid gegeben.«

Aurora spürte, wie der gute Arturo neben ihr leicht zuckte.

»Sie kennen auch meine Tante?«

Eigentlich sollte sie gar nichts mehr wundern. Aber diese Tatsache überstieg ihre Vorstellungskraft dann doch.

»Nicht wirklich gut, muss ich gestehen! Wie gesagt, hat sie mich damals aufgesucht, um mich von Perlas Tod zu unterrichten. Mehr aber auch nicht.« Er hatte ihn ausgesprochen. Den Namen ihrer Mutter. Mit einer selbstverständlichen Wärme, die Aurora kurz sprachlos machte. »Darf ich fragen, warum du mich gerade jetzt aufsuchst? Nach so vielen Jahren?«, fuhr Vittorio fort.

»Oh. Natürlich! Ganz einfach: Ich habe alte Fliesen gefunden, die Sie wohl damals gemalt haben …«

»Gefunden?«

»Ja. In einem Karton im Lager.«

»Hat Perla sie denn nicht angebracht?«

Aurora schüttelte den Kopf.

»Na. Sie wird wohl ihre Gründe gehabt haben.«

»Ich weiß es leider nicht, was sie davon abgehalten hat. Aber ich fand die Fliesen so hübsch, dass ich mich erkundigt habe, woher sie kommen. Und dabei erst habe ich von Ihnen erfahren. Von Ihrer Beziehung zu meiner Mutter.«

Er seufzte ganz tief.

»Sie haben sie geliebt, oder?«, rutschte es Aurora heraus. Sie hatte gar nicht gewusst, wie wichtig ihr das war, bis sie es sich selbst sagen hörte. Es machte die Vergangenheit zwar nicht anders. Aber vielleicht verständlicher.

»Ach, weißt du, ich war damals ein ziemlich arroganter, sehr von mir selbst eingenommener Typ. Als sie hier bei mir anklopfte, war mir sofort klar, dass ich sie erobern wollte. Wahrscheinlich wollte ich meine Anziehungskraft testen oder so ein Schwachsinn. Ich habe ihre Schwächen schamlos ausgenutzt. Wir Künstler haben ein enormes Ego. Müssen wir wohl haben. Viel Platz für die Gefühle anderer bleibt da nicht. Und dennoch. Nach dem ersten Treffen war es um mich geschehen. Ich wollte ihr den Kopf verdrehen, dabei hat sie mir den Kopf verdreht. Aber ordentlich!«, gab er lachend zu und nahm einen großen Schluck aus seinem Glas.

»Danke für Ihre Ehrlichkeit.«

»Ich habe sehnsüchtig darauf gewartet, mit jemandem über sie sprechen zu können. Ich muss eigentlich dir danken, wenn man es genau betrachtet.«

Sie winkte ab, war plötzlich gerührt und etwas übermannt von der gesamten Situation, die so, so surreal erschien.

»Ach, das hätte ich ja fast vergessen«, sagte Vittorio und erhob sich. Mit dem Finger zeigte er, dass er in einer Minute wieder da sein würde. Arturo legte eine Hand auf ihr Bein. Und sie wusste, dass alles gut werden würde. Egal, wie.

Der Maler kam wieder. Er hielt ein Bild in der Hand. Dieses Bild schien ihn erst wirklich zu vervollständigen. Als hätte ihm davor ein Stück gefehlt, um ganz zu sein. Er reichte es ihr mit feierlichem Gesichtsausdruck.

Sie sah neugierig drauf und hielt den Atem an.

»Eigentlich wollte es dir deine Mutter schenken. Zur Übernahme der *gelateria*. Obwohl es jetzt vermutlich zu spät ist, sollst du es trotzdem haben.«

Sie sah es sich an. Versank darin. Erkannte sich, als kleines

Mädchen. Erkannte Perla. Erkannte die Liebe. Erkannte den Schutz, den die *gelateria* dieser Liebe bot, die sie fast zu umarmen schien, wie sie so hinter ihnen stand. Nicht wie ein Haus. Nicht wie ein Geschäft. Viel eher wie ein Mensch.

»Es ist wunderschön …«, konnte sie nur sagen. Arturo legte einen Arm um ihre Schulter. »Das ist es«, sagte auch er.

»Perla gab mir Fotos, an denen ich mich orientiert habe. Wichtig war mir, dass die Bindung zwischen dir und deiner Mutter gut zum Vorschein kommt. Und ich denke, dass es mir gelungen ist, nicht?«

»Das ist es.« Sie war noch immer ein bisschen sprachlos und verloren zwischen den Pinselstrichen des Bildes.

»Du bist demnach auch Eismacherin, wie deine Mutter, ja?«

Sie schüttelte den Kopf. »Nein, das bin ich nicht.«

»Nein? Perla war felsenfest davon überzeugt … Du bist doch wohl nicht Richterin geworden?«

Überrascht blickte sie auf. »Richterin? Nein. Aber vielleicht ist es noch nicht zu spät, um Eismacherin zu werden.«

»Ja, es ist niemals zu spät, den richtigen Weg einzuschlagen«, fand Vittorio.

Sie tranken alle aus, sahen sich an.

»Habt ihr vielleicht Lust, euch meine anderen Bilder anzusehen? Besonders eines möchte ich dir zeigen.«

»Sehr gern!«

»Eigentlich habe ich ja mit den Fliesen angefangen. Mein tägliches Brot sozusagen. Dann aber habe ich mich eher auf Öl auf Leinwand konzentriert.«

Er führte sie durch einen Flur in ein Atelier, in dem es zwar leicht chaotisch wirkte, wo die Kreativität aber fast mit Händen zu greifen war. Vittorio ging umher, geschmeidig, sehnig, als seien ihm Flügel gewachsen. Er zeigte ihnen dies und das. Alles wundervolle Kunstwerke eines Mannes, der in seiner Malerei lebte. Das merkte man ihm richtig an. Hier herrschte keine Einsamkeit. Hier war alles erfüllt von Farbe und Motiven. Von

Pinselstrichen, die sich fügten, zusammenfügten und komplettierten.

»Und auf das hier bin ich besonders stolz«, sagte er irgendwann und blieb vor einem Bild stehen.

Aurora hob sich die Hände vor den Mund.

Perla!

Ihr Gesicht. Mit halb geschlossenen Augen.

Das Bild war so intim, dass ihr die Tränen kamen. Das Bild zeigte nur Perlas Kopf. Auf einem Kissen. Ihr Arm ausgestreckt und locker über den Kopf gelegt. Zerzaustes Haar.

Schönheit.

So viel Schönheit.

Und sie war plötzlich sehr froh, dass es ihrer Mutter gegönnt gewesen war, so einen wundervollen Moment, so viel Erfüllung erleben zu dürfen. Ja. Sie war Vittorio plötzlich dankbar, dass er Perla so unbeschwert glücklich gemacht hatte.

»Danke!«, konnte sie deshalb auch nur sagen.

Vittorio nickte. Stolz und gerührt. Beides gleichzeitig. »Es wird dir gehören. Irgendwann. Nicht jetzt. Ich … kann es noch nicht hergeben.«

Aus einem Impuls heraus umarmte sie den Mann, der ihr fremd, aber gleichzeitig unheimlich vertraut war. Er schien erst überrumpelt. Drückte sie dann aber richtig an sich.

»Sie wäre sicher stolz auf dich gewesen«, flüsterte er ihr ins Ohr.

Und dieser Satz, der legte sich wie Balsam um ihre Seele.

»Wirst du mich wieder besuchen?«, fragte er, nachdem er sie zur Tür begleitet hatte.

»Das werde ich«, versprach sie.

Vittorio schloss nickend die Tür.

Und es war, als hätte er mit dieser Geste einen tobenden Sturm ganz plötzlich zum Ruhen gebracht. Einen Sturm, der, wie sie jetzt erst erkannte, tief in ihr gewütet hatte.

Sie fühlte sich müde, ausgelaugt. Hielt aber noch immer das

in Papier gewickelte kleine Gemälde in der Hand, das ihr so einfach, aber direkt ihre einzig mögliche Zukunft wies.

*

Nando hatte lange mit sich gehadert. Cristina hatte ihn von der kleinen Party unterrichtet, die sie Aurora zu Ehren organisierten, um sich bei ihr zu entschuldigen. Seine Schwester war der Meinung, dass er unbedingt dabei sein sollte. Obwohl er sich für nichts entschuldigen musste. Dennoch hatte er sich letztendlich aufgerafft und sich zu ihnen gesellt – noch immer mit gemischten Gefühlen. Er war ziemlich sauer auf Aurora, weil sie an ihm gezweifelt hatte. Dann aber sagte ihm sein Gewissen, dass sie ja gar nicht so weit danebengelegen hatte mit ihrem Misstrauen. Immerhin hatte er die Möglichkeit, das Eis zu verderben, konkret in Betracht gezogen. Auch aus diesem Grund war er sich nicht sicher, wie er ihr gegenübertreten sollte.

Laut Arturo, der sie telefonisch über die Dauer ihrer Rückfahrt unterrichtet hatte, würden sie bald da sein. Nando konnte nur hoffen, dass Aurora während ihres Besuchs bei Vittorio die Antworten gefunden hatte, die sie so verzweifelt suchte. Wenn auch unbewusst.

»Richtig so?«, wollte Olivia wissen.

Cristina nickte, bis ihr Pferdeschwanz um sich schlug. »Ja, das gefällt mir sehr gut!«

Olivia begutachtete das T-Shirt erneut und schien zufrieden. Überhaupt sah sie in letzter Zeit sehr glücklich aus, vermutlich lag das an ihrer bevorstehenden Hochzeit mit Arturo, überlegte er. Er gönnte ihnen ihr Glück. Aber er konnte nicht anders, als sich auch für sich eine ähnliche Art von Glück zu wünschen.

»Nando, würdest du das bitte zum Trocknen aufhängen?«, bat sie ihn.

»Natürlich!«

»Gino, bist du auch fertig mit deinem T-Shirt?«, erkundigte sich Cristina, die, wie konnte es auch anders sein, die Leitung der Partyvorbereitungen übernommen hatte. Und sie zog das auch rigoros durch. Nando war sehr froh, dass er sein T-Shirt bereits fertiggestellt hatte. Seine Schwester konnte so nervig werden.

»Noch nicht so richtig«, gab Gino zu und rieb sich die Stirn. Er setzte sich jetzt sogar.

»Das kann doch nicht so schwer sein!«, fand Olivia.

»Lass mich doch!«, maulte Gino und schnitt ihr eine Grimasse.

»Olivia, wenn du magst, kannst du mir auch mit dieser Girlande helfen«, bot Cristina an, die vermutlich einen Streit zwischen den beiden vermeiden wollte.

»Gern!«

»Hat Arturo sich auf deine letzte Nachricht hin gemeldet?«, erkundigte Olivia sich bei ihm.

Sie bereiteten sich jetzt schon seit etwa einer Stunde unter Hochdruck vor. Die Nervosität wurde allmählich fassbar.

»Moment, ich sehe gleich nach!«

»Gino, bist du denn immer noch nicht fertig?« Schon wieder Olivia.

»Er wird es schon rechtzeitig schaffen. Und wir müssen ohnehin noch die Papierhütchen fertigstellen«, beruhigte sie Cristina sanft und schnitt weiter Hütchen aus, die wie Eistüten aussahen. Sie machte das sehr sorgfältig, Cristina überließ nur selten etwas dem Zufall.

»Arturo schreibt, dass sie jetzt in Sapri sind. Eine halbe Stunde wohl noch, dann sind sie da.«

»Perfekt. Bis dahin sind wir fertig«, stellte Olivia fest.

Gino sprang plötzlich auf und erschrak alle Anwesenden damit. Er rollte das T-Shirt zusammen und händigte es Cristina aus. Dann gleich darauf verschwand er. »Ich muss mich noch um das Eis kümmern«, hatte er gemurmelt, bevor er zur Tür herausgestürmt war.

Olivia beobachtete, wie Cristina das T-Shirt vorsichtig auseinanderrollte, las und dann ihr zeigte.

Nando konnte aus seiner Position nichts sehen, außer den zufriedenen Gesichtern der beiden Frauen. Und das reichte ihm.

»Cristina … vergessen wir denn nichts?«

»Die Sprüche-Shirts haben wir ja jetzt alle, die Hütchen sind auch fast fertig. Die Girlande machen wir jetzt noch schnell. Für Musik ist gesorgt. Und am Eis arbeitet Gino ja noch. Ach so, die Fotos für die Eisbecher müssen wir auch noch aufkleben. Danach könnten wir eigentlich auch schon zu Saverio, um den Tisch zu schmücken, oder?«

»Dann kann ich ja schnell los, um *mamma* zu holen.«

»Gute Idee. Beeil dich aber!«

Das würde er ganz sicher!

*

»Seid leise! Sie kommen«, befahl Saverio so bestimmt, dass alle Beteiligten sofort kuschten und die vereinbarten Positionen einnahmen.

»Oh. Aurora, Arturo. *Buonasera*!«, sagte der Weinstubenbesitzer nun übertrieben deutlich und laut.

»Was geht hier vor? Warum sagst du nicht Nardelli zu mir?«, hörten sie Aurora fragen.

Olivia kniff die Augen zusammen. Das war wohl ein Rekord. So schnell hatte wahrscheinlich noch nie jemand auf seiner eigenen Überraschungsfeier den Braten gerochen, vermutete sie.

»Scheiße«, sagte Saverio.

Olivia prustete los. Wie ein Mädchen. Sie schob es auf die Anspannung und die ungewohnte Situation.

»Ach, verdammt. Überraschung!«, rief Saverio jetzt laut. Und das war zwar nicht ihr verabredetes Wort, aber doch eine sehr deutliche Einladung, ihre Verstecke zu verlassen. Sie hüpfte hervor, sah, dass es die anderen ebenfalls taten. Vollkommen unkoordiniert riefen sie durcheinander. Aber sie hatten noch immer ein erkennbares, gemeinsames Ziel: Aurora. Das schien allen gleichzeitig einzufallen. In der Tat versuchten sie nun alle gleichzeitig, sie zu umarmen.

Aurora stand einfach nur da. Mit aufgerissenem Mund, erstaunten Augen und einer Pose, die irgendwie an eine Statue erinnerte. Eine von diesen modernen mit übertriebener Gestik.

»Ach du meine Güte!«, stammelte sie.

Dann ertönte heitere Musik. Und Cristina kümmerte sich darum, die Girlande und die restliche Dekoration anzubringen, die Aurora vor dem offiziellen Start des Festes nicht hatte sehen sollen.

»Was geht hier vor?«, fragte ihre Nichte in die Runde, aber niemanden Bestimmtes. »Ich dachte, wir trinken hier nur kurz etwas.«

»Wir feiern!«, erklärte Arturo.

»Ja, und was?«, wollte sie logischerweise wissen.

»Wir feiern dich!«, mischte sich jetzt Olivia in das Gespräch ein und wirbelte Aurora herum, die noch immer schockiert war und eher wie ein kaputtes Spielzeug mitmachte, mit ihren steifen Bewegungen.

»Mich?«

»Ja. Und wir wollen uns nicht zuletzt entschuldigen.«

Darauf sagte ihre Nichte nichts. Aber ihr Blick sprach Bände.

»Du bist noch immer sauer!«, stellte sie fest.

»Natürlich bin ich das!«

Nichts anderes hatte Olivia erwartet. Aber sie sah ihrer Nichte auch deutlich an, dass ihre Wut auf sie anfing zu bröckeln.

Cristina stieß endlich auch zu ihnen und setzte allen ein Partyhütchen auf. Sie hatte hervorragende Arbeit geleistet. Die Hütchen sahen fantastisch aus. Nun, an Arturo sah es eher albern aus. Aber es stand ihm ausgesprochen gut, auch mal albern auszusehen.

»Willkommen zu deiner Party«, rief Cristina jetzt heiter und zeigte mit beiden Händen auf ihr T-Shirt.

★

Aurora hinkte noch immer der Situation hinterher. In Gedanken war sie noch bei Vittorio und bei dem, was sie dort gesehen und erlebt hatte. Trotzdem konzentrierte sie sich auf Cristina, die mit den Händen auf ihr T-Shirt zeigte. Eigentlich war Aurora nach wie vor sauer auf sie. Trotzdem hatte der Besuch beim Maler alles verändert. Und so fragte sie sich inzwischen, was es zu bedeuten hatte, dass sie Nando nirgendwo sehen konnte.

»Zuerst die Rückseite«, forderte ihre Freundin sie auf und drehte sich um.

»Die *Casa del Gelato* braucht dich, Aurora!«, las sie laut vor und erinnerte sich gleich an den Abend in der Pizzeria, als sie genau das Gegenteil behauptet hatte.

»Und jetzt die Vorderseite«, erklärte Cristina und warf sich wie ein Modell in Pose, sodass sie, trotz der Überraschung, die ihr noch immer in den Knochen steckte, lachen musste.

»Sorg für frischen Wind, Aurora!«, stand da drauf.

Allmählich sickerte die Erkenntnis zu ihr durch, dass diese Feier – oder was auch immer es darstellte – einen Sinn hatte. Und zwar einen ganz bestimmten. Ihre Freunde und Familie sagten ihr gerade auf diese rührende Art, dass sie sie brauchten, hier in Maratea. Und das wirkte in ihr nach. Bis es ihr Herz erreichte.

»Jetzt liest du aber meins«, stellte sich Gino einmal in den Vordergrund.

»Ich brauche dich!«, sprach sie den aufgemalten Satz laut aus. »Ach, *papà*!«, rief sie dann gerührt.

»Kannst du mir verzeihen?«

»Na, das muss ich mir noch schwer überlegen«, sagte sie lächelnd.

»Gut. Das gibt mir schon mal Hoffnung.«

»Danke, *papà*!«

»Wofür denn?«

»Für das Shirt …«

Er blickte an sich herab. »Ich dachte, du wüsstest das. Aber Olivia und Cristina waren der Meinung, dass ich das mal aussprechen sollte und, na ja, dann habe ich es einfach getan.«

»Ich bin sehr froh drum …«

»Das heißt jetzt nicht, dass du unbedingt bleiben oder die *gelateria* übernehmen musst. Das heißt einfach nur … was es eben heißt.«

»Ich weiß, *papà*!«

»So. Genug jetzt. Amüsiere dich!«, sagte Gino bestimmt und war sichtlich froh, dass er das ernste Gespräch beenden konnte.

»Hast du davon gewusst?«, fragte sie nun Arturo, der sich weiterhin an ihrer Seite aufhielt. Der gemeinsame Besuch bei Vittorio schien sie noch mehr zusammengeschweißt zu haben.

»Nur ein kleines bisschen!«, gab er zwinkernd zu.

»Du bist mir ja einer!«

»So. Darf ich um eure Aufmerksamkeit bitten?«, mischte sich nun Saverio ein. Er brauchte kein Mikrophon, um alle zu erreichen, die sofort innehielten und sich fragend in seine Richtung drehten. »Ich kenne Aurora noch gar nicht so lang. Aber ich bin sehr froh, dass ich sie zu meinen Freunden zählen kann. Ich wünsche ihr nur das Beste und weiß, dass sie ihren Weg finden wird. Und zur Feier des Tages spendiere ich eine Flasche Glückswein!«, rief er erfreut. Zumindest wirkte er unter der dicken Schicht Bart so.

»Was ist denn bitte ein Glückswein?«, erkundigte sich Arturo.

»Das ist ein Wein, den man trinkt, wenn man richtig glücklich ist«, erklärte Saverio geduldig. »Und der Wein sorgt dann dafür, dass dieses Glück ewig hält!«

»Oh. Dann her damit!«, bat Arturo ausdrücklich.

Jeder bekam davon, und alle tranken bedächtig, wie Aurora

feststellen konnte. Nur sie tat es nicht. Denn etwas fehlte zu ihrem Glück noch. Oder, besser gesagt, jemand.

Cristina kam auf sie zu, um auch mit ihr anzustoßen. »Auf das Glück!«, rief sie enthusiastisch.

»Ja, auf das Glück!«, antwortete Aurora. Sie hörte aber selbst, wie wenig glücklich sie klang.

»Du bist noch immer wütend auf uns«, schlussfolgerte ihre Freundin.

»Ach was! Ihr habt euch zwar verhalten wie die Idioten, aber nach so einer Feier könnte ich, selbst wenn ich es wollte, nicht mehr böse sein. Ich liebe die Deko. Und die Shirts. Vor allem die Shirts.«

»Aber …?«

»Aber ich kann mich nicht so richtig freuen.«

»Weil …?«

»Weil ich Streit mit deinem Bruder hatte. Und da er nicht hier ist, nehme ich an, dass er nicht daran interessiert ist, nochmal darüber zu sprechen.«

»Oh. Nein, nein. Das siehst du ganz falsch. Er holt nur meine Mutter. Sie ist ganz vernarrt in dich, seit sie dich auf der *sagra* kennengelernt hat, und sie hat darauf bestanden mitzufeiern. Allerdings sind sie spät dran …«, bemerkte auch Cristina mit einem Blick auf die Uhr.

Aurora dachte angestrengt darüber nach, was das bedeuten konnte. Hatte er es sich am Ende anders überlegt?

»Da sind sie ja!«, rief Cristina genau in diesem Moment und zeigte in eine Richtung.

Aurora drehte sich langsam um. Sah, wie Nando auf sie zukam. Die Welt um sie herum verschwand. Einfach so. Sie konnte nicht anders, als sich an seinem Blick festzuhalten. Dem Wahnsinnsblick, der nur ihr galt. Ihr Herz bäumte sich auf. Wie ein ungezähmtes Pferd. Sie hatte den Eindruck, ihm entgegenzufliegen. Aber in Wirklichkeit rührte sie sich nicht vom Fleck. Er war es, der auf sie zukam. Er war es, der sie direkt umarmte. Er war es, der sein Herz zu ihrem Herz schickte, damit es sich wieder beruhigte.

Er war die Antwort auf all ihre Fragen. War es vom ersten Augenblick an gewesen.

Das wusste sie jetzt.

Gelato è – Eis ist:

Elvira: »Für mich ist Eis Freude. Pure Freude. Ich wünsche mir, mit meiner *gelateria* vielen, vielen Generationen von Besuchern ebendieses Gefühl der Freude vermitteln zu können. Wenn ich das erreiche, kann ich als glücklicher Mensch sterben.«

Perla: »Eis macht mich zum besten Menschen, der ich sein kann. Von daher würde ich sagen, dass Eis meine beste Seite darstellt.«

Gino: »Jeder Mensch hat eine Lebensaufgabe. Eis ist meine.«

Olivia: »Was für eine Frage ... Eis ist ... Zwei Kugeln Glück mit Sahne. So!«

Nando: »Meine Berufung ist Eis. Manch einer wird Priester. Andere werden Lehrer. Ich hingegen bin Eismacher.«

Aurora: »Eis ... Es stellt für mich die Verbindung zu meinen Wurzeln dar. Eis ist also Familie, Halt und Geborgenheit. Für immer.«

Epilog

Aurora schloss leise die Tür und lehnte sich mit der Stirn gegen das kühle Holzimitat. Endlich wieder zuhause. Wenn auch mit gemischten Gefühlen.

Er legte die Hand von hinten auf ihre Schulter.

»Geht es dir gut?«, erkundigte er sich fürsorglich.

Sie horchte in sich hinein. Ja, wie ging es ihr eigentlich wirklich?

»Es geht mir gut«, antwortete sie sehr ehrlich.

Sie war in Verona. In ihrer inzwischen leergeräumten Wohnung.

»Du weißt, du kannst jederzeit wiederkommen!«, sagte er und streichelte ihren Rücken. Fürsorglich, wie nur er es sein konnte.

Ja. Das wusste sie. Und das beruhigte sie irgendwie.

»Bist du bereit?« erkundigte er sich dann.

Sie holte ganz tief Luft. Wagte in übertragenem Sinne endlich den Sprung. »Ja. Ich bin bereit«, sagte sie. Und erkannte dabei, dass sie es wirklich war.

Sie verließen die Wohnung. Gemeinsam.

Sie stiegen in das Auto. Gemeinsam.

Und sie fuhren los. In ihre gemeinsame Zukunft. Nach Maratea. Als die neuen Besitzer der *Casa del Gelato*.

»Danke übrigens, dass du am Abend der Überraschungsfeier nicht mehr böse auf mich warst. Wegen der Sache mit dem Aurora-Eis.«

»Keine Ursache«, sagte er und nahm mit der freien Hand ihre, hob sie an seinen Mund, um die Innenfläche zu küssen.

Wenn sie eines von ihm gelernt hatte, dann war es, dass miteinander sprechen wichtig war. Wichtig, um sich zu verstehen. Wichtig, um Missverständnisse aus dem Weg zu räumen.

»Hat Gino sich eigentlich gemeldet?«, erkundigte er sich.

Sie schüttelte den Kopf. »Ich glaube nicht, dass er zurzeit Internet hat«, erklärte sie.

Ja. Gino hatte das Reisen für sich entdeckt. Und es tat ihm so, so gut. Nur bekam man ihn einfach nicht mehr zu Gesicht.

»Arturo und Olivia?«

»Auch nicht, nein. Viel zu beschäftigt mit ihrem Umbau.«

Das Ehepaar hatte sich dazu entschlossen, in Arturos Haus zu ziehen. Natürlich nicht, ohne es zuvor – wie Olivia eben so war – von oben nach unten gründlichst zu renovieren.

»Dafür schreibt Cristina ja dauernd«, sagte sie lächelnd. Die junge Frau schickte immerzu Fotos von ihrem Bauch. Sie war nämlich davon überzeugt, dass man bereits etwas von ihrer Schwangerschaft sah. Doch bei aller Anstrengung: Der Bauch war noch genauso flach wie eh und je.

»*Zia* Aurora«, neckte er sie liebevoll.

»*Zio* Nando«, tat sie es ihm nach.

Ja. Es war einfach wundervoll. Dieses Gefühl von Familie, von Zusammengehörigkeit. Das wollte sie nie wieder missen. Auch deshalb fühlte es sich dieses Mal besonders schön an, nach Maratea, nein, nach Hause zu fahren.

Ja. Nach Hause. Endlich.

Ich bedanke mich herzlich bei …

meiner Familie für ihre uneingeschränkte Liebe.

meiner Agentin Anoukh Foerg. Wo wäre ich ohne ihre unermüdliche Unterstützung?

meiner Lektorin Bettina Steinhage, die diesen Roman so wunderbar aufgehübscht hat.

meiner Freundin und Kollegin Manuela Inusa für ihren Zuspruch, fürs Dasein, fürs Schimpfen, fürs Rumblödeln, für den Austausch. Und für die Schokolade.

Alberto, dem Eismann. Sein Eiswagen bleibt unvergessen.

meinen besten Freundinnen und Fangirls Anja, Angela und Isa.

meinem Verlag, Bastei Lübbe, der Maratea und meinen Ideen rund ums Eis die Möglichkeit gegeben hat, in die Buchläden zu gelangen.

den Leserinnen und Lesern, die sich nach dem Buch einen riesigen Eisbecher gönnen werden.

Grazie,

Roberta Gregorio (Februar 2017)